Trans+

Trans+

Trans+

Trans+

Silent Macabre

SM 5

惡搞研習營

Haunted

作 者：恰克・帕拉尼克 Chuck Palahniuk
譯 者：景翔
責任編輯：江怡瑩
美術編輯：蔡怡欣
校對：呂佳真
法律顧問 ：全理法律事務所董安丹律師
出版：小異出版
台北市105南京東路四段25號11樓
TEL：(02)87123898 FAX：(02)87123897
e-mail:locus@locuspublishing.com
www.locuspublishing.com
發行：大塊文化出版股份有限公司
台北市105南京東路四段25號11樓
讀者服務專線：0800-006689
TEL：(02) 87123898 FAX：(02)87123897
郵撥帳號：18955675
戶名：大塊文化出版股份有限公司

總經銷：大和書報圖書股份有限公司
地址：新北市新莊區五工五路2號
TEL：(02) 89902588 FAX：(02) 22901658
初版一刷：2009年1月
初版五刷：2014年2月
定價：新台幣399元
ISBN：978-986-84569-3-8

惡搞研習營 Haunted

恰克・帕拉尼克 Chuck Palahniuk 著

景翔 譯

有太多的美，太多的荒唐，太多的「怪異」，

還有一些恐怖，但一點也不會激起反感。

——艾德嘉·愛倫·坡，〈紅死病的假面舞會〉

白老鼠

這原該是個作家的研習營，原該是
　很安全的。
一個作家的租界，我們工作的地方。
由一個叫魏提爾的垂死老人主持，
結果卻不然。
我們原該寫詩，美好的詩篇。
我們這一群，他有才華的學生，
遠離普通的世界，閉關三個月。

我們彼此稱呼「媒人」和
「失落環節」。
或「大自然」，愚蠢的代號，無謂的名字。
就如同——你小時候——給你
　見到的植物和動物
取名字。叫牡丹——有黏黏
　花蜜而爬滿
螞蟻的——「螞蟻花」，叫牧羊犬：萊西狗狗
但即使現在，你也還會叫某人是「那
　一條腿的男人」。
或是「你知道，那個黑人女孩……」

我們彼此稱呼：
「誹謗伯爵」。
或是「保安會修女」。
我們的名字根據我們的故事取來，給
　彼此取的名字
根據我們的生活而非家世：
「遊民夫人」。
「八卦偵探」。
根據我們所犯的罪而非所做的職業：
「聖無腸」。
以及「野蠻公爵」。
根據我們的錯誤和罪行，和
　超級英雄的名字相反。
給眞實的人取的傻名字，就如拆開破布娃娃

發現裡面是：
眞的腸子，眞的肺，漂亮的心臟，血。好多
　又熱又黏的血液。
我們原該寫短篇小說，好玩的短篇
故事。
我們太多人，與世界隔離，關上一
　整個
春，夏，冬，秋——那一年的一
　整個季節。

不管我們是什麼人，老魏提爾先生
根本不理。
但他起初並沒這樣說。
在魏提爾先生看來，我們是實驗室的動物。
一場實驗。

可是我們原先不知道。
眞的，那只是個作家研習營，結果
　我們想做別的已經來不及，
只能成爲他的受害者。

1

巴士開到凶悍同志說好在那裡等車的街口時，她就站在那裡，穿著一件軍中剩餘物資的厚夾克——深橄欖綠的——配上很寬大的迷彩褲，褲腳捲了起來，露出步兵的靴子。身子兩邊各放了一口箱子。頭上那頂黑色扁帽戴得很低，看不出到底是誰。

「照規定是……」聖無腸對著掛在方向盤上方的麥克風說。

凶悍同志說：「沒問題。」她彎下腰去解開了一口箱子上掛的名條。凶悍同志把那名條塞進橄欖綠色夾克口袋裡，然後提起第二口箱子上了巴士，留下一只箱子在路邊，孤零零地，像個被拋棄的孤兒。凶悍同志坐了下來，說道：「好了。」

她說：「開車吧。」

那天早上，我們都留了字條。在天亮之前。提著我們的箱子，踮著腳，偷偷地溜出家門走下黑暗的樓梯，再走過黑暗的街道，只有垃圾車陪著我們。我們都沒有看到太陽出來。

誹謗伯爵坐在凶悍同志的旁邊，正在一個袖珍記事本上寫著東西，眼光在她和自己的筆之間來回。

凶悍同志歪過身去看，一面說道：「我的眼睛是綠的，不是棕色的。我的頭髮天生就是這種赤褐色。」她看著他寫下了「綠色」，然後說：「我屁股上刺了一朵小小的紅玫瑰。」她兩眼盯著由他襯衫口袋露出來的銀色卡式錄音機，還有那帶網眼的小麥克風。她說：「不要寫染頭髮，女人只會修或是改她們頭髮的顏色。」

坐在他們附近的是魏提爾先生，在那個地方，他那有老人斑而顫抖的兩手能抓緊了他那張摺好的輪椅的鉻鋼架子。他旁邊坐著克拉克太太，她的胸部大得幾乎像是擱在她腿上。

凶悍同志斜眼看著他們，貼靠著誹謗伯爵灰色法蘭絨的袖子。她說：「我猜想純粹是裝飾，沒有營養價值……」

就是這一天，我們沒有看到我們最後一次的日出。

在下一個黑暗的街口，保安會修女站在那裡等著，她舉起她那只厚大的黑色手錶說：「我們說好四點三十五分的。」她用另外一隻手敲著手錶說：「現在是四點三十九……」

保安會修女帶的是一個假皮的提包，上面有背帶，前面有塊蓋片，會啪地一聲關起來保護放在裡面的聖經，一個手工製的皮包，護著神的話語。

我們在城裡各處等著巴士。在街口或是公車站的長椅上，等著聖無腸把車開來。魏提爾先生和克拉克太太、誹謗伯爵、凶悍同志還有保安會修女坐在靠前面的地方。

聖無腸拉動扳手打開車門，站在路邊的是噴嚏小姐。她那件毛衣的袖子因爲塞在裡面的骯髒面紙而鼓了起來。她提起箱子，箱子裡響得像在微波爐裡爆開的玉米花。她踩著階梯上車來，每走一步，箱子裡都響得像遠方有機關槍在開火。噴嚏小姐看著我們說：「我的藥，」她用力地搖了一下箱子，「整整三個月的用量……」

這就是規定只能帶那麼多行李的原因。這樣我們才都能各適其所。

唯一的規定是每人一件行李，不過魏提爾先生並沒有說多大或是哪一種。

遊民夫人上車的時候，戴著一枚像爆米花大小的鑽戒，手裡抓了條牽狗的皮帶，皮帶拖著的是一個裝了小輪子的皮箱。

遊民夫人揮著手，讓戒指閃閃發亮地說：「這是我先夫火化之後，做成了一粒三克拉的鑽石……」

聽了這話，凶悍同志俯身在誹謗伯爵正在寫著的小筆記本上說：「拉皮是一個詞。」

又走了幾條街，經過兩個紅綠燈，拐了幾個彎之後，等著上車的是殺手大廚，他帶了一個翻模製作的鋁箱子，裡面放著他所有白色的彈性內褲和T恤，還有襪子，全都摺得四四方方，緊得像摺紙一樣。再加上一整套大廚使用的刀具，在那些底下，鋁箱裡裝得滿滿的是一紮紮的鈔票，全是百元大鈔。加在一起重得讓他得用兩手提上車來。

再過了一條街，在一道橋下，繞過一座公園的另外一頭，巴士停靠在並沒有人在等著的路邊。那個叫「失落環節」的男人從路邊的樹叢裡走了出來，懷裡抱了一個團在一起的黑色垃圾袋，袋子破了，露出格子的絨布襯衫。

凶悍同志望著失落環節，卻向隔壁的誹謗伯爵說道，「他的鬍子看起來好像是海明威會開槍打的東西……」

那個還在夢中的世界，大概會認爲我們瘋了。那些還在床上的人，會再睡一個鐘頭，然後洗臉，洗腋下和兩腿之間，然後去做他們每天做的工作，過他們每天過的，同樣的生活。

那些人會喊著叫著找我們，可是如果我們是登上一艘船飄洋過海去開始一個新生活，移民、墾荒的話，他們也是會喊喊叫叫的。

這天早上，我們都是太空人、探險家。在他們還在睡覺的時候就醒來了。

那些人會喊喊叫叫，但接下來就會回去侍候客人，粉刷房子，給電腦寫程式。

在下一站，聖無腸打開了車門，一隻貓跳上階梯，沿著巴士兩邊座位之間的走道一路跑過去。跟在貓後面上來的是否定督察，口裡說著：「他的名字叫柯拉。」那隻貓的名字叫柯拉．雷諾茲，「不是我取的名字。」否定督察說，她身上穿的蘇格蘭呢的上裝和裙子上沾滿了貓毛。一邊的衣領在她胸口鼓突出來。

「是掛在肩膀上的槍袋，」凶悍同志靠過去對著誹謗伯爵襯衫口袋裡的錄音機說。

所有的這一切——在黑暗中低語，留下字條，保守祕密——就是我們的冒險行動。

如果你計畫困在一個荒島上過三個月，你會帶些什麼？

先說好你所有的食物和飲水都會準備好，或者你以爲是如此。

先說好你只能帶一口箱子，因爲人太多，而載你們去荒島的巴士只有那麼大。

你會在行李箱裡裝些什麼呢？

聖無腸帶了好多盒豬肉乾和乾的起士泡芙，他的手指和下巴上都因爲沾了這些東西的鹽粉而變成桔紅色。一隻骨瘦如柴的手把著方向盤，另一隻手則把一個個盒子斜舉著，將裡面的東西往他那張瘦臉上倒。

保安會修女帶了一購物袋的衣服，最上面放了個背包。

克拉克太太上半身俯在她自己那對巨大的乳房上，把豐滿胸部像個孩子似地抱在懷裡，問保安會修女是不是帶了個人頭來？

保安會修女把背包打開得讓大家能看到一個黑色保齡球上的三個洞，說：「我的嗜好……」

凶悍同志盯著誹謗伯爵把東西寫進記事本裡，然後看了看保安會修女梳得緊緊的黑髮，沒有一綹由髮夾裡鬆脫出來。

「那個，」凶悍同志說：「就是修過的頭髮。」

我們的下一站，八卦偵探站在那裡，把一架錄影機貼在一邊眼睛前，拍攝開過來停在路邊的巴士。他帶來一疊名片分發給大家，證明他是個私家偵探。他那架錄影機像個假面具似地遮沒了半邊臉，他拍攝我們，一路由走道走到後面的一個空位去，錄影機上的聚光燈照花了所有人的眼睛。

又走了一條街之後，媒人爬上了車，一路留下沾在他牛仔靴上的馬糞。手裡拿著一頂草編的牛仔帽，一個帆布袋掛在他一邊肩膀上，他坐了下來，拉開旁邊的窗子，把一口棕色的菸草汁吐在刷乾淨了的巴士車身上。

這就是我們隨身帶著過遺世三個月生活的東西。八卦偵探是他的錄影機，保安會修女是她的保齡球，遊民夫人是她的鑽戒。這就是我們寫小說需要的東西。噴嚏小姐是她的藥和面紙，聖無腸是他的零嘴。誹謗伯爵是他的記事本和卡式錄音機。

殺手大廚是他的刀子。

在巴士裡的暗淡光線下，我們都偷偷地看著魏提爾先生，這個研習營的主辦人。我們的老師。你能看得見在那梳向一邊的幾根灰髮下帶著老人斑而閃亮的圓形頭頂。扣子扣好的襯衫領子挺立著，是一道上了漿的白色籬笆，圍著他細瘦、有老人斑的脖子。

「你們偷偷離開的那些人，」魏提爾先生會說，「他們不想你們學聰明。他們希望知道你們會是什麼樣的人。」

魏提爾先生會告訴你，「你不可能成爲他們知道的人和你自己希望能成爲的那樣一個偉大而了不起的人。不可能同時做到。」

魏提爾先生說，那些眞正愛我們的人會求我們去，去追求達成我們的夢想。鍛鍊我們的技巧。而等我們回去的時候會愛我們。

再過三個月。

這一小段生活是我們每個人要賭上的。是我們要冒的險。

這一段時間，我們要賭上我們的才能來創出一些傑作。一篇短篇小說，或是一首詩，或是一個電影劇本，或是一段回憶錄，使我們的生活更有意義，一件傑作，讓我們有錢得不必再做丈夫或父母或公司的奴隸。讓我們能得到自由。

我們所有的人，乘車在黑暗中經過空曠的街道。噴嚏小姐由她毛衣袖子裡摸出一張濕濕的面紙來擤了下鼻子。她吸了吸氣說：「這樣偷偷地溜出來，我眞怕給抓到。」她把面紙塞回袖口裡，說道：「我覺得就像是……安妮・法蘭克①。」

凶悍同志把行李上的名條由口袋裡翻找出來，那是她丟棄的那件行李和她拋棄的生活唯一殘存的東西。她把名條在手裡轉來轉去，用兩眼盯著。凶悍同志說：「以我看來……」她說：「安妮・法蘭克的日子過得挺好的。」

嘴裡滿是玉米片，由後照鏡裡望著我們所有人的聖無腸，一面嚼著鹽和脂肪，他說：「怎麼說？」

否定督察拍著她的貓，克拉克太太拍著她的胸部，魏提爾先生拍著他的輪椅。

①Anne Frank，受納粹迫害的猶太少女，有記錄她與家人在阿姆斯特丹藏匿避難過程的日記傳世。

在前面一個街口的街燈下，另外一個未來作家的黑色身影在等著。

「至少安妮・法蘭克，」凶悍同志說：「從來不必帶著她的書到處跑……」

聖無腸踩下了氣壓式的煞車，扭動方向盤把車停靠過去。

地標

一首關於聖無腸的詩

「這就是我爲了來這裡而丟下的工作，」
　這位聖人說，「還有我放棄的生活。」
　　他以前開的是觀光巴士。

聖無腸站在舞台上，兩臂交在胸前——
好瘦
他的兩手都能摸到自己背部的正中間
聖無腸站在那裡，只有一層皮
　畫在他的骨架子上。
鎖骨由胸口突出，大得如同
　把手。
他的肋骨在白色T恤下清晰可見，而皮帶——
　不是他的屁股——讓藍色牛仔褲不掉下來。
在台上，沒有聚光燈，只有一段影片：
　房屋與人行道，路牌和停放的車輛
　　的各種顏色，
橫過他臉上的是壅塞車陣形成的面具。
　小貨車和大卡車。

他說：「那份工作，開觀光巴士……」
全是日本人、德國人、韓國人，全以英文
　爲第二語言，一手抓著
片語辭典，點頭微笑
　聽他對麥克風講的話
而他讓巴士轉彎，沿街
　而下，經過的房子裡
住著明星，發生過兇案，有些公寓裡
　搖滾歌星死於吸毒過量。
每天走同樣的路，談同樣的凶案，
　明星，意外。那些
　簽和約的地方，總統
　　睡過的地方。
最後有一天聖無腸停在一道柵欄前

裡面是棟大房子，只是繞了下路
去看他父母的四門別克車在不在
　他們是否還住在那裡。
前院有個男人走著，推著
　一架剪草機。
聖無腸對著麥克風對他那些
　享受冷氣的乘客說：
「你們現在看到的是聖梅爾。」
他的父親瞇起眼來看貼了隔熱紙的
巴士車窗。
「羞辱與憤怒的大聖人。」無腸說。

從那以後，每天的行程都包括了
「聖梅爾與聖貝蒂神殿」。
聖貝蒂是公開羞辱的聖人
停在他姐姐所住的公寓大樓前，
　聖無腸指著
高高的樓上。上面是聖溫蒂廟。
「臨床墮胎的聖人。」

停在他自己公寓門口，
他告訴巴士上的遊客，「這裡是聖無腸廟。」
這位聖人自己拱起的肩膀，橡皮圈似的
　嘴唇，過大的襯衫，
在後照鏡裡映照得更顯小。
「打手槍的聖人。」
而巴士上每個人都點著頭，扭過
脖子去，想要看到
什麼神聖的東西。

腸子

聖無腸的故事

吸氣。

盡量能吸多少就吸進多少空氣。

這個故事應該差不多和你能閉住氣的時間一樣長，然後再長出一點點。所以盡快聽吧。

我的一個朋友，在十三歲的時候聽到有所謂的「插後庭」。就是屁眼裡插進一支假陽具。據說只要把前列腺刺激得夠厲害的話，不用手也能有爆射的高潮。在那個年紀，這個朋友有那麼點色情狂。他總在找比人家更好的發洩方法。他去買了根胡蘿蔔和一瓶凡士林。用來做一次小小的私人研究。然後他想到這樣在超市收銀台前會是個什麼樣的局面：那一根胡蘿蔔和一瓶潤滑劑孤零零地在轉送帶上滾到收銀員的面前，所有排隊付錢的客人都看在眼裡，每個人都知道他今晚的大計畫。

所以，我那位朋友，他買了牛奶和雞蛋和糖和一根胡蘿蔔，全是做胡蘿蔔蛋糕的材料。外加一瓶凡士林。

好像他要回家去把一個胡蘿蔔蛋糕塞進他的屁眼裡。

到家之後，他把胡蘿蔔削成一根短棍，塗滿了油脂，慢慢地坐了上去。然後——什麼也沒有。沒有高潮，除了很痛之外，什麼也沒有。

然後這個小子，他媽叫著說吃晚飯了。她說下樓來，馬上。

他想辦法把那根胡蘿蔔拔了出來，把那根又滑又髒的東西包在他床底下的髒衣服裡。

吃過晚飯之後，他再去找那根胡蘿蔔，發現那玩藝已經不見了。在他吃晚飯的時候，他媽把他所有的髒衣服拿下去洗。她不可能沒發現那根用她廚房裡的削皮刀仔細修整過的胡蘿蔔，上面閃亮著潤滑油，而且還有股臭味。

我這個朋友在烏雲罩頂之下等了好幾個月，等著他父母來罵他。可是他們始終沒有動靜，一點也沒有。即使現在他已經長大成人了，那根看不見的胡蘿蔔還懸在半空中，度過每次耶誕大餐，每次生日派對。每次和他的孩子們，也就是他父母的孫兒孫女一起在復活節找彩蛋的時候，那根鬼魂似的紅蘿蔔還懸在他們所有人的頭上。

那種事可怕得無以名狀。

法國人有句話：「樓梯上的靈光」。法文是：Esprit d'Escalier。那意思是說你找到答案的那一刻，不過已經來不及了。比方說，你參加一個派對，有人侮辱了你。你得回嘴。結果，在壓力之下，大家都盯著你，你只能支吾以對。可是一等你離開了那裡……

你一開始下樓梯，就——像變魔術一樣，你想到該說的最好不過的話。最能把對方駁倒的話。

這就是所謂樓梯上的靈光。

問題是，即使法國人也沒有什麼話來形容你在壓力下眞正做出的傻事。那些你眞正想到或是做出來的愚蠢而不顧一切的事情。

有些事情實在低級得無以名之，低級得甚至說都不能說。

回顧起來，兒童心理專家和學校的輔導老師現在都說，最後一次青少年自殺高峰是孩子們在手淫時讓自己窒息而死。父母發現他們的時候，孩子的脖子上纏著毛巾，而毛巾繫在他們臥室衣櫃裡的橫桿上，孩子死了，乾了的精液到處都是。當然做父母的會清理乾淨，替他們的孩子穿上褲子，讓情況看起來……好一點。至少有這種意思。像一般讓人難過的青少年自殺情形。

我另外一個朋友，也是我同學，他哥哥在海軍服役，說中東人打手槍和我們不一樣。這做哥哥的駐紮在幾個有駱駝的國家裡，那裡的市場上賣一種看起來很像是花俏的拆信刀的東西。每根這種花俏的工具都只是一根很細而擦得雪亮的銅棒或銀棒，大概和你的手掌一樣長，其中一端有個大頭，或是金屬的大球，或是像劍柄似的彎曲把手。這位在海軍的哥哥說那些阿拉伯男人把老二弄硬了之後，就把這種細金屬棒插進老二裡面去，一直插到底，然後帶著這根棒子在裡面來打手槍，會讓高潮來得更過癮、更強烈得多。

就是這個到過世界各地的大哥寄回來法國的俗話、俄國的俗話，還有大有幫助的打手槍祕訣。

在那之後，那個做弟弟的，有天沒來上學。那天晚上，他打電話問我能不能幫他拿一個禮拜的作業，因為他進了醫院。

他得和一些腸胃開刀的老頭子住在同一個病房裡，他說他們得共看一台電視。只靠一張布簾子來保有隱私。他的父母不去看他。他在電話裡說他父母現在眞該殺了他那個在海軍裡的哥哥。

那小子在電話裡告訴我說——前一天——他嗑了點藥。在他家中的睡房裡，躺在床上。他點了支蠟燭，看著一些舊的色情雜誌，準備打手槍。這是在他看過他那當海軍的哥哥來信之後的事，看到阿拉伯人怎麼打手槍的有用資訊。這小子到處找著可以這樣用的東西。原子筆太粗了，鉛筆不但太粗大而且太粗糙。可是，流在蠟燭旁邊的那一小條既細又光滑的蠟大概正合適。那小子用一根手指尖把那一長條蠟由蠟燭上剔了下來，用兩個手掌搓得更平滑些，又長又滑又細。

他既有點茫，也很色，就把那根東西從他的馬眼插進硬挺的老二裡，越插越深。他還留了一截蠟在外面，開始打起手槍來。

即使到了現在，他還說那些阿拉伯人還眞他媽的聰明。他們完全重新發明了打手槍。他平躺在床上，那小子越來越爽到都忘了注意那一條蠟，就在再來一下就要射了的時候，他發現由頭上伸出來的蠟不見了。

那條細細的蠟，全部滑進去了。整個滑到了裡面，深到他甚至於摸不到的輸尿管裡。

他媽在樓下叫他吃晚飯。她說下樓來，馬上。用蠟的小子和用胡蘿蔔的小子不是同一個人，可是我們的生活情形差不多都一樣。

吃過晚飯之後，那小子的肚子痛了起來。是那條蠟，所以他想也許蠟會在他肚子裡融化了，可以讓他尿出來。現在他的背痛，腎臟痛。他連站都站不直。

那小子在他的病床上打電話，你還聽得見後面有鈴聲叮噹，有人在尖叫，還有電視上遊戲節目的聲音。

X光照出了眞相，有一條又長又細的東西彎成兩截，在他的膀胱裡。這個又長又細的V字型吸附了他小便裡的所有礦物質。越來越大，也越來越粗糙，外面包裹著鈣的結晶，到處跳動，傷了他膀胱內層的柔軟組織，堵住了他的小便不能排出，他的腎臟受到尿液的倒灌回流，唯一能從他老二裡流出來的一點點，也因爲有血而成爲紅色。

那小子，他的父母，他的全家人，他們看著那張黑白的X光片，醫生和護士就站在旁邊。那個由蠟形成的大V字白得亮眼，每個人都看得到，他只好說了實話。這種阿拉伯式的打手槍法，他哥哥在海軍寫信告訴他的事。

現在，他在電話裡哭了起來。

他們用他上大學的基金付了膀胱開刀的醫藥費。這麼一個愚蠢的錯誤，現在他再也當不成律師了。

把東西插到你自己身體裡面。把自己卡在什麼東西裡面，不管是蠟燭在你的老二裡，還是你的腦袋在索套裡，我們都知道麻煩大了。

讓我惹上麻煩的事，我稱之爲「潛水尋珠」。也就是說在水底打手槍，坐在我父母的游泳池裡，在比較深的那一頭的池底。我深吸一口氣，踢著水潛到池底，脫掉泳褲。在那裡坐上二、三、四分鐘。

就由於打手槍，我有了非常大的肺活量。只要家裡沒有別人在，我就會一整個下午都在幹這件事。等最後打出來的時候，我的精液，會成爲乳白色一大坨、一大坨地懸浮水中。

之後，再潛下水去，把這些撈起來，一把把撈起之後擦在毛巾上。所以這才叫「潛水尋珠」。即使池水中有氯。我還是會替我姐姐擔心，還有，全能的耶穌，還有我媽。

當時我在這個世界上最害怕的一件事就是：我那十幾歲，還是處女的姐姐，一直以爲她只是越長越胖，結果卻生下一個有兩顆腦袋的智障嬰兒。兩個頭長得都像我。我，既是父親又是舅舅。

最後，你碰上的卻不是你擔心的事。

「潛水尋珠」最棒的部分是游泳池過濾和循環馬達的進水口。最棒的部分就是光著身子坐在那上面。

就像法國人說的：有誰不喜歡別人吸他的屁眼？

不過問題是，前一分鐘你還只是一個想自己爽一下的小子，下一分鐘你就再也當不成律師了。

前一分鐘，我正坐在游泳池底，天在波動，由我頭上八呎深的水裡看出去，是一片淺藍。除了我耳朵裡聽見自己的心跳之外，整個世界寂靜無聲。我那條黃色條紋的泳褲套在脖子上，以策安全，怕萬一有個朋友、鄰居，或是任何一個人突然出現來問我爲什麼沒去練足球。入水口在節奏穩定的吮吸著我，而我把白白瘦瘦的屁股壓下去享受這種感覺。

前一分鐘，我吸足了氣，把老二握在我手裡。我父母去上班，我姐姐去學芭蕾舞，幾個鐘點裡都不會有人回家來。

我的手讓我到了高潮的邊緣，然後我停下來，游上去換一大口氣，再潛下來坐在池底。

我這樣反覆地做了一次又一次。

這想必就是女生想坐在你臉上的原因所在，那種吸力就像你在一直不停地拉屎。我的老二挺得好硬，屁眼一直像有人在舔吸，我不需要空氣。我耳朵裡聽到心跳聲，我一直留在水底，最後眼前都冒出了金星。我兩腿伸得筆直，兩邊的膝彎都在水泥池底擦傷了。我的腳趾發青，腳趾和手指都因爲泡在水裡太久而皺了起來。

然後我讓自己達到高潮，大坨的白色精液開始噴射出來。那些珍珠。

就在這時候，我需要點空氣了。可是就在我想踢水往上游時，卻做不到。我沒法讓腳伸到我身子下面。我的屁股卡住了。

急救單位的人會告訴你說每年大約有一百五十人這樣卡住，被循環馬達給吸住了。你的長頭髮，或是你的屁股卡住的話，你就會淹死。每年都不知有多少人送命，大部分在佛羅里達州。

大家只是不談這件事，就連法國人也不是每件事都會說的。

我一腿跪起，把一隻腳塞進身體下面，半站起身時，感到屁股那邊有什麼東西拉扯住了。我把另一隻腳也伸到身子下，踩著池底往上游。我離開了池底，不再碰到水泥地，可是也吸不到空氣。

我用力踩著水，兩臂划動，大約到離水面一半的地方，但是沒法再高。在我頭裡的心跳越來越響，也越來越快。

明亮的光點不停地在我眼前閃來閃去，我轉頭往後看去……可是那完全沒道理。那條粗索，像某一種蛇，青白色的，還看得見上面有血管，由出水口上來，咬緊了我的屁股。有些血管在往外滲血，紅紅的血在水底看起來是黑的，由那條蛇蒼白的皮膚上的小小裂縫漂了出去，消失在水中，而在那條蛇薄薄的青白色皮膚裡面，還看得見一坨坨消化了一半的食物。

這是唯一可以說得通的事，有什麼可怕的海怪，一條海蟒。從來沒在光天化日下見到過的東西，一直躲在游泳池出水口的黑暗深處，等著咬我。

因此……我用力地踢著，踢著又滑又有彈性而打著結的皮和上面的血管，好像有更長一截從下水口拉了出來。現在大約和我的腿一樣長了，可是還是緊咬著我的屁眼。我又用力一踢，離我能換氣的地方又進了一吋。我仍然感到那條蛇咬住我屁股往下拉，但離逃生又近了一吋。

你能看到糾結在蛇肚子裡的有玉米和花生。你還看得見一個長形的亮橘色的球。就像是我爹逼我吃的那種大型的維他命丸，讓我增加體重的，讓我能贏得足球獎學金。其中有添加的鐵和Ω—三脂肪酸。

就是看到那顆維他命才救了我的命。

那不是一條蛇。那是我的大腸。我的腸子給拉出了我的身體。這是醫生所謂的「脫垂」。是我的腸子給吸進了下水口。

急救人員會告訴你說，游泳池的馬達每分鐘能抽八十加侖的水。力道大約在四百磅左右。而最大的問題是，我們的內臟是連在一起的。你的屁股只是你嘴巴的另外一頭。如果我隨他去的話，馬達繼續作用——把我的內臟扯脫——最後會到我的舌頭。想想看要承受四百磅的力道，就知道那會怎麼把你裡面掏空了。

我可以告訴你們的是，你的腸子不會覺得有多痛。不像你皮膚對疼痛的那種感覺。你所消化的那些東西，醫生稱之爲「排泄物」。再上面一點是食糜，一堆漿狀的東西，混著玉米、花生和圓圓的綠色豌豆。

漂浮在我四周的就是由血和玉米、糞便、精液和花生混在一起的湯。即使我的腸子給拖出了我的屁股，而我緊留住剩下的部分，即使在這樣的情況下，我第一件想要做的事卻是想辦法把我的泳褲穿回去。

老天不容我父母看到我的老二。

我一手握拳堵在屁眼上，另一隻手把我的黃色條紋泳褲由脖子上拿了下來。但是，要把泳褲穿上還是件不可能的任務。

你如果想摸摸你的腸子是怎麼感覺，那就去買一盒那種小羊腸做的保險套吧，拿一個出來，拉長了，在裡面灌上花生醬。外面塗上潤滑劑，放在水裡面。再想辦法扯斷，想辦法拉成兩段。那實在是太韌又太有彈性了，而且滑不留手得無法抓住。

小羊腸的保險套，就是腸子嘛。

現在，你們就能明白我要對付的是什麼了。

你只要一放手，你就會腸子都沒了。

你要是游到水面上去換氣，你的腸子也就都沒了。

你要不往上游，就會淹死。

就看你是選馬上死掉還是一分鐘後死掉。

等我父母下班回來會發現的是一個巨大赤裸的胎兒，蜷成一團。漂浮在他們後院游泳池裡混濁的水中。由一根滿布血管而扭曲的腸子繫在池底。和那個在打手槍時把自己吊死的孩子不一樣。這個是他們十三年前從醫院帶回家來的寶貝。是他們希望能得到足球獎學金，將來得MBA學位的孩子。會在他們年老時照顧他們。是他們所有的希望和夢想。漂在那裡，光著身子，死了。四周是由浪費掉的精液所形成的乳白色珍珠。

如果不是這樣，就是我父母會發現我裹著一條血淋淋的毛巾，倒在游泳池和廚房那具電話之間的半路上，一段斷了的腸子還由我那條黃色條紋泳褲的褲腿裡拖了出來。

那是法國人都不會談的事。

在海軍服役的那個哥哥，教給我們另外一句話。一句俄羅斯的俗話。就像我們說的：「誰要這個，就像要頭上有個洞。」俄羅斯人則說：「誰要這個，就像要屁眼裡長牙。」

吖許挪不係呢羊向道隆亦。

你們也聽過那些故事，說落入陷阱的野獸會咬斷自己的腿，哎，隨便哪隻土狼都會告訴你咬幾口可比死掉強多了。

媽的……就算你是個俄羅斯人，說不定哪天你也會想要有那些牙齒呢。

否則，你得做的就是——你得扭過身子去。你用一隻手勾在膝蓋後面，把那條腿抬到你臉上。然後想辦法往你的屁股咬下去。在喘不過氣來的時候，只要能再吸一口氣，你是什麼都會咬的。

這種是你在和女孩子第一次約會的時候不會告訴她的事。要是你想要她吻你道晚安的話，就不會說的。

要是我告訴你們說那是什麼味道的話，你們就永永遠遠不會再吃烏賊了。

實在很難說我父母覺得哪件事比較噁心：是我怎麼惹上麻煩呢，還是我怎麼救了自己一命。去過醫院之後，我媽說：「你當時根本不知道自己在幹什麼，寶貝，你當時太震驚了。」而她學會了怎麼做水煮蛋。

所有的人都覺得噁心或替我難過……

我需要這些，就像屁眼裡要長牙。

現在，大家老是說我看起來太瘦了。大家一起吃晚飯的時候，因爲我不吃他們燒的燉肉而都不說話，又氣得要死。燉肉讓我吃不消，還有烤火腿。任何會在我腸胃裡待上兩個多鐘點還不能消化的，出來還是原樣。家裡燒的利馬豆或是大塊的鮪魚，我上完大號站起來的時候，會發現還是原狀在馬桶裡。

在動過大腸切除手術之後，消化功能就沒那麼好了。大部分的人都有五呎左右的大腸。我還算運氣好，能留下六吋。所以我終於沒能拿到足球獎學金，也始終沒能念到MBA。我的兩個朋友，那個蠟小子和胡蘿蔔小子，他們長大之後，身子也壯了，可是我始終沒比我十三歲時候的體重多長一磅。

另外一個大問題是，我父母花了一大筆錢去整修游泳池。最後我爹只告訴那個來弄游泳池的傢伙說是一隻狗。家裡養的狗掉下去淹死了。屍體給吸進了下水口裡。即使那傢伙打開過濾箱，掏出一條滑滑的管子，一段濕淋淋的腸子，裡面還有一顆很大的橘色維他命丸，到了那時候，我爹只說：「那隻狗眞他媽的瘋了。」

就連在我樓上睡房的窗口，都能聽見我老頭說：「那隻狗啊，一秒鐘沒看住都不行……」然後我姐的月經沒來。

即使在他們把游泳池的水全換了，即使他們賣了房子，而我們搬到另外一州去住，我姐也墮了胎之後，我父母始終沒再提這件事。

從來不說。

那是我們家的那根看不見的胡蘿蔔。

現在你們可以好好地，深吸一口氣了。

因爲我還沒吸氣。

2

在下一個街燈下面站著的是無神教士，身邊有一個正方形的箱子。那時候還是凌晨時分，所有的顏色不是黑色就是灰色。那口黑色的箱子上卻像爬滿疤痕似地有著縱橫交錯的銀色拉鏈，像一塊有小袋子和開口，夾層和隔間的黑色瑞士乳酪。無神教士的那張臉——只是眼睛和鼻子四周的生紅肉，如同以線和疤痕縫合在一起的牛排，耳朵扭曲而腫脹——眉毛都剃掉了。然後用黑筆畫了兩道像吃了一驚的弧線，高高地挑著幾乎貼近髮線。

凶悍同志望著他登上巴士的階梯，用手指打開了她夾克上的一顆扣子。她扣上扣子，將身子俯向誹謗伯爵口袋裡的卡式錄音機。

凶悍同志貼近「錄音」的紅色小燈說，無神教士穿著一件白色罩衫，一件女用的罩衫，扣子釘在左邊。

在朦朧的街燈下，他那些人造鑽石的扣子閃閃發光。

經過下一段路，又轉了一個彎，凍瘡男爵夫人站在街燈的那圈燈光之外，站在陰影裡等著。

首先是她的手由打開的巴士車門伸了進來，一隻很普通的手，挾著菸的手指上黃黃的。沒有戴結婚戒指。那隻手把一個塑膠的化妝箱放在階梯的最上一級。然後出現了一邊膝蓋，一條大腿，豐滿的胸部。一段用腰帶束在雨衣裡的腰肢。然後所有的人都把眼光轉了開去。

1.
2.
3.
4.
5.
6.
7.
8.
9.
10.
11.
12.
13.
14.
15.
16.
17.
18.
19.
20.
21.
22.
23.
24.

我們看著手錶，或是望向窗外停放著的車輛和報紙販售箱、消防栓。

凍瘡男爵夫人帶來了好多好多管護唇膏，她說，用來塗在她嘴唇的邊上，因爲那些地方在寒冷的氣候裡會乾裂流血。她的嘴巴，只是在她面孔底部一道塗了粉紅色口紅的開口。

凶悍同志靠向誹謗伯爵，輕輕地對著錄音機說：「哦，我的天啦……」

在凍瘡男爵夫人找位子坐下的時候，只有八卦偵探安全地躲在錄影機鏡頭後面看著她。

下一站，等著的是美國小姐，帶著她的健身輪，一個粉紅色的塑膠輪子，大小像個餐盤，兩根黑色的橡皮把手由輪子的中心向兩側伸了出來。用的時候兩手分別抓住兩邊的把手，跪在地上，身子向前俯，把重心放在輪子上，然後腹部用力，前後滾動輪子。美國小姐帶來的是那個輪子，幾件粉紅色的緊身衣，蜜色的染髮劑，還有一支驗孕棒。

美國小姐由巴士中間的走道往後走——朝帶著輪椅的魏提爾先生微笑，沒有向失落環節微笑——每走一步，都把一隻腳踏在另外一隻腳的正前方，讓她的臀部看來比較窄，永遠讓前面那條腿擋住後面那條腿。

凶悍同志說那是「時裝模特兒的台步」，她靠在誹謗伯爵的記事本上說：「那種顏色的金髮，就是女人所謂的改色。」

美國小姐在浴室的鏡子上用口紅留言，塗在上面讓她男朋友能在他們共住的汽車旅館房間裡看到，在他上晨間電視節目之前看到：「我不胖。」

我們都留下了某種留言。

否定督察一邊摸著她的貓，告訴我們說她寫了一份備忘錄給她所有手下，告訴他們：「找你們自己的企劃案去搞吧。」她昨晚把那份備忘錄留在每個人的辦公桌上，讓她的工作人員在今天早上看到。

就連噴嚏小姐也留了一張訊息，儘管沒有人會看懂。她用紅色噴漆在一張公車站的長椅子上寫道：「等你們找到療法後找我。」

媒人把他的字條對摺起來，立在廚房的桌子上，這樣他太太就不會看不見了。字條上寫著：「從我那次著涼到現在已經十四週了，而妳始終還沒吻過我。」他寫道：「今年夏天，由妳去擠牛奶。」

靈視女伯爵留了張字條告訴她的假釋審查官，說他要聯絡她的話可以打「1-800-滾你媽的蛋」這支電話。

靈視女伯爵由陰影中走了出來，戴著頭巾，裹了一條蕾絲披肩，飄飄然地順著走道走過去，她在凶悍同志身邊停了一下，「既然妳很好奇，」女伯爵說，把垂落的手抬起來，一個塑膠手鐲鬆鬆地掛在手腕上。靈視女伯爵說：「這是個全球定位的感應器，是我先前由牢裡放出來的條件……」

一步、兩步、三步，經過了仍然張口結舌的那位同志和那位伯爵，靈視女伯爵頭也不回地說：「沒錯。」

她用一隻手的指甲輕觸頭巾，說道：「沒錯，我的確看得到妳心裡在想什麼……」

轉過下一個街口，經過了購物中心和加盟的連鎖汽車旅館，大自然正以極其完美的坐蓮姿勢坐在路邊，畫了暗紅色藤蔓的兩手分擱在兩膝上，一條貼頸短項鍊上掛了個小鈴鐺，在她脖子上輕響。

大自然帶來一硬紙箱的衣服，裹住一瓶瓶很稠的油，另外還有蠟燭。紙箱聞起來有松針的味道。像有松脂味的營火。有紫蘇和胡荽味道的沙拉醬，有檀香味的進口商品市集。身上那件印度紗麗滾邊上飄著長長的繸子。

凶悍同志翻起了白眼，用那頂軟軟的黑呢貝雷帽搧著風，說道：「廣藿香……」

我們的作家研習營，我們所在的荒島應該是很溫暖而有空調的，或不如說我們都相信會是這樣的。我們會各人有自己的房間，可以保有隱私的空間，所以我們用不到很多的衣物，至少是這樣告訴我們的。

沒有理由讓我們會有其他想法。

有人會發現這輛借來的巴士，但不會發現我們，在我們丟下這個世界的三個月裡不會找到我們。這三個月的時間，我們都會用來寫作和朗誦我們的作品，讓我們所寫的故事完美無瑕。

繞過了另外一條街，又經過一條隧道之後，等在最後一站，最後一個上車的是野蠻公爵。他的手指因爲粉蠟筆和炭筆而滿是印子，雙手也沾著絹印的墨水，衣服因爲一攤攤或一坨坨的乾顏料而變硬。所有的這些顏色還只是黑色和灰色，野蠻公爵坐著，坐在一個裝滿了油彩、畫筆、水彩和壓克力顏料的沉重工具箱上等著。

他站了起來，讓我們等著他先把一頭金髮搖向腦後，再將一條紅色大手帕扭成一線，把頭髮綁了個馬尾。站在巴士車門口，順著走道望向我們所有的人，被八卦偵探錄影機的聚光燈照著，他說：「也是該來了……」

不，我們都不是白癡。如果我們眞的會完全與世隔絕的話，我們絕不會同意的。我們裡面沒有一個人對這個愚蠢、低劣、差勁、平凡的世界覺得厭煩到肯簽下我們自己死亡願望的地步。我們不是這樣的人。

像這樣的生活狀況，當然，我們都認爲能很快得到緊急醫療照顧，以防萬一有人從樓梯上掉下來，或是某人的盲腸突然炸開。

所以我們必須決定的是：在我們的箱子裡該裝些什麼。

這個研習營，想當然耳應該會供應冷、熱自來水、肥皂、衛生紙、衛生棉、牙膏。

野蠻公爵給他的房東留了一張字條，寫著：操你媽的租約。

更重要的是我們沒有帶的東西。野蠻公爵沒有帶菸，嘴裡用力咬著一塊塊的尼古丁口香糖。聖無腸沒有帶色情書刊。靈視女伯爵和媒人沒有帶他們的結婚戒指。

就像魏提爾先生說的，「在外面世界裡會妨礙你的東西，到了這裡面也會妨礙你。」

這場災難裡其他的部分都不是我們的錯。我們絕對不會無緣無故帶把電鋸來，或是帶把大鐵槌或是一管炸藥，或是一把槍。不會的，在這個荒島上，我們絕對完全安全。

在日出之前，在這個甜美的新的一天裡，我們絕對見不到會出什麼事情。

他們讓我們相信這一點，也許太安全了。

就因為這樣，我們沒有帶任何可以救我們命的東西。

又轉過了一條街，走了另外一段高速公路，下了交流道，我們一直開到魏提爾先生說：「在這裡轉彎。」他緊抓住輪椅的架子，伸出一根乾癟的手指。他的皮膚皺縮，指甲發黃。

凶悍同志伸長了鼻子向空中嗅聞著說：「在接下來的十二個禮拜裡，我都得生活在這種廣藿香的臭味裡嗎？」

噴嚏小姐用手握拳擋在嘴前咳嗽。

聖無腸把巴士轉進一條又窄又黑的巷弄裡，兩邊的建築物貼近得讓媒人吐出去的棕色菸草汁都反彈了回來，濺在他工裝褲的胸口。兩邊的牆近得擦掉了失落環節擱在車窗口多毛手肘的皮。

最後巴士停了下來，車門打開，讓我們看到另外一扇門——這第二道門是在水泥牆上的一扇鋼鐵的門。巷子窄得讓你沒法朝兩頭看。克拉克太太由她的座位上滑了出來，走下階梯，打開了鐵門上的掛鎖。

然後她就不見了，進去了，巴士的車門打開，通向一個什麼也沒有的空洞。一片漆黑。那個開口窄得剛夠讓人擠進去。你可以聞到從裡面傳出來刺鼻的老鼠尿騷味。混在這股味道裡的，還有像打開了一本被蠹魚吃掉一半而潮濕的舊書氣味，混雜在灰塵的氣味中。

從黑暗中傳來克拉克太太的聲音說道：「趕快進來。」

聖無腸要先把巴士停在警方找得到的地方之後再和我們會合。丟棄證據。丟在好幾條街外，也許是好幾哩外。在那裡，他們會找到車子，卻無法追蹤回到這扇通往水泥牆和黑暗裡的鐵門。我們的新家，我們的荒島。

我們所有的人都擠在巴士和那片漆黑之間的那一刻。在仍處於外界的最後一刻，八卦偵探對我們說，「笑一個。」

那是魏提爾先生所謂的攝影機後面的攝影機後面的攝影機。

在我們全新祕密生活的第一刻，聚光燈照著我們，又亮又快地留下一片比黑色更黑的黑暗。那一剎那讓我們彼此抓住對方的衣服或手肘，想站直身子，眨著花了的眼睛，但充滿信任，由克拉克太太的聲音引領我們穿過那道鐵門。

錄影的時刻：眞相的眞相。

「氣味是很重要的，」大自然說。她拖著硬紙箱，銅鈴響著，緊抓著黑暗，說道：「別笑，可是在芳香療法裡，就警告過你絕對不可以在點了月桂果香的地方，再點檀香蠟燭……」

祕密工作

一首關於大自然的詩

「我當初想當修女，」大自然說：「因爲我
　需要躲起來。」
她沒想到有藥檢。

大自然站在舞台上，兩臂畫著暗紅色的
藤蔓，由她的指尖
直到她手工紮染，彩虹色棉布罩衫的
　肩帶。
脖子上，一條掛了銅鈴的貼頸短項鍊使
　皮膚
發青。她的皮膚搽了廣藿香油而閃亮。

「誰知道呢？」大自然說：「而且不單是
　驗尿。」
她說：「還檢驗了頭髮和指甲的採樣。」
她說：「還加上身家背景調查。」
道德條款，身家調查，信用
　調查，衣著規定。

在台上，赤著腳，沒有聚光燈，
沒有微笑或皺眉，一段夜空的影
　片橫過她的臉龐。
星星和月亮的銀河系。
嘴唇塗著紅色甜菜汁，眼皮上抹著
　黃色番紅花粉。
一張粉紅星雲的面具移動。上面是
　有環和火山口的行星。

大自然說：「他們要太多的
　推薦信。」
加上測謊，四張有照片的身分證明，
「四張。」大自然說著，豎起一隻手上
　彩繪的手指，她的
銅絲和骯髒銀絲的手鐲，叮噹

如風鈴響在手腕上。
她說：「誰也沒有四張附照片的證件……」
要當修女，她說，妳得參加筆試，
這比性向測驗和法學院入學考試
都還難得多，而且全是有典故的
問題，比方說：
「有多少天使能在一根針尖上跳舞？」
所有這些，大自然說，只是要知道
「妳是不是在一氣之下嫁給耶穌。」

她的長髮由臉上撩開，編成辮子拖在
背後。
大自然說：
「我當然沒錄取，不光是因爲藥檢——
我什麼都不及格。」
不單是當修女的事，她一生中大部分……
她聳了下肩，那對在紮染肩帶下的
有雀斑的肩膀。
「所以我就是現在這個樣子。」

星座變化，緩緩爬過她的臉，

大自然說：
「我仍然需要藏身的地方。」

足部按摩

大自然的故事

別笑，可是在芳香療法裡，他們警告妳說絕對不可以在點了檸檬加肉桂的蠟燭之後，又同時點上一支苜蓿蠟燭和一支香柏加肉豆蔻的蠟燭。他們就是不跟妳講原因何在……

在風水方面，他們也從來不說箇中道理，可是只要把床放錯了位置，就可以聚到足夠的氣來殺掉一個人。妳可以單憑針灸把月份太大的胎兒打掉。妳也可以用水晶或是香氣來讓人得皮膚癌。

別笑，可是眞的是有些不足爲外人道的方法，可以讓妳把些新世紀的東西變成殺人工具。

在按摩學校的最後一個禮拜裡，他們教妳絕對不要按到腳後跟的橫向反射區。絕不要碰左腳背。尤其不能碰左邊最外側的地方。可是他們不告訴妳原因何在。這就是這一行裡做明的和做暗的師傅之間差別所在。

妳到學校裡去學腳部按摩反射療法，這是一門利用按摩人的腳來治療或刺激身體某一部分的學問。基本的觀念是人的身體分成十個不同的精力點。比方說，你的大拇腳趾，直接連接到你的腦袋。要治療頭皮屑，就按摩你大拇趾甲後面的那一點。要治好喉嚨痛，就按摩大拇趾的中間關節。這些都不是任何一種健康保險裡有的保健方法。幹這種工作就像是個醫生，卻沒有那麼高的收入。那種要你按摩每根腳趾之間來治療腦癌的人，大部分都沒多少錢，別笑，可是就算你在腳部按摩方面有多少年的經驗，你還是會發現自己很窮，還在替那些賺不到大錢的人做腳部按摩。

別笑，可是有一天妳看到以前和妳一起學按摩的那個女孩子。那個女孩子，年紀和妳一樣大。

妳們兩個以前一樣戴過珠子項鍊。妳們兩個把乾的鼠尾草葉編在一起，燒來滌淨妳們的能量氣場。妳們兩個穿著紮染的衣服，打著赤腳，而且年輕得在替那些到學校附設的免費實習診所來的骯髒遊民按摩他們腳部時，覺得自己很高貴。

那是不知多少年前的事了。

妳呢，妳還是一樣的窮。頭頂上的頭髮開始掉了。因爲吃得不好或是地心引力的關係，別人在妳沒有皺眉的時候也覺得妳一張苦瓜臉。

那個和妳一起去學按摩的女孩子呢，妳看到她從市中心區一家豪華大飯店出來，門房替她拉著門，她像一陣風似地出來，身上的毛皮大衣飛舞，穿著反射治療師從來不會把自己的腳綁在裡面的那種高跟鞋。

就在門房去替她攔計程車的時候，妳挨得近到叫了聲：「蘭娣？」

那女人轉過身來，果然是她。眞正的鑽石在她脖子上閃亮。她的長髮又亮又濃，像一層層紅色和棕色的波浪。她四周的空氣中有玫瑰和紫丁香的柔和香味。她的毛皮大衣，雙手戴著皮手套，皮子光滑而白，比妳自己臉上的皮膚還好。那個女人轉過身來，把她的太陽眼鏡抬起來架在頭髮上。她看看妳，說：「我們認識嗎？」

妳們以前是同學，在妳們年輕的時候——比現在年輕得多的時候。

門房替她拉開著計程車的車門。

那個女人說，她當然記得。她看了下有鑽石在午後陽光中發出刺眼亮光的手錶，說她得在二十分鐘內趕到市區的另外一頭去。她問，妳能一起去嗎？

妳們兩個進了計程車的後座，那個女人拿了一張二十美元的鈔票給門房。他觸帽行禮，說見到她總是很讓人開心的事。

那個女人把要去的地址告訴司機，是一個在上城區的地方，車子上了路。

別笑，可是那個女人——蘭娣，妳的老朋友——她把一隻穿著毛皮大衣的手臂從皮包的把手裡抽了出來，把皮包打開，裡面裝滿了現鈔。一層層五十和一百美元的大鈔。她把戴著手套的手伸進去找出一支手機。

她對妳說：「用不了一分鐘。」

坐在她身邊，妳的印地安印染的棉布長裙，像拖鞋似的涼鞋，還有帶銅鈴鐺的項鍊看起來一點也不時髦好看了。妳眼睛四周的黑色眼影和手背上褪色的彩繪，都讓妳看起來像是沒有洗澡。和她的鑽石耳環比起來，妳最喜歡的那串銀耳環簡直就像廉價商店裡買來的耶誕樹吊飾。

她對著手機說：「我在路上了，」她說，「我可以接三點鐘的那檔，不過只能半個鐘頭。」她說了再見，就切斷了電話。

她用柔軟光滑的手套摸了下妳的頭髮，說妳看起來很好。她問妳最近在做什麼。

哦，還在做老本行啦，妳告訴她。足部按摩。妳現在有一批老客人了。

蘭娣咬著下唇，望著妳，然後她說：「那——妳還在按摩這一行嘍？」

妳說，是呀。妳不知道什麼時候才能退休，不過得賺錢過日子。

她一直看著妳，車子都走了整整一條街遠，她還一句話也沒說。然後她問妳說接下來的這個鐘頭裡有沒有空。她問妳想不想賺點錢，不用付稅的，和她一起給下一個客人做一次四手的足部按摩。妳只要做一隻腳。

妳對她說，妳從來沒和另外一個人一起做過足部按摩。

「一小時，」她說：「我們賺兩千美元。」

妳問：合法的嗎？

蘭娣說：「一人兩千。」

妳問道，只做足部按摩？

「還有一件事，」她說：「別叫我蘭娣。」她說，「等我們到了那裡，我的名字叫安吉麗卡。」

別笑，可是這是眞的。是按摩業裡黑的一面。這方面我們當然都知道一些。我們知道按摩大拇腳趾的下方，就能讓那個人便祕。繞過腳背按摩腳踝，就能讓那個人瀉肚子。按摩腳後跟的內面，能使男人不舉，或令人偏頭痛。但搞這些都不能讓妳賺錢，所以何必去理會呢？

計程車開到一堆石雕前，那是某個中東石油國家的大使館。一個穿了制服的警衛拉開車門，蘭娣下了車，妳也下了車。到了接待大廳裡，另外一名警衛用金屬探測器搜妳的身，要找手槍、刀子，等等。另外一個警衛則在一張有光滑白石桌面的桌子邊打電話。還有一個警衛檢查蘭娣的皮包，把裡面的鈔票推到一邊，結果只找到了她的手機。

電梯的門開了，另外一名警衛揮手讓妳們兩個進去。「只要照我的樣子做，」她說：「這是妳最容易賺的一次。」

別笑，可是在學校裡，妳聽過謠言。說是一個很好的足部按摩師很可能被誘騙到黑的一邊去。在腳底有某幾個會帶來快樂的點按摩的話，就能給人那些只能輕輕說的結果，也就是那些一面偷笑的人所說的「足爽」。

電梯門打開，前面是一條長走廊，只通到一道雙開門。兩邊的牆都是光滑的白石，地板也是石頭的。那道雙開門上裝著霧面玻璃，裡面的房間中有一個男人坐在一張白色辦公桌後。他和蘭娣互相吻頰為禮。

坐在辦公桌後面的那個男人，他看著妳，可是只跟蘭娣說話。他叫她做安吉麗卡。在他後面是另外一道雙開門，裡面是一間臥室。那個男人揮手讓妳們兩個進門去，可是他留在外面，鎖上了門。把妳們鎖在裡面。

在臥室裡，有個男人面朝下地躺在一張鋪有白緞子床單的大圓床上。他穿著綢子的睡衣，是閃亮的藍色綢子，兩隻光腳伸到床沿外。安吉麗卡脫掉了一隻手套。她再把另外一隻手套脫下，然後妳們兩個跪在厚厚的地毯上，一人握著一隻腳。

看不到那個人的臉，妳只看到他梳得整齊的油亮黑髮，兩隻大耳朵裡也長著黑毛。那個腦袋的其他部分全埋在白緞子的枕頭裡。

別笑，可是那些謠言都是真的。按摩安吉麗卡所按的地方，在腳跟底部生殖器的反射區按摩之下，她讓那男人呻吟起來，臉還埋在枕頭裡。妳兩手還沒累，那個男人就吼了起來，全身大汗淋漓，藍色的綢子貼在他的背上和腿上。等他安靜下來之後，妳都搞不清楚他是不是還在呼吸，安吉麗卡輕聲地說，是該走的時候了。

坐在辦公桌後面的男人給妳們每人兩千美元，現鈔。

到了外面街上，一名警衛替安吉麗卡攔了部計程車。

進入計程車後座時，安吉麗卡交給妳一張名片，上面是一家整體醫療診所的電話號碼。在那個號碼底下，有一行手寫的字：「請找藍尼」。

她手上的柔軟皮手套，她香水的玫瑰香味，還有她的聲音，全在說：「打電話給我。」

會進足部按摩這一行的人有各式各樣的理由。像是可以讓妳的家人過更好的生活。可以給妳媽和妳爹一些舒適的日子和安全感。也許還可以買部車子。一棟在佛羅里達海邊的房子。

把那棟房子的鑰匙交給妳父母的那天，是妳這輩子最快樂的一天。那天他們哭著，承認自己再也沒想到他們的寶貝孩子單靠揉捏別人的臭腳也能過日子。這是個妳要用下半輩子換來的一天。

別笑，可是那並不犯法。妳不過是做了次足部按摩。沒有發生性行爲，只是妳的客人到了高潮，累得有一兩天連路都很難走。不管是男人還是女人，都是一樣。妳在他們腳上按對了地方，他們就會像痙攣一樣達到高潮。強烈到會失禁而讓妳聞得到氣味。強烈到大部分客人只能望著妳，口水由一邊嘴角淌流下來，用顫顫巍巍的手指指點妳去拿放在梳妝台或茶几上的那一疊百元大鈔。

藍尼從診所打電話來，妳就登上包機去倫敦。診所打電話來，妳就飛去香港。所謂診所就是藍尼一個人，是個說話有俄國口音的男人，住在公園漢普頓大飯店一間套房裡，妳得把收入的五成分給他。在電話上，藍尼用很重的口音告訴妳該趕哪班飛機，還有下一位客人在哪個旅館房間或私人小島上等妳。

別笑，可是不好的地方是妳根本沒有時間去逛街購物。錢越積越多。妳的制服是一件毛皮大衣。要適合於這個新世界，妳得買好的黃金和白金首飾。得留一頭非常完美而光亮的頭髮。坐在麗池—卡爾登大飯店的大廳裡，妳也許會看到幾個以前學足部按摩的同學，現在穿著亞曼尼的西裝、香奈兒的小禮服。以前吃素騎自行車來往的，現在卻看到他們進出大轎車，妳看到他們獨自在大飯店的餐廳小桌子上吃飯。在私人的機場附設酒吧裡喝雞尾酒，等著下一班包機。

以前是滿懷夢想的理想主義者，現在給引誘成爲了職業的足部按摩師。

那些留著嬉皮長髮的自然派女子和留著山羊鬍的滑板小混混，妳現在聽到他們用電話指示他們的股票經紀人買進賣出。把錢藏在海外的帳戶裡，或是瑞士銀行的保險箱裡，爲沒切割的鑽石和南非金幣討價還價。

以前叫鱒魚和小馬，蜥蜴和生蠔的男生，現在都叫德克。以前叫金鳳花的女生，現在叫杜明妮可。

從事足部按摩的人這樣氾濫，使得價格降低，很快地，客戶不再是科技界的億萬富翁和產油國家的王公貴族，妳現在混在大飯店的酒吧裡，穿著去年的Prada服裝，二十塊錢就可以按上一次。妳溜到桌子底下，給坐在餐廳後方包廂裡來開年會的人按摩腳部。妳由一個假的生日蛋糕裡跳出來，給一整個足球隊的人按摩，參加單身派對，只爲了能繼續付妳父母養老的那棟房子的貸款。

不要多久，妳就得用那套用綢子裹著的法國修指甲工具去修治不好的灰趾甲。

妳做所有這些事，爲的只是因爲妳向藍尼還有他那群俄國黑手黨借了錢，得還利息。借錢買的股票垮了。全是藍尼推薦妳買的股票。或者是買了藍尼說妳要入這一行就一定要有的首飾和鞋子。

妳在公園漢普頓大飯店的酒吧裡，想說動一個喝醉酒的生意人跟妳去男廁所花十塊錢來做足部按摩。就在這時候，妳看到了她。安吉麗卡，走過大廳，往電梯走去。她的頭髮閃亮。她的毛皮大衣拖在她高跟鞋後面的地毯上。安吉麗卡仍然看來豔光照人。妳們的眼光對上了，她舉起一隻戴了手套的手，招妳過去。

電梯來了的時候，她說她要到藍尼的頂樓套房去，也就是要去診所。

她看著妳磨損了的高跟鞋，妳的指甲斷裂了。她說：「來看看下一波成長的生意是什麼……」

電梯停在五十樓，整個頂樓套房都租給了藍尼，兩個穿了細條紋西裝，全身肌肉的壯漢守在門口。該給藍尼抽的成，也就是妳每項收入的一半，就是交給像這兩個打手的人。其中一個保鑣對著別在他衣領上的小麥克風報上妳們的名字，門鎖在一陣很響的嗡嗡聲中打了開來。

裡面只有妳和安吉麗卡和藍尼。

別笑，可是，像妳做足部按摩，過的生活孤單又寂寞——藍尼的生活看來更差得多。關在頂樓的套房裡，整天穿著一件白色毛巾布的浴袍，數著鈔票，打著電話。唯一的家具就是一張辦公椅，椅子上滿是漬印，髒得要命。一張床墊扔在玻璃帷幕牆邊，向外可以看到整個城市。電腦的螢幕上，股票價格不停地在跑著。

藍尼朝妳們走了過來，浴袍敞開著，裡面穿了條皺巴巴的條紋四角內褲，腳上的白襪子都變黃了。藍尼朝安吉麗卡的臉伸出兩手來，說道：「我的天使，我最愛的寶貝，」他把她的臉捧在兩手之間，說道：「妳好嗎？」

穿著高跟鞋的安吉麗卡大概比他高了一個頭。她微微一笑，說：「藍尼……」

而藍尼摑了她一耳光，很用力，一巴掌甩在她臉上。他說：「妳騙了我，妳可眞行。」他舉起一隻手，五指張開，準備再摑她一耳光，藍尼說：「妳在接外面的生意，對不對？」

安吉麗卡把一隻戴了手套的手摀在臉上，遮住被藍尼打出來的紅印子，說道：「寶貝，不要……」

藍尼把手放了下來，他轉身背對著她。藍尼走過去望著窗外，整個城市開展在他的床墊旁邊。

「寶貝，」安吉麗卡說：「讓我給你看點新花樣。」

安吉麗卡看了我一眼。

她走過去站在他身邊，由後面把她戴了手套的兩手搭在他肩膀上。安吉麗卡說：「來，媽咪讓你看看她還是一樣有多愛她的小寶貝……」

她拉著藍尼去坐在床墊上，然後讓他躺了下去，把那雙發黃的襪子從他的兩隻腳上脫了下來。

「來吧，寶貝，」她說。她脫下手套，說道：「你知道我最會足部按摩……」

然後安吉麗卡做了一件妳從來沒看過的事。她跪了下來，張開嘴巴，嘴唇張得又闊又薄，伸出舌頭來舔藍尼的腳底。安吉麗卡用嘴把藍尼的腳後跟整個含住，藍尼開始發出呻吟。

別笑，可是就是有些事情比你所能想像到的惡劣程度更壞。有個從來沒得過高血壓的媒體大亨死在四季大飯店的房間裡，死因是腦溢血。一個搖滾歌星，向來身強體壯，卻在瑪莫堡大飯店裡做過一次足部按摩後，死於腎衰竭。

我們會按摩到各國總統和蘇丹、大公司總裁和電影明星、國王和皇后的腳。我們知道怎麼樣讓拿了錢的暗殺行動看起來像是自然死亡。

這些都是安吉麗卡在乘坐電梯下樓的時候告訴妳的。是在藍尼呻吟抽搐之後的事。當時安吉麗卡含著舔著他的腳，最後藍尼在床墊上坐直了身子，兩手按住胸口，張大了嘴看著還在含著他腳後跟的安吉麗卡。在他的心跳停止之後，安吉麗卡把床單拉起來，一直蓋到他的下巴，把他腳上的口紅印子擦掉，再把自己嘴上的口紅搽好。她拔掉了電話插頭，告訴保鑣說藍尼要好好睡個午覺。

在下樓的電梯裡，安吉麗卡告訴妳說這是她最後一次做足部按摩，這種按摩殺人能賺一百萬，現鈔。一個對手公司雇她來幹掉藍尼，現在她要永遠退出這一行了。

在樓下的大廳酒吧裡，妳們兩個喝了杯雞尾酒，好沖掉她嘴裡藍尼的腳味。算是最後一次道別的酒。然後安吉麗卡說，看著酒吧裡，那些穿西裝的男人，那些穿毛皮大衣的女人，他們全是按摩殺手，她說。風水殺手。理療殺手。

安吉麗卡說，在物理治療的時候，只要把一塊水晶石英放在某人的心臟部位，然後把一塊紫水晶放在他肝臟部位，一塊黃水晶放在他額頭上，就能使他昏迷致死。只要溜進一個房間去，將某個人臥室裡的家具移動一下，風水專家就能讓那個人的腎臟產生病變。

「艾灸術，」她說，是一種在人身上針灸部位點香的療法，「能殺人。指壓也一樣。」

她把杯裡剩下的雞尾酒一飲而盡。從脖子上解下那條珍珠項鍊。

所有那些療法和藥物號稱百分之百的天然，所以百分之百的安全。安吉麗卡大笑起來。她說：氰化物是天然的。砷也是。

她把那串珍珠給妳，說道：「從現在開始，我又回到『蘭娣』的身分了。」

這就是妳希望安吉麗卡留在妳記憶中的模樣，而不是第二天在報紙上看到的那樣子，從河裡撈起來，身上還穿著濕淋淋的毛皮大衣。她的耳環和鑽錶都拿走了，好裝成行搶的模樣。她不是因爲足部按摩致死的，而是死於相當傳統的方式，在她梳得很完美的法國髻後腦上有一個彈孔。這是對所有想跳槽的德克和杜明妮可的警告。

診所打電話來，不是藍尼，而是另外一個俄國口音的人，說要派妳去客戶那邊，可是妳不信任他們。那兩個保鑣看到妳和蘭娣在一起，到頂樓的套房去，他們想必準備好另外一個彈孔要放在妳的後腦上。

妳父母從佛羅里達打電話來說，有一輛黑色車子一直跟蹤他們，還有人打電話去問他們知不知道怎麼找得到妳，到這時候，妳已經是一家廉價小旅館逃到另外一家廉價小旅館，在後街小巷裡給人足部按摩來賺點現金過活。

妳告訴妳的父母：要小心。妳告訴他們不要讓不認得的人按摩。妳用公用電話打給他們，跟他們講絕對不要碰芳香療法、穴道、氣功。別笑，可是妳得四處旅行好一陣子，說不定下半輩子。

妳沒法解釋。到這時候，妳的零錢也用完了，所以妳跟妳父母道了再見。

1.
2.
3.
4.
5.
6.
7.
8.
9.
10.
11.
12.
13.
14.
15.
16.
17.
18.
19.
20.
21.
22.
23.
24.

3

我們的第一個禮拜，吃的是用塗了鵝肝醬嫩牛肉做餡子的威靈頓牛肉餡餅，而美國小姐跪在每一個門把手前面，想用她從野蠻公爵那裡借來的一把調色刀把鎖撬開。

我們吃花斑鱸魚，而噴嚏小姐吃由她箱子裡那些撞得乒乓響的瓶瓶罐罐中倒出來的藥丸和膠囊。一面用拳頭擋在嘴前咳嗽，還拿毛衣袖子來擦鼻涕。

我們吃義式焗烤奶油火雞麵，而遊民夫人玩著手上的鑽戒。她轉著白金的戒指，對似乎是捧在她手心的那顆大鑽石說話。「派克爾，」她說：「這一點也不像我想像中那樣。」遊民夫人說：「環境這樣不……理想，我怎麼寫得出好東西來呢？」

當然，八卦偵探在用機器把她錄下來，誹謗伯爵則拿著他的卡式錄音機錄下每一個字。

這裡有人咳嗽，那裡有人咳嗽。這邊有人訴苦，那邊有人咒罵，到處都在抱怨。噴嚏小姐說空氣裡全是有毒的黴菌。

這裡有人動來動去，那裡有人咳嗽。沒有一個人工作，沒有一個人寫作。

骨瘦如柴的聖無腸，永遠仰著臉，嘴巴像小鳥似地張著，把裝在銀色塑膠袋裡的辣醬、蘋果派或是洋芋泥肉餡餅往裡倒。他的喉結隨著每次吞嚥而上下抖動，舌頭舔著通過他牙齒之間的溫熱食物。

媒人嚼著菸草，把汁吐在滿是漬印的地毯上，說這棟陰濕的房子，這些陰暗潮濕的房間完全不像他想像中的作家研習營：大家以手寫稿，眼下是大片綠色草地；作家們吃的是盒餐，每個人住在他們個人的小木屋裡。種著杏桃的果園裡開滿了白花，下午在栗子樹下午睡，打槌球。

美國小姐在給她畢生傑作的電影劇本寫大綱之前，就說她辦不到了。她的胸部痠痛得讓她無法寫作，她的兩臂太累。她一聞到今天要吃的小牛肉，就忍不住要把昨天吃下去的蟹肉餅給吐了出來。

她的月經幾乎晚了一個禮拜。

「這叫惡劣建築症候群。」噴嚏小姐對她說。她自己擦紅了的鼻子已經因爲老是向一邊擦而歪向一邊了。

遊民夫人用手指摸過欄杆和雕花的椅背，讓我們看有多髒。「看，」她對手上的大鑽石說。她說：「派克爾？派克爾，這實在不像話。」

在我們被關起來的第一個禮拜裡，噴嚏小姐一直在咳嗽，呼吸聲音慢而低沉，像是管風琴的聲音。

美國小姐搖著鎖上的門，在義大利文藝復興的休憩廳裡把綠色天鵝絨的窗簾拉開，發現窗子都用磚塊砌死了。她用粉紅健身輪的把手將哥德式吸菸室的彩色玻璃窗打破，發現後面竟是一堵水泥牆，用電線連著電燈泡來造出假的日光。

在法國路易十五大廳裡，椅子和沙發上全是印有矢車菊花樣的藍絲絨椅套，四壁全是灰泥的渦形花紋，都漆成了金色。美國小姐穿著她粉紅色的運動服站在那裡，要求把鑰匙拿出來。她的頭髮像由金色髮捲組成的海浪，堆在她腦後，她要鑰匙，好讓她出去，只去個一兩天。

「妳是個小說家嗎？」魏提爾先生說。即使把兩手擱在輪椅的鉻鋼扶手上，手指仍在打著看不見的電報。兩隻青筋畢露又滿是皺紋、瘦骨嶙峋的手始終不停地在抖動。

「電影編劇，」美國小姐說，兩手在粉紅色運動服的腰際捏成拳頭。

看著她高䠷窈窕的身材，「對啊，」魏提爾先生說：「那就寫一個以疲累當主題的電影劇本吧。」

不要，美國小姐需要去看婦產科醫生。她需要驗血。她需要產前的維他命。「我要見一個人，」她說。她的男朋友。

魏提爾先生說：「這正是摩西把以色列人帶進沙漠去的原因所在……」因爲這些人好幾代以來都是奴隸。他們已經學會安於無助。

要由奴隸族群中創出一個主人族群，魏提爾先生說，要教會一群受控制的人如何創造他們自己的生活，摩西就非當混蛋不可。

坐在一張藍絲絨椅子邊上的美國小姐不住地點頭，一頭金髮上下跳動。她明白，她了解。然後她說，「鑰匙呢？」

而魏提爾先生告訴她：「沒有。」

他把一包銀色眞空包裝的白酒雞塊放在膝蓋上，四周圍的藍色地毯上有一塊塊黏黏黑黑的霉印。每一塊潮濕的印記，都像是個張牙舞爪的黑影。一個長了黴菌的鬼魂。魏提爾先生舀起一匙白酒雞塊，說道：「除非你能忽視周遭環境，做你承諾過要做的事，」他說：「否則你就會永遠受到這個世界的控制。」

「那你叫這個是什麼？」美國小姐說著用兩手攪動了滿是灰塵的空氣。

魏提爾先生說了後來說過百萬次的話，「我只是要你守住承諾。」還有：「在這裡阻撓你的正是阻撓你一輩子的那些東西。」

空氣裡永遠會充滿著太多的某些東西。你的身體太瘦痛或疲倦。你爸爸酗酒太多，你老婆太冷感。你總有藉口不去過你的生活。

「可是萬一出了什麼事怎麼辦？萬一我們的食物吃完了呢？」美國小姐說：「那到時候你就得把門打開了，對不對？」

「可是現在不是呀，」魏提爾先生說，他嘴裡滿是嚼了一半的雞塊和白花菜。「我們的食物並沒有吃完。」

不錯，是沒有吃完。還沒有吃完。

在裡面的第一個禮拜，我們吃了蔬菜咖哩飯。我們吃了蒲燒鮭魚。全是冷凍乾燥的。

食物裡，有封在用手撕不開的眞空包裝袋中的青豆。每個銀色的袋子上都用黑字印著「防蟲」的字樣。我們有防蟲的青豆子和雞肉派，還有整根的金黃甜玉米棒。每個袋子裡，都有東西搖得響，像碎了的樹枝、石頭和砂子。每一個袋子都膨大成一個銀色的枕頭，裡面灌了氮氣，以確保裡面沒有活物。不管是肉醬義大利千層麵，還是乳酪小包子。

不管是不是能防蟲，我們那位失落環節都能用他那雙毛茸茸的手一把撕開。

在烹調之前，大部分的人都用剪刀或是刀子把袋子割開，伸手到裡面去摸索找出一個裝了氧化鐵的小茶包——加進去是爲了吸收掉所有殘餘的氧氣。把茶包取出來之後，就把袋子丟進那麼多杯的開水裡。我們有一台微波爐，我們有塑膠的叉子和湯匙。紙盤子，還有自來水。

把一本講吸血鬼的小說看上十頁，就可以開飯了。上桌的不是牛排和熱水，那個銀色枕頭裡裝滿了家常肉捲，或是加了蘑菇和酸奶油的俄式炒牛肉絲。

我們坐在大廳裡鋪著藍色地毯的樓梯上，看來就如一道水波流動的藍色瀑布。每一級階梯都寬到我們可以一起坐在上面，彼此的手肘還不會碰到。這就是萬一發生核子戰爭時，總統和國會議員在地底深處吃的那種俄式炒牛肉絲。是同一個廠商製造的。

其他的銀色袋子上標註著：「巧克力魔鬼蛋糕」和「火燒香蕉冰淇淋」。洋芋泥、通心麵和乳酪、冷凍乾燥的炸薯條。

所有這些，不錯的食物。

每一袋都有個有效賞味日期，遠在我們都不在人世之後，長命到大部分現在還是小嬰兒的人都死了之後。

能活一百年的草莓小蛋糕。

我們吃了冷凍乾燥的羊肉，配上冷凍乾燥的薄荷醬，而遊民夫人打心底裡發現她眞的確實愛她死去的丈夫。她愛他，她用兩手摀著臉哭。她的肩膀在她的貂皮大衣裡聳了起來，因爲哭泣而抖動。她把那顆大鑽石捧在手心裡，她需要出去把她那三克拉的丈夫埋葬在他們的家族墓園裡。

我們吃了丹佛蛋捲，而野蠻公爵把他的尼古丁口香糖咬得噼啪作響，說這眞不是戒菸的時候。而聖無腸左手失去了知覺，這是在沒有圖片刺激下想達到高潮的反覆動作所造成的傷害。

否定督察的貓，那隻叫柯拉·雷諾茲的貓，吃了剩下來的魚肉，而靈視女伯爵和無神教士很擔心我們的安全。我們走進了一個陷阱，他們擔心有人會找到我們而……他們告訴魏提爾先生說他們必須不停移動、躲藏、逃跑，以保安全。

無神教士抱著一張芭芭拉·史翠珊的唱片，裂開如血腸的嘴唇蠕動著讀歌詞，他對著誹謗伯爵的卡式錄音機說：「我原以爲我們這裡會有立體音響的。」

在八卦偵探錄影機的觀景窗裡，殺手大廚把一大匙湯汁淋漓的綠色菠菜蛋奶酥送進他那張胖臉的嘴裡，一面說道：「我是個專業大廚，我不是美食評論家。可是我不能喝上三個月的即溶咖啡……」

當然，每個人都說他們還在寫東西，寫他們的詩和小說。他們會完成他們的傑作。只不過不是在這裡。不是現在。要等以後，到外面去之後。

我們在這裡的第一個禮拜，大家一事無成。除了抱怨。

「這不是藉口，」美國小姐說著兩手捧住她平坦的腹部。「這是個人的生命。」噴嚏小姐用拳頭擋在嘴前咳嗽。她吸著鼻子，兩眼鼓突，淚水後面隱現血絲。她說：「我在這裡有生命危險。」一手伸進口袋去再拿一顆藥。

當然，魏提爾先生搖頭說不行。

魏提爾先生坐在那張藍絲絨的椅子上，四周的大廳裡全是金色和絲絨。他用湯匙由一個眞空包裝袋裡舀著牡蠣巧達濃湯，一面說道：「告訴我一個關於這孩子爸爸的故事，」他對美國小姐說：「給我寫一段妳怎麼和他認識的場景。」

八卦偵探的錄影機鏡頭拉近，給美國小姐的臉拍了個特寫的反應鏡頭。

產品改良

一首關於美國小姐的詩

「我一直在找，」美國小姐說：「看有什麼
是我不喜歡的。」
每次她照鏡子的時候。

美國小姐在舞台上，她的金髮鬈成油條捲
吹成大波浪，很蓬鬆。
讓她的臉看來盡量的小。
一隻穿了高跟鞋的腳稍稍放在
　另一隻腳前
讓兩腿相重
使她的臀部看來更
窄。
側立著，她將肩膀扭過來
　面對著觀眾。
所有這些屏氣吸氣都使她的腰部看來
　窈窕。

在舞台上，沒有聚光燈，只有一段影片：
她的臉被健身錄影帶畫面遮沒。
她的五官、眼睛和嘴唇，穿著亮粉紅色
　緊身衣和護腿。

她那美國小姐的皮膚和一群女人一起
跳躍舞動。
每個女人都望著鏡中的自己。
影片：幻影的影像反映的影子。

她說：「我每朝鏡中望一眼，就是一次
祕密的市場調查。」
她是她自己的試看觀眾。
以一到十的評分來評她的外表。
每天，以錄影帶來看新升級的五點。
了解新的市場趨勢。

她的衣服，緊如泳裝，緊如緊身衣，

她的褲襪上下踩著的腳踏車固定在
　原處，
一小時消耗一千卡熱量。
「在才藝方面，」她說：「我要表演
　如何不吞食。」
滿肚子的蜜桃冰淇淋。
一大袋子的小巧克力棒，
六個撒滿糖霜的甜甜圈，
兩個雙層起士堡。
平常吃的那些
　有時候，則是精液。

她的臉如特技般遊走、閃動，她
　當下的野心是
消除買家的抗拒心理。
而長程目標是成爲某人的長期
　投資。
　成爲長期的消費商品。

演員休息室

美國小姐的故事

不管是炸彈爆炸，或是有槍手在大會堂裡抓人質，這些事都不是衝著你個人來的。電視網的主控螢幕上出現特別警訊的時候，任何一個屬下的電視台都要把送進來的全國性消息交給主播。

要是你正好在看電視，首先地方台的製作人和導播會先弄個子母畫面。也就是大部分人所知道的分割螢幕。然後當地的主播報告說：「有關郵輪沉沒的最新消息，請看喬．布魯來自紐約的報導。」這就是他們所謂的「投送」或「切換」。

電視網發的新聞占了時段，地方主播只有束手坐在一邊等電視網那邊通知什麼時候特別報導會結束。

沒有一個公關人員會想到把這些事向他們找來的新人解釋清楚，不管那個新人是在推銷投資理財錄影帶、書籍，還是新研發的胡蘿蔔削皮刀。

所以，坐在《醒來吧，加泰隆卡！》節目後台的演員休息室裡，那個把頭髮用油全往後梳的年輕男人，就把一些生活上的事實向這個金髮女郎說明清楚。

他對她說，她是個超級而太過頭的金髮女郎，這種閃亮的金髮，會讓現場指導發瘋，因爲沒辦法打光打到不反光的地步，有些現場指導說那是「爆掉」。一頭金髮像著了火一樣。

「不管怎麼樣，」那油頭小子對金髮女郎說：「要是妳帶了小抄，也不要看，否則攝影機就會只照妳的頭頂。」

他說，現場指導最恨來賓帶小抄，他們討厭那些不肯把資料收起來的來賓。他們會告訴你：「就當你的產品，別推銷。」

諷刺的是，也就是這同一個現場指導，會叫妳做「健身輪」，因爲那正是寫在流程表上妳那一格裡的文字。那個油頭小子那格裡是「投資理財錄影帶」，那個老頭子則是「去漬刷」。

金髮女郎和油頭小子，他們坐在演員休息室裡的舊皮沙發上，幾杯老咖啡丟棄在他們面前的桌子上，上面靠角落的牆上高高掛著兩台電視機，幾乎頂著天花板。在一台電視機的監看螢幕上，可以看見全國性的主播正在談郵輪失事的新聞，然後插入錄影畫面，船底朝天，四周浮著一堆堆桔黃色的救生衣。那金髮女郎說，在第二台電視機的監看螢幕上的狀況更加淒慘。

在另外一個角落，你看到的是A段的笨蛋，那個梳著分頭的老傢伙，清早五點就從他汽車旅館六號房起床趕到這裡，來大力宣傳他所發明的特殊去漬刷。可憐的呆瓜。他上了妝，上了台，送進人工盆景多得像雨林的「客廳」裡，他坐在炙熱的燈光下，而現場主播開始他們開場的「閒話」。「客廳」的場景和「廚房」以及「主景」都不一樣，因爲假的植物和墊子比較多。

這個笨蛋以爲他弄到一個足足十分鐘的時段。因爲這家電視台是照鐘點來的，在開始十分鐘之後才會進廣告。大部分電視台在八分或九分鐘的時候就進廣告了。這樣的話，我們可以讓觀眾不會轉台，在整個十五分鐘的時段裡拿下最高的收視率。

「眞慘，」油頭小子對我們的金髮女郎說，一邊像個好天主教徒似地在胸前畫了個十字，「可是寧願是他，也不要是我們當中的哪一個。」

才剛開始放去漬刷的示範錄影帶，A段的節目就因爲倒楣的沉船而中斷了。

坐在演員休息室裡，一張破舊皮沙發上，在一個兩位數的ＡＤＩ裡，那油頭小子說他大約有七分鐘的時間把這整個世界教給我們的美國小姐。

所謂的ADI，指的是「直接影響地區」。比方說，波士頓，就是美國的第三號ADI，因爲那裡的媒體可以到達第三大消費市場。紐約是第一號ADI，洛杉磯排名第二。達拉斯，第七。

他們現在所坐的地方，在ADI名單上的排名可低了。《林肯鎮清晨秀》或是《圖沙鎮新的一天》。有些傳播媒體在消費市場統計上的數字是零。

另外一個很好的忠告是：不要穿白色的衣服。絕對不要穿任何黑白花紋的衣服，因爲那在攝影機的畫面中會「花掉」。還有，永遠要瘦一點。

「單是要保持現在的體重，」我們的金髮女郎對油頭小子說：「就已經夠辛苦了。」

油頭小子說那個在線上的現場主播，也就是加泰隆卡的當地主播，這裡的電視主持人，是個不折不扣的傳聲筒。所有他們透過無線耳機傳到她耳朵裡的話，就直接從她搽著口紅的嘴裡說出來。導播會告訴她：「……天啦！我們搞得太長了。切進認養流浪狗的公益廣告，然後就上廣告了……」而她就會把這些現場說出來。

一個不折不扣的傳聲筒。

我們的金髮女郎仔細聽著，她沒有大笑，甚至沒有微笑。

於是那個油頭小子跟她說起他自己所見過的其他電視人員，有一次是在一次現場直播，背後是起著熊熊大火的一座倉庫，已經上線的記者一邊整著頭髮，直望著攝影機的鏡頭，在現場直播時說：「你能不能再把問題重複一遍？剛才我的耳朵掉了……」

那位記者該說的是「耳機」啦，油頭小子說。他指著出現在電視監看螢幕上的主播，說爲什麼主播的髮型總是歪向一邊。頭髮向一邊梳下來蓋住耳朵。是因爲她有個小小的無線電耳機塞在耳朵裡，來收聽導播的指示，以防節目進行得太長，或是他們必須插進核子反應爐出事的新聞。

這位金髮女郎，她正在巡迴宣傳一種妳按著推動就可以減肥的健身輪。她穿了件粉紅緊身運動衣和紫色的緊身褲。

不錯，她是很瘦，又有一頭金髮，那個油頭小子對她說，可是臉上凹凸的地方越多，在鏡頭上看起來越好看。

「所以我才一直帶著我使用前的照片，」她說，她坐在椅子上，彎下身去，她的身子一直向前俯到雙峰都貼在了膝蓋上，她伸手到放在地上的一個上健身房帶的小包包裡找著，她說：「這是唯一能證明我不是天生窈窕金髮女郎的東西。」她由包包裡取出一張東西來，用兩根手指揑著邊上。那是一張照片，而那個金髮女郎對油頭小子說：「一般人要是沒見到這個，很可能認爲我生下來就是這個樣子。他們絕不會知道我下了多少工夫。」

他告訴她說：上了電視，只要還有那麼一丁點嬰兒肥，妳看起來就什麼也不是了。一張假面具、一個滿月、一個大圓圈，上面沒有可以讓人記得的五官。

「甩掉所有那些贅肉，可是我所做過唯一眞正了不起的事，」她說：「要是我再長回來的話，那就像我根本沒活過。」

妳知道，油頭小子說，電視把一個立體的東西——就是妳啦——變成一個平面的東西。所以妳在鏡頭上看起來會比較胖，又扁又肥。

我們的金髮女郎用兩根手指揑著那張照片，看著她自己以前的樣子，說道：「我不想只是一個普通的窈窕女郎。」

關於她的頭髮太「亮」的問題，油頭小子告訴她，「這就是爲什麼你在春宮電影裡看不到天然紅髮的原因，打光沒法打好，和眞人搭不上。」

這傢伙想要做的是：在攝影機後面的攝影機後面的攝影機，讓你看到最後的眞相。

我們都希望自己是站在最後面的那個人。能說什麼是好或壞的那個人。決定什麼是對，什麼是錯。

對我們這位頭髮顏色太金亮，會讓攝影機鏡頭「爆掉」的女孩子，油頭小子說明了這些地方電視台製作的節目都分成六個段落，中間放廣告。稱之爲A段、B段、C段等等依此類推。那些像《早安法戈鎮》和《朝陽升起西杜納》等等的，都是瀕臨絕種的東西，和就只買下一些全國性的談話節目來塡檔比起來，製作費太高了。

像這樣的巡迴宣傳，是新一代的雜耍演員。從一個鎮到一個鎮，一家旅館到一家旅館，在當地的電視台和電台上一次節目。推銷你新的改良式髮捲或是去漬刷或是健身輪。

你有七分鐘的時間來介紹產品。那是說如果你沒給擠在F段——也就是最後一個段落，那一段在大多數的ADI大概都會給擠掉了，因爲前面的段落搞得太長了。有些來賓實在太好玩，太有魅力了，主持人會把他拖過了廣告時間。給他「雙段」時間。要不就是電視網插進了沉船的報導。

所以A段才那麼搶手。節目開始，主持人做個「開場」，你就上了。

不對，很快地，油頭小子兜在一起的這些難得學到的竅門就會對所有的人都失效了。

也許這正是他肯免費教她的原因所在。眞的，他說，他眞該寫本他媽的專書，這就是所謂的美國夢：把你的生活化成可以賣的東西。

那個金髮女郎仍然看著那張照片中很胖的自己，說道：「眞是可怕，可是這張大胖子的照片對我來說比什麼都値錢。」她說：「這張照片以前會讓我看著就覺得難過。可是現在是唯一能讓我開心的東西。」

她把手伸了出去。「我魚油吃得多到你都能聞得到味道了。」她把那張照片朝油頭小子抖著說：「聞聞我的手。」

她的手聞起來像一隻手，像皮膚、肥皂，她透亮的指甲打磨得很光滑。

他聞著她的手，把那張照片拿了過去。平平印在相紙上，正好在高度和寬度上都很適恰的她就像一隻母牛，穿著短短的上衣和低腰的牛仔褲，她以前的頭髮很普通，是一般的棕色。

要是妳注意看油頭小子的穿著，淺粉紅色的襯衫，打著一條知更鳥的蛋般淺藍色的領帶，外罩深藍色的上裝，眞是太完美了。粉紅色使他面色紅潤。藍色襯出他的眼睛。妳還來不及張嘴，他就說，妳一定要站得出去，站得出去，打扮好了上鏡頭。要是你穿一件皺了的襯衫，打一條有污漬的領帶，那你就會是他們時間不夠的時候拿掉的來賓。

任何一家電視台都要妳乾乾淨淨，打扮得整整齊齊，充滿了魅力。適合上鏡頭，要有張漂亮面孔，因爲去漬刷或是健身輪不會說話。就是要有開心而活力十足的樣子。

在電視機的監看螢幕上，那老傢伙的脖子上皮膚鬆垮著，層層疊疊地擠在一起，塞在上了漿而扣得很緊的藍色領子裡。即使如此，在他就坐在那裡吞口水的時候，一些多餘的皮膚還是從他領口上方擠了出來，就像是在那個女孩那張使用前的照片裡那圈由牛仔褲腰擠出來的肥肉一樣。

那張照片看起來和那個女孩一點也不像。主要是因爲照片裡的她臉上帶著微笑。

油頭小子看著電視機，指出攝影機從來不會推過去照觀眾席，從來不讓我們看到全景。那意思就是說，現場只有一些牙口不好的老太太。負責找現場觀眾的人，想必花了一番工夫。把這些老太太在清早七點拉到這裡來，坐滿觀眾席，而電視台會安排「老人才藝大會」。這樣他們才能找得到人來給地方性的節目捧場鼓掌。萬聖節前後，來的全是年輕人，電視台就會推出鬼屋探險基金大募集。耶誕節的時候，觀眾都是希望他們慈善義賣會能受到注意的老人。做假的歡呼鼓掌換免費的廣告。

在播放播出內容的那台監看電視機上，全國性的主播把時間交還給當地的主播，而當地主播先進了一段預錄的明日節目預告，然後是小片頭：一張很美的雨景，一陣喇叭聲，接著就是廣告了。

船沉了，死了幾百人，影片要在十一點播出。

油頭小子把他的投資理財錄影帶推銷詞在腦袋裡重新撰寫，將上帝的旨意加了進去。還有你無法預測的意外災難。所以對依賴你的那些人來說，一項很好而健全的投資就益發顯得重要了。他，化身成他的產品，藏起了原稿。

他，是攝影機後面的攝影機。

時間長得和郵輪下沉的時間一樣，看來我們金髮女郎發亮的金髮上不了鏡頭了。

在他們由廣告接回來，再插入一段交通快報，不露面的記者報導一段公路攝影機所拍的現場畫面，在那之前，製作人就會陪著那個賣去漬刷的回到演員休息室來。而現場指導呢，她會把無線電麥克風交給投資理財錄影帶。她會告訴健身輪說：「謝謝妳過來一趟，可是眞是抱歉，我們的時間拖得太長……」

然後她會請警衛護送我們的金髮女郎到外面的大街上去。

這樣他們才能算好時間讓由電視網提供的節目——連續劇和名人談話秀——準時在十點播出。

在電視機監看螢幕上的那個老傢伙穿戴著跟油頭小子一模一樣的襯衫和領帶。同樣的藍眼珠，他的想法做法都很正確，只是來的時間不對。

「讓我幫妳個忙，」油頭小子對金髮女郎說。她手裡仍然拿著她那張使用前的照片，說道：「妳願意接受好的建議嗎？」

當然啦，她說，什麼都行。然後，她注意傾聽，一面端起一杯冷了的咖啡，紙杯邊緣上有一抹口紅印，顏色和她嘴上搽的粉紅色唇膏一模一樣。

這個頭髮太亮的金髮女郎，現在是在那油頭小子自己的個人ADI裡了。

他對她說，尤其是不要讓任何一個這種白天談話節目裡的帥哥把妳騙上床。他說的不是現場的主持人。妳要注意的是宣傳推銷商品的傢伙，就是妳會見到在各城市間推銷他們的神奇抹布和致富計畫的人。妳會在全國各地的ADI裡和他們在同一間演員休息室中，妳和他們一樣孤單地困在路上，每天晚上只有一間汽車旅館的房間可去。

根據他個人的經驗，這種演員休息室的羅曼史是不會有結果的。

「妳還記得那個賣永不脫線褲襪的女孩子嗎？」他向她問道。

金髮女郎點頭說記得。

「她是我媽。」油頭小子說。她跟他爸爸認識是兩個人都在巡迴宣傳的時候，像這樣再三地在演員休息室裡見到面。事實上，他始終沒和她結婚，一發現有了問題就把她給甩了。她因為懷孕而失去了宣傳褲襪的合約。而油頭小子在成長期間，一直在看像《起床了，波德爾鎮》和《坦巴鎮起床號》之類的節目，想搞清楚那些面帶微笑、說話速度很快的男人裡，哪個才是他老爸。

「所以我才會進這一行。」他對我們的金髮女郎說。

所以：公事公辦，是他的第一條守則。

金髮女郎說：「你媽眞的，眞的好漂亮……」

他媽……他說，那些從不脫線的褲襪想必用了石棉，她在幾個月前得了癌症。

「她死的時候，」他說：「眞他媽的醜。」

演員休息室的門現在隨時會打開。而現場指導會走進來，說她很抱歉，可是他們也許得再減掉一位來賓。現場指導會看著那女孩子的閃亮金髮。現場指導會看著油頭小子的深藍色上裝。

F段的在電視網插進沉船新聞的時候就走了，然後是E段——她的名牌上寫的是「色彩顧問」——在那段新聞看起來會拖得太長的時間也走了。然後是要在D段談童書的離開現場。

叫人難過的現實情況是：就算妳的金髮顏色對了，也能假裝很好玩而活力十足，有好的賣相，就算這樣，也可能有個帶了把大刀子的恐怖分子幹掉妳那七分鐘的時段。不錯，他們是可以讓妳錄下來，在第二天的節目裡播出，可是問題是他們不會這樣做。他們這一個禮拜的節目內容全排好了，明天播妳的錄影，就得卡掉另外一個人……

在他們獨處的最後一分鐘，只有他們在演員休息室裡，那油頭小子問說，他能不能再幫我們的金髮女郎一個大忙。

「你要把你的時段讓給我？」她說。然後她微微一笑，就像照片裡一樣，而她的牙齒沒那麼可怕。

「不是，」他說。「可是在別人很客氣的時候……別人跟妳說笑話的時候……」油頭小子說，然後把她那張難看的使用前照片撕成兩半。再把那兩半疊在一起，撕成四片，再撕成八片，然後一陣亂撕，撕成碎片。小小的碎片、紙屑。他說，「如果妳想在電視上成功的話，至少得裝個笑臉。」

至少假裝喜歡別人。

在那間演員休息室裡，金髮女郎搽了粉紅色唇膏的嘴，張了開來，越張越大，整個大張著，她張開嘴來又閉上，開合了兩三回，像魚在喘氣。她說：「你這混……」

就在這時候，現場指導陪著那個老傢伙走了進來。

現場指導說：「好了，我想我們最後一段上投資理財錄影帶……」

老傢伙看了看油頭小子，那樣子就好像在看一個訂了五十萬件貨品的大百貨公司買家，他說：「湯馬斯……」

金髮女郎呆坐在那裡，端著她那杯冷了的黑咖啡。

現場指導正在把無線電麥克風從那個人背後的皮帶上解下來。轉手交給油頭小子。

而他對著那老傢伙說：「早安，爹地。」

老傢伙抓起油頭小子的手來握著，說道：「你媽好嗎？」

那個賣永不脫線褲襪的女孩子，被你甩了的女孩子。

我們的金髮小姐站了起來。她站起身，準備放棄了，回家去，敗了。

油頭小子接過無線電麥克風，看了下開關，確定沒有發熱，說道：「她死了。」

她死了，下葬了，而他絕對不會說葬在哪裡，或者，就算他說了，也會騙他說在另外一個城市。

然後，嘩啦一聲。

他的頭髮和臉上，又冷又濕。

他全身淋滿了咖啡。冷咖啡，他的襯衫和領帶，毀了。他一頭油亮的頭髮全給淋得披到了臉上。

我們的金髮女郎伸手拿過了無線電麥克風，她說：「謝謝你的建議。」她說：「我想這下子接下來就輪到我了……」

比頭髮太金亮更慘得多的，比毀了他漂亮衣服和頭髮更糟得多的是，我們這位窈窕女郎眞他媽的愛上了他。

4

在藍色絲絨的大廳裡，有什麼從第一層樓座的陰影裡由樓梯上一路響下來。一級又一級地，聲音越來越響，最後像滾雷一般，黑黑的一團，由陰暗的二樓滾落。那是一個保齡球由樓梯正中央一路砰砰砰地響著滾落。在大廳的藍色地毯上漆黑而無聲地滾過去。保安會修女的保齡球滾過正在舔著爪子的柯拉・雷諾茲，然後滾過坐在輪椅上喝即溶咖啡的魏提爾先生，再經過遊民夫人和她那成爲鑽石了的亡夫。然後那個球重重地撞開了那道雙開門，消失在演藝廳裡。

「派克爾，」遊民夫人對她的鑽石說：「有什麼和我們一起關在這裡。」她放低了聲音，幾乎像是耳語一般，向鑽石問道：「是你嗎？」

那一方應該只有在發生火災時才打破的玻璃，美國小姐已經打破掉了。每一個有漆著紅色金屬框的小櫥窗，旁邊用鏈子懸掛著一支小鐵槌，她都打破了玻璃，拉開裡面的開關。美國小姐先在大廳裡做這件事，再去了漆著紅漆，有好多佛像，有如中國旅館風味的散步場。然後是地下室裡有齜牙咧嘴戰士面像，如馬雅神廟般的前廳。然後是二樓包廂後面的天方夜譚式樓座。然後是擠在屋頂下的投影室。

結果什麼事也沒發生，沒有大作的警鈴聲，沒有人來砍開鎖上的消防逃生門來救她、救我們。什麼事也沒有，始終什麼事也沒有。

魏提爾先生坐在大廳裡一張藍絲絨沙發上，頭上是一盞水晶吊燈的玻璃葉片，吊燈大得像一朵閃亮的灰雲，籠罩著他。

媒人已經把水晶吊燈稱做是「樹」。那一排吊燈低低地懸掛在每一個長長的沙龍、樓座或休憩室的中間。他說那是玻璃的果樹，由包著絲絨的鐵鍊長出來，而植根在天花板上。

我們每個人都在同樣的這些大房間裡看到我們自己日常生活的現實面。

誹謗伯爵在他的記事本上寫著，八卦偵探在錄影。靈視女伯爵圍著她的頭巾。聖無腸在吃著東西。

否定督察甩動整隻手臂把一隻假老鼠扔出去，落在到演藝廳門口的半路上，她用另外一隻手揉著她甩動手臂的肩膀，而那隻叫柯拉．雷諾茲的貓把老鼠啣了回來，貓的爪子在地毯上抓起一道飛舞的灰塵。

克拉克太太注意地看著他們，一手橫在胸前支撐著她的那對奶子，一手反轉回去搔著後頸，說道：「在狄奧岱提別莊裡，他們養了五隻貓。」

聖無腸用一根塑膠湯匙由眞空包裝袋裡舀著橘子黃油薄餅捲吃。

遊民夫人用一支銼板在修指甲，一面看著一匙匙滴著粉紅色汁液的東西從包裝袋送進他嘴裡。她說：「那不可能有任何好處。」

再沒有什麼別的事發生，什麼事也沒有。

然後美國小姐走來站在我們中間，說道：「這是犯法的！」魏提爾先生的行爲是綁架。他違反他人意志將人留置，這可是重罪。

「妳越早完成妳所承諾的事，」魏提爾先生說：「這三個月就會越快過去。」

否定督察把假老鼠甩了出去說：「狄奧岱堤別莊是什麼東西？」

「那是在柯模湖邊的一棟房子。」遊民夫人對她的大鑽石說。

「是日內瓦湖。」克拉克太太說。

回顧起來，魏提爾先生的立場一直是認爲我們總是對的。

「那不是對錯的問題，」魏提爾先生會說。

事實上，根本沒有什麼是錯的。至少在我們的心裡，我們自己的現實之中是如此。

你絕對不會去做錯的事。

你絕對不會說錯的話。

在你自己心裡，你永遠是對的。你的每一個行動——不管你做什麼，說什麼，或你以什麼姿態出現——只要你一動，就自動地正確了。

魏提爾先生的手抖著舉起杯子，他說：「就算是你對自己說：『今天，我要用錯的方式去喝咖啡……倒在一只髒靴子裡喝。』就算是這樣也還是對的。因爲是你決定用靴子來喝咖啡。」

因爲你不會做錯事，你永遠是對的。

就算你說：「我眞是個白癡，我錯得好厲害……」你還是對的。說你錯這件事就說對了。就算你是個白癡，你也還是對的。

「不論你的構想有多蠢。」魏提爾先生會說：「你也一定是對的，因爲那是你的構想。」

「日內瓦湖？」遊民夫人閉著眼睛說。她按著兩邊的太陽穴，用一隻手的拇指和食指按摩，她說：「狄奧岱堤別莊就是拜倫爵士強暴了瑪麗・雪萊的地方……」

克拉克太太說：「不是的。」

我們能考慮到的每一件事，我們都一定是對的。

在這個既不安定又不誠實的世界裡，每個人都是對的，而且你一旦加以實踐，任何想法也都是對的。魏提爾先生會說，唯一確定的就是你的承諾。

「三個月，妳答應過的。」魏提爾先生在他咖啡的熱氣後面說。

就在這時候，有事發生了，不過不是什麼大事。

再看一眼之下，你覺得自己的屁眼收緊，手伸上來摀住了自己的嘴巴。

美國小姐的手裡拿著一把刀。另外一隻手抓住魏提爾先生領帶打結的地方，把他的臉朝上拉向她自己的臉。魏提爾先生的咖啡掉了下去，滾燙地灑滿一地。他兩手垂落，顫抖著，在兩側滿布灰塵的空氣中划動。

聖無腸裝著橘子黃油薄餅捲的袋子掉落，撒在矢車菊藍色的地毯上，全是黏答答的紅色櫻桃和濃縮的鮮奶油。

那隻貓跑過去嚐嚐。

美國小姐的眼睛幾乎碰到了魏提爾先生的眼睛。她說：「要是我殺了你，我也是對的嘍？」那把刀，是殺手大廚用鋁箱帶來的那一組刀子裡面的一把。

魏提爾回望著她的兩眼，他們貼近得在眨眼時雙方的睫毛都碰在一起。「可是妳還是會給困在這裡。」他說。他那幾根稀疏的灰髮鬆垂在腦後。聲音被領帶勒得幾乎發不出來。

美國小姐把刀揮向克拉克太太，說道：「那她呢？她有鑰匙嗎？」

克拉克太太搖了搖頭，沒有。她的兩眼睜得老大，但她那如洋娃娃般嘟起的嘴，仍然維持著矽膠美容後的形狀。

沒有，那支鑰匙藏在這棟房子的某個地方。藏在一個只有魏提爾先生會去找的地方。

不過，就算她殺了他，她也是對的。

要是她放火燒這棟房子，希望消防隊會看到濃煙，在我們全窒息而死之前來救她——她也是對的。

要是她把刀尖刺進魏提爾先生長了白內障的乳白色眼球，將它挑出來，丟在地上，讓那隻貓追來追去——她還是對的。

「面對這種情形，」魏提爾先生說，他的領帶被她緊緊地抓在手裡，他的臉成了暗紅色，聲音很小。「我們還是開始做我們答應過的事情吧。」

三個月，寫你的傑作，結束。

美國小姐放了手，鉻鋼的輪椅在他跌坐回來的時候發出響聲。地毯的灰塵飛滿在空中，因爲他跌坐得太用力，使得輪椅的兩個前輪抬離了地毯。魏提爾先生的兩隻手都伸到領子那裡，要把領帶拉鬆。他俯下身去撿掉在地上的咖啡杯。梳在一邊的灰髮，直直地垂落下來，像縫子似地掛在有老人斑的光頭四周。

柯拉．雷諾茲一直在吃著聖無腸椅子邊滿是灰塵的地毯上的櫻桃和奶油。

美國小姐說：「這事還沒完……」她抖動著把刀刃朝大廳裡所有的人比畫。手臂很快地一揮，肌肉一緊一抖，那把刀現在插進了房間那頭一張大椅子的椅背。刀刃嗡嗡響著埋進了藍色絲絨裡，刀柄兀自抖個不停。

八卦偵探在他的錄影機後面說：「沖印這一段。」

柯拉．雷諾茲的粉紅舌頭還在舔呀舔地舔著黏乎乎的地毯。

誹謗伯爵在他的記事本上寫了一些東西。

「哎，克拉克太太，」遊民夫人說：「狄奧岱堤別莊怎麼了？」

「他們在那裡有五隻貓，」魏提爾先生說。

「五隻貓和八隻大狗，」克拉克太太說，「三隻猴子，一隻老鷹，一隻烏鴉，還有一隻獵鷹。」

那是一八一六年的一次夏日家庭派對，一群年輕人因爲下雨而大部分的時間都困在屋子裡。他們之中有些人結了婚，有些人沒有。男人和女人。他們彼此讀鬼故事給別人聽，但是他們所有的書都很差。之後，他們全都同意各寫一篇故事，任何一種的恐怖故事，來娛樂大家。

「就像是阿爾岡昆圓桌會議①？」遊民夫人問她自己手背上的鑽石。

只是一群朋友坐在一起，想彼此嚇倒對方。

「那他們都寫了些什麼？」噴嚏小姐問道。

那些中產階級、無所事事的人只是想打發時間，是一群一起被困在他們濕熱避暑別莊裡的人。

「沒什麼，」魏提爾先生說：「只有《科學怪人》的傳奇故事……」

克拉克太太說：「還有《吸血鬼卓九勒伯爵》……」

保安會修女從二樓走樓梯下來，穿過大廳，在桌子底下和椅子背後找著。

「在那裡面，」魏提爾先生說著，抬起一根抖動的手指，指著演藝廳的雙開門。

遊民夫人側過頭去，望向美國小姐和那個保齡球消失其中的那兩扇通往演藝廳的門。「先夫和我在覺得煩悶無聊這件事上來說，可算得上是專家了，」遊民夫人說，然後她讓我們等著她走了

①Algonquin Round Table是由紐約一群作家與評論家在一九一九年組成的小團體，每天在阿爾岡昆大飯店共進午餐，在餐桌上說笑話，要聰明，搞語文遊戲，因此激發多人的創作力。該團體學校維持近十年之久。

三、四、五步，到大廳那頭去把刀子從椅背上拔了出來。

她拿著那把刀，看著刀刃，還用手指試了下有多利，說道：「我可以告訴你們，那些有錢而無聊的人是怎麼打發時間的……」

智庫

一首關於遊民夫人的詩

「只要三個醫生，」遊民夫人說：「就能
讓你消失。」
後半輩子就不見了。

遊民夫人在舞台上，兩腿以熱蠟去毛而
十分光滑，睫毛染得又粗又黑。
她的牙齒白亮如她的珠鍊，她的皮膚
按摩過。
她的鑽戒閃亮，亮得像燈塔。
她的亞麻套裝，先畫好紙樣，再裁剪
縫合。
最後全世界沒有第二個人能穿。
她的一切，如一座靜止的紀念碑
而一大群訓練有素的專家列隊追隨
來賺大錢。

舞台上，沒有聚光燈，只有一段影片
一群女人拉著皮草的影像，如絲綢般
覆在她臉上。
影片上，黃金白金首飾的甲冑，
以紅寶石的血紅和青玉的金黃來
警告妳。
遊民夫人說：「有個天才老爸，一點
也不好玩。」
或是有個天才老媽、丈夫、老婆也一樣
隨便你問誰，問任何一個有錢人。
可是，她說，還是只要三個醫生……
多虧有智庫療養院。

「眞是聰明的人，」她說，「他們眞是最
快樂的人……
全心奉獻。」
如果愛迪生還活著，或是居禮夫人，
愛因斯坦。

他們的丈夫、妻子、兒女都得簽
各種必要的文件
在那一瞬間。
「來保護他們的進帳。」遊民夫人說。
各種從專利和發明源源而來的
權利金。

護膚和修腳、慈善舞會和歌劇院包廂
諸般影像，滑過
遊民夫人光滑的臉龐，
她說：「包括我的父親，爲他自己好。」

「他當時……很衝動。」她說：「看到個
年輕女人，穿著緊身運動衣。」
不和家人分享收入，忽略
自己的工作。
結果——用了三個醫生——現在他是：
和其他所有的天才發明家，關
在上鎖的房間裡。
沒有電話。
過他的後半輩子。

在她私人小島……馬術表演……房地拍賣
等等的影像之中，
遊民夫人說：「橡樹果實不會掉得太遠。」
她說：「我們都……算是天才。
「只不過，」她說：「有些表現在別處。」

混跡下流

遊民夫人的故事

在你不看電視和報紙之後，早晨是最糟的部分：那第一杯咖啡。一點也不錯，在醒來的第一個鐘點裡，你想要知道這個世界上其他地方的事。可是她的新規則是：不聽收音機。不看電視。不看報紙。一切中止。

給她一本《時尚》雜誌，凱斯太太都還會感到窒息。

報紙送來了，她直接丟進回收箱，甚至連上面的橡皮圈也沒拿掉。你根本不知道頭條新聞是：「殺手繼續追殺遊民」。

或：「女遊民遭到殘殺」。

大部分早上吃早飯的時候，凱斯太太看的是郵購目錄。你只要用電話訂購過一個神奇掛鞋架，那你下半輩子每個禮拜都會收到一大疊目錄。各種給你家裡、花園裡用的東西，省時間、少空間的各種小東西、工具和新發明。

原先廚房台子上放電視的地方，她放了一個玻璃槽，養了那種會隨你室內裝飾變色的蜥蜴。一個像水族箱的玻璃槽，打開暖燈開關之後，不會告訴你說又有一個街頭酒鬼遭到槍殺，屍體丟進河裡，是針對城市裡遊民展開的恐怖殺戮中第十五名受害者，那些屍體都受到刀傷、槍傷、用打火機油燒傷。街上的遊民大感恐慌，儘管有新的肺癆流行，到了晚上都爭著湧進可以藏身的地方。出城的貨車擠得滿滿的。社會激進派宣稱市政當局是在撲殺乞丐。你只要瞄一眼報攤，或是坐進一輛開著收音機的計程車，就會知道這些。

你弄來個玻璃箱子，放在原先擺電視的地方，而裡面只有一隻蜥蜴——那東西蠢到每次女傭移動了一塊石頭，都以爲自己給移到好幾哩外去了。

這叫做「繭居」，就是你的家成了你的整個世界。

凱斯夫婦——派克爾和艾芙琳——他們以前可不是這樣的，以前只要有一隻海豚死在捕鮪魚的網裡，他們就會衝出去，開支票捐款。去開派對。他們會爲給地雷炸傷的人辦大宴會。給頭部重傷、纖維瘤和貪食症患者辦晚宴舞會。給腸躁動症候群的患者辦雞尾酒會和無聲拍賣會。

每天晚上都各有主題：

「普世和平。」

或者是：「未來的希望。」

想想你下半輩子每天晚上都去參加高中畢業舞會。每天晚上，又是一個以南美切花和無數閃亮白色小燈裝飾的舞台。冰雕和香檳泉，還有一個穿著白色小禮服的樂隊演奏著柯爾・波特（Cole Porter）的曲子。每座舞台上的貴賓不是阿拉伯的皇室貴族，就是網路的青年才俊。有太多的人靠大膽投資而迅速致富，這些人只有在他們的噴射機需要加油維護時，才會停留在地面上。這些人毫無想像力，只會打開《城鄉雜誌》，然後說：

我要這個。

在每次爲受虐兒童舉行的慈善餐會上，每個人都用兩條腿走路，用一張嘴吃蛋奶凍，他們的嘴唇全都經過同樣的豐唇手術。看的是同款的卡地亞金錶，同樣的時間，外面圍著同樣的鑽石。同樣的名牌項鍊戴在因爲練瑜伽而塑造得修長纖細的脖子上。

每個人都進出於只有顏色不一樣的同款凌志汽車。

沒有人覺得有什麼了不起，每天晚上都是一個全然的社交僵局。

凱斯太太最好的朋友伊莉莎白．艾瑟布雷吉．傅頓．魏普士，小名「英琦」，常說任何事物都只有一個「最好的」。有天晚上，英琦說：「到每個人都能端出最好的東西的時候，說老實話，眞的看起來就有點——一般了。」

以前那個老社會已經不見了。現在到處都見到的，多的是新近崛起的媒體新貴，以前那些鐵路和航運大亨卻越來越少。

英琦總是說現在最新的身分地位就是不再現身。

那是在一次爲槍械暴力受害者所舉行的雞尾酒會之後，凱斯夫婦走到外面街上。派克爾和艾芙琳由美術館的台階上走下來，路邊像平常一樣有長長的隊伍，全是穿著毛皮大衣的人在等泊車小弟把他們的車開來。那正好在人行道上，一張公車候車長椅附近。坐在椅子上的是一個酒鬼和一個女遊民，大家都盡量不去看那兩個人。

也盡量屏住呼吸。

那兩個人，都不年輕了，穿著像垃圾堆裡撿來的衣服，每條縫線的地方都看得到一些綻開的線頭，污穢的衣服都變硬了，那個女遊民扱著一雙沒有繫帶子的球鞋，在一頂蓬亂的假髮下看得到她打結而凌亂的頭髮，而那頂塑膠的假髮又粗又灰，就像擦洗金屬製品用的鋼綿。

那個酒鬼頭上戴了頂編織的棕色毛線帽，拉得很下。他正在對那女遊民毛手毛腳，一隻手伸進她那條人造纖維料的鬆緊長褲前面，另一隻手則伸進她的運動衫下。而那女遊民則扭動著身子，發出呻吟，舌頭在張開的嘴裡打轉。

那個女遊民的運動衫撩了起來，露出的腹部看來既平坦又緊繃，皮膚給摩擦成粉紅色。

那個酒鬼寬大的運動褲前面因爲勃起而撐得有如帳篷，最前端還因爲滲透的濕印而形成一塊黑黑的。

好像只有派克爾和艾芙琳在看著那兩個彼此愛撫的人。泊車小弟們在這裡和就在這條街上過去一點的停車場之間來回地跑著。那一大群暴發戶的新貴則注意地看著急速走動的秒針在他們的鑽錶上繞了一圈又一圈。

酒鬼把女遊民的臉拉得貼在他隆起的褲子上，而她的嘴唇在那越來越大的黑印子處轉來轉去。

那個女遊民的嘴唇，艾芙琳對派克爾說，她認得那兩片嘴唇。

你聽到一點聲音，那種響亮的鈴聲讓每個等車的人都把手伸進毛皮大衣口袋裡去掏他們的手機。

哦，我的天啦。凱斯太太說。她告訴派克爾，那個讓酒鬼毛手毛腳的女遊民，那個女人很可能就是英琦。伊莉莎白・艾瑟布雷吉・傅頓・魏普士。

尖利的鈴聲又響了，那個女遊民把手伸了下去，撩起一邊的褲腿，沒有縫褲邊的灰色人造纖維料子下面露出半截厚厚纏著骯髒彈性繃帶的腿。她的嘴唇還壓在酒鬼的胯下，一面用手指由彈性繃帶之間掏出個黑黑的東西來。

響亮的鈴聲又響了起來。

艾芙琳最後聽到的消息是，英琦在辦一本雜誌。可能是《時尚》雜誌吧。她每年有半年的時間在巴黎，決定下一季的內容，她會坐在米蘭的時裝展會場裡，錄下對時裝的評論，在有線電視網上播放。她站在紅地毯上，報導誰穿了什麼去參加奧斯卡頒獎典禮。

在公車站候車長椅上的女遊民，把那黑黑的東西湊在灰色塑膠假髮旁邊，用手指撥弄了一下，說：「喂？」她的嘴離開了酒鬼胯下濕濕的隆起部分，說：「妳有沒有記下？」她說，「新的粉紅帶橙色。」

那個女遊民的聲音，凱斯太太告訴她的丈夫說，她認得這個聲音。

她說：「英琦。」

女遊民把小小的手機塞回纏在她腿上的彈性繃帶之間。

「那個渾身臭味的酒鬼。」派克爾說：「他是環球航空的總裁。」

就在這時候，那個女遊民抬起頭來說：「艾菲①？派克爾？」那酒鬼的手還在她那條鬆緊長褲裡亂摸，她拍拍身邊的長椅說道：「眞沒想到。」

酒鬼把手指縮了回來，在街燈下濕濕亮亮的。他說：「派克爾！來打個招呼吧。」

當然，派克爾向來是對的。

英琦說，新富就是貧窮，新的名聲就是無名。

「新的社會高層，」英琦說：「就是社會低層。」

乘噴射機來往的闊佬就是最早的無家遊民，英琦說，我們也許有十幾棟房子——各在不同的城市裡——可是我們還是只靠一口箱子生活。

這話很有道理，哪怕只因爲派克爾和艾芙琳從來沒過過苦日子。整個社交季，他們一直在參加賽馬、畫展的開幕式和拍賣會，彼此聊著所有的社交名人都在勒戒所，或是在做整容手術。

英琦說：「不管你用的是超級市場的購物推車或是私人噴射機，其實都一樣。始終都在來來去

①艾芙琳的小名。

去，不想給綁死。」

此外，她說，你只要有錢，就能坐在歌劇院的指導委員會裡。你捐一大筆錢，就能在博物館基金董事會裡得到一席。

你簽張支票，就讓你成了名人。

你在一部熱門電影裡給刺死了，就成了名人。

換句話說：就綁死了。

英琦說：「新的名人就是無名小卒。」

那個環球航空的酒鬼有一瓶酒，包在一個棕色的紙袋裡。那瓶酒，他說，是由等量的潔口液、咳嗽糖漿，還有「老香味」牌的古龍水調製而成的，喝了一口之後，他們四個人就大步走過暗處，走過公園，那些你晚上從來不敢去的地方。

談到喝酒，你一定會喜歡的地方就是每一口都是一次無法挽回的決定。你直衝向前，掌控著這場遊戲。這就和嗑藥、吃鎮靜劑和止疼藥一樣，每一次都是踏向某條路口決定性的第一步。

英琦說：「新的隱私就是公開。」她說，就算是你住進最奢華的旅館——就是那種讓妳穿著白色浴袍，在白大理石浴室裡的淨身盆邊還插著蘭花的地方——就算那樣，也大有可能裝著針孔攝影機在看著妳。她說唯一能做愛的地方就是在外面大庭廣眾之間、人行道上、地鐵站裡。一般人只在以為不能看的地方才會想看。

何況，她說，整個喝香檳吃魚子醬的生活方式早就沒勁了。搭上噴射機從這裡到羅馬才六個小時，讓逃避變得太過容易了，世界感覺好小而無趣。環遊世界只不過是讓妳更快地對更多地方感到無聊。在峇里島吃頓無聊的早餐，在巴黎吃頓乏味的午餐，在紐約吃頓煩人的晚餐，然後在洛杉磯跟人口交中途睡著或醉倒。

太多頂尖的經驗，太過密集，「就像是蓋帝美術館②。」英琦說。

「打上肥皀，沖洗乾淨，然後再從頭來過。」那個環球航空的酒鬼說。

在這個所有的人都是中上階層的無聊新世界裡，英琦說再沒有什麼比到街上去窺探幾小時更能讓你過癮的了。不洗澡，讓你身上發臭之後，單只沖個熱水澡，就抵得上千里迢迢跑到索諾馬③去做一趟排毒泥漿浴。

「不妨想做是，」英琦說：「兩道主菜當中上的那道清口用的冰果露。」

打開一扇悲慘世界的小窗，可以有助於你享受眞正的生活。

「到我們中間來參一腳吧。」英琦說，她嘴邊還糊著綠色咳嗽糖漿的印子，好幾綹塑膠假髮黏在上面。她說：「下禮拜五晚上。」

看來差勁，她說，正是最新的「好樣」。

她說所有該來的人都會在。那一幫老朋友。社會名流錄裡最棒的那些。晚上十點，在大橋西邊的斜坡下集合。

他們不能去，艾芙琳說。派克爾和她禮拜三晚上已經答應去參加終結拉丁美洲飢餓舞會。禮拜四是濟助原住民餐會，禮拜五是爲逃家青少年性工作者舉行的拍賣會。這些活動，還有他們送出的那些光鮮亮麗的獎座，讓人盼著美國人最怕公開演說的那天。

②Getty Museum，美國石油鉅子保羅．蓋帝展示他私人蒐藏希臘與羅馬古董、十八世紀法國裝飾藝術，以及自十四世紀至二十世紀西歐名畫的私人美術館，原在他自宅中，七〇年代中期耗資一千二百萬美元興建新館。

③Sonoma，在美國西岸加利福尼亞州，是一酒鄉，也以礦泉療養聞名。

「反正妳去市中心區的喜來登，」英琦說：「住個房間。」

艾芙琳想必是做了個哈巴狗似的鬼臉，因為英琦接著對她說：「別緊張。」她說：「我們當然不住在那裡，不會去住喜來登。那只是個換衣服的地方。」

禮拜五夜裡十點以後的任何時間都可以，她說：在橋西的斜坡下。

對派克爾和艾芙琳．凱斯夫婦來說，第一個問題總是該穿什麼。男人嘛，看來很容易。只要把他的小禮服和褲子反過來穿就行了。左右兩腳的鞋子穿反，你看——看起來就既跛腳又瘋狂。

「瘋狂，」英琦會說：「就是新的理性。」

禮拜三，在反飢餓舞會之後，派克爾和艾芙琳從大飯店的舞廳走出來，聽到有人在街上大唱「耶魯大學校歌」。在街上，法蘭西絲．「法蘭絲」．鄧洛普．柯爾蓋特．尼爾生正和修斯特．「鞋子」．佛雷瑟以及偉佛．「骨頭」．蒲爾曼一起喝著大罐的啤酒，三個人都坐在那裡，把骯髒的褲腳捲了起來，赤腳泡在噴水池裡。法蘭絲把胸罩穿在襯衫外面。

英琦說，穿得爛，就是新的盛裝打扮。

艾芙琳在家裡試了十幾個垃圾袋，有綠的也有黑的塑膠袋，全都大得夠裝下院子裡的雜物。可是那些全讓她看起來很胖。為了要好看，她最後決定穿一個用來裝廚餘的窄窄白色垃圾袋。那看起來還挺高雅的，甚至合身得有如黛安．馮．芙絲汀寶④所設計的裹身裝。用一條外皮都融了的老電線綁住，露出一些鮮橘色的安全塗料，還有鬆脫的銅絲和插頭垂落在一邊。

這一季，英琦說所有的人都把假髮前後倒過來戴，穿兩隻不是一雙的鞋子。她說，拿一床骯髒

④Diane von Furstenberg，猶太人，生於比利時的美籍時裝設計家，以設計裹身裝聞名。

的毯子，在中間挖一個洞，當披風穿在身上，就可以到街上去開心一晚了。

為了安全起見，他們那天晚上住進了市中心區的喜來登飯店，艾芙琳帶了三個裝滿了軍用剩餘物資的大皮箱。發黃而尺寸撐大了的胸罩，滿是毛球的毛衣。她拿了一瓶泥漿面膜來把他們自己塗污。他們從旅館的防火梯偷偷走下十四層樓，出了一扇通往後面巷弄的門，就脫了身。他們是無名小卒，沒人認得，沒有要做任何事的責任。

沒人看他們，向他們討錢，或是想賣什麼東西給他們。

他們走向大橋，就如隱身人一般，因為貧窮而很安全。

派克爾走路一拐一拐的，因為左右腳的鞋子穿反了。艾芙琳呆張著嘴，然後吐了口痰。不錯，就是那個從小就學會在公共場所連癢都不許抓的女孩子，公然在馬路上吐痰。派克爾一個踉蹌，撞在她身上，她抓緊了他的手臂，他將她一把抱過來，兩人親吻，像只剩了兩張濕濕的嘴，而四周的城市就此消失了。

上街的第一晚，英琦帶了一個表面開裂的黑色漆皮皮包過來，皮包裡發出惡臭，味道就像是大熱天退潮後的岸邊，那種味道，「這是新的反階級象徵，」她說。皮包裡是一個由大餐廳來的外帶紙盒。盒子裡是一坨拳頭大的橘色東西。「放了四天了，」英琦說：「四下甩一甩，比貼身保鑣還能讓人離妳遠遠的。」

以臭味維持隱私，這是維護個人空間的新方法，以味道來嚇阻別人。

不管味道有多難聞，她說，妳都會習慣的。英琦說：「卡文．克萊的『恆久』香水味道，妳不就習慣了嗎……？」

她們兩個，英琦和艾芙琳，在街上走著，稍稍離開了那一群。在前面，幾個穿著迷你裙的人從一部禮車裡下來，一些消瘦的人戴著耳機，用電線從嘴邊接到耳朵，每個人都在和遠方的某人交談。她們兩個走過的時候，英琦步履踉蹌，把裝著爛魚的皮包甩過去，貼靠在那些皮衣和毛皮大衣的袖子上。不管對方是穿深色西裝的保鑣，還是穿著訂做黑色西裝的助理。

那一群人擠在一起，退讓開去，所有的人都發出呻吟，用修整過指甲的手摀著鼻子和嘴巴。

英琦不停地往前走著，她說：「我就愛幹這種事。」

面對這群新富，英琦說現在是該更改規則的時候了。她說：「窮人是新貴族。」

前面有一群身價百萬的科技新貴和阿拉伯石油大亨，全都在一家畫廊外面抽菸，英琦說：「我們過去問他們討點小錢……」

這是他們身爲紡織企業總裁和菸草大亨女繼承人做派克爾和艾菲．凱斯夫婦的假日，他們隱退進社會安全網絡中的週末假日。

環球航空的酒鬼名叫韋伯斯特．班勒，綽號「童子軍」。他，英琦和艾菲，先和「瘦子」及法蘭絲會合，然後派克爾和波特加了進來，再來的是「鞋子」和「骨頭」。他們全都喝得爛醉，玩猜謎遊戲，其間派克爾大聲叫道，「現在在這座橋下的人裡，有誰身價不是至少四千萬的？」

當然，你只聽到頭上車輛開過的聲音。

後來，他們在某處工業區推著購物車。英琦和艾菲推著一輛，派克爾和「童子軍」跟在她們後面走著。英琦說：「妳知道，我以前認爲比失戀更糟的，就是在情場上得到勝利……」她說，「我以前好愛『童子軍』，從念書的時候就開始了，可是妳知道有些什麼事……讓我們失望。」

英琦和艾菲，手上戴著那種連指的手套，好方便整理舊罐頭，英琦說：「我以前認爲有個圓滿結局的祕密，就是在最恰當的時刻把大幕落下來。快樂的時刻一過，一切又不對勁了。」

那些在社會裡往上爬的人，覺得一切都很辛苦——他們怕用錯叉子，洗手碗傳過來的時候會緊張——當遊民要擔心的事更多。食物中毒、凍瘡、露出鑲補的金牙會洩漏你的身分，或是讓人聞到妳身上有香奈兒五號香水的氣味。

有一百萬種小枝微末節會讓你露了餡。

他們成了英琦所謂的「通勤遊民」。

她說：「現在呢？現在我愛『童子軍』，愛他愛得就好像我沒嫁給他一樣。」像這樣在街上，感覺上就好像他們是在什麼荒野中開始全新生活的拓荒者。可是要擔心的不是大熊或野狼，而是——英琦聳了下肩膀說——毒販和開車經過亂槍殺人的兇手。

「可是這還是我生活中最好的部分，」她說：「不過我知道不可能永遠這樣……」

她的新社交日程表越排越滿。全是這種「隱於市」的事。禮拜二要做什麼事都不可能，因為她要和丁琪還有齊妲一起去撿破布。之後，派克爾和「童子軍」要碰面去整理鋁罐，之後，所有的人要去一間免費義診的診所，讓一個有黑眼睛和吸血鬼家鄉口音的年輕醫生看他們的腳。

派克爾說鋁罐是街上的南非銀元。

英琦站在車子由高速公路轉出來的那個斜坡頂上說：「要往大處想。假裝你是在拍一部要上電視網播映的電影。」

英琦用一支黑色的簽字筆在一塊咖啡色的硬紙板上寫著：單親媽媽，子女十人，患有乳癌。

「只要做得——對嗎？——」她說：「別人就會給你錢……」

艾菲寫的是：跛腳傷兵。飢餓。想回家。

英琦說：「太棒了。」她說：「妳選中了《冷山》⑤。」

這是他們的市郊露營活動。

隱身在開闊之中，隱身在眾目睽睽之下。

再沒有人比遊民更容易遭到忽視了。不論你是大明星珍．芳達，或是勞勃．瑞福，只要你在大白天推著部購物車在大街上走，身上穿著三層又髒又爛的衣服，嘴裡喃喃地罵個不休——沒有一個人會注意你。

他們下半輩子都可以這樣過。「童子軍」和英琦，他們計畫登記排隊等著買一戶低收入戶國宅。他們想坐在候診室，讓很帥的年輕醫科學生免費替他們看牙，他們去申請免費的美沙酮⑥，再慢慢地轉而吸食海洛因。接受成人職業訓練，煎漢堡，學開車和洗衣服，然後慢慢成為中下階層。

到了夜裡，派克爾和艾菲相擁在一起，不是在橋下，就是在鋪在冒熱氣的溫暖人孔蓋上面的紙板之上，他的手伸進她的衣服裡，在陌生人走過的時候讓她達到高潮，他們以前從來沒像現在這樣彼此深愛對方。

但英琦說得對，這種事不可能永遠這樣，結局來得好快，一直到第二天上了報，還有人搞不清究竟出了什麼事。

他們當時睡在一間倉庫門口，覺得比在班夫（Banff）或香港更舒適。到這時候，他們的毯子聞起來都是一個味道，他們的衣服——他們的身體——覺得就像一個家。單是派克爾的雙臂環抱著他的妻子，就像是在公園大道上的一棟豪宅，或是在希臘克里特島上的一棟別墅。

⑤Cold Mountain，查爾斯．佛瑞哲（Charles Frazier）描寫士兵返鄉的暢銷小說，由大導演安東尼．明格拉改編拍成電影，裘．德洛、妮可．基嫚等主演，芮妮．齊薇格獲奧斯卡最佳女配角金像獎。

⑥methadone，用來解除毒癮的維持治療劑。

那天晚上，一輛黑色的汽車開上路邊，煞車響起，一隻車輪壓上了人行道。車頭燈的兩圈明亮的強光柱，直照著凱斯夫婦，驚醒了他們。後車門打開，從後座傳來一陣尖叫，一個女子頭先腳後，兩臂和兩手揮舞著從車裡跌到人行道上。她的一頭黑色長髮掩蓋了她的臉。她全身赤裸，四手四腳地爬離那部車子。

埋在他們破布和舊毯子的家裡的派克爾和艾芙琳，看到那赤身露體的女孩子向他們爬來。在她後面，一只黑色男鞋由打開的車門裡跨了出來。接著是一條穿著黑色長褲的腿，一個戴了雙黑色皮手套的男人由汽車的後座爬了出來，而那個女孩子站起身來，放聲尖叫，驚叫著，求求你，尖聲叫著救命，近到你都能看得見她一隻耳朵上穿了一個、兩個、三個金環。另外一隻耳朵已經不見了。

看起來像一長綹黑髮的，其實是血在她頸子的一側流了下來。原來有隻耳朵的地方，只看到一些凹凸不平的殘肉。

那個女孩子退向只有在毯子下露出眼睛的凱斯夫婦。

那個男人一把抓住她頭髮的時候，那個女孩子抓著他們的毯子。等那個男人把又踢又哭的她抓進車裡時，那個女孩子扯掉了毯子，露出他們半睡半醒地在那輛車亮眼的車燈裡眨著眼睛。

那個男人想必看到了他們，開車的不管是誰，想必也看到了。

那女孩子尖叫道：「求求你，」她尖叫道：「車牌……」然後她就給拖回到車裡。車門砰然關上，輪胎發出尖厲的聲音，只留下了那個女孩子的血和黑色橡膠的擦痕。溝裡有一個速食店的紙杯，不知是在掙扎中掉下來還是打翻了的，伴著一隻蒼白的耳朵，上面還穿著兩個閃亮的金環。

在早餐的時候，在他們喜來登大飯店套房裡吃送來的蘑菇杏粒蛋，英式鬆餅，溫熱的咖啡和冷培根時，他們看到了報上的新聞。地方新聞報導，一名巴西石油大亨的女兒遭到綁架。她的照片正是前天夜裡那個留著黑色長髮的裸體女孩子，只不過照片中的她面帶微笑，手裡拿著一個頂上有個金色小網球選手的獎盃。

根據報上的說法，警方連一個證人也沒有。

當然，凱斯夫婦可以送個信去，可是他們實際上並沒有看到任何一個人的臉。他們也沒有看到車牌號碼。他們看到的只是那個女孩子，還有血。派克爾和艾芙琳，一點實際的忙都幫不上。去警局的話，只會讓他們自己丟臉，你已經可以想像到報上的大標題：

「社會名流夫婦，混充遊民取樂。」

或是：「千萬富翁裝窮」。

他們也絕對不能扯出英琦和「童子軍」、「瘦子」、「鞋子」和「骨頭」。

讓派克爾和艾芙琳成爲大衆眼中的笑柄，也救不回那個可憐的女孩子。他們所受的苦絕不會比她所受的少一點。

第二個禮拜的報紙上，報導了遭綁架大亨之女的死訊。

然而，英琦仍然一點也不擔心。可憐而骯髒的人在街上什麼也不用擔心。被殺害的那個女孩子很年輕，看起來乾乾淨淨的，既漂亮又有錢。「沒什麼可以損失的，」英琦說：「就是新的財富。」

派克爾說：「打上肥皀，沖掉，再從頭來。」

不行。英琦不打算拋開她的快樂，再回到有名有錢的日子。而這些日子以來，派克爾和她一起出去的次數越來越多。是爲了保護她，他說。

在這樣的一個晚上，艾芙琳正參加一個對抗結腸癌的慈善晚宴舞會時，她的手機響了，打電話來的是英琦，後面還有個男人在大喊大叫，是派克爾的聲音。在電話裡，英琦大口地喘著氣，說道：「艾菲，求求妳，艾菲，幫幫忙，我們迷了路，有人在追我們。」她說：「我們去找過警察，可是……」然後電話就斷了。

就好像她跑進了隧道，到了高架橋底下。

第二天報上的頭條標題是：

「出版家與紡織業總裁雙雙遭刺殺斃命」。

現在，幾乎每天早上，都有不想看到的新頭條新聞標題：

「女遊民慘遭亂刀砍殺」。

或是：「凶手繼續攻擊遊民」。

每天晚上，那輛黑色的車子都在某個地方尋找凱斯太太，那件罪案的唯一人證。有人在街上砍殺所有看來可能是她的人，任何一個穿著破爛衣服、睡在一堆毯子下面的人。

就是在這之後，艾芙琳嚇壞了。她停止訂閱報紙、丟了電視機，取而代之的是買了個大玻璃箱子，裡面養了隻蜥蜴，會隨著裝潢不同而變色。

現在，凱斯太太正好和無家可歸的遊民相反，她有太多的房子，房子成了她的負擔，她埋身在家裡，看她的購物型錄，看著那些精印在閃亮銅版紙上的花園照片，戴著妳深愛的亡夫火化後製成的鑽戒。

當然，她仍然想念她的朋友們、她的丈夫。可是那就像英琦可能會說的：不在就是新的存在。

而她仍然會買那些慈善活動的入場券，參與拍賣會和看舞蹈表演，重要的是要知道她的所作所爲有助於改善這個世界。接下來，她要去和瀕臨絕種危機的灰鯨共泳。
睡在某個受戕害而變小的雨林的天篷下。
拍攝逐漸消失的蜥蜴，研究生態。
重要的是要知道，她仍然希望能有所不同。

5

克拉克太太告訴我們，那年夏天在狄奧岱提別莊裡，一共只有五個人。

詩人，拜倫爵士。

雪萊，以及他的情人，瑪麗・高德溫。

瑪麗的異父妹妹克萊兒・克拉爾蒙特，當時懷了拜倫的孩子。

還有拜倫的醫生，約翰・波里多利。

我們在二樓樓座吸菸室裡圍著電動壁爐坐好，靜靜地聽著，那間哥德風味的吸菸室。我們每個人都蜷縮在一張黃色皮製翼狀靠背扶手椅，或是十字繡墊子的沙發，或是我們由什麼地方拖過來有織錦套的情人座上。彎曲的椅腿在滿是灰塵和蟲蛀的地毯上留下雜亂的痕跡。

我們幾乎全都在場，只少了遊民夫人，她早早上床睡覺去了，還有美國小姐，還在到處撬鎖。

那個電動壁爐只是一圈在一層黏在一起的紅色與黃色厚草下旋轉的光。亮而不熱，我們所有懸吊著的水晶樹都已經熄滅了，只剩紅色和黃色的光舞過我們的臉上，各種形狀紅色和黃色的光滑過木頭鑲板和拼接在一起的石板地。

就是那五個人，克拉克太太說，被大雨困在屋子裡，煩悶無聊。雪萊和他那群同伴，他們輪流念一本名爲《Fantasmagoriana》的德國鬼故事集給其他人聽。

「拜倫爵士，」克拉克太太說：「受不了那本書。」

拜倫說在那個房間裡的人比他們念的那本書裡的作者要有才華得多。他說他們每個人都能寫出更精彩的恐怖故事，而他們應該每一個人寫一篇出來。

那大約是在布蘭姆・史托克（Bram Stoker）創作《吸血鬼卓九勒伯爵》的一個世紀之前。在那年夏天，先有了約翰・波里多利醫生的作品《吸血鬼》，以及現在吸血魔鬼的原始概念。

在那樣一個雨夜，在雷電交加的日內瓦湖畔，十八歲的瑪麗・高德溫做了一個夢，後來就成爲科學怪人的傳奇，這兩個怪物都是後來無數書本和電影的基礎。

就連這場家庭聚會也成爲了傳奇。在日內瓦湖沿岸，度假旅館都在他們臨湖的窗子裡裝上望遠鏡，讓他們的客人能看到那棟大家傳說那裡有亂倫雜交大會的別墅。中產階級的遊客們，在夏日旅行中感到無聊，把他們最大的恐懼放在拜倫爵士的屋簷下。就是那一小撮年輕人，想要擺脫他們文化上的百萬規矩，而別人卻用望遠鏡來偷窺他們，以爲會看到一些怪物。

在這裡，我們就等於是現代一群在狄奧岱提別莊的人。

一些對彼此大聲說故事的人。

一些人想找到未來會引起回響的概念。會在書本、電影、戲劇、歌曲、電視節目、T恤、金錢上引起回響。

就是這些面孔——大約是以前那群人的三倍，一群暴民——我們以前曾見過面，在那家咖啡店後面。我們：這些最後出現在這裡的面孔。即使是在那個時候，靈視女伯爵就戴著她那註冊商標似的頭巾。野蠻公爵就梳著他的金髮馬尾。失落環節則是他那長如懸膽的鼻子和那一把狂野不羈的黑鬍子。

今天大家對狄奧岱提別莊所說的閒話，將來也會有人這樣說那間咖啡店。一些從來沒有看過那張廣告的人會發誓說他們都在那裡，他們很聰明，沒有同意加入這個研習營，否則，他們可能也一命嗚呼了。或是成了鉅富。多年之後，那家咖啡店，裡面有幾個放著免費報刊的架子，還有塊告示牌，釘滿了名片，提供灌腸服務和寵物身心健康諮詢的，那家小店想必得大得像個體育館，才能容得下那麼多自稱當天晚上在那裡的人。

那一夜的事會成爲一則傳奇。

成爲我們的神話。

那一大堆人，詩人和家庭主婦，還有我們，端著用紙杯盛裝的咖啡，站在那裡聽克拉克太太說話。她那極其龐然的胸部和以矽膠整型的嘶嘴，讓一些人發出傻笑。有人問她是不是有電話讓外界的人可以和在研習營裡的人聯絡，克拉克太太說，有的。她說：「是1-800-滾你媽的蛋。」

就在這時候，有些人走掉了。

意思是說，沒有。和外界沒有聯絡。沒有電視或收音機或電話或網際網路。只有你和你用一件行李帶去的東西。

也就是說，走掉了更多的人。

走掉的那些人，第一回合的生還者。這些聰明人會說他們自己的故事。是攝影機後面的攝影機後面的攝影機。魏提爾先生會這麼稱呼。他們會有他們的終極眞相——但只有那天晚上的情形。

這些可憐的白癡沒多少可責的。

我們全都看到了那張廣告，只是看到的方式不一樣，看到的地方也不一樣，上面寫著：

抛開你的生活三個月

就此消失。抛下所有妨礙你完成傑作的一切。你的工作，家人和家，所有的責任和旁騖——先擱置**三個月**。和想法相近的人生活在一個讓你完全沉浸在寫作中的環境裡。合格者可獲提供免費食宿。將你生命中的一小段時間賭在可以創造一個全新未來的機會上，成為職業詩人、小說家、編劇家。及時行動，過你夢想中的生活，名額極其有限。

這個廣告印在一張索引卡上、一張處方箋上，框在一條虛線後面，好像是一張你會撕下來的折價券。最底下是一個電話號碼，那是克拉克太太的電話號碼，釘在圖書館大廳的軟木告示板上，貼在超級市場後面的廁所旁邊，在自助洗衣店裡。那張印在索引卡上的廣告，前一個禮拜還到處可見，後一個禮拜就全不見了。

所有的卡片全都消失了蹤影。

看到的人，如果打那個電話，就會聽到一段克拉克太太的錄音，說明那家咖啡店，還有我們應該去會面的日期和時間。

現在圍坐在紅黃兩色的假火光中，我們心裡已經可以想見未來的情形：看到我們告訴別人，我們是怎麼決定做這場小小的冒險，結果一個瘋子把我們在一間舊戲院裡關了三個月。我們已經把情況弄得更惡劣，加以誇大。我們會說這個地方冷得冰涼，沒有自來水。連吃的東西都要配給。

這些全不是眞的，可是會讓故事更動人。不錯，我們會包裝眞相，加以放大，加以誇飾，以求效果。

我們會創出我們自己的人獸亂倫雜交大會，讓這個世界上的人閒話八卦。我們每個人分到的後台化妝室，談起來的時候，會讓裡面有毒蜘蛛、飢餓的大老鼠，到處黏著的也不止是否定督察那隻貓的毛而已。

有鬼。我們在那間老舊的劇院裡放進一隻鬼，來豐富故事內容，讓改編的電影裡有用得到特效的地方。哦，我們自己在這裡鬧鬼，把這裡裝滿了失落的鬼魂。

我們會把我們的生活化爲可怕的冒險。一個眞實生活的恐怖故事，有一個圓滿的結局，像一場我們撐著活了下來而可以談論的試煉。

除了遊民夫人和她手上的亡夫。美國小姐肚子裡一點點長大，如滾雪球般越來越大的胎兒，還有噴嚏小姐的過敏症之外，我們其他的人還要有更多、更多的痛楚和痛苦，以後在全國性的電視談話節目中再挖出來講，也就是美國小姐所說的那些電視節目。就算我們始終沒有激發起什麼好點子，始終沒能寫出我們可稱爲傑作的小說，困在一起的這三個月也足夠寫一本回憶錄，拍成一部電影，將來可以不必做一份固定工作，只要當名人就行了。

一個可以賣得出去的故事。

現在，圍坐在玻璃火爐四周，我們計算著需要記得以便在全國性電視節目上引起轟動的細節。讓我們可以「在現場」指導，讓那部電影「具眞實感」。那個故事說到我們如何遭到綁架，囚爲人質，而每天噴嚏小姐病得越來越重，而美國小姐肚子裡的孩子則越來越大。

雖然沒有人說出口，可是噴嚏小姐的死會成爲再完美不過的第三幕的高潮，我們最黑暗的一刻。

而最完美的結局會是租約過期之後，房東闖了進來，及時救出了體力衰弱的美國小姐、精神失常的遊民夫人。我們之中少數幾個人踱行到陽光下，幾乎睜不開眼睛，泣不成聲。其餘的人則由擔架抬了出來，送上救護車，一路鳴著警笛到醫院去。電影再往前跳接到我們全體環立在床邊，看著美國小姐生產。再跳接到我們參加噴嚏小姐的葬禮。可憐的噴嚏小姐的鬼魂，爲了讓劇情更動人而犧牲。

我們要用八卦偵探的錄影機來拍附加的實況錄影，誹謗伯爵的卡式錄音帶來當旁白。

最後，美國小姐要把她的新生嬰兒命名爲噴嚏小姐，或是她原先的本名。象徵一個循環的完成，生命繼續，獲得重生。可憐的、衰弱的噴嚏小姐。

在這個電影—書籍—T恤的故事中，我們所有的人都愛噴嚏小姐……她那深藏的勇氣……她那陽光般的幽默。

唉。

不錯，除非我們之中有哪個能咳出個新版的科學怪人或是卓九勒，我們自己的故事一定得弄得更戲劇化才能賣得出去。在整個事件結束之前，我們需要一切能把情況弄得更加糟糕很多的事物。去他的什麼原創性，寫什麼假設狀況的小說一點用也沒有。那得花上好大的力氣，才能賺到一點點蠅頭小利。

尤其是版稅要分成十七份。就算你刪減掉註定要送命的噴嚏小姐，也還要分成十六份。

我們所有的人都默不作聲，但在心裡命令她：咳嗽。

趕快一命嗚呼了吧。

不錯，其他的人都在那次咖啡店的集會裡中途離席的時候，我們才是聰明的一群。不錯，這件事當初看起來像是一場最後會引來大麻煩的瘋狂冒險，可是，嗨——這件事現在看起來可是一場會帶來大財富的瘋狂冒險呢。

我們所有的人都默默地坐在這裡，但是命令嘖嘖小姐：咳嗽。

我們所有的人都滿心希望她能幫忙讓我們成名。

這就是無神教士爲什麼拉斷了所有消防警報器線路的原因。我們剛進門的第一個鐘點裡就下了手。至少，他是這樣告訴媒人的。無神教士是在軍中學會線路的，而失落環節則幫忙他拿著手電筒。爲了保險起見，他們還檢查了所有的電話線路。唯一找到還有用的一條線，失落環節用他多毛而肌肉結實的手一把從牆裡給拉了出來。

這也是靈視女伯爵爲什麼把小塑膠叉子的尖齒插進每個門鎖裡再扳斷的原因。這樣誰也沒法用鑰匙開得了鎖。以防萬一她的假釋官會循著她的電子手銬找到她的蹤跡。不錯，我們裡面沒有一個人希望被救出去——現在還不要。

我們所有的人都在下賭注。這些場景是不會出現在電影裡的。這些將來全都要看起來像是魏提爾先生幹的。那個邪惡、有虐待狂的老魏提爾先生。

我們已經組織起來對抗克拉克太太和魏提爾先生那對搭檔。

美國小姐和嘖嘖小姐已經成爲故事情節的重點。我們的犧牲品，命運已經註定。

在紅色和黃色的電動火光中，在有雕花木鑲板的哥德式吸菸室內，克拉克太太沉坐進她那張皮製翼狀靠背扶手椅的厚墊子裡，她的下巴越來越低，幾乎陷進她的乳溝，她問保安會修女有沒有找到她的保齡球？

保安會修女搖了搖頭，沒找到。她輕敲著她手錶的錶面，說道：「再過四十五……四十四分鐘，天就黑了。」

噴嚏小姐咳了起來——好長一陣聲音響得有如濕的卵石撞在一起的咳嗽——我們大家勉強忍住沒有發出歡呼。她在口袋裡掏著藥片、膠囊，可是縮回來的手卻是空的。

保安會修女向大家告退，走下樓梯，走向大廳，走向床鋪，一級一級地逐漸消失身影，越變越小，最後她頭頂上染了色的黑髮也不見了。

我們的美國小姐在別的地方，跪在一個門鈕前面，想把鎖撬開。或是想拉開我們都知道不會有作用的消防警報器。

多虧了無神教士。

誹謗伯爵的卡式錄音機上紅燈亮著，八卦偵探把他的錄影機由一隻眼轉到另一隻眼前。

由樓梯底下傳來一聲尖叫。一個女人長長的哀號，是保安會修女的聲音，叫我們趕快過去。她踩到什麼東西而絆了一跤。

是遊民夫人。一塊新的污漬。一隻手裡緊握住一把刀。在她四周圍，她的血形成一個黑色水潭滲進大廳的藍色地毯裡。

長長的黑髮似乎由她臉的一側蜿蜒而下，消失在她皮毛大衣的領子裡。但是在樓梯的最下一級，大家看清楚她時，那道像辮子似的黑髮其實是血。在她臉側那道如浮雕的長髮下，她的耳朵不見了。她趴在那裡，伸出的一隻手裡滿是紅色和粉紅色，在那堆像生蠔似的東西正中央，閃亮著一枚珍珠耳環，映著那假的火光。在她手掌裡，就在那隻粉紅色的耳朵旁邊，是那枚以她火化的亡夫所做成的鑽戒。

我們所有的人站在樓梯上望著她，遊民夫人微微一笑。她的頭轉向一邊，抬眼望著我們。她說：「我在流血……血流得很多……」在她蒼白的面孔和兩手之外，一道血流似乎一直不停地向遠方流去。她的手指鬆開，那把刀滑落到地毯上，她說：「現在，魏提爾先生，你一定得讓我回家去……」

凶悍同志用手肘撞了誹謗伯爵一下說：「我不是跟你說過了嗎？你看，」她朝那道血痕的頂端點了下頭，說道：「現在你看得到拉皮手術留下的疤了吧。」

遊民夫人死了。保安會修女用一根手指貼在她頸邊說了這件事，血玷污了修女的手指。

到了這時候，我們的未來已經決定了，不能再改了。這就是我們的飯票，告訴別人我們怎麼親眼目睹一個無辜的人被迫走上自絕之路，再加上遊民夫人混跡下層社會的故事。她丈夫的悲慘遭遇，遭綁架的巴西石油大亨的女繼承人。去他媽的發明新怪物的想法。在這裡，我們只要四下看看，多多注意就行了。

八卦偵探由他錄影機的觀景窗裡，倒帶重看遊民夫人在台上說故事的片段。看她敘述又再重述。

我們的玩偶，我們的故事情節。

誹謗伯爵把他的錄音機倒帶回來，而我們一再重聽保安會修女的尖叫，聽了再聽。

我們的鸚鵡。

在那黃色和紅色玻璃的火光中，魏提爾先生說：「哎，已經開始了……」

「魏提爾先生？」克拉克太太說。

魏提爾先生，我們的反派，我們的主人，我們的魔鬼，我們因爲他折磨我們而愛慕的人，他嘆了口氣。他看著遊民夫人的屍體，一隻顫戰抖動搖晃的手伸了起來，摀住嘴巴，打了個呵欠。

否定督察望著屍體，輕拍著抱在懷裡的那隻貓，虎斑色的貓毛飛飄到各處。

凍瘡男爵夫人和靈視女伯爵跪在屍體旁邊。沒有哭，但是她們的兩眼睜得讓你能看到眼珠四周都是眼白，正像看到一張中了獎的樂透彩券時的模樣。

聖無腸一面看著屍體，一面從一個銀色袋子裡舀出冷的義大利麵，每一口滴下紅色汁液的麵裡都沾著一些貓毛。

這就是我們對付我們對付我們來過接下來的三個月。

魏提爾先生坐在他的輪椅上，由樓梯頂望下來，在他身邊，誹謗伯爵用他的筆和記事本，還在記著筆記。

魏提爾先生伸出顫抖的手指說：「你，你在把這件事寫下來嗎？」

誹謗伯爵看著他所記的眞相，頭都沒抬，只點了下頭，是的。

「那——跟我們說個故事，」魏提爾先生說：「回到火邊來。」他扭動了下他顫戰的手。說道：「拜託。」

誹謗伯爵微微一笑。他把記事本翻到空白的下一頁，把筆套上，抬起頭來，說道：「有誰記得一個很老的電視節目，叫《隔壁鄰居小丹尼》的嗎？」他說話的聲音緩慢而低沉有力，他說：「有一天……」他說：「有一天，我的狗吃了包在鋁箔裡的垃圾……」

商業機密

一首關於誹謗伯爵的詩

「那些排著隊的人，」誹謗伯爵說：「在
　新片首映一週前去排隊的……」
　那些人都是拿了錢才去排隊的。

誹謗伯爵在舞台上，他站著，舉起
　一隻手，拿著一張紙，
那張白紙，擋住了他的臉。
其他的部分在一套藍色西裝裡，
一條紅領帶，棕色的軟皮鞋。
在他舉起的手腕上是一只金錶。
上面刻著「恭喜」

舞台上，沒有聚光燈，只有一張臉。
投影在紙上的是大字頭條新聞標題：
　本地記者贏得普立茲獎

在標題後面，伯爵說：「那些人
靠排隊過活……」
因爲暑假檔賣座強片一部接一部，
電影公司用遊覽車從一個城鎮
　到另一個城鎮接送這些所謂的影迷
從科幻片到超級英雄的奇幻電影。
每個禮拜，一個新的市鎮，一家新旅館
　一部假裝大受歡迎的新的輔導級電影。
那些用紙板和鐵皮做的服裝，顯然是
自己家裡做的，
服裝部做好之後運送出來。
花這些工夫就是要騙當地媒體來炒作
新聞，免費宣傳。
造成有多少人會喜歡這部電影的假象。
所有的時間和金錢，稱爲「播種觀眾」。
在他襯衫口袋裡閃著卡式錄音機的紅燈
錄下每一個字。

誹謗伯爵問道：「誰比較笨呢？」
是拒絕爲生命尋找意義的記者？
還是想要這些的讀者？
對一個陌生人所說的話照單全收？

誹謗伯爵的聲音由紙後傳出，他說：
「記者有權利……
……和責任，來摧毀
那些由他幫忙生出來的金牛。」

天鵝之歌

誹謗伯爵的故事

有一天，我的狗吃了用鋁箔包著的垃圾，不得不花一千美元去照X光。我公寓大樓後面的院子裡滿是垃圾和碎玻璃。那裡是大家停車的地方，一攤攤有毒的東西等著毒死貓狗。

即使是頂著一個禿頭，那個獸醫看起來也像一個很老的好朋友。好像一個我青梅竹馬一起長大的孩子。有張我小時候天天看見的笑臉。下巴上的小酒渦和他鼻子上的每粒雀斑，我全都一清二楚。他兩顆門牙中間的縫，我知道他怎麼用來吹口哨。

目前，他正在給我的狗打針。站在一間貼了白瓷磚的冰冷房間裡那張銀色不鏽鋼桌子旁邊，一手抓住狗脖子上的皮，說到心絲蟲什麼的。

我在電話簿裡找到他的時候，正哭得淚眼汪汪，深怕我的狗會死。不過，還是看到了他的名字：獸醫肯尼斯·魏爾柯克斯。一個說起來，爲了某種原因而讓我很愛的名字。我的救星。

現在，他把狗的兩隻耳朵一一翻過來，又說到犬瘟熱什麼的。在他白袍子的胸前口袋上繡了行字，是「肯尼斯醫生」。

就連他的聲音聽來也像由遙遠的過去回響而來。我以前聽過他唱《生日快樂》，在打棒球時大叫：「一好球！」

就是他，我以前的老朋友，可是太高了，眼皮又腫又黑，還向下垂。下巴下面的肉也太多了。他的牙齒看起來有點黃，兩眼也沒有那樣亮藍。他說：「她看起來不錯。」

我說，誰呀？

「你的狗。」他說。

我望著他，望著他的禿頭和藍眼，問道：「你在哪裡上學？」

他說了一個在加州的什麼大學，是個我從來沒聽說過的地方。

我小時候他也很小，我們是一起長大的。他有一隻叫「史吉普」的狗，整個夏天他都打著赤腳來來去去，總是去釣魚或是造樹屋。我看著他，還能想見那個寒冷的下午堆出一個非常完美的雪人，而他的奶奶站在廚房裡窗子前面看著的情形，我說：「你是丹尼吧？」

他大笑了起來。

就在那個禮拜，我向一位主編提出以他爲題寫篇特稿的提案。內容是談我怎麼找到了他，找到了小肯尼斯．魏爾柯克斯，也就是好久好久以前在《隔壁鄰居小丹尼》裡飾演丹尼的那位童星。小丹尼，那個和我們一起長大的孩子，現在是一位獸醫。住在新開發的社區中一間房子裡，修剪自己的草坪。他現在是個禿頭的中年人，有點胖，受到忽視。

這個過氣的明星，他很快樂地住在一棟有兩間臥室的房子裡，兩隻眼睛的眼角都有開枝散葉的笑紋。他服藥來控制膽固醇。在經過那麼多年來一直是眾人注意的焦點之後，他承認是有點寂寞，可是他很快樂。

最重要的一點是，肯尼斯醫生同意了。不錯，他願意接受採訪，在報紙的週日娛樂版上一篇小特稿。

我向他提案的那位主編，把一支原子筆塞進耳朵裡轉著，挖出耳屎來，看來一副百無聊賴的模樣。

這個主編告訴我說，讀者不會想看什麼人天生可愛又有才華，上電視，賺大錢，然後從此快樂生活的故事。

沒錯，一般人不喜歡圓滿的結局。

一般人要看的是羅士提·哈默，演《禮讓老爹》的小男孩，後來吞槍自盡。或是川特·里曼，《保母與教授》裡那可愛的孩子，後來在遊樂園的圍牆上吊自殺。或是小艾莉莎·瓊絲，在《合家歡》裡演芭菲，抱著個名叫貝思禮太太的洋娃娃，後來吞下了洛杉磯郡有史以來最大量的安眠藥而死。

這才是一般人要看的。和我們會去賽車場看車子撞成一團的原因一樣。所以德國人說：「人的心理就是幸災樂禍。」我們最大的快樂就是看到我們羨慕的人受到傷害。那是最純粹的歡樂。就像看到一輛禮車轉錯了彎開進單行道時所萌生的那種開心的感覺。

或者是聽說杰·史密斯，也就是綽號「粉紅仔」的那個「叛逆小子」，在拉斯維加斯外的沙漠中被人用刀刺死。

或者是聽到妲娜·蒲拉圖，那個演出《別具風情》的小女孩遭到逮捕，給《花花公子》拍裸照，吞服了過量的安眠藥時的開心感覺。

在超市裡排隊結帳，剪折價券，越來越老的那些人，報上的這類頭條新聞就是賣給這些人的。大部分的人，他們要看的是《八小福》裡演漂亮小女兒的蘭妮·歐葛蘭娣因為嗑藥過量而死在一間拖車屋裡。

主編告訴我，沒慘事，沒新聞。

臉上帶笑紋而快樂的肯尼斯·魏爾柯克斯沒有賣點。

主編告訴我：「查出魏爾柯克斯電腦上有兒童色情照片。查出他屋子底下埋了屍體。那你就有新聞特寫了。」

主編說：「更好的是：查出他有以上這些問題，而他已經死了。」

下個禮拜，我的狗喝了一攤有毒的水，我的狗也叫史吉普，是用《隔壁鄰居小丹尼》戲裡那隻狗的名字，也就是小丹尼的那隻狗。我的史吉普，我的寶貝是白的，身上有很大的黑色斑點，還有個紅色項圈，和電視上一樣。

唯一解毒的方法就是要替狗洗胃。然後再讓她肚子裡裝滿了活性碳。找到一條靜脈血管給這隻狗吊上點滴，用由穀物製成的純酒精去清狗的腎臟。要救我的狗，我的寶貝，我必須讓她完全醉倒。這也就是說，我得再去找肯尼斯醫生。他說，沒問題，下禮拜可以去訪問他，不過他警告我說，他的生活並不很刺激。

我告訴他，相信我。好的文筆可以把一些普通的事寫得很動人，別擔心你的生平，我告訴他說，那是我的工作。

最近我眞的很需要有一篇很好的特寫。我，我已經做了兩三年的自由作家了。因爲我已經不能再跑娛樂新聞了。那條線可以很賺錢的，是新聞界有油水的肥缺，給電影首映誇大宣傳，和其他媒體工作人員和某位大明星坐在一起聊十分鐘，所有的人都忍住不打呵欠。

電影首映，新唱片發行，新書發表會，源源不息的工作，但是一旦發表了不當意見，就會給摒諸在外了。一家電影公司威脅說要撤廣告，馬上——急急如律令——你跑的線就此消失不見了。

我，我現在破產了，就因爲有一回我想警告一般民眾。有一部電影，我寫的報導中說大家最好把錢花在別的地方，從那以後，我就離開了那個圈子。只不過是一部暑期檔的大爛片和影片背後的勢力，我就得求爹爹告奶奶地央求別人讓我寫訃聞，寫圖片說明，什麼都行。

這根本是一場大騙局，用紙牌搭起一座房子，再加以拉倒。你花上好多年的時間，堆起空無，創造一個假象，把一個人變成電影明星。你眞正領到錢的日子是在這場交易完成之後。然後你把下面的墊毯抽掉，讓所有的紙牌垮下來。讓大家看到這個俊美的熟女殺手屁眼裡插著根自慰棒，暴露那鄰家女孩似的清純少女順手牽羊，嗑藥嗑得迷迷茫茫，那女神用鐵絲衣架痛揍孩子。

主編的話是對的。肯尼斯・魏爾柯克斯也是對的，他的生活是一篇沒有人要看的專訪。

爲了事先的準備工作，在我們見面訪談之間的一整個禮拜裡，我都在上網。我由前蘇聯的網站下載檔案，那裡有另外一種童星：還沒長陰毛的蘇俄學童吸胖老頭的老二。還沒來過月經的捷克少女給猴子操後庭。我把所有這些檔案全收在一張薄薄的硬碟上。

另外一天晚上，我給史吉普繫上狗鍊，帶著到附近蹓了好久，回到公寓裡時，我的口袋裡塞滿了包三明治的塑膠袋和小的紙信封，好多摺得四四方方的鋁箔，各種痲藥，止痛劑，鎮靜劑，還有裝「快克」和海洛因的小玻璃瓶。

那篇專訪，我在肯尼斯・魏爾柯克斯還沒開口之前，已經把整整一萬四千字都寫好了。那時候我們都還沒坐下呢。

不過，爲了表面功夫，我還是帶了錄音機，帶了筆記本，用兩支根本已經乾了的筆假裝記下筆記。我帶去一瓶攙了止痛劑和鎮靜劑在裡面的紅酒。

肯尼斯在市郊的那棟小房子，原以爲會像一個玻璃櫃子，堆滿了灰塵滿布的獎盃，光面的照片，各種獎座，是他童年的紀念館。但完全不是這麼回事，所有他賺來的錢都存在銀行，賺取利息。他的房子裡只有咖啡色的小地毯，油漆的牆壁，窗子上掛著條紋花的窗簾。還有一間鋪著粉紅瓷磚的浴室。

我給他倒了紅酒，然後就讓他說，中間請他暫停，假裝要記清楚要引用的話。

他說得一點也不錯，他的生平比一部重播的黑白老片還無趣。

在另外一方面，我已經寫好的那篇特稿卻非常的棒，我所寫的是小肯尼斯從聚光燈下一路滑落到解剖台的過程。當初他如何爲了爭取丹尼那個角色，而失身於好多好多電視網的高層主管。爲了討贊助廠商的歡心，他成了性愛玩物。他服藥來維持身材不致發胖，也用藥物來延緩自己進入青春期，熬夜一場戲接一場戲地拍攝。沒有一個人，就連他的朋友和家人在內，沒有人知道他那麼重的藥癮，還有他對受到關注的變態需求。即使是在他的演藝生涯崩落之後，即使是成爲一個獸醫，也不過是爲了能藉此弄到好的藥物，還有和小動物性交的機會。

肯尼斯．魏爾柯克斯的酒喝得越多，越說他的生活一直到《隔壁鄰居小丹尼》節目取消之後，才眞正開始，演了八季的小丹尼，讓你覺得只有那樣才讓你對小二的記憶有眞實感。想不起的只有一些模糊的片段。每一天，每一句對白，都是你要花時間去記得才能通過考試的東西。在愛荷華州哈特南鎭的那間漂亮的農舍，只是一個假的門面。在那些窗子裡，在紗的窗簾後面，只有光禿禿的泥地，上面丟滿了菸蒂，那個演丹尼奶奶的演員，不在同一場戲裡對話的時候，她會到處隨地吐痰，她的痰都是消過毒的，裡面的酒精比口水多。

肯尼斯．魏爾柯克斯一面啜飲著紅酒，一面說他現在的生活重要多了，治好動物的傷病，救狗狗的命，酒喝得越多，他的話就越斷成一個個拖得越來越長的字。在他閉上眼睛之前，他問我史吉普怎麼樣了。

我的狗，史吉普。

我告訴他，很好，史吉普很好。

肯尼斯・魏爾柯克斯說：「好極了，我聽了這話眞高興……」

他睡著了，臉上還帶著笑容，我把槍口塞進他嘴裡。

「快樂」對誰都沒好處。

那是支沒有登記在任何人名下的黑槍，我的手上套著手套，槍塞在他嘴裡，他的手指扣在扳機上，小肯尼斯躺在沙發上，脫光了衣服，老二上塗抹了炒菜用的油脂，電視機上播放著他舊作的錄影帶。眞正重要的關鍵是下載到他電腦硬碟中的兒童色情圖片。還有小男孩遭雞姦的照片，印了出來，貼在他臥室牆上。

一袋袋的止痛藥藏在他的床墊下，海洛因和快克則埋在他的糖罐子裡。

一天之內，這個世界就從疼愛肯尼斯・魏爾柯克斯變成恨他。隔壁鄰居小丹尼就會從一個童年偶像變成一個怪物。

在我對最後一夜的描述裡，肯尼斯・魏爾柯克斯揮舞著那支槍，大聲地吼著說沒有一個人在乎他，這個世界利用了他，然後將他棄如敝屣。他整夜喝酒嗑藥，說他不怕死。在我的特寫裡，他是在我回家去之後死的。

下個禮拜，我賣掉了那篇特稿，全世界數以百萬計的觀眾所熱愛童星的最後專訪。是在他鄰居發現他自殺身亡前幾個小時所做的一篇專訪。

一個禮拜之後，我獲得普立茲獎的提名。

幾個禮拜之後，我得了獎。獎金才兩千美元，可是眞正獲得的利益卻是長期的。後來，沒有一天我沒有拒絕接受工作的。我的經紀人把各式各樣的工作傳給我。不要，我只接報酬好、給大錢的工作，大雜誌的封面故事，全國性的電視節目。

接下來，我的名字等於「品質」，我的報導就是「眞相」。

你看看我的通訊錄，上面所列的名字都是你在電影海報上看到的，還有搖滾紅星，暢銷作家。我觸及的一切頓時變得名聞遐邇。我由公寓搬到一棟有院子可以讓史吉普跑來跑去的房子裡。我們有花園和游泳池、網球場、有線電視。我們付清了我們爲拍X光片和用活性碳所欠下的一千多塊錢。

當然，你有時在有線電視上還是看得到肯尼斯・魏爾柯克斯。他小的時候，吹著口哨，投著棒球，那是他變成臉上有酒漬的怪物之前的樣子。小丹尼和他的狗，赤腳走過愛荷華州的哈特南鎮，他那各處聯播的鬼魂讓我那形成對比的特稿歷久不衰。大家都愛知道我所寫關於那個看來那樣快樂的孩子的眞相。

「人的心理就是幸災樂禍。」

這個禮拜，我的狗由土裡挖出顆洋蔥，吃了下去。

我，我給一個又一個的獸醫打電話，想要找到一個能救她的人，在這時候，錢不是問題。多少錢我都願意付。

我和我的狗，我們過得很快活。我們好快樂。而就在我仍然抱著電話，翻著電話簿的時候，我的史吉普，我的寶貝，她停止了呼吸。

6

「讓我們從結尾開始寫起。」魏提爾先生會這樣說。

他會說：「讓我們從會讓情節洩了底的地方開始。」

生命的意義，統一場論，還有原因所在。

我們全都坐在天方夜譚式的樓座，盤著腿坐在有徽印的絲綢靠枕和座墊，堆滿了髒衣服，因而坐下時會把其中空氣擠出來的椅子和沙發上。在那裡，在有回音的高高穹頂下，穹頂粉刷油漆成珠寶的顏色，永遠見不到陽光，也永遠不褪色，有銅燈由上面懸吊下來，每盞燈都有一個紅色或藍色或橙色的燈泡，由銅的鏤空花紋裡照出來。魏提爾先生坐在那裡，一把把地由保鮮袋裡抓出什麼乾的東西來吃著。

他會說：「讓我們把會讓讀者大吃一驚的部分先弄完了事。」

他說：地球只不過是一架大機器。一間大製作廠，一間工廠。這就是你了不起的答案。了不起的眞相。

想像一具岩石拋光機，其中一個大滾桶，不住旋轉，每天轉二十四小時，一週轉七天，裝滿了水和岩石和卵石。全混在一起磨著，不住轉了又轉。把那些醜陋的岩石拋光成寶石。這就是地球爲什麼會自轉的原因。我們就是岩石。我們所遇到的——那些戲劇性的遭遇、痛苦、歡樂、戰爭、病痛、勝利和侵犯——哎，那些不過只是水和沙，用來侵蝕我們，把我們磨小，將我們拋光，又美又亮。

這就是魏提爾先生會告訴你的話。

光滑得像玻璃，這就是我們的魏提爾先生。用痛苦泡製，拋光得閃亮。

所以我們喜歡衝突，他說。我們喜歡憎恨。我們會以戰止戰。我們必須清除貧窮，我們必須和飢餓抗爭。我們競爭、挑戰、擊潰、摧毀。

身爲人類，我們的第一條戒律就是：

需要有事情發生。

魏提爾先生不知道他這話說得對極了。

克拉克太太說得越多，我們就越能看出這裡不會是狄奧岱提別莊。寫《科學怪人》的那個寶貝，她可是兩位作家的孩子：她父母是教授，以《政治正義》和《女權辯護》這兩本啓發思想的書而著名①，他們家裡隨時都有好多聲名卓著的聰明人。

我們可不是一群到夏天避暑別莊來而很有頭腦的書獃子。

不對，我們能在這棟房子裡寫出來最好的故事，就是我們是怎麼活下來的經過。發了瘋的遊民夫人怎麼死在我們懷裡。不過，這個故事還是必須夠好，夠刺激，夠嚇人而危險。這點我們必須要做得到。

魏提爾先生和克拉克太太只忙著無趣地講個不停。我們需要他們粗暴地對待我們，我們的故事

①《科學怪人》原作者瑪麗．雪萊的父母是英國社會思想家威廉．高德溫（William Godwin），和英國婦運先驅及作家瑪麗．沃爾史東克勞伕（Mary Wollstonecraft）。

需要他們鞭笞和痛毆我們。

而不是把我們煩死。

「任何對世界和平提出的訴求，」魏提爾先生說，「都是騙人的謊言。一個很漂亮、很漂亮的謊言。」只是另外一個開戰的藉口。

沒錯，我們喜愛戰爭。

戰爭、飢荒、瘟疫，都是讓我們得到啓發的快速成功之道。

「想要導正世界，」魏提爾先生以前常說：「是非常、非常年輕的人的註冊商標，想把人從他們應得的痛苦中拯救出來。」

我們一向喜愛戰爭。我們天生就知道戰爭是我們之所以存在的原因。我們也喜愛疾病。癌症。我們喜愛地震。在這個我們稱之爲地球的遊樂場裡，魏提爾先生說我們喜愛森林大火。漏油事件。連續殺人凶手。

我們喜愛恐怖分子、劫機者、獨裁者、戀童癖。

天啦，我們好喜愛電視新聞啊。好些人排在一長條挖開的墳前，等著被另一隊新來的行刑隊伍槍斃的畫面。銅版紙精印的雜誌裡越來越多一般市井小民被自殺炸彈炸成血肉模糊屍塊的照片。收音機裡關於高速公路上連環車禍的新聞快報。土石流。沉船。

他顫抖的手像在空中打著電報。魏提爾先生會說：「我們喜愛飛機失事。」

我們喜歡污染。酸雨。地球暖化。飢荒。

不錯，魏提爾先生完全想不到……

野蠻公爵找出所有裡面有甜菜的食物，每一個裡面有切成片狀，乾得像賭撲克牌用的籌碼似的甜菜，可以搖得嘩啦響的銀色枕頭。

聖無腸在每個裡面裝了任何一種豬肉、雞肉或牛肉的袋子上都戳上一個洞，那些都是他沒法消化的肉類。

所有這些銀色袋子裡都充了氮氣。按食物分類排放。塞進用瓦楞紙板做成的棕色紙箱裡。紙箱外標註「甜點」的，是一袋袋乾的小餅，搖起來的響聲就像是乾了的莢裡的種子。在標有「前菜」字樣的紙箱裡，冷凍乾燥的雞翅膀，搖起來的聲音就像枯骨。

美國小姐因爲怕胖，就找出所有註明是「甜點」的食物，用殺手大廚的蔬果雕花刀在每個袋子上戳洞。

只是加速我們的受苦，讓我們更快得到啓發。

只要有一個洞，氮氣就會漏出。細菌和空氣會進去，所有那些會殺死噴嚏小姐的黴菌，由溫暖潮濕的空氣帶著，在每一個裝了咕咾肉、麵拖比目魚、通心粉沙拉的袋子裡進食和繁殖。

八卦偵探在溜進大廳去毀掉所有橘子黃油薄餅捲之前，會先確定附近沒有別人。

在靈視女伯爵偷偷溜進大廳裡去戳破每一個裡面可能裝有一點芫荽的銀色袋子之前，先確定八卦偵探已經離開了。

我們每個人只毀掉那種我們討厭的食物。

我們盤腿坐在天方夜譚式的樓座上，四周是灰泥的柱子，刻成大象的形狀，後腿直立，前腳抬起來支撐住天花板。魏提爾先生的牙齒嚼著另外一把乾樹枝和石頭，說道：「在我們祕密心中的中心，我們喜歡埋下對我們主場隊伍的恨意。」

反人性，是我們在對抗我們。你，是你自己的受害者。

我們喜愛戰爭，因爲那是我們能在這裡完成工作的唯一途徑。是我們在這個地球上完成我們靈魂的不二法門。地球是個大的處理站，岩石抛光機，經由痛苦、憤怒和衝突，這是唯一的路，至於通到哪裡，我們不知道。

「可是我們在出生的時候忘記了那麼多。」他說。出生，就像是你進入了一棟房子，你把你自己關在一棟沒有窗子可以看到外面的房子裡。而等你在任何一棟房子裡待得夠久了之後，你就忘了外面是什麼樣子。沒有鏡子的話，你也會忘了你自己的長相。

他似乎始終沒注意到樓座上我們之中總會少掉一個人。沒錯，魏提爾先生只是一直說了又說，而總有人偷偷溜下樓去，毀掉所有標著有青椒當配料的食物袋。

事情就是這樣。沒有人知道其他每一個人都有同樣的計畫。我們每個人都只是想各自加一點賭注。要確定來救我們的人不會發現我們有的是裝了豐美食物的銀色袋子，所受的苦不過是無聊和無趣。每個受苦的生還者都比魏提爾先生把我們關起來的時候胖了五十磅。

當然，我們每個人都想留下足夠的食物撐到我們差不多被救出去的時候。最後一兩天，我們眞正缺糧、挨餓和受苦的時候——我們可以在重敘經過時，把這段時間拉長成兩三個星期。

不管是書，是電影，是電視迷你連續劇。

我們只要餓到有了凶悍同志所謂的「死亡集中營的顴骨」。你臉上凹凸的地方越明顯，美國小姐說，在電視上越好看。

那些防菌保鮮袋都好厚，我們每個人都只好去求殺手大廚，在他那一套漂亮的刀具中商借一把切肉刀、萬用刀、砍骨刀、剔筋刀，還有廚房用的剪刀。只有失落環節用的是他那捕獸夾似的嘴巴；他只用他的牙齒就夠了。

「你是永恆的，但這一輩子不是，」魏提爾先生說：「你總不會想去遊樂場玩玩，就永遠在那裡過下去了吧。」

不錯，我們只是過客，魏提爾先生知道這一點，而我們是生來受苦的。

「如果你能接受這一點，」他說：「那麼這個世界所發生的任何事情你都可以接受了。」

諷刺的是，如果你能接受這一點——你以後就再也不會受苦了。

相反的，你倒是會去追求折磨，享受痛苦。

魏提爾先生再也想不到他說得有多對。

那天晚上的某一個時刻，殺手大廚走進了沙龍，手裡仍拿著一把砍骨刀。他望著魏提爾先生說：「洗衣機壞了。現在你一定得放我們走……」

魏提爾先生抬起頭來，仍然在嚼著一把乾的脆皮火雞，他說：「洗衣機怎麼了？」

殺手大廚把他另一隻手裡拿著的東西舉了起來，不是那把刀，而是什麼鬆垮垂吊著的東西。他說：「有個絕望的被囚廚師把插頭線給割斷了……」

那個玩藝兒在他手裡垂落下來。

那之後，我們不能再洗衣服，又是會給我們賺大錢的故事情節中的一個賣點。

就在這時候，魏提爾先生發出呻吟，把一隻手的手指由他褲腰那裡伸了進去。他說：「克拉克太太？」他的手指按在他皮帶下的那一點，他說：「哎，這裡好痛……」

殺手大廚看著他，把那段剪斷的插頭線纏在手上，說道：「我希望是癌症。」

魏提爾先生的手指仍伸在褲子裡，整個人沉進那阿拉伯風味的墊子裡，身子蜷曲起來，把頭埋進兩膝之間。

克拉克太太走上前來，說道：「布蘭登？」

魏提爾先生滑落到地上，兩膝屈到胸前，不住呻吟。

在我們腦海裡，想著電影裡的這一幕。那場戲只不過是一個電影明星在紅藍花紋的東方地毯上假裝痛苦不堪地扭動身子，在我們腦海裡，我們不約而同地寫下：「布蘭登！」

克拉克太太蹲下去，撿起他掉在那些絲綢軟墊之間的保鮮袋，她的視線掃過印在袋子上的那一行字，說道：「啊，布蘭登。」

我們所有的人都想成爲攝影機後面的攝影機後面的攝影機。最後的故事，眞相。

在未來的電影和電視迷你連續劇裡的這一場戲中，我們全在教一個有名的選美皇后女明星說：「哦，我的天，布蘭登！哦，我的天啦！」

克拉克太太把那個袋子拿給他看，她說：「你剛才吃了相當於十份火雞大餐的量……」她說：「爲什麼呢？」

魏提爾先生呻吟著。「因爲，」他說：「我還是一個在發育的男孩子……」

在未來的版本中，那個選美皇后哭喊道：「你身體裡面在裂開！你會像一根潰爛的盲腸似地炸開來！」

在電影的版本裡，魏提爾先生發出尖叫，他的襯衫緊繃在他鼓脹的肚子上，他的手指甲抓開了扣子。就在這時候，緥緊的皮膚開始裂開，像尼龍絲襪似地裂開，鮮紅的血直噴出來，就像鯨魚噴水一般。一座令觀衆驚聲尖叫的血噴泉。

在現實中，他的襯衫看來有點緊。他的雙手解開了皮帶。然後解開他最上面的一個褲腰扣子。

魏提爾先生放了個屁。

克拉克太太遞過一杯水去，說道：「來，布蘭登，喝點什麼吧。」

聖無腸說：「不能喝水，那樣只會更脹。」

魏提爾先生扭動著身子，最後整個人俯臥在紅藍花的地毯上。每次呼吸都快而短促，像隻狗在喘氣。

「問題在他的橫膈膜，」聖無腸說。食物在他胃裡膨脹，已經吸盡了水分，堵住了胃下端的十二指腸。那十份火雞大餐正向上鼓脹，壓迫他的橫膈膜，進而使他的肺臟無法吸氣。

聖無腸一面說著這些話，一面還在一把一把地吃著自己手裡那個銀色袋子裡掏出來的乾的什麼東西。同時邊吃邊說。

另外一件體內的變化可能是胃部開裂，使得腹腔內充滿了鮮血、膽汁和脹大的碎火雞肉，細菌從小腸裡冒出來，引發腹膜炎，聖無腸說，也就是腹腔壁受到感染。

在我們的電影版本裡，聖無腸個子很高，直挺的鼻子上架著寬框眼鏡。他有一頭又粗又亂的頭髮。胸前掛著一副聽診器，說著十二指腸和腹膜炎，嘴裡沒有吃著東西。在電影裡，他伸出一隻手來，手心朝上，命令道：「手術刀！」

在那根據眞實故事改編的版本裡，我們燒了開水，讓魏提爾先生喝了杯白蘭地，讓他咬著一顆子彈。我們用一小塊海綿替聖無腸擦掉額頭上的汗水。而一只鐘正很響地發出滴答聲。

那些高貴的受害者拯救壞人，就像我們安慰可憐的遊民夫人一樣。

在現實中，我們只是站在那裡，用手揮舞著趕開他屁的臭味。大家大概在想魏提爾要怎麼演這場戲，他是會死還是會活，我們眞的需要一個導演，要有人來告訴我們每個人所扮演的角色該怎麼做法。

魏提爾先生只是呻吟著，用手揉著身側。

克拉克太太只是俯在他身上，她的奶子若隱若現，她說：「來，誰來幫我扶他回房間去……」

但是沒有人前去幫忙。我們需要他就此死掉，我們還有克拉克太太來當邪惡的反派。

然後美國小姐說了話。她走到他身邊，他的肚子鼓脹，俯臥著，襯衫下襬由褲子裡拉脱出來，褲腰向下褪了些，露出他內褲腰上的鬆緊帶。美國小姐走上前去，然後——喔！——她一腳踢進他繃緊肚子的側面。就在這時候，她說：「哎，那他媽的鑰匙在哪裡？」

克拉克太太屈起手臂來，用肘子把她頂得從他身邊退開。克拉克太太說：「不錯，布蘭登，我們需要送你到醫院去。」

魏提爾先生以他自己的方式做了這件事，他把鑰匙給了我們。他的胃在肚子裡裂了開來，他腹腔內充滿了血，乾的火雞肉還在膨脹，吸收了血，膽汁和水分，越來越大，最後他的肚子看來就像懷了孩子一樣。接著他的肚臍也突了出來，硬硬地挺突著，像隻小手指。

所有的這一切，都發生在八卦偵探錄影機的聚光燈照射下，他用記錄了遊民夫人之死的錄影帶錄下這些，以今日的悲劇場景取代昨日的悲劇場景。

誹謗伯爵將他的卡式錄音機湊得很近，用的是同一捲卡帶，賭的是這件可怕的事會更勝於上一件。

這一刻，是我們從來連想也不敢想的情節。第一幕的高潮就能讓我們賺大錢。魏提爾先生會爆裂開來，這件事會讓現場目擊的我們大大有名，成爲有名的權威人士。像遊民夫人的耳朵一樣，魏提爾先生的肚子脹破也是我們的飯票，一張空白支票，一張免費通行證。

我們全都沉浸其中，吸收著這件事。把這個經驗消化後成爲一篇故事。一個電影劇本，一些我們可以賣的東西。

在壓力使他的橫膈膜破裂了之後，他那鼓如南瓜的肚子消了一點點，平了一些些。我們仔細研究他的臉，他的嘴怎麼張著，咬著牙，想吸進更多空氣、更多空氣。

「鼠蹊部疝氣。」聖無腸說。我們全都低聲重說一遍這些字眼，好記得更清楚。

「到舞台上……」魏提爾先生說，他的頭埋在滿是灰塵的地毯裡。他說：「我要準備說……」

鼠蹊部疝氣……我們腦子裡都回響著這些字眼。到目前所發生的事都不能成爲一個很好的笑話。所有這些白癡給騙進了一棟房子，困在裡面。帶頭的脹了氣，而我們因此得以脫逃。這根本就不能成什麼嘛。

大自然已經準備解下她帶小銅鈴鐺的項圈，偷偷餵他喝一些水。

否定督察則計畫帶著柯拉·雷諾茲走過他的房間，偷偷帶一大壺水進去。

失落環節想見自己整夜踮著腳尖到魏提爾先生住的化妝室，把水灌進他的喉嚨，一直灌到那個人就此嗝屁：翹了辮子。

「求求妳，泰絲？」魏提爾先生說。他說：「妳肯扶我上床去嗎？」

我們都在心裡記了下來：泰絲和布蘭登，囚禁我們的人。

「趕快，到舞台上去……我好冷。」魏提爾先生說道，大自然扶著他站了起來。

「可能是休克了。」聖無腸說。

在我們會賣出去的那個版本裡，他已經是個死人了。一個壞人死了，而他的女搭檔在盛怒之下折磨我們其餘的人。泰絲女王，將我們囚禁，不讓我們吃東西，強迫我們穿著骯髒的破衣服，我們成了她無辜的受害者。

聖無腸站起來，伸出一隻手臂來抱住魏提爾先生，大自然在一旁幫忙。克拉克太太端著那杯水跟在後面。還有拿著錄影機的八卦偵探，和拿著卡式錄音機的誹謗伯爵。

「相信我，」聖無腸說：「我碰巧對人體內部知道得很多。」

就好像我們還是需要她死掉似的，噴嚏小姐用拳頭擋著嘴，打了個噴嚏。噴嚏小姐，這裡未來的鬼魂。

凶悍同志把噴到她手臂上的口水擦去，說了聲：「噁心。」她說：「妳是在個塑膠泡泡裡長大的還是什麼？」

而噴嚏小姐說：「對，差不多。」

媒人告退說他累了，需要睡一下。然後他溜進了地下室的夾層去破壞鍋爐。

他沒有想到，野蠻公爵已經比他早一步幹了這件事。

這樣就剩下我們其餘的人坐在天方夜譚式的穹頂下那些有著霉斑的絲綢靠枕和座墊上。裝脆皮火雞的銀色袋子空空地躺在地毯上。那些刻成象的柱子。

在我們腦海裡，我們全都記下那句話：我碰巧對人體內部知道得很多……

接下來沒有再出什麼事，什麼事都沒有。

最後我們其他這些人鬆開了盤著的腿，撣掉衣服上的灰塵。我們走向演藝廳，手指交叉祈求我們聽到的是魏提爾先生最後的遺言。

侵蝕

一首關於魏提爾先生的詩

「我們和穴居人所犯的同樣錯誤，」
魏提爾先生說：「我們仍然在犯。」
所以也許我們本來就應該彼此爭鬥，
相互憎恨，互相折磨……

魏提爾先生把他的輪椅推到舞台邊上，
他兩手有老人斑，頭是禿的。
他那張鬆垮的臉似乎是從那雙
過大的眼睛，模糊，水灰色的兩眼垂落。
穿在他一邊鼻孔上的環子，
他CD播放機的耳機線繞過他
牛肉乾似的脖子上的皺紋和贅肉。
舞台上，沒有聚光燈，只有一段
黑白影片。
軍隊行進的畫面如牆紙糊在魏提爾先生
的頭上。
他的嘴和眼睛消失在由他兩頰蠕過的
軍靴和刺刀的陰影之中。

他說：「也許受苦和苦難就是生命的重點。」
因爲地球就是一個處理廠，一個工廠。
想像一個拋光岩石的大滾桶：
一個裝滿了水和砂的滾桶。
想像你的靈魂是一塊丟進去的醜惡岩石。
是某種原料或是天然資源，原油，
礦石。
而所有的衝突和痛苦只是我們的研磨料。
拋光我們的靈魂，使我們更精美。
一生又一生地教導我們，完成我們。
再想想你是被選中而跳進去的，
一而再，再而三。
知道這種受苦正是你來到世上的
唯一原因。

魏提爾先生，窄窄的顎骨上擠了太多的
牙齒。
他如枯草的眉毛，魏提爾先生蝙蝠翅膀
似的耳朵箕張著。
影子部隊大步前進行過。
他說：
「其他唯一的選擇就是，我們永遠愚蠢。」

我們打仗，我們以戰求和。我們對抗飢餓，
我們喜愛打仗。
我們戰鬥、戰鬥、再戰鬥，用槍炮
或我們的嘴，或金錢。
而這個地球絲毫也不比有我們以前
改進多少。

俯身向前，兩手如爪子抓著他輪椅的
扶手。
新聞影片上的軍隊在他臉上行過
如一些移動的刺青。
帶著機關槍，坦克車和大炮。
魏提爾先生說：「也許我們正該這樣過活。」

也許我們這個工廠星球正在處理我們的
靈魂……使更精緻。

狗齡計歲

布蘭登・魏提爾的故事

這些天使，她們很清楚自己的身分。這些慈悲的化身。聚集了超過上帝預期的愛心，她們有富有的老公，良好的家世，矯正過的牙齒和保養好的皮膚，這些因爲十來歲的孩子都去上學了而留在家裡的母親。在家裡，但不持家，不是家庭主婦。受過教育，當然的事，但並不太聰明。

她們有傭人做所有的粗活。請來的專家。她們用錯了去污粉，使得家裡的花崗石櫃檯檯面和石灰石的地磚一文不值。用錯了肥料，使得花園如遭天火。用錯了油漆的顏色，結果她們所費的心力和投資會受到損傷。因爲孩子在學校，上帝在祂的辦公室裡，這些天使有著整天的時間要打發。

所以她們到了這裡，當志工。

這是她們不會出嚴重錯誤的地方。在一家養老院裡推著裝圖書的小推車。在她們的瑜伽課和讀書會之間的空檔，在安養中心掛上萬聖節的裝飾。任何一家安養機構裡都會見到她們，那群生活無聊的天使。

這些天使穿著義大利手工製的平底鞋。滿腔熱誠，頂著美術史方面的學位，在孩子們放學之後去踢足球或學芭蕾舞回來之前，有整個下午的時間要打發。這些天使，漂漂亮亮地穿著印花布的夏裝，乾淨的頭髮綁在腦後，面帶微笑，每次你偷眼望去時，都在微笑。

對每一個病人都有好話說，說你在五斗櫃上擺放的「祝早日康復」的卡片有多好看，說你在窗台上小花盆裡種的非洲紫羅蘭養得多好。

魏提爾先生好喜愛這些天使女人。

對魏提爾先生，這個住在長廊末端最後那個房間裡、滿是老人斑又禿頭的老男人，她們總是誇讚他貼在床頭牆上的那張黑光的搖滾樂演唱會海報多漂亮，立在門邊的滑板有多炫。

老魏提爾先生，那個金魚眼的矮個子魏提爾先生，他問道：「有啥很屌的？太太們？」

那些天使，她們笑了。

笑這個還裝年輕的老頭子。眞可愛，心境還這麼年輕。

可愛又愚笨的魏提爾先生，會上網漫遊，看雪地滑板雜誌。有一堆嘻哈音樂的CD，頭上反戴著一頂鴨舌帽，就像個高中孩子。

簡直就是她們在學校的十來歲兒子的老年版。她們不由得有點喜歡他，儘管他長了老人斑，反戴鴨舌帽的腦袋塞在兩邊耳機中間，聽著震耳欲聾的音樂，聲音響到都漏了出來。

魏提爾先生把輪椅停在走廊上，伸出一隻手，掌心向上，他說：「來擊個掌……」

所有的志工太太在走過時都和他擊掌。

不錯，拜託啊，這正是那些天使們希望自己在九十歲時也會是這個樣子，仍然充滿活力，仍然喜歡新鮮事，不要像她們現在所感覺的那樣成爲化石……

在很多方面看來，這個老頭子似乎比任何三四十歲的志工都要年輕得多。這些中年的天使年齡只有他的一半或三分之一呢。

魏提爾先生的指甲塗成黑色，在老人一邊鼓突的鼻翼上穿了一個銀色的環。而他的足踝上有一圈刺鐵絲似的刺青，正好露在他臥室裡穿的硬紙板拖鞋上。

一個骷髏頭的戒指鬆鬆地套在一根僵直得如同枯枝似的手指上。

魏提爾先生眨著他有白翳的眼睛說：「妳當我高中畢業舞會的舞伴好不好……？」所有的天使，都羞紅了臉。對著這很安全、很好玩的老頭子嘰嘰咯咯地笑著。她們坐在他輪椅上的懷裡，她們肌肉勻稱，由私人教練鍛鍊的大腿架在他瘦骨嶙峋的膝蓋上。

很自然地，有一天，哪個天使會表示出來。某個志工會對護士長或護理員大談魏提爾先生有著多了不起的年輕精神，說他充滿了活力。

聽了這話，那個護士會回望著她，眼睛都不眨一下，嘴張開一陣，沉默了一下，然後那個護士說：「他當然一副年輕的樣子……」

那個天使說：「我們都應該始終充滿活力。」

有這樣高昂的興致，這樣的活力，這樣快活。

魏提爾先生真能感化人，她們常這樣說。

這些慈悲的天使，這些慈善的天使。

這些愚蠢、愚笨的天使。

而那個護士或護理員會說：「我們大部分人也有過……那種活力。」那個護士一面走開，一面說道：「就是我們在他這個年紀的時候。」

他並不老。

眞相總是這樣洩漏出來的。

魏提爾先生，他得的是早衰症。事實上，他只有十八歲，一個就要因年老而死的年輕人。

每八百萬個孩子裡就有一個患有哈欽森—吉爾福早衰症症候群。主要是蛋白A中的基因缺陷造成細胞散裂，使患者以正常速度的七倍老化。使十來歲的魏提爾先生，連同他過擠的牙齒，過大的耳朵，青筋浮現的頭顱和暴突的雙眼，使他的身體成了一百二十六歲。

「妳可以說……」他總是對那些天使說，一面揮著一隻滿是皺紋的手，要她們不用擔心。「妳可以說我是在以狗齡①長大。」

再過一年，他就會因心臟病去世。還不到二十歲，就老死了。

聽了這話，那位天使就會有一陣子不再出現。事實上，這實在是太慘了。這樣一個孩子，說不定比她自己的孩子還年輕，就要孤獨地死在安養院裡。這個孩子，仍然充滿了活力。在尋求幫助，求著身邊唯一的人——也就是她自己——及時伸出援手。

這實在是太過分了。

然而，在每次瑜伽課上，每次開家長會，每次她看到一個十來歲的孩子，這個天使就會想哭。

她必須做點什麼。

於是她回到安養院裡，笑得不像以前那樣開朗。她對他說：「我明白。」

她偷偷帶來一個披薩。一件新的電動遊戲。她說：「許個心願，我會幫你實現的。」

這個天使，推著他的輪椅從火災逃生門溜出去，帶他坐了一天的雲霄飛車，或是到購物中心去逛。這個十幾歲的老頭子和一個年紀大得可以當他媽媽的美麗女人。她讓他在玩漆彈遊戲的時候痛宰她，那些漆彈玷污了她的頭髮、他的輪椅。她閃躲雷射槍。她半拖半抱著他滿是皺紋的半裸身子爬上滑水道的頂端，在一個陽光普照的熱天午後，不知上下了多少回。

①Dog Years，一般認為狗齡一年相當於人類七歲，人若以狗齡計年，則應將實際年齡以七乘之。

因爲他從來沒嗑過藥，這個天使就把她孩子所藏的大麻偷出來，還教魏提爾先生怎麼用抽大麻用的菸槍。他們聊天，吃洋芋片。

這個天使，她說她的老公專注於事業。她的孩子們離她越來越遠。他們的家四分五裂了。

魏提爾先生呢，他說到他自己的父母，他們無法面對。他們另外還有四個孩子要養，他們只有讓他成爲一個受法院監護的人，才能讓他住進安養院。住進來之後，他們露面來看他的次數越來越少。

說著這些，在民謠吉他柔和的演奏聲中，魏提爾先生哭了起來。

他最大的心願是能愛什麼人。能眞正地做愛，不要到死還是處男之身。

緊接著，淚水還不停地由他紅著的兩眼滾落，他會說：「求求妳……」

這個滿臉皺紋的老小孩，吸著鼻子說道：「求求妳，不要再叫我先生。」

天使摸著他光禿而有老人斑的頭，他告訴她說：「我的名字叫布蘭登。」

然後他會等著。

然後她會叫他：

布蘭登。

當然，在那之後，他們會相幹。

她，很溫柔而又有耐心，集聖母與娼妓於一身。她那經過瑜伽訓練的修長雙腿，爲這個滿是皺紋的赤裸醜小鬼張了開來。

她，既是祭壇，也是犧牲。

和他那滿是老人斑，浮現著青筋的衰老皮膚貼靠在一起，她看來從來沒這麼美過。在他流著口水，在她身上顫抖時，她感到自己從來沒這麼有力過。

而且，該死的——以一個處男來說——他還眞是厲害。他一開始用的是一般男上女下的所謂傳教士體位，然後把她的一條腿舉到半空中，讓她張得更開。然後是她的兩隻腳，用腳踝緊緊夾住他那張喘個不住的臉。

謝天謝地，好在她練過瑜伽。

像吃了威而剛似地挺硬，他讓她四手四腳地趴在床上，像狗似地幹她，甚至還抽了出來，頂著她的後庭，弄得她叫他住手。她渾身痠痛而且昏昏沉沉的，等他把她兩腿曲起，逼得她兩腳伸向天上，再壓到她頭後，這時候，她那虛假而明亮的天使笑容又回來了。

經過所有這些之後，他到了高潮，射在她眼睛裡，射在她頭髮上，他向她要根香菸而她沒有。於是他撿起了在床邊的大麻菸槍，又點上一把，也不給她抽一口。

這個天使，她穿好衣服，把她孩子的大麻菸槍藏在她大衣下，用一塊絲巾包著黏答答的頭髮，準備離開。

就在她打開通往走廊的房門時，魏提爾先生在她身後說道：「妳知道，我也從來沒人幫我口交過……」

在她走出房間時，他在大笑，大笑著。

從那以後，她開車的時候，她的手機會響起來，打電話來的是魏提爾先生，建議玩綑綁的性虐行爲，要更好的迷幻藥，口交。最後那個天使對他說：「我不能……」

「布蘭登……」他對她說：「我叫布蘭登。」

布蘭登，她說。她不能去見他，再也不能去見他了。

到了這時候，他才對她說——他騙了她。在年齡那件事上騙了她。

她在電話裡問道：「你沒有得早衰症嗎？」

而布蘭登．魏提爾回答說：「我不是十八歲。」

他不是十八歲，他有出生證明來證明這一點，他才十三歲，所以他現在是違法誘姦的受害者。

可是，只要有足夠的現鈔，他就不去報警。付一萬美元，她就可以免得經歷難看的法庭審訊，頭條新聞報導，她畢生的工作努力和投資化爲泡影，只不過是跟一個小鬼頭幹了一場。更糟的是——她這個戀童癖，現在是性罪犯，終其一生都要向有關方面報備行蹤。說不定還會和丈夫離婚，失去子女。和未成年者發生性關係要處五年有期徒刑。

從另外一方面看來，再過一年他就會老死了。爲她自己餘生付一萬美元，代價還算小。

一萬美元，再加上重溫一次舊夢……

結果她當然付了錢。她們都會付的。所有的志工，這些天使。

沒有一個會再回安養院去，所以她們彼此不會見面，對每一個天使來說，她都是唯一的一個。其實，總有十來個還不止。

而錢呢？當然越積越多。最後魏提爾先生因爲太老、太累，而覺得只是相幹太無趣了。

「看看大廳地毯上的漬印，」他說：「有沒有看到那些漬印都有手和腳？」

我們像那些志工太太一樣，落入了這個有著老人身體的小孩所設下的陷阱裡。一個老死的十三歲孩子，他家人拋棄他的這一部分倒是眞的。可是布蘭登．魏提爾不會再被人忽視地一個人死去。

而且，就像他一個又一個地去求那些天使一樣。這次也不是他的第一次實驗，我們並不是他的第一批白老鼠。而且——除非是那些漬印再回來纏祟他——他告訴我們說，我們也不會是他的最後一批。

7

大清早開始於一個女人的叫聲。那個女人的聲音，那叫喊聲，是保安會修女發出來的。在一聲聲叫喊之間，還聽得見拳頭敲打在木頭上的聲音，還聽得到一扇木門在門框裡發出響聲彈動，然後叫聲又開始了。

保安會修女叫著：「嗨，魏提爾！」保安會修女喊道：「你來不及看操他媽的日出了……！」

然後是拳頭用力敲門。

在我們的房間外面，我們在後台的化妝室外面，走道裡很黑，走道過去的舞台和演藝廳也很黑，除了鬼火之外一片漆黑。

我們一個個起了床，抓了衣服穿上，不知道我們究竟是睡了一個小時還是一夜。

鬼火是一個光禿禿的燈泡，裝在舞台正中央一根柱子上。傳統的說法是那可以在戲院又空又黑的時候擋住鬼魂，讓它們不能進來。

在有電力之前的劇院裡，魏提爾先生會說，鬼火有紓解壓力的作用。火會燃得更大更亮，以確保萬一瓦斯管線漏氣時，這個地方不致爆炸。

不管怎麼說，鬼火都表示好運。

但今早不一樣。

首先是叫聲吵醒了我們，然後是那股氣味。

這是遊民夫人會發現積在垃圾堆底下黑色污泥的臭味，是一輛垃圾車後面那個髒黏的開口。是狗屎和腐肉的臭味，吃過吞下又排泄出來的味道，是爛洋芋在廚房水槽底下溶成黑黑一潭的氣味。

我們屏住呼吸，盡量不去聞那個味道，摸索著出了我們的房門，走下那道黑黑的走道，穿過黑暗，走向發出叫聲的地方。

在這裡，黑夜和白晝的分野只是看法問題，到目前爲止，我們大家只有信任魏提爾先生。要是沒有了他，究竟是上午或是下午，就是個爭論的問題，沒有從外面透進來的亮光，沒有電話鈴聲，沒有聲音。

保安會修女還是一面捶著門，一面叫道：「八分鐘之前就天亮了！」

不錯，劇院就是要建來隔絕外在的現實，讓演員建立起他們自己的現實。牆壁都是好幾層的水泥，中間緊緊地塡滿了木屑。這樣就不會有警笛的聲音或地下鐵的轟隆聲破壞了舞台上演出死亡場景的氣氛。不會有汽車防盜器或電動鑽孔機的聲音來使一場浪漫吻戲變成笑鬧。

每天的日落，就只是魏提爾先生看看錶，向我們道晚安的時候，他爬到上面的投影室裡，拉下開關，關熄了大廳、門廳、沙龍、樓座和休憩室的燈。黑暗將我們趕進演藝廳，這裡的暮色，一處處地籠罩下來，最後唯一剩下的亮光是在後台的各化妝室裡。也就是我們每個人睡覺的地方。每個房間裡有一張床，一間浴室，一個蓮蓬頭，一個抽水馬桶。房間大得容得下一個人和一口皮箱。或是一個柳條籃子。或是硬紙板的箱子。

早晨則是我們聽到魏提爾先生在我們房門外的走道上大聲道早安的時候，所有的燈重新亮起來，開始新的一天。

但今天不一樣。

保安會修女大叫道：「你違反了自然法則。」

這裡，沒有窗子和天光，野蠻公爵說我們就像是被關在一個義大利文藝復興時期的太空站裡。我們很可能是在一艘馬雅人的古老潛艇中沉在很深的水底。或是公爵所謂的一處路易十五的煤礦坑或防空洞裡。

這裡，在某個城市的中間，離幾百萬走動、工作和吃著熱狗的人之間只有幾吋距離，卻完全給隔離開來。

這裡，任何一處看來像是窗子的地方，掛著天鵝絨或織錦緞的窗簾，或是鑲著染色玻璃，全都是假的。是一面鏡子，染色玻璃後面的微弱陽光，只是一個電燈泡，少得讓這些哥德式吸菸室裡高大的拱窗永遠是暗暗的。

我們仍然在找著出去的路。我們仍然站在上鎖的門前，尖叫救命。叫得不是那麼用力，也不是那麼大聲，要先等我們的故事能拍成一部好電影。要先等我們每一個人都成爲一個瘦得可以讓電影明星來飾演的角色。

一個能將我們從所有我們過去的故事中拯救出來的故事。

在魏提爾先生房間外的走道上，保安會修女用拳頭捶門，叫道：「嗨，魏提爾！今天早上要你說明白的問題可多了。」你都可以看得到那個修女說每個字時所呼出的氣息。

太陽還沒有升起。

空氣又冷又臭。

食物都沒有了。

我們其餘的人，一起對保安會修女說：噓。外面的人說不定會聽見而進來救我們。

一道門鎖打開，隨即一間化妝室的門推了開來，我們看到克拉克太太穿著繃得緊緊的毛巾布做的浴袍。她的眼皮紅腫，半睜開著。她走出房門，來到走道裡，帶上了她的房門。

「我說，這位太太，」保安會修女說：「你們要對你們的人質好一點。」

野蠻公爵站在她旁邊。正是昨天晚上到地下室去，用一把麵包刀將所有接在鍋爐上的電線全割斷了的那個野蠻公爵。

克拉克太太用一隻手揉了揉眼睛。

八卦偵探在他的錄影機後面說：「妳可知道現在幾點鐘嗎？」

凶悍同志對著誹謗伯爵的卡式錄音機說：「妳可知道沒有熱水嗎？」

凶悍同志，就是她順著地下室牆邊的銅水管一路找回到燒熱水的鍋爐，關掉了瓦斯。她當然應該知道。她把瓦斯開關的把手弄斷了，再將那個把手由水泥地的一條下水道丟了下去。

「我們要罷工，」骨瘦如柴的聖無腸說：「要沒有暖氣的話，我們就不寫什麼好而驚人的《科學怪人》之類的狗屎東西。」

這個早晨：沒暖氣，沒熱水，沒食物。

「我說，這位太太，」失落環節說。他的鬍子幾乎扎到了克拉克太太的額頭，在那些化妝室外面的走道，他站得就有那樣貼近。他把一隻手的手指全伸進她浴袍的領子裡，俯過身去用胸部壓扁了她的胸部，失落環節的手握成拳頭，彎起了手肘，隨著拳頭揑住的衣服，把她抬得離了地。

克拉克太太穿著拖鞋的雙腳在空中踢著，兩手緊抓住那頂住她的毛茸茸手腕，兩眼暴突，頭向後仰得連頭髮都碰上了那扇關著的房門。她的頭撞在房門上，發出砰的一聲。

失落環節抓住她搖晃著，說道：「妳告訴魏提爾那個老頭子，他得給我們弄點吃的來，也要讓我們有些暖氣，否則就讓我們離開這裡——現在就去。」

我們：都是那個睡懶覺、邪惡、綁架我們的瘋子手下無辜的受害人。

在藍色天鵝絨的大廳裡，我們沒有東西當早餐。

所有裝有用肝臟製成食物的袋子都給鑿了十到十五個洞。每個人都去戳了一刀。

在大廳裡，每一個銀色的枕頭都扁了。我們所有的人都有一樣的想法。

爐子不能用，空氣寒冷，食物還是全壞了。

「我們得把他包起來，」克拉克太太說。把他包起來，抬到最底下一層地下室裡，和遊民夫人放在一起。

「那個氣味，」她說：「不是食物的味道。」

我們沒有問他是怎麼死的。

魏提爾先生沒有死在台上更好，這樣可以讓我們編寫出最壞的情況：他的兩眼圓睜，看著自己的肚子在晚上越來越大，最後他連自己的腳也看不見了。最後體內某處的內膜或肌肉裂開，而他感到一陣溫熱的食物洪流衝出他的肺部，衝出他的肝臟和心臟。接下來，他感到休克的寒意。他胸前灰白的胸毛因爲冷汗而黏糊成一片。他的臉上汗流如雨。他的雙臂和兩腿冷得發抖，那是昏迷的第一個徵兆。

沒有人會相信克拉克太太，現在她是新的反派人物，我們新任的那個邪惡的壓迫者。

沒錯，我們得編寫這一幕場景，我們要讓他尖叫著發出囈語。魏提爾先生要面色蒼白，伸開兩手來擋在臉前，說惡魔在抓他，他要尖聲驚叫著救命。

他會陷入昏迷，然後死掉。

聖無腸懂得那些複雜的名詞，什麼腹膜、十二指腸、食道，他會知道出問題部分的正式學名是什麼。

在我們的版本裡，我們要跪在魏提爾的床邊，爲他祈禱。可憐又無辜的我們，餓著肚子，被困在這裡，可是仍然爲我們這個惡魔的永恆靈魂祈禱。然後畫面失焦淡出，跳接廣告。

這是熱門大片中的一場戲，一看就知道能獲得艾美獎提名的一場戲。

「死人最大的好處，」凍瘡男爵夫人一面把口紅再塗上她的口紅，一面說：「他們沒法改動你的東西。」

但是，要有好故事就得沒暖氣、捱餓、沒早餐，只有髒衣服。也許我們不像拜倫爵士和瑪麗・雪萊那樣頭腦聰明，可是我們能忍受某些辛苦折磨來讓我們的故事更賣錢。

魏提爾先生，我們那個老的、已死的怪物。

克拉克太太，是我們的新怪物。

「今天，」媒人說：「會是非常漫長的一天。」

保安會修女舉起一隻手來，她的手錶在暗暗的走道裡閃出綠光。保安會修女晃著手錶，讓它閃亮，說道：「今天一天會依我說的那麼長……」

她對克拉克太太說：「現在告訴我怎麼把那些他媽的燈打開。」

失落環節把濕滑的腳踩在地上。

克拉克太太和保安會修女摸索著走進黑暗中，把手按在走道的牆上，走向舞台前方灰色的鬼火。

魏提爾先生，是我們的新鬼。

就連聖無腸的肚子也咕嚕叫了。

美國小姐說，有些女人爲了讓自己的胃變小，會去喝醋。餓得胃痛的時候眞痛得厲害。

「跟我說個故事吧，」大自然說。她點上了一根蘋果加肉桂香味、上面還有咬痕的蠟燭。「隨便哪個，」她說：「跟我講一個故事，好讓我再也不想吃東西，永遠不想……」

否定督察抱緊了她的貓，說道：「一個故事很可能壞了妳的胃口，可是柯拉還是會餓。」

美國小姐說：「告訴那隻貓，再過一兩天，他就夠資格當食物了。」她那裏在粉紅色彈性纖維布料裡的胸部已經顯得大了很多。

聖無腸說：「拜託，能不能請哪位讓我不要再想著我的腸胃。」他的聲音和以前不一樣，第一次嘴裡沒吃東西，聲音變得平順而乾淨。

臭味濃得像霧一樣，誰也不想吸進這臭味。

野蠻公爵走向舞台，走向鬼火四周的那個光圈，說道：「在我賣出第一張畫之前……」他回頭看了一眼，確定我們都在跟著他。然後公爵說：「我是個和名畫竊賊正好相反的人……」

這時，一個房間又一個房間裡有太陽升起。

在我們心裡，我們全都把這句話記下：和名畫竊賊正好相反的人……

侍雇

一首關於野蠻公爵的詩

「沒有人稱米開朗基羅是梵諦岡的婊子。」
　野蠻公爵說，
　只因爲他向教宗尤里烏斯討工作。

公爵站在舞台上，骯髒的下巴，露著
　一把蒼白的短鬍子。
　下巴不停動著，又嚼又咬
　一坨尼古丁口香糖。
他那灰色的汗衫和帆布褲上都像黏著
　乾了的葡萄乾似的顏料，紅的，暗紅的，
　黃的，藍的和綠的，棕色，黑色和白的。
他的頭髮在腦後亂成一團，如糾纏的銅線。
　揉了油而顯得黑如焦油
　黏著油油的頭皮屑。
舞台上，沒有聚光燈，只有一段影片：
　一些肖像畫，寓意畫，靜物和
　　風景畫的幻燈片。
所有這些古老的藝術作品，用他的臉，
　他的胸部，他穿著絲襪和涼鞋的雙腳
　　作爲畫廊的牆壁。

野蠻公爵，他說：「沒人說莫札特是
　一個公娼。」
　因爲他爲薩爾斯堡的大主教工作。
　之後，又寫了《魔笛》，
　寫了《小夜曲》，
付錢的是財源滾滾的加塞比·布雷迪
　和他賺大錢的絲綢廠。
我們也不會說達文西賣身，
　是個工具。
　因爲他以顏料換金子，賺教宗李奧十世和梅第
奇的錢。

「不錯，」公爵說：「我們看『最後晚餐』

和『蒙娜麗莎』

從來不知道是誰出錢讓他創作的。」

重要的是，他說，藝術家留下來的東西，

那些藝術作品。

而不是他怎麼付房租。

野心

野蠻公爵的故事

一位法官稱之為「惡意的不當行為」。另外一位法官則稱之為「損毀公有財產」。在紐約市，現代美術館的一名警衛逮到他之後，法官最後把罪名減輕為「亂丟垃圾」，而在洛杉磯蓋帝美術館的事件之後，法官更說泰瑞・費萊契的行為是「塗鴉」。

不論是在蓋帝美術館、弗里克藝術品收藏館或是國家畫廊，泰瑞的犯行都是一樣的，只是大家不能同意究竟該算什麼罪名。

這些法官都不能和洛杉磯郡地方法院的賴斯特・G・梅耶法官大人混為一談，梅耶可是個藝術品收藏家，也是個徹頭徹尾的好人。藝評家也不是作家和文化通才專家譚尼迪・布魯斯特。另外呢，放心，也不可能是那位畫郎老闆丹尼斯・布萊德蕭，他那間有名的「五花八門藝廊」，很巧合的每過一段時間就有人在後面遭到槍殺。

沒錯，任何活人或死人如果和這些人物有相似之處，必是純屬意外。

在這裡說的全是虛構的，除了泰瑞・費萊契之外，其他人誰也不是那個人。

只要隨時提醒你自己，這是個故事，裡面沒有一點是眞的。

最基本的概念來自英國，那裡的美術科系學生會到郵局去，大把大把地免費拿取那些很廉價的住址貼紙。每張貼紙尺寸相當於你手指伸直併攏的手，大小很容易藏在你手裡。這種貼紙背面有一張可以撕開的蠟紙，底下是一層黏在任何東西上就撕不掉的膠水。

這正是他們的寶貝。年輕的藝術家——其實都是些無名小子——都有那種坐在畫室裡畫一幅完美袖珍小畫的本事，或是在把貼紙塗上一層白色的底色後，在上面畫一幅炭筆素描。然後，把貼紙藏在手裡，他們就出去辦他們自己的小畫展了。在小酒館裡，火車車廂裡，計程車的後座上，他們的作品在那些地方「掛」的時間，可比你能猜想到的要久得多呢。

郵局用來印地址貼紙的紙張差到你根本撕揭不了。這種紙最多只在邊邊上撕掉一小點或一小片，可是即使如此，膠水還在原處，那些露出來的背膠看來一坨坨黃得像鼻涕，會集上灰塵和煙，最後會成爲一抹烏黑，比先前小小的藝術科系學生習作要難看得多，大家都覺得任何一幅畫都比留下來的背膠好得多。

所以——大家就讓那些畫貼著，在電梯和公廁的馬桶間裡。在教堂的告解室和百貨公司的試衣間裡。大部分這一類的地方，還可能會有一些新作品。但大部分的畫家則對他們的作品能永遠有人看到而感到開心。

不過——這卻讓一個美國人把事情搞大了。

對泰瑞．費萊契說來，想到這個主意的時候，他正在排隊看「蒙娜麗莎」。他越走越近，那幅畫卻一點也沒有顯得更大一點。他的美術課本裡都有比這畫大的。這是全世界最有名的一張畫，卻比沙發座墊還小。

如果是在其他的什麼地方，這幅畫都能很輕易地藏進大衣裡，兩手一抱，就偷走了。

隊伍慢慢離那幅畫越來越近之後，看起來那畫也沒多神奇。這幅畫是達文西的傑作，可是看來實在不值得他在法國巴黎浪費了一天的時間站著排隊。

這種大失所望的感覺就和泰瑞．費萊契在看到那吹笛舞者柯可佩里的古老岩畫時一樣。之前，看過這個圖像印在領帶上，漆在狗食盆子上，弄進浴室腳墊和馬桶蓋上。最後，他終於去了新墨西哥州，看到了鑿畫在一面懸崖上的原作，他的第一個反應就是：好平凡……

所有那些浪得虛名的小小古老名畫，英國郵局的貼紙，所代表的意義是：他可以做得更好。他可以畫得更好，把他的作品偷運進美術館裡，裝好框子，藏在他的大衣裡。不用很大，但是他可以在畫背後貼上雙面膠帶，只要等時機對了……就把畫貼在牆上。在那裡讓全世界的人都可以看到，貼在魯本斯和畢卡索之間……一幅泰瑞．費萊契的原作。

在泰特美術館裡，擠在透納（J. M. W. Turner）名作「暴風雪：漢尼拔率軍橫越阿爾卑斯山脈」旁邊的，是泰瑞微笑著的母親，正用一塊紅白條紋的洗碗布擦手。在普拉多美術館裡，貝拉斯克斯（Diego Velázquez）所畫的「公主肖像」旁邊，是他的女朋友如荻，或是他的狗小骨。

當然，那都是他的作品，有他的簽名，可是那都是為了替他所愛的人增添光榮。

可惜的是，他絕大部分的作品最後都只能掛在美術館的洗手間裡。那裡是唯一沒有警衛或監視器的地方。在人少的時段，他甚至還可以走進女用洗手間裡去掛上一幅畫。

並不見得每一個觀光客都會進到美術館裡的每一個展覽室。可是他們都會去上洗手間。

似乎一幅畫看起來樣子怎麼樣都沒關係，會讓那幅畫成為藝術作品或傑作的條件，好像完全要看掛在什麼地方……畫框看起來有多貴……還有旁邊掛著些什麼作品而定。要是他好好研究，找到合適的古董畫框，把畫掛在一面掛滿畫的牆正中央，那就會在那裡掛上好幾天，甚至於好幾個禮拜之後，他才會接到美術館方面，或是警方來的電話。

然後是罪名：惡意的不當行為，損毀公有財產，塗鴉。

「亂丟垃圾。」一個法官這樣稱呼他的藝術，然後處泰瑞一筆罰款，在牢裡拘禁一天。

警方拘禁泰瑞・費萊契的那間牢房裡，在他之前待過的人全都是藝術家。在每面牆上都把綠漆刮掉來畫畫，然後簽上他們的大名，是比「柯可佩里」和「蒙娜麗莎」更富原創性的岩畫。畫家也不是畢卡索。就是在那天晚上，看著那些圖畫，泰瑞幾乎決定放棄一切。

幾乎。

第二天，有個人來到了他的畫室，一群黑蒼蠅繞著泰瑞被捕時正打算要畫的一堆水果打轉，來的人是很多家報紙的名藝評家，他是前天晚上審案的那個法官的朋友，而這位藝評家說，不錯，他覺得這整個故事眞是笑死人了，正合於他在各報同時刊載的專欄裡用。即使屋子裡充滿了腐爛水果的氣味，又有蒼蠅在嗡嗡地飛來飛去，那個人卻說他想看看泰瑞的作品。

「非常好，」那個藝評家在看著一幅幅大小適合藏進大衣裡的畫作時說。「非常、非常好。」那些黑蒼蠅一直在飛來飛去，停在有斑點的蘋果和發黑了的香蕉上，然後又嗡嗡地繞著這兩個人飛。

那個藝評家戴著眼鏡，兩邊鏡片都厚得像船上的玻璃窗。和他說起話來的時候，你會想大喊大叫，就像對藏身在一棟大房子樓上窗子後面，就是不下來打開上了鎖的大門的人。

不過，他完完全全，絕對，毫不容否認地不是譚尼迪・布魯斯特。

泰瑞告訴他說，大部分最好的作品，都還當證物鎖在警方，以備將來審訊時用。

可是這位藝評家說那沒關係。第二天，他帶來一個畫廊老闆和一位收藏家，兩個都因爲他們的意見經常刊載在全國發行的雜誌上而赫赫有名，這一小群人看了他的作品，他們不斷提起一個畫家的名字，那位畫家之所以有名，只因爲他那些亂七八糟的已故名人畫像，而且用一罐紅色噴漆在畫上簽下好大的簽名。

當然，這個畫廊老闆不是丹尼斯・布萊德蕭。而那位收藏家開口說話的時候，有很重的德州腔。她金紅色的頭髮就和她給太陽曬成可怕桔皮色的肩膀與脖子顏色一樣，可是她也不是蓓德・希拉蕊・碧亞麗絲。

她是個完全虛構的人物。可是在她看他的畫作時，她一直不停地說著「能賺」兩個字。

她甚至在腳踝上以花體字刺了個小小的「糖」字，就在她穿了涼鞋的腳掌上方。可是她不可能，絕對不可能，沒錯，不是蓓德・希拉蕊・碧亞麗絲小姐。

不錯，這個假的，假冒的藝評家，藝品收藏家，和畫廊老闆，最後對我們的藝術家說：我們要和你談筆生意。他們有好幾百萬美元的錢投資在那個亂七八糟的畫家身上，可是他現在的作品卻在藝術市場上氾濫。他賺了大錢，可是使他早期作品的價值大跌。而那正是他們投資的所在。

所謂生意就是：如果泰瑞・費萊契肯把那個畫家殺掉——那這位藝評家，這位畫廊老闆，還有這位收藏家就可以讓泰瑞大大有名。他們會把他變成一項上好的投資，他的作品會以高價賣出，他畫他母親、女朋友、他養的狗和寵物鼠的畫作，會給炒熱得成為像「蒙娜麗莎」一樣的經典，像柯可佩里，那個印地安的神祇。

在他的畫室裡，那些黑蒼蠅仍然在那堆軟了的蘋果和爛了的香蕉上飛來飛去。

他們告訴費萊契說，也許這個消息對他有幫助，那就是那個畫家之所以會成名，是因為他殺了一個懶惰的雕刻家，而那個雕刻家殺了一個過分積極的畫家，那畫家之前殺的是一個背叛了他們的拼貼畫家。

所有這些人都死了，而他們的作品陳列在美術館裡，像銀行帳戶一樣，一直如滾雪球般地增值中。而所謂的價值還不是美的價值，因為顏色會變成像梵谷的向日葵一樣的咖啡色。油畫顏料和上面的罩光漆會開裂泛黃，永遠在排了一天的長龍之後看到時會覺得比預期的小了很多。

藝術市場已經這樣運作了幾百年，那位藝評家說。要是泰瑞決定不接受這個，他的第一個眞正的「委託」，也沒問題。可是他未來還有好多沒解決的官司要打，加在他身上的諸多罪名仍然成立。這些藝術界人士只要一通電話就可以把案子擺平，或者也可以把事情弄得更麻煩。就算泰瑞·費萊契什麼也不做，也還是可能在牢裡關上很久、很久。就是那個綠色牆面被弄得亂七八糟的牢房裡。

事情過了之後，有誰還會相信一個坐過牢的人的話呢？

所以泰瑞·費萊契，他說：好的。

還好他從來沒見過那個畫家。畫廊老闆給了他一把槍，叫他在頭上套上一只尼龍絲襪，那把槍的尺寸就像你手指伸直併攏的那隻手一樣大小，是件很容易藏在手裡的東西，大小只像一張寄包裹用的單子，可是一樣效果十足。那個亂七八糟的畫家會在畫廊裡待到打烊的時候，然後他會走路回家。

那天晚上，泰瑞朝他背上開槍——砰，砰，砰——開了三槍。這件工作比他把他那隻狗，小骨的像掛在古根漢美術館裡快多了。

一個月後，費萊契舉行了他生平第一次在畫廊裡的眞正個展。

那裡**不是**「五花八門畫廊」，地上卻鋪著一樣黑色和粉紅色的棋盤花瓷磚，大門上還有同樣花色的天篷，有好多好多聰明人到那裡去，把錢投資在藝術品上，可是這裡是另外一個，讓我們假裝是的那種畫廊，擠滿了**假的**聰明人。

在那之後，泰瑞的生涯變得複雜起來。你可以說他的工作做得太好了，因爲那位藝評家又叫他去殺一個德國的概念藝術家、一個舊金山的行爲藝術家、一個巴塞隆納的活動雕刻家，每個人都以爲安迪・沃荷死於膽囊手術，你以爲尙─米契・巴斯奎特（Jean-Michel Basquiat）是因爲吸食海洛因過量而送了小命，以爲凱斯・哈林（Keith Haring）和羅柏・梅普索普（Robert Mapplethorpe）死於愛滋病。

事實的眞相是……你所想的正是人家希望你有的想法。

整個時間裡，那藝評家說要是費萊契抽身的話，藝術界就會構陷他成爲第一宗謀殺案的凶手，或者會有更壞的結果。

泰瑞問道：更壞的結果是什麼？

他們沒有說。

讓一個美國人把事情搞大了。

在刺殺每一個背叛他們的藝術家，每一個懶散、邋遢的藝術家之間，泰瑞・費萊契沒時間把畫畫好，就連如荻和他母親的畫像看起來也都畫得很匆忙、很雜亂，好像他一點也不在乎似地。他越來越畫出各種吹笛舞者柯可佩里的不同版本。他還把「蒙娜麗莎」的照片放大到一面牆的大小，再以手工著色的方式把照片塗上當年室內裝潢最受歡迎的顏色。但是，只要底下有他的簽名，大家就會買，美術館也會買。

在成名的這一年之後……

在那一年之後，他正在一家畫廊裡，和老闆談話，這個老闆就是一年前借給他一把槍的人。不是丹尼斯・布萊德蕭。外面街上很黑。他腕上手錶顯示十一點鐘。畫廊老闆說他要打烊了，他自己要回家了。那支槍後來的下落如何，泰瑞不知道。

老闆打開了前門，外面是黑黑的人行道。黑色和粉紅色條紋的天篷。走回家的路很長。

外面，路燈柱子上都黏著一些你永遠也不會認得的人所畫的小小畫作。這條街上貼著他們沒有簽名的作品，事情就會出在走進夜色的長路上，如果不是今晚，那就會在另外某個晚上。下一步，每天晚上都會走進那個每一位藝術家都想要一個機會成名的世界裡。

8

我們在那個馬雅式的門廳裡，四壁塗著灰泥，弄得凹凹凸凸的，好看起來像是火山熔岩。假的火山熔岩刻成身纏腰布、頭戴羽飾的戰士。這些戰士披著有斑點毛皮的披風，好看起來像豹子，整個房間在說著一個要你當眞的故事。

刻出來的灰泥鸚鵡有橘色和紅色如彩虹般的尾巴。

這些灰泥的石頭上還有假的裂縫和崩碎的地方，好看起來很古老，在我們頭上很高的地方，長出一串串用紙做的肥大紫色蘭花。

「魏提爾先生說得對，」克拉克太太環顧著說道：「我們的確創造了能塡滿我們生命的戲劇。」

只不過灰塵使得橘色的羽毛和紫色的花朵黯然失色。假豹紋斑的毛皮遮住了木頭的沙發。那些沙發和戰士獰笑著的面孔以及假火山熔岩，全都因蜘蛛絲連在一起，露出一綹綹的灰色。

克拉克太太說，看起來好像我們上半輩子都花在尋求災禍上，而她垂眼去看她直挺出來的胸部——這一看卻因爲她突出的嘴唇而幾近不可能。她說，我們年輕的時候，希望有什麼東西能讓我們慢下來，把我們困在一個地方，久得足夠讓我們去看這個世界表面之下的一切。那災禍是一次撞車或是一場戰爭。要讓我們靜坐不動的話，那就可能是得到癌症，或是懷了孩子。重要的部分是這種事出得完全在我們意料之外。災禍使我們不能再過我們小時候計畫好要過的生活——始終不停到處闖蕩的生活。

「我們仍然在創造出我們所需要的戲劇性和痛苦。」克拉克太太說：「可是這第一個災禍是一種預防針。一項預防接種。」

你這一輩子，她說，你都在尋求災禍——你在試演災禍——這樣等到最後災禍終於來臨的時候，你就早已熟練了。

「就是你死的時候。」克拉克太太說。

在馬雅式的門廳裡，那些黑木沙發和椅子都刻成祭壇的樣子，在金字塔頂上，獻祭的活人就是在那上面把心挖出來。

地毯像太陰曆，圈圈裡面還有圈圈，橘底的黑色花紋，因爲打翻的汽水而變得黏答答的。在我們腳下有一大片漬印，還長出手腳來。

坐在假毛皮的椅墊上，你還能聞得到爆米花的香味。

這就是她的理論。克拉克太太由魏提爾先生的理論所衍生出來的。

我們在世界上有痛苦、憎恨、愛、歡樂和戰爭，是因爲我們要有這些。而我們需要所有這些戲劇性的東西，來讓我們準備好在將來的某一天面對死亡的考驗。

大自然坐在那裡，像夢遊者似地把兩臂伸直在身前。她張開手指，看著皮膚上已經弄污了的暗紅色花紋，用一隻手的手指，摸著另一隻手每根手指的底部。摸著骨頭，看看有多粗，大自然說：「妳覺得遊民夫人已經準備好了嗎？」她說：「妳認爲魏提爾先生已經準備好了嗎？」

克拉克太太聳了下肩膀，她說：「這有什麼關係嗎？」

坐在大自然身邊假毛皮上的否定督察把一只尼龍絲襪纏在她左手的手腕上。她用右手把那只絲襪纏得更緊一些，緊到她的左手都泛白了，白到連蒼白的貓毛和她青白色的皮膚比起來都顯得灰暗了。緊到那幾根白得沒有了感覺的手指軟垂下來，垂掛在手腕下。

聖無腸則在懷裡弄他右手的拇指，以左手握拳，上下敲擊著那根拇指。感覺他拇指關節的突起部分，這樣在拇指沒有了之後，也永遠忘不了。

我們全都坐在那裡，彼此看著對方，等著下一個情節或某些對話，可以記下來，留作我們能賣的眞相版本之用。

八卦偵探把錄影機的燈由一個人臉上移到另一個人的臉上。誹謗伯爵小小網眼麥克風由襯衫口袋裡伸了出來。

這一刻預示了接下去眞正可怕的事。這一刻已經取代了魏提爾先生之死，那段又取代了遊民夫人之死，而這段則取代了美國小姐用刀抵著魏提爾先生脖子的畫面。

大自然對克拉克太太說：「那妳爲什麼不愛他呢？」

「我並不是因爲愛他才到這裡來的，」克拉克太太說。她對八卦偵探說：「不要把錄影機對著我。我在錄影帶上看起來好醜……」然而，在錄影機熱熱的聚光燈照射下，克拉克太太咬緊牙齒露出笑容，配上她如水球似的嘴唇，像是個小丑的笑臉。她說：「我到這裡來，是因爲我看到一則廣告……」

而她就信任這個她以前不認識的男人嗎？跟隨他，幫助他？甚至知道他會把她關在一扇鎖上的門後面？這太沒道理了。

臉上的肉縫在一起，眉毛剃光，指甲長得都不能握拳的無神教士，他說：「可是妳哭了……」

「每一個使徒或學生，」克拉克太太說：「儘管他們會跑著來追隨他們的救主——也同樣地是在跑著逃避什麼別的。」

在雕刻出的戰士注視我們，紙蘭花染色而摺得看來很自然的情況下，克拉克太太說到她以前有一個女兒，有個丈夫的事。

「凱西那時候十五歲。」她說。

她說：「她的全名叫卡珊黛娜。」

克拉克太太說，有時候警方發現一座埋得很淺的墳，或是被謀殺的受害人遭棄屍的遺體時，警探都會在那裡藏一具麥克風。這是標準程序。

她朝口袋裡有個卡式錄音機的誹謗伯爵點了點頭。

警方的人會躲在附近，監聽幾天或幾個禮拜。因爲幾乎所有的凶手都會再回來跟受害者說話。差不多總是會這樣。我們需要把我們生活中的故事說給什麼人聽，而凶手只能和一個不可能再處罰他的人，也就是被害人，討論他的罪行。

即使是凶手，也需要把話說出來，說他生活中的故事，這種需要強烈到他會來坐在一個墳邊或一具腐爛的屍體旁邊，滔滔不絕地說上幾個鐘頭。一直講到他的話有了道理。一直講到那個凶手可以說服自己相信他新現實的故事。那個現實就是——他的行爲是對的。

所以警方才會等著。

她仍然面帶笑容地說：「所以我才會在這裡。」克拉克太太說：「像你們其他的人一樣，我只想有辦法來說我的故事……」

克拉克太太仍然在八卦偵探聚光燈的溫熱光圈之中，她說：「拜託。」她伸出兩手來摀住面孔，在緊緊併攏的十指後面，她說：「就是一架錄影機毀了我的婚姻……」

回顧

一首關於克拉克太太的詩

養育孩子，
「就像是訓練一個新進員工，」克拉克太太說：
「來代替妳做那份無趣的老工作。」

克拉克太太在舞台上，兩臂環抱在身前。
一手握著另一邊的手肘
來托住另一個更勇敢、背更挺的女人
才會選的大胸部。
這個胸部，現在會隨時提醒她
每一個她原以爲會救了她而犯的錯誤。
她的眼皮紋成橘色，看來恰似
二十年前的流行。
她的嘴唇用矽膠整型成了個吸杯。
然後紋成現在已無人記得的桃紅色。
她那克拉克太太的髮型和衣著
猶是當年她嚇破了膽，從此不敢
再冒險嘗新時的模樣。

舞台上，沒有聚光燈，只有一段影片：
家庭電影：一個小女孩戴著一頂
派對中的紙帽子，有一條
鬆緊帶繫在她下巴底下。
吹著生日蛋糕上的五支蠟燭。
「在妳遭開除之前，」克拉克太太說：
「你訓練新人，告訴她……」
不要碰，燙！
腳不要擱在沙發上！
還有——絕不要買任何有尼龍拉鍊的東西。
每次講課，妳都被迫重新檢視
妳所做過的每一次選擇
一課接一課地看妳整個一生。
而在這麼多年之後，妳才發現
可用的東西有多麼的少，
妳的生活和教育多麼的有限。

妳的勇氣和好奇心多麼的缺乏。
更不用說妳的期待了。

克拉克太太在舞台上，她嘆氣，胸部
如蛋奶酥般高高鼓起
也像麵包，然後落下，穩住，靜止。
她說也許最好的忠告是妳
根本沒法告訴她的：
將自己保有成爲世界的中心，
在所有事物上維持妳自己最大的權威性。
在所有問題上做自己的專家，
確實可靠，
無所不知。
永遠，在一個月裡的每一次，永遠
要用保險套。

後製

克拉克太太的故事

泰絲和尼爾生．克拉克在前兩天裡，好像什麼事也沒有過似地生活著。也就是說穿起去上班的衣服，打開車門，開車去公司。那天晚上，他們會相對無言地坐在廚房裡的桌子前面，吃一些東西。

那又有什麼了不起。

器材出租公司會打電話來，要他們歸還所租借的攝影器材。

尼爾生在家，和泰絲一起，或者不是。

到了第三天，她只下床去上廁所。她沒有打電話到公司去請病假。不管她怎麼樣，她的心就是一直跳個不停。倒不是說她沒試過什麼方法。

不值得花力氣去開始酗酒，或是丈量汽車車身長度，去找一條皮管長得足夠從廢氣管連到駕駛座旁邊的窗子。也不值得花力氣去看她的家庭醫師，編出足以讓他開出安眠藥的一套謊話來。其他的事她倒可以做，比方說把剃鬍子的刀片割進手腕，用這種行動只會看起來像再一次用她另外一個解決她所有問題的愚蠢計畫。

燈和攝影機都仍然擠放在克拉克夫婦的床邊。

自殺看起來只是另外一個改變她生活的積極計畫，要是她打開拍片用的燈光和攝影機，就可以把死亡過程錄在錄影帶上。一部分為上下兩部分的死亡電影，一套迷你連續劇。另外一個大計畫，自殺不過就是：泰絲・克拉克把工作做過了頭。另外一個開始、中段和結尾。去上班似乎太瘋狂了。再吃頓飯，都和在原子彈丟下來的時候還去種鬱金香的球根一樣沒道理。

現在都是過去的事了，可是當初是尼爾生看了他們的存款帳戶，是他說唯一能生得起孩子的辦法就是去拍一部色情錄影帶。

「終有一天，」克拉克太太說：「你會碰上這種事，就在那一秒鐘，你的生命會感覺到長過了一百年……」

到了他們躺在床上的第五天，他們敢說自己會永遠活下去了，日復一日地躺在床上，大概就是吸血鬼會有的感覺。想想妳活了幾千年，還一直犯著同樣愚蠢的錯誤。幾千年來你一直去酒吧和俱樂部，還以為自己在享樂子，想像自己是注意力的中心，妳有個妳覺得很英俊的丈夫，妳認爲你們兩個都是夠勁爆的人。

克拉克夫婦認爲很多對夫婦都是靠拍色情電影發財的。家庭電影工業之所以會蓬勃發展，只是因爲情色錄影帶創造了市場需求。除了他們之外，其他的夫婦都在利用他們公餘的時間賺取外快。其他的已婚夫婦就不會這樣沒人看，不被陌生人欣賞地浪費了他們的性生活。首先，他們要去租一架攝影機和一台剪接機。他們要替這部片子找一個發行商。尼爾生說，因爲他們已經結了婚，所以這樣甚至不構成犯罪。

現在，下床去把拍好的錄影帶清除掉也沒什麼道理。那會像是打破顯露眞相的鏡子，或是因爲帶來的是壞消息而斬了信差。

「單是日復一日地躺在床上，」克拉克太太說：「你就會了解到，殺死吸血鬼的不是尖頭木椿。」而是一個世紀又一個世紀必須背負的情感重擔和失望。

你希望能想像自己會一直越來越好玩，越來越機靈。只要你一直在努力的話，你就是在朝著大勝前進。這就是你身爲吸血鬼可能在前兩三百年裡會有的感覺。在那之後，你所有的不過是同樣失敗的關係再乘上兩百。

那又有什麼了不起。

永遠年輕的麻煩是，你眞的會什麼事都拖拖拉拉的。所以克拉克夫婦自己學會了怎麼拍錄影帶。其中包括尼爾生剃光了他的陰毛，好讓他的老二看起來更大一些。泰絲去隆乳，弄到她的脊椎所能支撐的最大程度。只花了一個午覺的時間，她就有了只有在色情電影裡才看得到的豪乳。她的嘴唇則在裡面縫入了發泡塡料，讓她這輩子都噘著一張口交利器的嘴。克拉克夫婦二人都簽了約去曬太陽燈，每天兩次，每次二十分鐘。他們大聲地彼此把教材讀給對方聽，學會如何利用錄影帶上顯示的準確時間代碼來做剪輯工作。

每一刻都有代碼，標明小時、分、秒和實際的畫面格數。比方說，代碼01：34：14：25的意思是錄影帶上第一個小時，三十四分，十四秒的第二十五格畫面。即使是剪輯一部色情錄影帶，你也必須創造出一個虛擬實境來。把某些事件排在一起來呈現一種關係。這樣的影像順序，必須能引導觀衆從一場性行爲到下一個性行爲。你必須營造出延續性來，那些幻影必須有道理。

他們在10：22：19：02之前拍完大部分口交戲。

然後他們把大量的性器交合的畫面拍到25：44：15：17。

他們又拍了些後庭和陰部附近的畫面，拍到31：25：21：09。

最後拍的是肛交場面，結束於46：34：07：15。

因爲這一類的影片永遠是同一種結局，怎麼到那個結尾，到最大高潮的過程，就是最重要的了。高潮戲，只是不可或缺的主戲。

另外一件要記在心裡的是，一部錄影帶裡，每個鏡頭的長度平均是八至十五秒鐘。泰絲和尼爾生要一起一次搞個二十秒。過了這麼長的時間之後，他們得起身，按下「暫停」鍵，把攝影機換個新的角度，爲下一個鏡頭重新打光。接下來再拍二十秒。他們的婚姻還在性事等同享樂的階段。但經過第一天的拍攝之後，唯一維持他們「性」趣的，只剩下他們可能賺到的錢了。那筆錢還有他們要生的孩子。

「我們兩個人，」克拉克太太說：「都充滿了活力，像狗餵食之前跳舞一樣。」

泰絲和尼爾生，從來沒有比拍進電影裡的時候更好看過。這正是最糟糕的部分。在那個禮拜裡，他們大部分的時間都不斷回到臥室裡去。即使每次結合在一起只有二十秒的時間，他們的性行爲前後總計有將近四十八小時。炙熱的燈光吸乾了他們曬黑皮膚裡的汗水。

爲了維持興奮狀態，他們在拍攝範圍之外架了一台電視機，播映邊錄影邊可以看的春宮電影，這成爲他們的提示卡，或是可以模仿的電視樣本。這些影片裡的人也和克拉克夫婦一樣，兩眼沒有看鏡頭，而在看著他們自己播放的小電影。這種連鎖性的偷窺：克拉克夫婦看著別人在看別人，讓人覺得很好。泰絲和尼爾生所看的色情錄影帶至少是五年前的舊東西了。男人都留著長鬢角，女人還戴著長耳環，搽了閃亮的藍色眼影。至於**那些**人在看的小電影有多老，那就不知道了。可是知道他們所有的人彼此透過歷史而連接在一起，的確讓人好過多了。

這些錄影帶裡的人，看來和攝影機前的克拉克夫婦年紀差不多，不過現在應該都進入中年了吧。他們看來很年輕，腿和手臂上都有肌肉，肌腱長而突出，但是他們的動作很快，好像他們在鏡頭外看的是一個時鐘。

爲了讓彼此帶著笑臉，泰絲和尼爾生輪流說他們打算怎麼花賺來的錢。

他們要買一棟房子。

他們要去墨西哥旅遊。

他們要拍眞正的電影。劇情片。他們可以設立他們自己的獨立製片公司，從此再也不爲別人工作。

如果生的是女兒，要取名叫凱西。

如果是男孩，就叫巴斯特。和別人拍接生過程的錄影帶不一樣，他們將來要讓孩子看自己受孕的過程。巴斯特會看到他的父母有多勁爆，多上道。這事似乎非常先進。

在此之後，他們就絕對完全不必再有性行爲了，絕對不再有。

這件事做得越糟，他們越希望賺得更多，他們開裂的皮膚碰起來越痛，或是躺在冰涼而汗濕的床單上越難過，他們的未來就越光明。他們笑得臉都痛了，他們的身體摩擦得又紅又熱。這場馬拉松繼續下去時，他們所得的報酬一定得越來越多到不可能的地步。

然後，快得就像醫生宣布你病入膏肓，快得就像法官宣判死刑，他們做完了。

克拉克夫婦做盡了他們所能想像得到對彼此所做的一切，剩下的就只有剪輯錄影帶了。

這應該是最好玩的部分。

你的樣子和你怎麼看你自己的樣子，兩者之間的落差足夠殺了大部分的人。

也許吸血鬼之所以不死的原因，就在於他們永遠不會從照片或鏡子裡看到他們自己。

「不管怎麼剪輯，」克拉克太太說：「都救不了我們。」

不管做多少有氧運動，動多少次整型手術，也沒辦法讓他們看起來是他們在看到錄影帶之前想像的模樣。他們看到的是兩隻幾乎無毛的野獸，既無毛髮，又是深粉紅色的，而且比例完全不對。就像雜種狗似的，短腿，長脖子，粗短的軀體，不見腰身，彼此朝對方咧開大嘴傻笑，兩眼不時瞄向鏡頭，像要確定仍然有人在注意看他們。他們用力地收著小腹。

比他們平常的醜態更糟的是，這些畫面證明他們已經漸漸老了。他們的嘴像吸杯，鬆弛的皮膚在每個開口附近都鬆垂著。他們的身體靠在一起搖動，就像可怕的舊機器被迫高速運轉，最後會四分五裂。

尼爾生勃起的老二看來歪歪又髒髒的，好像是由一間中國雜貨店後面的櫃子裡拿出來的東西。泰絲的嘴唇和胸部看來大得畸形，疤痕仍然鮮紅。

那又有什麼了不起。

在他們從每一個角度，每一個鏡位看著自己的時候，泰絲哭了。他們的每一部分，從腳跟到頭頂，他們藏在兩腿之間的祕密，藏在腋下的毛髮，他們全看到了，一直到帶子跑完，留下他們坐在黑暗中。

這就是他們的樣子。

在那之後，就連哭泣似乎也只是另外一個命中註定用來捱過這一刻的方法。任何情緒反應看來都是對他們兩個所看到的加以愚蠢而無用地否認。任何行動都是重新開始另一個毫無希望而又愚蠢的夢想。

他們可以再拍另外一部電影，開始他們的製作公司。只不過現在，無論他們做什麼，他們都會知道那不是真的，他們再也不可能像他們想像中的那樣了。

而不管他們多麼努力地嘗試，不管他們賺到多少錢，他們兩個都會死。

在兩天之內，以一架租來的攝影機，他們用盡了一生中對彼此的興趣，兩個人都不再有任何神祕之處。

燈光器材和攝影機。ABC器材出租公司不停地打電話來要收回去。那家租賃公司不停地增加他們信用卡該付的款，最後克拉克夫婦所欠的錢遠超出了他們儲蓄帳戶裡的存款。

那天尼爾生・克拉克下了床，把攝影機和燈光器材打包好送回去，那天他沒回家。

下個禮拜，克拉克太太的月經也沒有來。

「這對大奶子，」克拉克太太說：「本來可以用來扣稅的。」只是某些巨大而母性的表徵，而現在有孩子要生了。

尼爾生・克拉克從此再沒回家，在這樣大小的城市裡，每年有好幾百人就這樣走掉了。離家的孩子、逃家的妻子，好多人失去蹤影。

那又有什麼了不起。

泰絲・克拉克燒掉了那捲錄影帶，但每次一閉上眼睛，就會再看到。即使是現在，將近十六年後。即使現在她的孩子生下來，長大，又死了之後也一樣。

那個孩子，她取名叫：卡珊黛娜。

9

克拉克太太在義大利文藝復興式的休憩廳裡發現了否定督察趴在一張沉重的深色木頭桌子上，桌子四邊都滴著血，黏黏的血上已經有了一層貓毛，否定督察的手腕上有只尼龍絲襪扭成繩索緊緊綑住。一把切肉刀深陷進木桌裡，在那只尼龍絲襪上方，督察的手蒼白地躺在一汪發黑的血泊裡。

在桌子底下的地板上，柯拉・雷諾茲吃著一根砍下來的食指。

「親愛的，」克拉克太太說，一面看著那切斷的血污指根，督察用一塊黃色的綢子纏了一道又一道地想要包裹起來。血由黃綢裡滲了出來。克拉克太太走上前去幫忙，把綢子綁得更緊一點，她說：「這是誰幹的？」

否定督察把那條尼龍絲襪止血帶扭得更緊一點，一面說道：「是妳！」

到了這個時候，每個人都在找點子。

我們都希望有什麼辦法來強化我們的角色，讓我們在獲救之後，我們的角色能成爲聚光燈下的焦點。

再加上，這也是餵貓的一種方法。

不管是誰，只要是最受折磨，身上傷疤最多的，就能在大眾心目中成爲主角。要是外面的世界在此時此刻衝進來營救我們的話，否定督察肯定是我們之中最大的受害者——讓大家看她切斷的腳趾和手指，炫耀著爭取同情，讓她自己成爲主角，是所有電視談話節目裡的A段單元。

使我們成爲她的配角。

爲了不落人後，瘦骨嶙峋的聖無腸向暗殺大廚借了一把切肉刀，切掉了他右手的大拇指。一場激進的拇指截肢。

爲了不輸給別人，無神教士借來一把切肉刀，剁掉了兩腳的小趾。「以便成名，」他說：「而且以後，還可以穿上眞正窄的高跟鞋。」

義大利文藝復興式的休憩廳裡有綠色的牆紙和絲綢幔帳，那些綠色上都噴灑了鮮血，在電燈下看來是黑的。地上感覺好黏，地毯也一樣，每一步都好像會把你的鞋子黏下來。

失落環節說，少掉一根指頭的確可以讓你忘了飢餓。失落環節穿著主教的法衣，在領口伸出黑色的胸毛。整件白袍子邊上都有金線繡的花。他戴了一頂撲了粉的假髮，使得他方方的腦袋和蓬鬆的鬍子看來比原先大了兩倍。

野蠻公爵梳著馬尾頭，穿了一套鹿皮的襯衫和長褲，每條縫線上還有長長的繐子，嘴裡咬著尼古丁口香糖。大自然趿著腳走來走去，腳上的高跟涼鞋露出她切斷了的腳趾。一面一點一點地咬著一根丁香加肉豆蔻的香療蠟燭。

我們全都穿著拜倫爵士式帶褶邊的詩人罩衫，或是瑪麗・雪萊式的長裙裡加上好幾件襯裙來取暖。還有卓九勒式帶血漬的斗篷和科學怪人式的厚重靴子。

大約就在這個時候，聖無腸問說他能不能做那個墜入情網的人。

每一首史詩都需要一個浪漫的支線情節，他說，一面用一隻手提著褲子。如果想涵蓋所有的市場基本需求，我們必須要有兩個年輕人不顧一切地深愛對方——卻被一個殘忍的壞人將他們拆散。

聖無腸和噴嚏小姐，在義大利文藝復興式休憩廳交談，那裡有繡花椅墊的椅子，在高高的鏡窗之間有綠色綢子的幔帳，這裡正是發展出一段浪漫愛情的好所在。

「我是在想我該愛上凶悍同志，」聖無腸說。

在他們身邊，那把切肉刀砍在長長的木頭桌子上：魏提爾先生的鬼魂正在等著他的下一個受害者。

噴嚏小姐邊擦著鼻子說，聖無腸有沒有也和凶悍同志談過他們相愛的事？等我們獲救之後，在打市場和做媒體宣傳的那段時間裡，任何兩個一起併肩作戰的人，都一定至少要假裝相愛。在這裡面怎麼樣都沒關係，但一旦那些門打開之後，只要有攝影機的鏡頭轉到他們這邊，他們就得擁抱和接吻。大家會期盼有場婚禮，甚至還要生兒育女。

噴嚏小姐眨著充血的兩眼說：「找一個你後半輩子都能假裝愛著的女孩子……」

聖無腸說：「我和靈視女伯爵如何？」

依聖無腸看起來，假裝嫁給他總好過砍掉幾根手指頭。任何女人都該會求之不得。

噴嚏小姐面帶微笑，把臉湊到他的眼前，說道：「你跟我怎麼樣？」

而聖無腸說：「凍瘡男爵夫人怎麼樣？」

「她沒嘴唇，」噴嚏小姐說：「我的意思是說，她真的沒有嘴唇。」

那美國小姐呢？

「她單是懷了身孕這件事就能很有名了，」噴嚏小姐說。她說：「我沒懷孕，而我有嘴唇……」

否定督察已經切掉了手指頭。保安會修女也一樣——還加上幾根腳趾，用的是遊民夫人向殺手大廚借來割掉耳朵的那同一把刀。他們計畫，在我們獲救之後，告訴世人說魏提爾先生怎麼折磨他們，只要不交出偉大的藝術作品，就每天砍掉一小部分。或者——由克拉克太太動手，而魏提爾先生把尖聲驚叫的受害者壓制在義大利文藝復興式休憩廳裡那張長長的黑色木頭桌子上。

那張桌子上已經因爲用殺手大廚的切肉刀來練習切砍，緊張地切砍和成功地切砍而滿是刀痕了。

「好吧，」聖無腸說：「那大自然如何？」

很明顯的是，他希望能有人按摩他的腳，試試可以讓他發洩的新方法。腳部按摩。除了那消失蹤影的胡蘿蔔，蠟燭上的蠟條，以及游泳池之外，另一個不用手的方法。與其說那是條浪漫的支線情節，倒不如說是性的需求。

好多了，噴嚏小姐說。她說：「你知道大自然把她的鼻子怎麼樣了吧？」

可憐的噴嚏小姐，仍然因爲我們都得吸進去的黴菌而咳呀咳的咳個不停。但是所受的苦簡直沒法比得上大自然，她借了一把牛排刀，把兩邊鼻孔都割開了，一直割到鼻梁上——每次她一大笑，小銅鈴就會叮鈴響，而碎肉四處噴灑。

不過，我們還是需要一條浪漫的支線情節。隨便什麼浪漫情節。

眞的，是魏提爾先生割開了大自然的鼻子。

「可是，他已經死了呀。」克拉克太太說。

魏提爾先生是在他死之前幹的，失落環節說，所有的人都在切手指、腳趾和耳朵，不可能有誰走出去時身上沒傷疤。可以讓電視拍特寫鏡頭的傷口。魏提爾先生這樣做，是爲了要拆散聖無腸和大自然。處罰他們不該彼此相愛。

在我們對事件所有的版本中，每根手指或腳趾，都被那個沒有人相信的惡人給吃掉了。

媒人到處問人家，希望能找到哪個人肯把他的老二給割掉。因爲那樣再完美不過——那樣的酷刑正合於某種古老的家傳笑話。

只要一刀，他說，你所有的問題都就此解決了。只剩下一根斷了的老二掉在土裡。

「再說，反正我也用不著那玩藝兒了。」媒人說著微微一笑，眨巴著眼睛。

到目前爲止，還沒有人志願揮刀。並不是因爲那太噁心，太可怕，而是因爲這樣一來就讓他成了主角。一條切下來的老二可是我們誰也別想比得過的。

不過，要是他眞幹了——然後流血致死——那就表示未來的版權費只要分成十五份。如果噴嚏小姐肯趕快給黴菌悶死的話，就是十四份了。要是美國小姐善體人意到難產而死的話，就是十三份。

每個人都把他們身上切下來的零碎東西餵那隻貓，柯拉·雷諾茲越長越肥了。

「要是你眞的切了你的老二的話，」否定督察說：「可別餵給我的貓吃。」

她說：「這可不是每次柯拉·雷諾茲舔我臉的時候我希望想到的事……」

我們在找繃帶的時候，發現了那些戲服。我們在後台找乾淨的衣物來撕成用作繃帶的布條，結果看到很多演歌舞劇和輕歌劇留下來的袍子和外套。都用皺紙包好，塞進樟腦丸，放在大箱子和衣袋裡，還有用箍圈撐開的大裙子和芭蕾舞衣、和服跟蘇格蘭裙、靴子、假髮，以及盔甲。

多虧了克拉克太太弄斷了洗衣機的插頭，我們所帶來的衣服全都因汗水和塵土而髒臭不堪。多虧了魏提爾先生搞壞了爐子，現在這個地方一天比一天冷。於是我們開始穿那些戰袍和紗籠裙還有背心。那些絲絨和織錦緞的衣物。清教徒戴的有銀扣的帽子。長到手肘的白色皮手套。

「這些房間……」靈視女伯爵說著，一面戴著頭巾蹣跚走著，切掉腳趾，但是沒有碰她手腕上的電子手銬。「這些衣服……這麼多的血……」她說：「我覺得自己好像在一則非常詭異的格林童話裡。」

我們圍著用一隻咬著一隻屁股的小動物做成的毛皮圍巾，有貂，有雪貂，還有鼬。都已經死了，但牠們的牙齒還深深地咬緊對方。

在這裡，在義大利文藝復興式的休憩廳裡，聖無腸一膝跪著，把大自然血污的手握在手裡，抬眼望著她割開的鼻子，對她說道：「妳能不能在妳這後半輩子裡假裝愛我？」

然後，就跪在那裡，他取出自己從遊民夫人剁下來的那個黏滿紅血的三克拉鑽戒。把那個遊民先生閃亮的屍體套上大自然紅色彩繪的手指。

他的肚子裡發出一陣咕嚕響聲。

而她笑了起來，鮮血和碎肉——飛灑得到處都是。

到這時候，就連那些綢襯衫和麻布衣服也都因爲滿是血污而變硬了。鞋子和靴子裡塞進捲起來的襪子，來替代少掉的腳趾。

那些毛皮圍巾，鼬和雪貂，軟得和那隻貓身上的毛皮一樣。

「繼續餵那隻貓吧。」美國小姐說：「他就可以當我們感恩節大餐用的火雞了。」

「連這種玩笑也不許開。」否定督察對她說道，一面搔著那隻貓肥肥的肚子。「小柯拉是我的寶貝……」

從她染的金髮底下長出來的棕色髮根，就可以推算出我們受困了多久的美國小姐，看著那隻貓剔下一隻手指上的肉，她抬起頭來，對著否定督察說：「如果是妳拿走了我的健身輪的話，我現在要拿回來。」美國小姐把兩手分開一點說：「是粉紅色的塑膠做的，大概這麼大小。妳記得的。」

否定督察把她黏黏的黃色綢子繃帶上那層貓毛撣掉，說：「妳肚子裡的孩子怎麼樣？」

美國小姐摸著自己小小的肚子說：「媒人應該把他的老二餵給我吃。」她說：「我可是那個一人吃，兩人補的人啦……」

工作內容

一首關於否定督察的詩

「當警官，」否定督察說：「就連
　崇拜魔鬼的人也必須保護。」
　　沒得你挑或選的。

否定督察站在舞台上，她外套的花呢袖子
　消失在她背後。
而手藏在背後互相交握著，
像站在行刑隊面前一樣。
她的頭髮，夾著灰白色的，刻意剪短
　看來整個豎立著。

舞台上，沒有聚光燈，只有一段影片：
一段保全錄影帶，黑白的粒子很粗，
拍的是被捕嫌犯，排成一行
　供證人指認
那些嫌犯戴著手銬，或是把外套
　由後面撩起
　在他們出庭路上遮住頭。

否定督察站在台上，肩上的槍袋
隆起
　撐高了她上裝的一邊領子。

她的格子呢裙襬下是一雙白色跑鞋。
　鞋帶打著兩個結。

她說：「當警官幾乎必須爲每一個人
　犧牲。」
要爲會踢狗的人而死，
有毒癮的，共產黨，路德會的教徒。
要犧牲自己去保護有信託基金的闊小孩。
凌虐小孩的，拍春宮電影的，妓女。
只要下一場任務裡有你的名字。

她的臉上映滿了受害者和罪犯，黑人和
白人。
否定督察說：「妳可能爲領救濟金的
　女人而死……」
也可能爲的是個男扮女裝的人妖。
爲著那些恨你的，或說你是英雄的人
輪到你的時候，你必須一視同仁。

「而要是你眞的很蠢，」否定督察說：
　「你死的時候還在希望，」
你讓這個世界好了那麼一點點
也許，只是也許，你的死
會是最後一個。

出亡

否定督察的故事

請大家務必要明白。

並沒有人要爲柯拉的所作所爲辯護。

也許兩年前是發生過這種事情唯一的一次。每年春秋兩季，郡警局的人都要再複習嘴對嘴人工呼吸和心肺復甦術的急救程序。每組都要到保健室集合，練習用假人進行心臟按摩。他們分組進行，由督察來按壓胸部，而另外一個人則跪下來，捏住鼻子，把空氣吹進嘴裡。那個假人是一件貝蒂人工呼吸教具，只有一段身軀和一個頭，沒有手腳，橡皮的藍色嘴唇，兩眼睜開，瞪得大大的，綠色的眼睛。不過，做這種假人的人，把長長的睫毛黏在眼皮上，還給戴上了一頂美女的假髮，那頭紅頭髮光滑得讓你不由自主地會用手指去梳理，結果被別人罵：「規矩點……」

部門的督察，珊黛萊克督察跪在假人身邊，把她搽了紅色指甲油的手指伸開來按在胸口上時，告訴大家說所有的貝蒂人工呼吸教具都是用一個法國女孩子死後的遺容翻模製成的。

「是眞的。」她對那一群人說。

這張躺在地板上的面孔，是一百多年前從水裡撈出來的一名投河自盡的女子。就是那同樣的藍色嘴唇，同樣空瞪著的眼睛。所有的貝蒂人工呼吸模型全都是由同一個跳塞納河自殺的年輕女子的臉翻下來的模子。

至於那個女孩子是因爲愛情不順或不耐孤寂而死，我們永遠也搞不清楚。可是警方的刑事人員用石膏把她的遺容留了下來，用來查證她的姓名，幾十年後，一名玩具製造商拿到了那個面具，就用來做成第一具貝蒂人工呼吸教具的面孔。

儘管可能會有某一天在一所學校或工廠或某個軍事單位裡，有人彎下身來，認出了這個早已死去的女子是他們的姐妹、母親、女兒、妻子的危險，這個已故的女孩子卻不知被幾百萬人吻過。好幾代以來，數以百萬計的陌生人把嘴唇壓在她的嘴唇上，就是那兩片淹死了的嘴唇。在後來的歷史上，在世界各地，不知有多少人會試著來救這同一個溺死女子的性命。

那個自己一心求死的女子。

那個把自己物化了的女孩子。

沒有人說過最後那兩句話，不過也用不著說。

就這樣，去年，柯拉．雷諾茲也是到保健室集合，把貝蒂人工呼吸教具從藍色塑膠箱裡取出來的那組人之一，他們把貝蒂放在油氈上，用雙氧水來把嘴部消毒，這是標準的衛生程序，也是郡方的規定。珊黛萊克督察彎身把兩手平壓在貝蒂胸部的中央，壓住胸骨。另外一個人跪在旁邊，捏住貝蒂的鼻子。督察用力在那塑膠胸口壓了下去，而跪著的那個傢伙，嘴巴合在貝蒂的橡皮嘴巴上，突然咳了起來。

他直起身，咳著嗽，整個人坐在腳後跟上，然後吐了出來。叭嗒，就吐在保健室鋪在地下的油氈上。那個做人工呼吸的傢伙用手背擦了下嘴說：「他媽的，好臭。」

大家圍了過來。柯拉．雷諾茲也在其中，這一班其他的人，全俯過身來。

那個動嘴的傢伙仍然跪坐著說道：「在她裡面有東西。」他屈起一隻手來摀住自己的嘴巴和鼻子。臉轉向一邊，背著那張橡皮嘴巴，但仍然用兩眼盯住那裡，他說：「動手，再壓她一下，用力壓。」

督察彎下身去，將兩手的掌跟壓在貝蒂的胸口，她的指甲塗成深紅色，她用力往下一壓。一個大泡泡出現在貝蒂藍色的橡皮嘴唇之間，有些液體、沙拉醬什麼的，很稀，奶白色的，那個泡泡脹得更大，像一顆油亮的灰色珍珠，然後成了一顆乒乓球。一顆棒球。最後破了，把油油的白色汁液噴得到處都是，這種稀得像水的東西，噴出一股腥臭，瀰漫在室內。

在那天之前，任何人都可以使用保健室，門一鎖，在中午用餐時刻打開收起的行軍床，小睡個午覺，要是有人頭痛，或是抽筋，要找急救箱，就是在這裡可以找到。所有的繃帶和阿司匹靈。你不需要先申請批准。裡面只有一張收起來的行軍床，一個小藥櫃，一個洗手用的金屬水槽，還有牆上的一個電燈開關，以及放貝蒂人工呼吸教具的藍色塑膠箱子，沒有裝鎖。

這一組人，他們把假人側轉過來，由她那柔軟的橡皮嘴角，起先是滴、滴、滴，然後是細細一線奶油似的黏液流了出來。有些水水的流過她粉紅色的橡皮臉頰，有些如蜘蛛絲般牽在她的嘴唇和塑膠的牙齒之間，大部分則在油氈上集成一攤。

這個假人，現在是一個法國人，一個淹死的女孩子，一個自殺的人。

所有的人都站在那裡，用手或手帕摀住口鼻來呼吸。眨著眼睛想擋住那股刺激得使他們流淚的腥臭味。他們的喉嚨在脖子的皮膚裡上下動著，用力地一再吞嚥，把那些炒蛋、鹹肉、咖啡、杏粒蛋捲和脫脂牛奶、水蜜桃優酪乳、英式鬆餅，以及乳酪等等吞下去，留在胃裡。

動嘴的傢伙抓起那瓶雙氧水，仰起頭來，倒了一大口在他嘴裡，鼓起兩頰。他望向天花板，閉起雙眼，張開嘴巴，用雙氧水漱起口來，然後他衝向前去，把一嘴的雙氧水全吐進那小小的金屬水槽裡。

整個房間，所有的人都聞到雙氧水那如漂白水的味道，底下則是由貝蒂人工呼吸教具肺裡所發出來的廁所臭味。督察叫人去把性犯罪調查用的那套設備拿來。棉花、載玻片、手套。

柯拉・雷諾茲也在這群人之中，站得近到留下一些黏著那滑溜溜黏液的腳印，一路走回她的座位。從那天之後，郡警局的事務課在門上裝了把鎖，把鑰匙交給柯拉。從那以後，要是你抽筋的話，就得先把名字在單子上塡好，寫下日期和時間，然後才能拿得到鑰匙。要是頭痛，就得去向柯拉要兩顆阿司匹靈。

化驗室的工作人員拿到了取樣的棉花，化驗過載玻片和那些黏液。他們問：開玩笑吧？

沒錯，化驗室的人說，流出來的是精液。其中有些可能有六個月之久，可以回溯到上一次舉行人工呼吸複習課程的時候。另外，做DNA分析的結果，顯示那是十二個到十五個不同男人的共同傑作。

這邊的人回答說，沒錯。是個惡劣的玩笑，別再理會了。

人類就是會做這種事——把物化爲人，把人化爲物。

沒人說是局裡的人搞砸了，鬧出了大事。

那個貝蒂人工呼吸教具的假人呢，當然是由柯拉帶回家了，想辦法用水把肺裡沖洗乾淨，把那頂漂亮的紅色假髮洗好戴上。柯拉爲那具沒手沒腳的身子買了件新衣服，給它脖子上戴上一串假珠項鍊。任何一件可憐的東西，柯拉都沒法就這樣扔進垃圾桶裡。她在那雙藍色的嘴唇上塗上口紅，在長睫毛上刷上睫毛膏。梳整頭髮，搽上香水——好多的香水，來遮蓋那個氣味。還戴上很漂亮的耳環。也不會有人奇怪她會每天晚上坐在她公寓裡的沙發上，一面看電視，一面和那玩藝聊天。

只有柯拉和貝蒂，用法語聊天。

然而還是不會有人說柯拉・雷諾茲是個瘋子。也許只是有那麼一點不一樣吧。

郡方的政策是他們應該把那個舊的假人用黑色塑膠袋裝起來，堆到證物室裡最高的架子上，就把她忘在那裡。說的是貝蒂，不是柯拉。丟棄在那裡，爛在那裡，沒人理會，就像其他標上號碼的一袋袋毒品和古柯鹼，快克和一包包的海洛因。還有等著拿到哪個法庭上去的所有刀槍。所有抓到的一袋袋一包包全都會越縮越小，最後會只剩下剛夠判罪的量，所有這些物件，都用過了。

可是，沒錯，他們打破了規矩。他們讓柯拉把那個舊的假人帶回家去了。

沒有人希望她一個人孤單到老。

柯拉，她是那種人，她連買塡充動物玩具都不會只買一隻的。她的工作內容有一部分就是買一隻塡充動物給每個到局裡來作證的孩童，每一個經法院判定收容的孩童，還有因爲受到棄養而進認養家庭的孩童。柯拉在玩具店裡會由一個裝滿了塡充動物的櫃子裡挑出一隻絨毛的小猴子……可是放在她的購物車裡顯得好孤單。於是她又選了一隻毛茸茸的長頸鹿來作伴。然後是一隻象，一隻河馬，一隻貓頭鷹。有時候弄得她購物車裡的動物比陳列櫃裡的還多。而剩下來的動物都是少掉一隻眼睛，缺了一隻耳朵，有縫線裂開，塡充物露了出來的，都是沒有人會要的動物。

沒有人能感受到柯拉在這時候會有心臟墜下懸崖的感覺。像是從世界最高的雲霄飛車上直落下來，那種感覺讓柯拉覺得自己只剩了皮。只是兩頭各有一個緊緊開口的一根皮管，一個物件。

那些滿身灰塵的小老虎，好幾處都綻了線，壓扁了的塡充犀牛，全都堆滿在她的公寓裡，那些破了的熊貓，髒了的小貓頭鷹，還有貝蒂人工呼吸教具，簡直是另類的證物室。

人類就是會做這種事……

可是可憐的、可憐的柯拉。現在她想著要割掉人的舌頭。讓他們感染寄生蟲。干擾司法正義。

她是在偷竊公有財產。沒有人會談辦公用品濫用的問題：不管是筆、釘書機或影印紙。

訂購辦公用品的人就是柯拉。她每週五收集所有人的簽到卡。每週二付薪水支票給大家。她把所有的開銷報給會計部支領。負責接聽電話：「這裡是孩童及家庭案件服務中心」。碰到部門裡有誰生日那天，她負責買蛋糕，讓大家簽一張賀卡。這就是她的工作。

在那個小女孩和小男孩由俄國來到這裡之前，從來沒人和柯拉・雷諾茲有過麻煩。實際上，問題在於柯拉從來就不會見到小孩子，一個滿臉雀斑、留著小辮子的小女孩，除非有什麼人幹了她。

每一個小流氓似的小男孩，每一個穿著工裝褲、後面口袋裡露出一支彈弓的小搗亂，柯拉之所以會見到，只因爲那孩子被人強迫吸了人家的老二。每個孩子缺了牙齒的笑臉，在這裡都只是假面具。每個留著青草漬印的膝蓋，都是一個線索。每處瘀傷，都是一項指標。每次眨眼或忸怩不安或是吱吱咯咯的笑聲，在被害人的報案表上都有問題要深入調查。這也是柯拉的工作，追查這些訪談表格，繼續追查那些孩童的情況，每一個案的檔案，所有進行中的偵查行動。在出了那件事之前，柯拉・雷諾茲一直是有史以來最好的辦公室總管。

不過，在這裡的一切作爲不過是損害控管而已。你不能還一個孩子處子之身。一旦幹了一個孩子，就不可能再把精靈從瓶子裡給**弄出來**。那個孩子差不多就全毀了。

不錯，大部分孩子到這裡來的時候都很沉靜，有了萎縮紋，已經成了中年人，面無笑容。

孩子們來到這裡，第一步就是用一個**生理構造詳盡**的洋娃娃來做評估調查。這種娃娃和**生理構造正確**的洋娃娃不一樣，可是很多人會把這兩者搞混，柯拉就是這樣，把兩者搞混了。

典型的生理構造**詳盡**的娃娃是用布做的，縫得像一隻填充動物玩具。有用毛線做成的頭髮，和一般破布娃娃之間最大的不同在於那些詳盡的細節：一組布做的陰莖和睪丸，或是用蕾絲布料做成的女陰。背上有拉繩，拉緊之後會形成微張的肛門。胸口縫上兩粒扣子當乳頭。這些娃娃讓來的孩子用來重現狀況，說明媽咪或是爹地或是媽咪的新男朋友做了些什麼。

孩子們把手指插進娃娃身體裡，拉扯娃娃頭上毛線做成的頭髮。扼住娃娃的脖子用力搖晃到娃娃那塡充的頭部晃動，他們對娃娃又打又舔又咬又吸，柯拉的工作就是把乳頭釘回去。柯拉會再找兩個彈珠來補回被用力過度而扯脫的布睪丸。

所有對孩子們所做的事都在娃娃身上再現。

沒有人只是偶然做出這些事情。

有太多受到侵犯的孩子侵犯那對娃娃，使得很多縫線綻開。太多被騙的小男孩吮吸那根粉紅色布做的陰莖，太多小女孩強用一根手指、兩根手指、三根手指插進那個綢子邊的陰戶，使那裡上下都裂了開來。小小的棉花像脫腸似地露了出來，在娃娃的衣服底下，又亂又髒，又黏又臭，縫線脫落的地方，布料給揉成一團團的，而且滿布傷疤。

這對小小的男女布娃娃受到全世界的侵犯。

當然，柯拉會盡一切所能來讓他們保持清潔。她把他們縫回原狀。可是有一天，她上網去找另外一對娃娃。一對新的娃娃。

有些地方有些女人專門縫製小小的口袋似的陰戶或是零錢包似的陰囊。這些娃娃，那些女人替他們穿上印花布衣服和工裝褲。可是這回柯拉想找更耐久的。她上了網際網路，從她以前從來沒聽說過的一個製造商那裡訂了一對新的娃娃，這回她把生理構造詳盡和正確給弄混了。

她要求生理構造正確的男性和女性洋娃娃。價格低廉、耐用、容易清洗。

搜尋結果得到了一對娃娃，是前蘇聯製造的，有活動的四肢，生理構造正確。因爲單價最低，合於郡警局的採購政策，她就下了訂單。

後來，從來沒有人問過她爲什麼訂購這兩個娃娃，貨到時裝在棕色的硬板紙箱裡，箱子大得像一個有四個抽屜的檔案櫃。在送貨的用推車送過來，在她的辦公桌旁卸下，讓她簽收的時候，柯拉才第一次覺得可能出錯了。

等到他們打開盒子，等到他們看到裡面是什麼的時候，一切都已經來不及了。

當時是柯拉和一位郡警局的警探，扳開金屬的釘子，然後伸進層層包裝的泡泡紙，最後找到了一隻腳，一隻小孩子的粉紅色小腳，五根完美的腳趾頭張著，在一大堆泡棉和泡泡紙的包裝中伸了出來。

那個警探扭了扭一根小腳趾頭，向柯拉看了一眼。

「這是最便宜的，」柯拉說。她說：「沒多少可選的。」

那隻腳是粉紅色的橡皮，還有很清楚而硬的趾甲，皮膚光滑，沒有雀斑、黑痣或青筋。看到這裡，那警探伸手握住腳踝，拉上來看到光滑的粉紅色膝蓋。然後是一段粉紅色的大腿。然後是一陣包裝塡充用的塑膠小球如雨般落下，泡泡紙發出噼啪聲響散了開來，而一個赤裸的粉紅色小女孩倒吊在那警探伸得靠近天花板的手裡。她的金髮一捲捲地垂落下來，拖到地板。兩條光膀子垂在頭部兩側。她的嘴張著，像是默不作聲地喘著，露出小如珍珠的一口白牙，以及口裡光滑的粉紅色上顎。一個小女孩，大約是會在復活節去找蛋，第一次領聖餐，和會坐在聖誕老公公懷裡的年紀。

一隻足踝抓在警探手裡的小女孩，另一條腿垂著，膝蓋彎起。在她兩腿之間，那張開來的地方，不單是生理構造正確，而是……極其完美的小女孩粉紅色的陰戶。裡面還有顏色較深的陰唇。

仍然在盒子裡，抬頭仰望著她，仰望著他們所有人的，是一個赤裸的小男孩。

一張精印的說明書飄落在地上。

然後柯拉把那小女孩緊緊抱在懷裡，緊抱著那柔軟如枕頭的身子，抓起一張包裝紙來將那小小身軀包了起來。

那個警探微微一笑，搖了搖頭，緊閉起兩眼說道：「了不起的採購，柯拉。」

柯拉抱著那小女孩，一手擋住粉紅色的小屁股。一手將那長著金髮的小腦袋抱在自己的胸前。她說：「這弄錯了。」

那張說明書上說這對娃娃是以矽膠翻模製成的，所用的正是隆乳手術使用的那種矽膠。可以放在電毯之下，而溫熱可供享用數小時之久。表皮覆蓋下是玻璃纖維的骨骼和鋼製關節。頭髮則是一根一根植入在他們頭部皮膚裡的。他們沒有陰毛。男娃娃可以選擇是否要加裝可以翻到龜頭上面去的包皮。女娃娃則有能夠補入的塑膠處女膜，可以額外訂購，說明書上說，兩個娃娃都有既深又緊的喉嚨和肛門，**以供猛烈口交及肛交之用**。

矽膠具有記憶性，無論如何使用，都會恢復原有形狀，乳頭可以拉到原長度的五倍也不致斷裂，嘴唇、陰囊和肛門都可以伸展以**適應幾近所有欲求**。說明書上說，這對娃娃可以提供**多年狂熱而激烈的享受**。

只要以肥皀和清水清洗即可。

如將娃娃置於陽光直接曝曬之下，可能會使眼睛和嘴唇褪色。說明書分爲法文、西班牙文、英文、義大利文，還有一種看來像中文的各種文字。

所用矽膠保證無臭無味。

午間用餐時間，柯拉出去買了一件小洋裝，一套小長褲和襯衫，等她回到辦公室時，箱子裡是空的，塡充料和泡泡紙被她每一步踩得噼啪作響。兩個娃娃不見了。

她到大辦公室去問値班的警官是不是知道這件事，値班警官聳了下肩膀。在休息室裡，一名警探說可能是誰爲查案而需要用到。他聳聳肩膀說：「那兩個娃娃就是用來……」

到了外面走廊上，她問另外一個警探有沒有看到他們。

她問道，那兩個小娃娃，他們在哪裡？

她咬著牙，兩眼之間因爲皺緊了眉頭而發痛。她的兩耳充血，整個人像化了似地，越來越熱。

她在督察的辦公室裡找到了那兩個娃娃。坐在沙發上，面帶微笑，光著身子，臉上長著雀斑，毫不害羞。

珊黛萊克督察正在拉著小男孩胸口上的一邊乳頭，用她的手指，她的大拇指和食指，只用那深紅色的指甲，督察把那粉紅色的乳頭又扭又扯，督察的另一隻手則以指尖在那小女孩兩腿之間上下摸著，說道：「媽的，感覺上就跟眞的一模一樣。」

柯拉對督察說對不起。她彎下腰去撥開垂在小男孩額頭上的頭髮。然後說她原先根本不知道。她把小女娃娃的兩臂拉過來擋住她粉紅色的乳頭，然後讓她兩個塑膠的腿兩膝併攏，她讓小男娃娃的兩手張開，擋在胯下，兩個娃娃就都坐在那裡，面帶微笑。兩個都有藍色的玻璃眼珠，金色的頭髮，閃亮的瓷牙。

「有什麼好道歉的？」督察說。

因爲浪費了郡警局的經費，柯拉說。因爲花了那麼多的錢買了這個始料未及的東西。她以爲採購得當，現在郡警局只好再用一年那兩個舊的布娃娃。郡警局的預算用掉了，而這兩個娃娃則必須銷毀。

珊黛萊克督察說：「別傻了。」她用手指梳理著小女孩的金髮，說道：「我倒不覺得這有什麼問題。」她說：「我們可以用這兩個。」

可是這兩個娃娃，柯拉說，他們太眞實了。

督察說：「他們是橡皮。」

是矽膠，柯拉說。

而督察說道：「如果這種說法讓妳好過點的話，不妨把那兩個都想做是個七十磅的保險套……」

那天下午，就在柯拉幫那小男孩和小女孩穿上衣服的時候，好多警探都到她的辦公桌這邊來看那兩個娃娃。爲了報案時做筆錄，爲了調查，要求預約他們以備祕密調查評估之用，要帶回去過夜，以備第二天一大早要用到。帶回去過週末。最好是那個小女孩，不過要是借不到她的話，那小男孩也行。到了第一天下班的時候，這兩個娃娃下個月全都排滿了。

要是有誰馬上要用到娃娃的話，她會建議用那兩個舊的布娃娃。

大部分的時候，那個警探都說他還是等一等再說。

新的個案潮湧而來，可是始終沒有一個人交給她任何一個新案子的相關檔案。

整整一個月裡，柯拉只偶爾見到那個小男孩和小女孩一下下，時間長得只夠把他們交給下一個警探，然後再下一個，接著又是再下一個，始終搞不清楚究竟誰做了些什麼，但那小女孩來去之間，有一天兩耳穿了耳洞，然後肚臍上戴了環子，然後搽了口紅，然後搽了香水。那個小男孩回來的時候多了刺青。在小腿肚上刺了一圈荊棘。另外一回則在乳頭上多了個小的銀環。然後是陰莖上多了屌環，還有一回，他的金髮聞起來有股酸味。

像是金盞花的味道。

像是在證物室裡一袋袋大麻的味道。那個房間裡放滿了刀和槍。一包包的大麻和古柯鹼總是秤起來比應有的分量要輕一些。證物室永遠是一個警探來帶走一個娃娃之後馬上就會去的地方。他會把那個小女孩挾在脅下，摸索著一袋證物，把什麼東西放進口袋裡。

在督察辦公室裡，柯拉讓她看那些警探爲查案而呈報的支出收據，有一張是旅館住宿的收據，日期正是那個警探把小女孩帶回家去準備第二天一大早查訪用的同一個晚上。那個警探說那個旅館房間是跟監用的。第二天晚上，另外一個警探，又借了那個女孩子。一個旅館房間，一頓客房服務的晚餐，一部付費電視上的成人電影。他也說是在跟監。

珊黛萊克督察只是望著她。柯拉站在那裡，俯身在督察那張木製的辦公桌上，身子抖得厲害到那些收據在柯拉的拳頭裡也抖個不停。

督察只是望著她說：「妳的重點是什麼？」

這事很明顯，柯拉說。

督察坐在辦公桌後面，大笑不止。

她說：「就把這算是一報還一報吧。」

「那些婦運人士，」督察說：「發言抗議《好色客》雜誌，說色情刊物把女性物化了……哎，」她說：「那妳認爲一根人工陽具是什麼呢？或者是由某個診所來的捐贈的精液？」

有些男人也許只要裸體女人的照片。可是有些女人只要一個男人的大屌，或者是他的精液。或者是他的錢。

男人和女人在親密關係上都有相同的問題。

「不要再爲什麼該死的橡皮娃娃大驚小怪了。」珊黛萊克督察對柯拉說：「要是妳嫉妒的話，去給自己買根上等的按摩棒吧。」

又來了，這就是人類會做的事……

沒有人想得到這事會怎麼發展。

就在那天，柯拉出去吃中飯，買了強力膠。

到了下一輪，兩個娃娃回到她手裡，在交出去給另外一個人之前，柯拉把強力膠擠進小女孩的陰戶裡，擠進兩個孩子的嘴裡，把他們的舌頭和上顎黏在一起。將他們的嘴唇封住，然後她再從後面把膠擠進他們體內，把屁眼封死，以拯救他們。

然而，第二天，一個警探來問，柯拉有沒有刀片可以借他用？或是美工刀？彈簧刀？

要是她問，爲什麼？他要刀子做什麼用？

他就會說：「沒什麼。算了。我會到證物室找找看。」

到了第二天，那個小女孩和小男孩都被割開了。仍然很柔軟，但滿布疤痕，割開了，挖開了，聞起來還有強力膠的味道，但越來越像家裡的貝蒂人工呼吸教具裡流出來，在柯拉沙發上留下漬印的味道。

那些漬印，柯拉的貓會去聞上好幾個鐘點。不會舔，可是聞起來像強力膠，或是證物室裡的古柯鹼。

然後柯拉出去吃午飯時，買了一把刀片，兩把刀片，三把刀片，五把。

下一輪，小女孩回到她辦公桌上之後，柯拉把她帶進洗手間，讓她坐在洗手池邊上。柯拉用一張衛生紙把她粉紅色面頰上的胭脂擦掉。把小女孩濕濕的金髮洗乾淨，梳好。下一個警探已經在敲著洗手間上鎖的門。柯拉對小女孩說：「對不起，對不起，對不起……」她說：「妳會沒事的。」

然後柯拉把一片刀片裝好，裝在柔軟矽膠的陰戶裡面，放進那個被某個男人用刀子挖開的洞裡。柯拉讓小女孩的頭往後仰，把另一片刀片深深地放進她矽膠的喉嚨裡。第三片刀片，柯拉就放在小女孩那割破挖開來的小屁屁裡。

小男孩回到她手裡來的時候，是丟在那裡的，臉朝下摔在她椅子的扶手上。柯拉把他帶進洗手間裡，也帶去了最後兩片刀片。

一報還一報。

第二天，一個警探走了進來，手裡抓著那小女孩的頭髮。他把娃娃丟在柯拉辦公桌旁邊的地上，從他上衣裡面的口袋掏出一本記事簿和一支筆，他寫道：「昨天借了她的是誰？」

柯拉把小女孩從地上撿了起來，理好她的頭髮，對他說了一個名字。隨便說的一個名字，另外一個警探的名字。

他瞇起了眼睛，搖搖頭，那個抓著記事簿和筆的人說：「勒狗狼演篤！（那狗娘養的！）」而你看得到他那兩半邊舌頭用黑線縫在一起。

把小男孩送回來的那個警探，走起路來一跛一跛的。

所有五片刀片全不見了。

這件事之後，柯拉想必去和衛生所的什麼人談過了。

沒有人知道她是怎麼由實驗室裡弄到傳染性有害生物物質樣本的。

在那之後，那個部門的每一個男人都會隔著褲子在胯間搔癢，像猴子似地抬起一邊手臂去抓腋下的毛髮。或是搔頭。他們又沒和什麼人發生性關係，不可能傳染到陰蝨的。

大約在這時候，一個警探的妻子進城來，發現了因爲陰蝨而有的小小血斑，一片像紅辣椒末似的在貼身的白內褲裡，或是在白色T恤裡層，反正就是會和體毛接觸的衣物。小點小點的血、血、血。也許是那做妻子的在她丈夫的內褲裡發現，說不定是在她自己的衣物上發現的。這些都是上過大學，住在市郊，平時上購物中心的人，從來沒有得陰蝨的實際經驗。現在到處會癢的原因終於真相大白了。

這下這個做妻子的火大了，火大得不得了。

任何一個做妻子都不可能知道所謂感染來源的馬桶座其實是個橡皮娃娃。毫無疑問，她老公一定是那樣說法的。可是柯拉由衛生局那裡打聽到的資訊是：你沒法讓螺旋菌在矽膠上存活，如果沒有破皮，不經血液、口水，也不可能傳染肝炎。不錯，那對娃娃很真實，可是還沒有**那樣真實**。

只要做妻子的放過這件事，下個禮拜他就會把皰疹帶回來給她和孩子們。還有淋病、菜花、愛滋病。因此她跑來逼問柯拉：「我老公利用午餐時間跟什麼人亂搞？」

只要好好看一眼柯拉，她那用髮膠噴修的髮型，戴的珠子項鍊和長到膝蓋的尼龍絲襪，還有褲裝，就不會有哪個做妻子的會怪罪到她這邊來。會把用過的衛生紙塞在羊毛衣袖子裡的柯拉。桌上會放一碟彩色硬糖果的柯拉。她的告示板上釘的還是《家庭》雜誌裡的漫畫。

不過，也沒有人說柯拉．雷諾茲毫無吸引力。

然後那個警探的妻子看到指甲搽成深紅色的珊黛萊克督察。

後來柯拉被叫進去談話，大家都不覺意外。

沒有人會告訴柯拉說她的日子不多了。

督察請柯拉在她那張大木頭辦公桌對面坐下來。督察的辦公室裡有高高的窗子。督察坐著，背對著陽光和郡警局停車場裡的車子。她揮動一隻手的五指，要柯拉靠過來一點。

「這實在是很困難，」督察說：「要決定到底是我整組人都瘋了，還是妳……反應過度。」

沒有人能體會當時柯拉的心像從懸崖上直墜入深淵的感受。她坐在那裡，整個人僵住了。這就是我們會做的事：把我們自己化爲物體，把物體化爲我們自己。

全世界數以百萬計的人仍然在想救活貝蒂人工呼吸教具。也許他們應該少管別人閒事，也許已經太遲了。

督察說，弄壞娃娃的，是那些孩子，一向是如此。受虐的孩子會欺凌他們能欺凌的東西。每個受害者會找一個受害者，這是惡性循環。她說道：「我想妳該去休個長假。」

如果這樣說有幫助的話，就把柯拉·雷諾茲看做是一個一百二十磅的保險套……

沒有人說最後那段話，不過也用不著說。

沒有人叫她回家，準備應付最壞的情況。

做爲保留她工作的部分條件是：柯拉必須將據報由她拿走的貝蒂人工呼吸教具歸還。她要交還那些她用郡警局公款買的塡充動物玩具。她要立刻交出保健室的鑰匙，讓那個房間和那對生理構造正確的娃娃由所有人員使用，按先到先用的順序，馬上就做。

柯拉的感覺呢？就像是開了好幾十億哩的路，一路狂飆，沒繫安全帶，終於碰到了第一個紅燈。在認命之餘還混有疲倦不堪的寬慰。柯拉，就像兩頭各有一個洞的皮管，這是一種可怕的感覺，可是也讓她想到一個計畫。

第二天，來上班的時候，沒有人看到她溜進了證物室，那裡面有很多帶血腥味和強力膠氣味的刀子，任何人都可以取用。

在她辦公桌旁邊已經排上隊了。他們全都在等著上一個警探把一個娃娃送回來，任何一個都行。只要把那矽膠面孔往下放，他們兩個看起來其實是一樣的。

柯拉．雷諾茲，她可不是傻子，沒有人可以隨便支使她。

有個警探來了，一邊手臂下夾著那個小男孩，另外一邊手臂下夾著那個小女孩。那男人把兩個娃娃放在桌上，那群人擁了上來，伸手去抓那粉紅色矽膠的腿。

沒有人知道誰才是眞正發狂了的人。

而柯拉，手裡握著一支槍，證物號牌還用根繩子吊在槍上，上面還寫了案號，她將槍比向那兩個娃娃。

「抱起來，」她說：「跟我一起走。」

小男孩只穿了一條白色內褲，屁股上又黑又油，小女孩則是一件白綢襯裙，沾滿漬印而變硬了。那個警探一手把兩個孩子撈了起來，兩個孩子的重量，被他抱在胸前，連同他們的乳環、刺青和陰蝨。他們身上大麻的氣味，還有從貝蒂人工呼吸教具裡流出來的東西的味道。

柯拉揮舞著手槍，和他一起走向辦公室的門口。

其他的人跟著她，圍著她，柯拉讓那個警探由走廊裡倒退過去，抱著那小女孩和小男孩經過了督察的辦公室，經過了保健室，到了門廳，再到了停車場。在那裡，那些警探等著，而柯拉開了她汽車的門鎖。

讓小男孩和小女孩坐在後座之後，柯拉猛踩油門，讓碎石子彈起射向那些人，她還沒有穿過由鐵鍊連接的圍籬大門之前，你就聽到警車嗚笛追了過來。

沒有一個人知道柯拉準備得這麼齊全。貝蒂人工呼吸教具已經在車裡，支著一桿獵槍，紅頭髮上綁了一條絲巾，橡皮面孔上架了一副黑色的太陽眼鏡。鮮紅的嘴唇間叼著一根菸。這個法國女孩子由陰間復活了，被救了起來，用安全帶使她的軀幹直挺。

那個化爲物體的人，現在又變回一個人了。

那些殘缺的塡充動物，小老虎和成爲孤兒的熊與企鵝，全在後車窗前排成一行。那隻貓在它們之中，已經在陽光中睡著了。全部都在揮手說再見。

柯拉轉上了高速公路，後輪擺動，時速已到了速限的兩倍。她這輛四門棕色轎車已經有了如一條風箏尾巴似的一串警車，都閃著紅色和藍色的燈。上面有幾架直升機，還有憤怒的警探開著沒有標誌的郡警局公用車。幾家電視台的轉播小組，各開著白色的廂型車，邊上都漆著大大的編號。

柯拉已經不可能贏了。

她手裡有那個小女孩，她有那個小男孩，她有那把槍。

就算他們汽油用光了，任何人也休想幹了她的孩子。

就算警方開槍擊中了她的輪胎。到了那時候，她會先開槍打爛他們的矽膠身體，柯拉會打爛他們的臉，他們的乳頭和鼻子。她不會讓他們留下任何一處男人能把老二插進去的地方。她會同樣對付貝蒂人工呼吸教具。

然後她會自殺，來拯救他們。

請大家務必要明白，沒有人說柯拉・雷諾茲所做的事是對的。

甚至沒有人說柯拉・雷諾茲精神正常，可是她還是贏了。

這只是人類會做的事——把物體化爲人，把人化爲物體，來來回回，一報還一報。

如果警察追得太靠近的話，就會發現：兩個孩子粉身碎骨，他們全都死了。那些動物浸滿了她的血。他們全都死在一起。

可是在還沒到那一刻之前，柯拉有滿滿一油箱的汽油。她有一個袋子，裝滿證物室裡來的古柯鹼，可以使她保持清醒。還有一大袋三明治，幾瓶水，還有那隻貓，正睡得打著呼嚕。她只剩幾個小時就能開完到加拿大去的那一段高速公路。

不過，最重要的是，柯拉・雷諾茲有她的家人在一起。

10

大自然穿了一件黑色的大衣，像是件軍人的制服，或是一件溜冰的服裝，黑色羊毛料，胸前有兩排銅扣子。一個穿黑絲絨的樂隊隊長，割開的鼻子由暗紅的血肉黏在一起，她把兩手穿進兩隻袖子裡，然後對聖無腸說：「幫我扣上好嗎？」

她扭動著切剩下來的兩手，說道：「我需要用到的手指頭沒了。」

她的手指只剩殘根和指節。只剩下兩根食指，等她成名之後可以用來撥電話。按提款機上的按鍵。盛名已經將她從三度空間減縮到平面了。

大自然，聖無腸，無神教士，我們都先換上了黑衣服，才把魏提爾先生抬到地下室去。然後再演下一場重要的戲。

不用管我們舉行的葬禮只是一次彩排。我們只是爲眞正葬禮而先站好位置的替身演員，等我們獲救之後，那場葬禮要由電影明星在攝影機前面演出。爲了彩排，我們把魏提爾先生裹了起來，以繩子綁成個大包裹，然後送到地下室去舉行儀式——這樣我們就都有了一樣的經驗。我們會向警方與記者說同一個悲慘的故事。

至於魏提爾先生是不是發臭了，卻很難說。噴嚏小姐和無神教士拿著那些裡面食物已經壞了的銀色袋子。每一袋都一路漏出惡臭的汁液。他們沿著滴落的惡臭漬印，拿著那些袋子穿過大廳到了廁所，由馬桶裡沖下去。

「聞不到味道，」噴嚏小姐說著，用力地擤了下鼻子，「倒也有好處。」

這事進行得很順利，一包一次。可是因爲臭味越來越嚴重到讓人窒息，讓人乾喘之後，無神教士就想盡快解決。那種臭味已經滲進了他們的衣服和頭髮裡。他們第一次試著兩包一起沖掉的時候，馬桶就開始堵塞而滿溢出來。另外一個馬桶堵塞，水漫了出來，流到大廳的藍色地毯上。那些袋子，卡在某一條主要的污水管裡，飽吸水分，就像在魏提爾先生肚子裡的脆皮火雞一樣地鼓脹了起來，堵住了污水管，結果就連看起來沒問題的馬桶也有水回上來。

沒有一個馬桶是通的。爐子和燒熱水的鍋爐都壞了。我們還有一箱箱正在腐爛的食物。魏提爾先生不是我們最大的問題。

根據保安會修女的日曆錶和美國小姐長出來的棕色髮根，我們在這裡已將近兩個禮拜。

聖無腸把最後一顆銅扣子扣上的時候，靠過去吻大自然，說道：「妳愛我嗎？」

「如果浪漫愛情的支線情節要起作用的話，」她說：「我大概非愛你不可吧。」

已故的遊民先生在大自然手指上閃亮，她用手背擦了下嘴，說：「你的口水味道眞可怕……」

聖無腸朝手掌心裡吐了口口水，再又舔回自己嘴裡，聞了下手掌，說道：「怎麼可怕？」

「酮，」克拉克太太沒有對著任何人，也或許是對著所有的人說。

「很酸，」大自然說：「像根檸檬加飛機膠的芳療蠟燭。」

「是飢餓的味道。」克拉克太太說著，把一根絲繩綑在魏提爾先生那一大包裹上。「在燃燒你的體脂肪時，血液裡的丙酮濃度就會增加。」

聖無腸聞著他的手，鼻涕在他腦袋裡響著。

無神教士抬起一隻手臂來聞自己腋下，那裡濕濕的皺綢因爲出汗而變成深黑一片，在他鼻孔裡還有過多的香奈兒五號香水的餘味。

把一具屍體抬著上下樓梯，讓我們浪費了我們寶貴的體脂肪。

然而，我們還是該表示哀悼，保安會修女說道，一面還緊抱著聖經。魏提爾先生裹好送到了地下室，是用中國宮廷式的散步場裡拿來的大紅絲絨窗簾緊緊包住，再用大廳裡拿來的絲繩綑綁。我們應該圍立在他四周說些悼詞，我們應該唱首歌，不要太宗教味道的，只要最有演出效果的就行了。

我們抽籤決定誰一定要哭。

我們越來越在每一小群人間留下空位，給八卦偵探錄影用。我們說話，讓誹謗伯爵的卡式錄音機能錄下每一個字。那同一段錄音帶，同一張記憶卡或硬碟用了再用。我們以現在抹掉過去，賭的就是下一刻會更可憐、更可怕或者更悲慘。

我們越來越覺得需要發生更壞的事。

魏提爾先生究竟是死了幾天，還是幾個鐘頭，實在很難說，因爲保安會修女開始把電燈開開關關。到了晚上，我們聽到有人到處走動，很響的腳步聲，像個巨人在黑暗中走下大廳裡的樓梯。

但是，還需要有更可怕的事。

爲了市場分紅，爲了戲劇化的呈現。

需要有更恐怖的事發生。

我們把魏提爾先生從他在後台住的那間化妝室抬過舞台，再由演藝廳正中的走道抬出去。我們抬著他經過以藍色絲絨裝潢的大廳，走下樓梯到了地下一樓橘色和金色的馬雅式門廳。

保安會修女說她的手錶不停地自動歸零。這是典型的鬧鬼現象。凍瘡男爵夫人宣稱她在哥德式的吸菸室裡發現一塊冰冷的地方。在天方夜譚式的樓座裡，魏提爾先生生前慣坐的座墊上方，你都能看到你的呼吸在冷空氣中冒著白煙。靈視女伯爵說關燈之後，我們聽到走來走去的人是遊民夫人。

跟在送葬行列後面的否定督察說：「有誰看到柯拉·雷諾茲嗎？」

保安會修女說：「不管是誰拿了我的保齡球，只要還我，我就保證不踢你的屁股……」

領頭走在前面，把那個應該是魏提爾先生頭顱的那一大坨抱在懷裡的克拉克太太說：「有誰見到美國小姐嗎？」

在這事結束之後，要在這裡拍電影是絕對不行的。等別人發現我們之後，這個地方勢必會成爲一個地標，一個國家寶藏，是紀念我們的博物館。

不錯，不管是哪一家製作公司都必須另外搭建和每個房間一式一樣的場景。藍色絲絨的法國路易十五式的大廳，黑色毛料的埃及式的演藝廳，綠色緞子的義大利文藝復興式的休憩廳，黃色皮子的哥德式吸菸室，紫色的天方夜譚式的樓座，橘色馬雅式的門廳，大紅色中國宮廷式的散步場，每個房間有一個與眾不同的顏色，但都帶著金色。

魏提爾先生會說，不是房間，是場景。我們抬著他包裹好的屍體穿行過這些有回音的大箱子，在那些地方，只要花一張電影票的價錢，任何人都可以變成國王、皇帝或公爵夫人。

在大廳小吃櫃檯後面的辦公室，是一個用刷了光漆的松木板隔出來像個壁櫥似的小房間，天花板斜斜地卡在大廳的樓梯底下。鎖在裡面的檔案櫃裡塞滿了印好的節目單、收據、場地使用日程表和用打卡鐘記錄的出勤卡。這些紙張邊緣都是灰塵，每張紙的上端都印了一行字：自由劇院。有些印的是：首都劇院，有的是：海神表演廳。另外還印得有：聖公會教堂，其他的有：基督贖罪堂。或是：天使之家，或是：首都成人劇院。還有：鑽石舞台。

所有這些不一樣的場所，都在同一個地址。

這裡，有人跪下來禱告過的地方，也有人跪在精液裡。

在水泥的四壁之間，所有因爲喜悅和恐怖以及救贖所發出的尖叫聲仍然始終留存。在這裡回響，和我們一起。在這裡，我們塵土飛揚的天堂。

所有不一樣的故事會終結於我們的故事。在經歷過一千場不同的戲劇、電影、宗教儀式和脱衣舞之後，這棟建築會永遠成爲我們的博物館。

每一盞水晶吊燈，媒人都稱之爲一棵「桃樹」。哥德式的吸菸室，凶悍同志稱之爲「科學怪人室」。

馬雅式門廳裡，無神教士說那橘色的雕像明亮得如同一盞失控的聚光燈，透過縫在克利斯瓊．拉夸①華服上的鬱金香花瓣照射出來……

在中國式的散步場，絲質牆紙的紅色從未見過天日。殺手大廚說，紅得像一個美食評論家的血。

在哥德式的吸菸室裡，那些翼狀靠背扶手椅上鮮黃色的皮面從來沒曝曬在陽光裡過。失落環節說：從還在牛身上時就這樣了。

義大利文藝復興式的休憩室四壁是深綠的，上面有著黑色條紋和斑點，如果你看得仔細的話，會看得出是一層已經變成孔雀石的油漆。

①Christian Lacroix，法國時裝設計家，好用不同材質混搭，色彩鮮明大膽，風格有巴洛克式的華麗及強烈戲劇性。

在埃及式的演藝廳裡，牆是石膏和混凝紙漿做成的。刻出金字塔，獅身人面像，巨大的法老王坐像。尖鼻子的胡狼。一排又一排大眼睛的象形文字。在所有這些東西的上面，懸吊著假棕櫚樹的葉子，一條條的黑紙，因爲生了黴而垂落。在骯髒的樹頂上，黑色灰泥塗成的天空上釘滿了用小電燈泡拼成的星座。有大熊星座，獵户星座。那些星座，全只是大家編出來的故事，好讓他們了解夜空。這些星座，都掩映在雲似的蜘蛛網後面。

椅子上是黑色羊毛料的椅套，破爛得像是樹皮上乾了的苔蘚。地毯是黑的，每條走道中間都踩爛得露出了下面灰色的帆布襯底。

每個房間都有金邊，金漆，亮得像霓虹燈管。在演藝廳裡，所有的東西都是黑的，每一張椅背，每一道地毯的邊，都在同樣明亮的金色中反襯出來。

要是你眞的那樣渴望，那麼那些金邊就是眞正的金子。每個房間都有，就看你的信心如何。

我們這一群人，身上是童話式的絲綢和絲線，還有乾了的血，我們是一群走在黑暗中的黑影。在黯淡的光線下，在紅色絲絨的繭裡，用金色繩索綑綁的魏提爾先生想必看來像浮在空中。魏提爾先生成了一件道具，我們的人偶，是一個我們可以編出故事來說我們能了解的星座。

凶悍同志用一條蕾絲手帕遮著臉說：「我不知道我們爲什麼該哭。」她呼吸著蕾絲手帕上殘留的香水味，想避開惡臭。她說：「我的角色是不該哭的。」她說：「我會憑我屁股上的玫瑰紋身來發誓，那個老傢伙強暴了我。」

在這裡，送葬隊伍停了下來。在這時候，凶悍同志是受害者中的受害者。我們其餘的人——只是她的配角。

走在我們前面的克拉克太太回過頭來，說道：「他怎麼了？」

八卦偵探在他的錄影機後面說：「我也是。他先強暴了我。」
聖無腸說：「哎，去他媽的……他也幹了我呢。」
好像骨瘦如柴的可憐聖無腸還有屁股好被幹似的。
克拉克太太說：「這不好笑，一點也不好笑。」
「那又怎麼樣，」媒人對她說：「妳強暴我的時候，也一樣不好笑。」
野蠻公爵搖著他的馬尾頭對媒人說：「你付錢都不會有人強暴你。」
大自然大笑起來——把碎肉和血噴得到處都是。
老惡魔已死，新惡魔萬歲。
這是我們爲撒旦舉行的葬禮。魏提爾先生，他是個惡魔，比較之下，我們過去所有的罪惡根本不算什麼。有關他罪行的故事，會把我們洗刷成受害者的純白色。
更多犯過的罪和後來犯下的罪相比。
但是，因爲他死了，因而留下在最底層的空職位，卻沒有人想要。
所以，在電影裡，你會看到我們痛哭著原諒了魏提爾先生，而克拉克太太揮響了鞭子。
老魔鬼已死，新魔鬼萬歲。
要是不能怪罪於什麼人的話，我們一刻也撐不下去。
走過演藝廳鋪了黑色地毯的走道，穿過紅色中國式的散步場，下了藍色的法國式樓梯，我們一路抬著魏提爾先生。通過馬雅式門廳裡明亮的橘色時，大自然把她前額上的白色假髮撩開。她的銅鈴叮噹作響。她帶著一頭某部歌劇裡用過的灰白鬈髮，髮捲垂落，被她臉上的汗水沾濕。大自然說：「沒有人覺得熱嗎？」

用肩膀扛著魏提爾先生的野蠻公爵在重壓下喘著氣，一面喘，一面用手拉著身上那件燕尾服上裝的領子。

就連紅綢子裏的那一大細也覺得汗濕濕的。酮的飛機膠味道。飢餓。

無神教士說：「難怪妳會覺得熱，妳的假髮戴反了。」

而媒人說：「注意聽。」

我們下方的地下室很黑。木頭樓梯很窄。在黑暗之中，有什麼東西在轟響，在咆哮。

需要有些什麼神祕的事情。

需要有些什麼危險的事情。

「是鬼。」凍瘡男爵夫人說道，她那張油膩膩的嘴呆張開來。

是那個鍋爐，火力全開，熱氣衝進管子裡，瓦斯爐發出響聲，就是被魏提爾先生破壞掉的那個。

有人把它修好了。

從暗處某個地方，有隻貓發出尖叫，只叫了一聲。

必須要出點什麼事，所以我們抬著魏提爾先生的屍體，由木頭樓梯走了下去。

我們所有的人都揮汗如雨，在這令人難以忍受的新熱中浪費更多的精力。

跟著屍體向下走進黑暗中的大自然說：「你懂什麼假髮該怎麼戴？」她用切掉大部分手指的兩手把頭上的灰色假髮轉了過來，手上的鑽戒閃亮，她對無神教士說：「像你這樣的大笨蛋，懂什麼克利斯瓊・拉夸的設計？」

而無神教士說：「拉夸的鬱金香裙的設計？」他說：「妳才想不到呢。」

雜語

一首關於無神教士的詩

「在創世記第十一章之前，」無神
　教士說：「我們沒有戰爭。」
後來上帝讓我們彼此爭戰，之後
　　人類歷史上便戰禍不斷。

無神教士站在舞台上，眉毛修過
描畫
成爲一雙拱門，其下方
是虹彩的眼影，顏色由紅至
　綠。
一隻光裸的手臂，肌肉鼓突
露在一件釘了金色亮片的紅色晚禮服
　細細的肩帶外，
刺了一個骷髏頭，在下巴下面有
　這樣一行字：
寧死不受辱。

舞台上，沒有聚光燈，只有一段影片：
　一連串幻燈片映照出好多教堂、清眞寺
　　和廟宇。
穿金戴銀的宗教領袖們
　在裝了防彈玻璃的車裡向群眾揮手。

無神教士，他說：「在示拿地的一處
　平原上，所有的人在一起辛勤工作。」
所有人類有一個共同的理想，
一個偉大而高貴的夢想，大家併肩實現
於一個沒有武器和戰爭的時代。
然後上帝低頭看見他們的高塔，那些人
　共同的理想。
一點點高起來，有點接近得讓祂不舒服
上帝說：「看哪，他們成爲一樣的人民……
　如今既做起這事來……
將來他們所要做的事

就沒有不成就的了……」
祂的話語，在祂的聖經中，創世記，
　第十一章。

「因此我們的神，」無神教士說，
　他裸露的手臂和小腿肌肉上有密密的
刮去的毛又由毛孔中長出來的
　　黑點，
他說：「我們全能的神嚇得將
　人類散置到
地面上的各處。
變亂了他們的口音來使祂的子民分散。」

一半是男扮女裝，一半是退休陸戰隊員，
這位無神教士
一身閃亮亮片的紅色禮服，說：
「一個全能的上帝這樣沒安全感？」
讓祂的子民彼此對抗，來使他們
　疲弱不振。
他說：「這就是我們該敬拜的神嗎？」

拳頭下討生活

無神教士的故事

韋伯四下張望，他的臉完全不成人形，一邊顴骨比另一邊低。有一隻眼睛只是一粒奶白色的球嵌在眉毛下那團又紅又黑的腫傷中。韋伯的雙唇都裂得嚴重到他有的不是兩片嘴唇，而是四片。在那些嘴唇裡面，連一顆牙也不剩。

韋伯四下看著這架噴射機的機艙，壁上貼的白皮。糖槭木的家具漆得如鏡子般發亮。

韋伯看著自己手裡的酒，杯裡的冰塊在強冷的空調下幾乎沒有融化。他說，聲音因爲聽覺不良而太過大聲，他幾乎是喊著說：「我們在哪裡？」

佛林特說，他們在一架灣流G550裡，這是你所能包下最棒的一架私人噴射機。然後佛林特把兩根手指伸到褲子口袋裡，把一樣東西隔著走道遞給韋伯。是一粒白色小藥片。「吞了，」佛林特說：「把酒喝掉，我們就快到了。」

「就快到哪裡了？」韋伯說。他用酒把藥片吞了下去。

他仍然扭轉身子去看那可以放倒和旋轉的白色皮椅。白色的地毯，糖槭木的桌子，擦得亮到看起來像是濕的。白色的假皮沙發靠放在機艙邊上，成套的靠墊，那些雜誌，每本都大得像電影海報，名字叫《精英旅客》，封面上的標價是五十美元。鍍著二十四K金的杯架和洗手間裡的水龍頭。小廚房裡有濃縮咖啡機，鹵素燈的光映照著水晶玻璃的器皿，微波爐、冰箱和製冰機。所有的這些和他們一起飛在五萬一千呎的高空，零點八八馬赫，正飛過地中海上空的某處。他們都在喝蘇格蘭威士忌，所有這一切都比你在裡面看過的好太多了，只比不上一副棺材。

韋伯的鼻子，他把酒杯端起一飲而盡，將他那如紅薯般的大鼻子伸到冰涼的空氣中，讓你都可以看到他的兩個鼻孔裡。看到那裡不再通到什麼地方，現在全不通了。可是韋伯說道：「這是什麼怪味。」

佛林特吸了下鼻子說：「對『硝酸銨』這三個字有印象嗎？」是他們的哥兒們占森在佛羅里達州給他們準備的。他們在波灣戰爭中的好兄弟，我們的無神教士。

「你是說，呃，肥料？」韋伯說。

佛林特說：「半噸。」

韋伯的手抖得厲害到你都聽得見冰塊在他那空了的杯子裡直響。

這種抖動，只是創傷性的帕金森氏症而已。腦部受傷就會讓你變成這樣，腦部有部分壞死，神經原被壞死的纖維所取代。你戴上一頂鬈曲的紅色假髮，裝上假睫毛，在柯拉瑞斯郡博覽會和牛仔賽會上用貝蒂．米勒的歌來對嘴，讓人有機會以一拳十美元的代價來對你飽以老拳，你就能眞的掙到不少銀子。

在其他的地方，你需要戴上鬈曲的金色假髮，穿上一件貼身而釘了亮片的禮服，腳上穿著你能找得到最大尺碼的高跟鞋，用芭芭拉．史翠珊唱的《長青樹》來對嘴，那你最好能有個朋友等在旁邊，好送你去急診室。事前先吃兩粒止痛劑，然後再貼上芭芭拉．史翠珊式的粉紅色長指甲；然後你就沒法抓起比啤酒瓶更小的東西了。先吞了止痛劑，就能先把《彩繪芭芭拉》A、B兩面的歌全唱完了之後，才眞正被人打昏過去。

以前籌錢的時候，我們最初的想法是「五塊錢打小丑一拳」。這很有用，大部分是在大學城裡，農業學校啦，小鎮啦，差不多每個人回家時手指關節上都沾著小丑臉上的白粉。白粉和血。

問題是：這種新奇感慢慢消失了，租一架灣流噴射機要花錢。單是從這裡飛到歐洲的油錢就要三千美元。單程，其實沒有那麼糟糕，可是你不會到包機公司說你只去不回——那可太危險了。

不錯，韋伯只要穿上那件黑色的緊身衣，那些人就垂涎三尺地想揍他了。他只要把臉塗白，站進他那看不見的箱子裡，開始演默劇，現鈔就滾滾而來。大部分是在大學校園裡，可是我們在郡縣或州立博覽會上的生意也很好，就算一般人把這當跑江湖耍把戲看待，卻還是會付錢把他打倒，讓他流血。

等小丑的那一套玩得沒人要看之後，我們在路邊旅館的酒吧間裡試過「五十大洋揍小妞」。佛林特找到一個願意一起幹的女孩子，可是，臉上捱了一拳之後，她就說：「不行……」

那個女孩子坐在滿是花生殼的地上，用手摀著鼻子，她說：「讓我去上飛行學校，讓我去當駕駛員吧，我還是想幫你們。」

我們還有，想必是酒吧裡一半的客人手裡拿著錢在排隊。離了婚的老爹，被拋棄的男友，還有從小坐便盆訓練留下問題的男人，全都等著要揮舞拳頭。

佛林特說：「我可以解決這個問題。」他把那女孩子扶了起來，扶著她的手肘，把她送進了女廁所，自己也跟著她一起進去的時候，佛林特舉起手來，五指張開，說道：「給我五分鐘。」

像我們這樣剛剛退伍，想不出還有別的什麼辦法能籌到這麼多錢。要合法的。在佛林特看來，還沒有法律規定說人家不能付錢來揍你。

然後就是佛林特從女廁所裡走了出來，戴著那個女孩子那頂禮拜六晚上出去時用的假髮，把她所有的化妝品全用來塗抹在他鬍子刮得乾乾淨淨的大臉上。他解開了襯衫，把下襬在肚子上打了個結，把紙巾塞在裡面當奶子。佛林特把一整支口紅塗在他嘴的四周。他說：「來吧……」

排著隊的人，他們說花五十美元揍個男人是在騙錢。

於是佛林特，他說：「那就一拳十塊錢……」

大家還是不肯上前，四下張望著看還有什麼更好的花錢方法。

就在這時候，韋伯走到自動點唱機那邊，投下兩毛五分錢，按了兩個鍵，結果——魔法出現了，音樂一開始，不到吸一口氣的時間，你耳朵裡聽到的，只有酒吧間裡所有的男人同聲發出長長的一聲呻吟。

那首歌，正是電影《鐵達尼號》結尾時的那首盪氣迴腸的歌。那個加拿大妞唱的。

而佛林特，戴著金色假髮，塗著小丑的大嘴巴，跳上一張椅子，再站在一張桌子上，開始唱了起來。在整間酒吧裡的人注視下，佛林特使出渾身解數，把兩手在藍色牛仔褲側邊滑上滑下，兩眼緊閉，你只能看到他閃亮的藍色眼影。紅色的唇膏，唱著歌。

韋伯看準時機，伸手去扶佛林特下來。佛林特搭住他的手，像個貴婦似地，一面仍對嘴唱著。現在可以看清楚了，他的指甲塗成糖果般的紅色。韋伯低聲對他說：「我丟下去的錢差不多有五塊錢。」韋伯扶著佛林特下來，面對排著隊的第一個人，韋伯說：「他們一整晚都只能聽到這一首歌。」

從韋伯的那五塊錢，他們那晚弄了將近六百美元。沒有一個人的拳頭在離開酒吧間時不是深深地印著由佛林特臉上化妝品掉下來的藍色和紅色，還有眼線的綠色。有些傢伙，把他揍到手瘦了，又回來排隊，再用另外一隻手。

那首盪氣迴腸的《鐵達尼號》主題曲幾乎操他媽的害死了佛林特。除了那首歌之外，還有那些手上戴了粗大戒指的傢伙。

從那次以後，我們定下了不許戴戒指的規矩。除此之外，我們也要檢查，看你會不會在手心裡握一條包好的硬幣，或是釣魚用的鉛沉子來讓你的拳頭有更大的殺傷力。

在所有的人裡，那些女人最壞。有些要是沒看到你的牙齒給打得飛出來就不開心。女人，喝得越醉，就越愛、愛，愛死了痛揍變裝男人。知道打的是一個男人。尤其是他的穿著打扮比她們漂亮。打巴掌是可以的，可是不准用指甲抓。

市場很快就打開了。韋伯和佛林特，他們開始不吃晚飯，喝淡啤酒。在任何一個新來乍到的市鎮，都會看到他們側身站在鏡子前面，看著自己的肚子，肩膀向後，屁股翹起。

每個市鎮，都可以打賭說他們各人另有一口他媽的箱子。那口箱子裡裝的是漂亮的洋裝、晚禮服。都有衣套護著，免得壓皺。一包包的鞋子和一盒盒的假髮。每個人都有一個很大的新化妝箱。

這些讓他們存下來的基金低到谷底，可是只要一提這件事，佛林特就會告訴你說：「要先花錢才有進帳。」

這還沒加上他們花在唱片上的錢。不管打得中打不中，他們發現大部分的人聽了最想揍你的歌曲是下列的專輯：芭芭拉．史翠珊的《彩繪芭芭拉》，《冷酷的結局》，《往日情懷》，貝蒂．米勒的《大腿與耳語》，《殘花淚》或者是《情比姐妹深》。眞的，尤其是《情比姐妹深》。

就算你把甘地送到現場，閹了他的蛋蛋，給他打了大量的止痛劑配西汀，只要讓他聽到那首《翼下之風》，他照樣還是會往你臉上打上一拳。至少，這是韋伯的經驗。

這一切都不是他們在軍中受過的訓練。可是退伍還鄉，你找不到徵求彈藥專家、瞄準專家、先頭偵察兵之類的求才廣告。退伍還鄉之後，他們什麼樣的工作，沒有一樣工作所得有佛林特現在拿到的那麼多，他的腿從綠緞晚禮服所開的高衩裡露出來，他的腳趾在尼龍絲襪裡動著，由金色涼鞋前端伸出來。佛林特在兩首歌之間只略微停一下，把瘀青的地方補上妝，他抽的香菸頭上沾著他嘴唇上來的紅色，他的口紅和他的血。

郡博覽會的生意很好，機車賽緊接在後，牛仔競技也很好，還有賽船，或是在大型刀槍製造及販售商年會外的停車場上。不錯，他們後來再也不必費心去找能讓他們籌大錢的群眾。

有天晚上，韋伯和佛林特在西部各州槍枝與彈藥博覽會外的瀝青路面上留下大部分化妝品之後，開車回汽車旅館的路上，韋伯把後照鏡扳過來，對著他抱著獵槍坐著的前座。韋伯把臉轉來轉去地由各個角度去照鏡子，他說：「我不能再這樣幹多久了。」

韋伯看起來不賴，再說，他看起來怎麼樣都沒關係。有關係的是那首歌，假髮和口紅。

「我從來都算不上你所謂的漂亮，」韋伯說：「可是至少我一直讓自己看起來……很好。」

佛林特開著車，看著他握住方向盤的手指上開裂的指甲油。佛林特用他碎裂的牙齒咬掉半片裂了的指甲，說道：「我想要用一個藝名。」他兩眼望著自己的指甲說：「你覺得『胡椒鹹肉』這個名字怎麼樣？」

差不多在這時候，佛林特的女朋友去上飛行訓練學校去了。

這樣也好。情形正在走下坡。

比方說，就當他們在落磯山脈各州寶石及礦藏展外面的停車場設置準備好時，韋伯看了看佛林特說：「你那對他媽的奶子太大了……」

佛林特當時穿著一件頸部繫帶式的長禮服，有帶子繫在頸子後面把前面拉起，而，一點也不錯，他的奶子看來很大，可是佛林特說是因為那是件新衣服的關係。

可是韋伯說：「不對，不是這個原因。在過去四個州走下來，你的奶子越長越大。」

「你這樣囉唆，」佛林特說：「只因為我比你的大。」

韋伯說話了，聲音由他塗了口紅的嘴角不動聲色地傳了出來，他說：「前參謀士官長佛林特・史台德曼，你變成一個他媽的邋遢女人了……」

接下來是亮片與假髮四處飛散。那天晚上，他們的收入是零。誰也不想打這樣已經抓得滿臉是傷，又在流血，情況悽慘的傢伙，何況都兩眼血紅，睫毛膏也哭得全花了。

回顧起來，這場小小的貓打架差一點毀了他們的整個任務。

我們國家之所以連一場仗也打不贏，就因為我們所有的時間都在內鬥而不在打敵人。同樣的情形是國會不讓軍方做他們該做的事。這樣什麼事也解決不了。韋伯和佛林特，他們不是壞人，只是典型的那種我們想往上爬的人。他們的整個任務就是要解決這個恐怖分子的情況。一次解決。而要做到這點，必須花錢。讓佛林特的女朋友留在學校學開飛機，弄到一架飛機，弄到可以把租賃公司機師搞得不省人事的藥品，這些全需要紮紮實實的現鈔。

這件事一說清楚，佛林特的奶子就給嚇得縮小了一些。

現在，飛在五萬一千呎的高空中，他們斜靠在白色的皮椅上，沿著紅海一路往南飛，一直飛到吉達，在那裡轉向。

目前在空中的其他人，全都往他們各自已經確定的目標而去，你忍不住會想他們是怎麼賺錢的，又經過哪些痛苦和折磨。

你還看得到韋伯穿了耳洞的地方。儘管拉了下來，扯大了，還是由那些垂吊的耳環那裡看得清楚。

回顧起來，歷史上大部分的戰爭起因都是某些人的宗教信仰。這只是一次攻擊行動，以結束所有的戰爭。或者至少是大部分的戰爭。

在佛林特控制好他的奶子之後，他們在大學校園間巡迴。只要是有人喝啤酒而無所事事的地方都去。現在，佛林特有一邊視網膜剝離，使他那隻眼睛完全看不見了。韋伯因爲腦袋被揍得亂晃而損失了百分之六十的聽力。急診室稱之爲外傷引發的腦部創傷。他們兩個都有些發抖，要用兩手才拿得穩睫毛膏，兩個人都身體僵硬得沒法自己把背後的拉鍊拉上。即使穿的只是中等高度的高跟鞋，也走不穩。但是，他們還是繼續下去。

等到了那個時候，等到阿拉伯聯合大公國的噴射戰鬥機過來跟蹤他們的時候，佛林特可能已經瞎得沒法飛了，可是他還是坐在駕駛艙裡，使盡一切他在空軍學來的本事。

現在，在他們灣流G550那白皮的機艙裡，佛林特踢掉了腳上的靴子，光著的兩隻腳上還看得到搽成粉紅色的趾甲。而他的體臭中也還夾雜著一點香奈兒五號的香水味。

他們最後的幾場秀裡，有一場是在蒙大拿州的密蘇拉。有一個女孩子從人群中走出來罵他們是可恨的異端，說他們鼓勵施行暴力與憎恨的罪惡加在我們原本平靜多元社會中那些性別矛盾的成員身上……

韋伯站在那裡，一首《鈕扣與領花》唱到一半就給打斷了，他唱的是桃樂絲・黛那輕快的版本，而不是丹娜・蕭那瀟灑的版本，他穿了一件無肩帶的藍色緞子緊身禮服，露出胸毛，肩膀、手臂上的毛給吹了起來，好像一片黑色的羽毛，他問那個女孩子：「那妳到底要不要付錢來揍一拳呢？」

佛林特在離他一步遠的隊伍最前面收錢，他說：「好好地揮一拳。」他說：「小妞半價。」而那個女孩子就只看著他們兩個，一隻穿著球鞋的腳不停地在打著拍子，嘴巴閉得緊緊地，歪在一邊臉上。

最後，她說：「你能對嘴唱那首《鐵達尼號》的歌嗎？」

佛林特收下她的十塊錢，緊緊地抱了她一下。「爲了妳，」他說：「我們可以把那首歌播上一整晚……」

就在那天晚上，他們終於達到了所需要的五千美元的目標。

現在，你可以看到在機外出現了沙烏地阿拉伯那棕色與金色的海岸線。灣流噴射機上有兩扇窗子，比一般商用噴射機上的小窗子大三倍。只要望出去，就能看到太陽和大海，從那樣高度看下去，其他一切都交混在一起，會讓你幾乎想要活下去。想取消了任務，掉頭回來，不管前途怎麼暗淡。

一架灣流噴射機可以加滿飛六千七百五十海里的油料。即使有百分之八十五的逆風也一樣。他們到目的地的距離只有六千七百零一浬，還有足夠的油料用來料理他們的行李、箱子，還有占森在佛羅里達裝上飛機的一袋又一袋的東西，他們之所以會在那裡降落，是因爲駕駛員開始覺得不舒服了。那是他們給了他一杯咖啡之後的事。三顆止痛劑磨碎了混在黑咖啡裡，會讓大部分的人頭暈目眩，噁心想吐。因此他們降落下來，讓駕駛下了飛機，裝載上那些袋子。占森先生搬來了那些硝酸銨，而佛林特的女朋友席娜，剛由飛行學校畢業，準備駕機起飛。

由駕駛艙敞開的門，你可以看到席娜把耳機拉下來掛在脖子上。她扭過頭來向後看，說道：「剛剛在無線電裡聽到消息，有個人開了一架裝滿肥料的噴射機飛進了梵諦岡……」

想想吧。韋伯說。

佛林特望著窗外，在他的白色皮椅裡坐直起來。「我們有伴了。」在飛機一邊，可以看到兩架噴射戰鬥機。佛林特向他們揮了下手，看得到那些小戰鬥機裡駕駛員的側臉，他們沒有揮手答禮。

韋伯看著在他那空酒杯裡融化的冰塊，說道：「我們要到哪裡去？」

席娜在駕駛艙裡說：「從我們由吉達轉向內陸之後，他們就跟上來了。」她把耳機再戴上。

佛林特從走道對面伸手過來，把空酒杯裡再加滿了蘇格蘭威士忌，說道：「『麥加』這地方聽起來有印象吧？兄弟？以克爾白天房爲中心的禁寺？」他說：「克爾白呢？」

席娜用一隻手把耳機按在一邊耳朵上，說道：「他們有摩門教合唱團……國立佛教徒年會總部……哭牆和岩石聖殿……比佛利山大飯店……」

不行。佛林特說。限武沒有作用。聯合國也沒有作用。不過，這也許有用。

他們的朋友，占森，我們的無神教士，會是唯一的生還者。

韋伯說：「比佛利山大飯店裡有什麼？」

佛林特一口喝盡了杯裡的酒，說道：「達賴喇嘛……」

那個在蒙大拿州密蘇拉鎮的女孩子，韋伯在那天晚上拿到了她的姓名和電話號碼。等到他們全員寫好最後的遺囑和證詞的時候，韋伯把他在這個世界上所有的一切都留給了那個女孩子，包括那輛停在他父母那條有頂通道上的野馬車，那一套萬能先生工具，還有十四個有鞋子和衣服搭配的Coach皮包。

那天晚上，在她付了五十塊去踢韋伯的屁股之後，那女孩子看著他，看他那隻瞎了的白眼腫得幾乎閉了起來，嘴唇開裂，他只比她大三歲，可是看起來卻像是她的爺爺，她問道：「你爲什麼要做這種事呢？」

韋伯扯下假髮，那一綹綹的金色鬈髮黏在他嘴巴和鼻子周圍已乾的血裡。韋伯說：「每個人都希望能讓這個世界更好一些。」

佛林特喝著淡啤酒，看著韋伯，搖搖頭，說：「你**他媽的**……」佛林特說：「那是我的假髮吧？」

11

並不是每天都充滿了恐怖。

媒人稱這件工作叫「採白桃」。

把兩張白色的沙發拉到一起，面對面，直接放在「樹」下。在這兩張沙發構成的小島上，把那些描金雕花的小桌子堆在一起，做成一架「梯子」。每張桌子都有帶粉紅條紋的厚重灰色大理石桌面。在所有這些東西的最上面，再砌上很脆弱、如蛋殼般纖巧的宮廷椅子，讓你能越爬越高。最後，你可以俯瞰那由所有人骯髒假髮所形成的一個鳥巢，所有的人都仰著頭，仰得連張開的嘴巴都碰到了他們的脖子。高到你可以低頭看見他們鎖骨下的凹洞，還有他們如階梯般的肋骨，漸漸消失在他們的洋裝或領口裡。

每一個人，我們的雙手纏在浸血的破布裡。手套的手指因爲缺了指頭而垂落下來，鞋子裡塞著捲起來的襪子，以取代少了的腳趾。

我們自稱是「人民日光節約委員會」。

媒人取下一個「桃子」，用絲絨包著以保護他的手，然後把那送下來給骨瘦如柴的聖無腸，再由聖無腸遞給殺手大廚，就是那個大肚腩卡在褲腰帶上的大廚。

八卦偵探錄影機貼在臉上，記錄下那桃子在手中傳送的過程。

最老的桃子，那些已經黑了的，你都可以看到自己的面孔映照在上面。媒人說那是鎢絲。在電流通過時，那細絲就會燃著，所以每個桃子裡面都充有惰性氣體。大部分是氬氣。有些氣體是你不能吸進肚子裡去的，那只是用來讓鎢絲不致燒掉。那些最老的裡面什麼也沒有，是眞空的。

媒人的臉頰上有些粉紅色的雀斑，在他捲起袖子而露出的小臂上也有更多粉紅色的雀斑。他告訴我們：「鎢的熔點是華氏六千度。」一個「桃子」正常的熱量足夠熔化一個煎鍋。熱得足夠把銅幣燒沸，華氏四千度。

鎢絲不會著火燃燒，而是一個原子又一個原子地氣化。有些原子會由其他原子或氬氣反彈回來，重新接回到鎢絲上，成爲結晶，小得如完美的珠寶。其他的鎢原子則附著在玻璃「桃子」的內裡。

那些原子「凝結」，媒人說。在玻璃內裡形成一層金屬面，使外面成爲鏡子。內裡如結了一層黑霜，這就把電燈泡變成了小小的圓球狀鏡子，使我們看起來很肥胖，就連骨瘦如柴的聖無腸，他的褲腿和襯衫袖子永遠是在他瘦骨嶙峋的手臂和腿上扭纏或飄動的，也是一樣。

不錯，並不是我們所有的日子都充滿了謀殺和折磨。有時候不過是這樣：

凶悍同志拿著一個桃子，轉動著臉部從各種角度來看映在弧形玻璃裡的模樣。空出來的那隻手則用手指尖把鬆垮的皮膚在一隻耳朵上方向後拉。這樣一拉之下，那邊顴骨下凹陷的陰影就不見了。「這事聽來就可怕了，」凶悍同志說。她的手指一把皮膚鬆開，她那半邊臉就恢復原先鬆垮和皺紋的陰影。「我以前看過在死亡集中營鐵絲網後面的人的照片，」她說：「那些活骷髏。我總是想到：『這些人什麼衣服都能穿。』」

誹謗伯爵把手朝她伸過去，伸長了手臂去把她的話收進他那巴掌大的銀色錄音機裡。

凶悍同志把那個桃子遞給凍瘡男爵夫人……

有誰說：「妳說得對。」而凍瘡男爵夫人說：「那話聽起來的確可怕。」

凶悍同志俯身對著麥克風說：「如果你在錄這些話，那你就是個混球。」

一口牙都鬆了，在牙齦裡搖搖欲墜，每一顆大白牙都會露出細細的咖啡色牙根的凍瘡男爵夫人，把那個桃子交給野蠻公爵。

公爵的馬尾解了開來，頭髮垂到了臉上。野蠻公爵的下巴一直在慢慢轉動著，還在咬著他永遠嚼個不停的那一塊尼古丁口香糖。他的頭髮有股丁香香菸的味道。

公爵把桃子交給美國小姐，她漂染成金髮的黑色髮根長出來，就可以估算出我們在這裡關了多久。我們那可憐的、懷了身孕的美國小姐。

在我們頭上，那棵樹黑了一下，在那一刻，我們都不存在。什麼都不存在。下一刻，電燈再度亮起，我們又回來了。

「有鬼，」八卦偵探說，聲音被錄影機擋住而有些模糊。

「有鬼。」誹謗伯爵對他手裡的卡式錄音機複誦了一遍。

在這地方，每一次停電，每一陣冷風或奇怪的聲音，或是食物的味道，我們都怪罪在有鬼這件事上。

在八卦偵探來說，那個鬼是個遭到謀殺的私家偵探。

對誹謗伯爵來說，那個鬼是個已故的往日童星。

那棵樹的銅枝椏。每一根枝椏，圈著的，彎著的，如葡萄藤似地扭著的，都漆上了暗淡的金色。在樹上垂落著玻璃和水晶的「葉子」。在你把手伸進去時，會發出叮鈴的響聲。在每一個仍然明亮的「熟透了」的桃子上燒焦的灰塵氣味，如果沒有一層布包著會燙得沒法碰，得纏上由絲絨裙子或繡花背心上撕下來的一條布料來保護你的手。其他「壞了」的桃子，黑掉了，冰涼涼的，撒滿了塵土，垂掛著一條條白色蜘蛛絲。那些玻璃和水晶的葉子，有白、有灰，也有銀色。在轉動時，邊緣仍然會在一瞬間閃亮出一道虹彩，然後又沒有了顏色。

那些枝椏，扭曲著，已經髒得變成了深咖啡色，上面會留下一道乾的老鼠屎。

媒人的身體前後搖晃，屏住呼吸，把手彎著伸進樹裡採桃子。他把每個仍然很燙的桃子丟下來，由失落環節用兩個絲綢靠枕接住。失落環節是我們的運動英雄，得大學獎學金的，一道眉毛粗得跟陰毛一樣。這位冠軍中衛，中間有道縫的下巴大得像袋子裡裝了兩顆胡桃。

就在短短的拋接過程中，桃子就已經冷得可以碰了。大自然把桃子由兩個靠枕中間取出來，放進噴嚏小姐用兩手抱在腰前的一個舊假髮盒子裡。

大自然畫在雙手手背和手指上的紅色彩繪已經弄糊了。每次轉頭或點頭，脖子上掛的銅鈴就會響起，她的頭髮有檀香木、廣藿香和薄荷的氣味。

噴嚏小姐在咳嗽。可憐的噴嚏小姐一直在咳嗽，她的鼻子紅紅的，因爲老用衣服袖子擦過而歪向一邊臉頰。她的兩眼瞪得很大，飽含淚水，布滿了血絲。噴嚏小姐咳了又咳，舌頭伸出來，兩手分別撐在兩邊膝蓋上，彎低了身子。

有時候，媒人抓住椅子的腿，金色桌子有紅紋的大理石邊緣，來穩住梯子。

有時候，靈視女伯爵踮起腳尖來站著，雙手緊握著一根又硬又髒的掃把的長柄，高舉在頭上，刺進樹裡，讓樹轉個方向，讓你好伸手去摘更多「熟透」的桃子。就是那些燙得足夠讓銅燒開的。

她踮著腳，伸長了兩手，你可以看到她的電子手銬仍然鎖在手腕上。就是那具由她的假釋官管控的監管追蹤器材。

對靈視女伯爵來說，那個鬼是一個賣古董的老頭子，脖子給一把剃刀割斷了。

媒人每「摘掉」一顆桃子，那棵樹就暗了一點。

對聖無腸來說，那個鬼是一個墮了胎的兩頭怪嬰，兩個頭上都長著像他一樣的瘦臉。

對凍瘡男爵夫人來說，那個鬼腰上圍了條白圍裙，咒罵著上帝。

有時候，保安會修女敲著她那只黑色手錶的錶面，說道：「再過三小時十七分三十秒熄燈……」

對保安會修女來說，那個鬼是一個半邊臉給打扁了的英雄。

對噴嚏小姐來說，那個鬼就是她的外婆。

站在那樣高處的媒人說，你可以把天花板看做是一塊空曠的地方，從來沒有人踏入過的。同樣的——在你小時候，你會頭下腳上地倒坐在沙發上，兩腿貼著沙發背，背靠著座墊，頭垂在前面——這樣一來，那間老家的客廳就變成了一個陌生的新地方。顛倒過來，你可以躺在那片平平地、粉刷過的地板，抬頭望著那新的天花板，鋪著地毯，到處是如鐘乳石般倒吊著的家具。

野蠻公爵說，就像一個藝術家會爲同樣的原因，把他的畫上下顛倒過來，或是由鏡子裡去看反過來的映象，像個陌生人似地去看，好像那是他沒見過的東西。是件新奇的事物，是別人的現實。

聖無腸說，正好像一個性變態會把他的色情圖片上下顛倒過來，讓那新奇而刺激的感覺維持得更久一點點。

這樣的話，每一棵有玻璃葉子和桃子的樹都植根在地上，長出粗鍊子的樹幹，那有著骯髒紅絲絨套子當樹皮的樹幹。

等那棵樹幾乎全黑之後，我們就一把椅子又一把椅子，一張沙發又一張沙發地把梯子搬到下一棵樹，等到這片「果園」全空了之後，我們才穿過房門到下一個房間去。

採收下來的桃子都收在一個帽盒裡。

不錯，並不是我們囚困在那裡的每一天都充滿了強制和羞辱。

誹謗伯爵由襯衫口袋裡掏出一本記事簿，在印有藍色橫條的紙上潦草地寫著，一面說道：「還有六十二個燈泡。已取下存放二十二個。」

我們的最後防線。是我們預防孤獨地死在黑暗中的最後解決方案，不要死在這所有光亮熄滅的黑暗之中。一個沒有日光的世界，生還者冷冰冰地緊攫住一片漆黑、潮濕的壁紙，因爲長了黴而變得濕滑。

沒有人想要這些。

留下熟透的桃子去變黑腐爛，而你再用家具搭起梯子。再爬上去，把頭再伸進玻璃與水晶樹葉的枝葉叢中，那些灰塵滿布的銅枝椏的林子裡。灰塵和老鼠糞便和蜘蛛網，把一些黑色的桃子摘下，換上幾顆仍然成熟而亮得白熱的桃子。

在媒人手裡那個死了的桃子，映照出的我們不是現在的樣子，更像是我們以前的樣子。那黑色的玻璃映照出我們所有的人，只不過在弧形的曲面上顯得很胖。內裡沉澱的那一層鎢原子，和珍珠相反，如鏡子背後鍍的銀。吹成球狀的玻璃，薄得有如肥皀泡。

長出新皺紋的克拉克太太藏身在粗得有如雞籠鐵絲網的面紗後面。即使餓得骨瘦如柴，嘴唇卻仍是被矽膠撐得肥厚，永遠是像在口交似地嘟著。她的胸部豐滿，可是裡面沒有一點你想吸食的東西。她的假髮，撲上了白粉，歪向一邊，脖子上青筋畢露。

失落環節兩頰有如兩座黑森林，濃密樹叢深陷進從兩隻眼下一路下來的深深峽谷中。

我們需要出點事情。

需要發生什麼可怕的事。

然後——乒乓一聲。

一顆桃子失手滑落，碎裂在地上。一堆玻璃的刺針。一攤白色的碎片。我們原先肥胖的映象，現在不見了。

誹謗伯爵在他的記事本上寫下一行字，說道：「取下存放可用的燈泡二十一個……」

保安會修女拍著她的手錶說：「還有三小時又十分鐘熄燈……」

就在這時候，克拉克太太說：「跟我說個故事。」她透過面紗，仰望著在閃亮的水晶樹裡的媒人，張開矽膠的嘴唇說：「跟我說個故事，讓我忘記自己的飢餓，跟我講一個你絕不會告訴任何人的故事。」

媒人轉著一個包在一塊雖然血污乾了卻還是黏乎乎的絲絨裡的桃子，說道：「有這麼一個笑話，」他站在把椅子堆得老高而成的梯子上，說道：「我那些叔叔伯伯喝酒的時候才會講的一個笑話……」

誹謗伯爵舉起了他的卡式錄音機。

八卦偵探則舉起了他的錄影機。

愛情顧問

一首關於媒人的詩

「如果你眞愛什麼，」媒人說：「就要放手。」
　如果帶著疱疹回來，也別驚訝……

媒人站在舞台上，拱著肩，兩手
　深深插在
他工裝褲的口袋裡。
他的靴子沾滿乾的馬糞。
他的襯衫，格子花的，絨布的，用的是
　珍珠按扣而不是鈕扣。

舞台上，沒有聚光燈，只有一段影片：
是婚禮錄影帶，新郎新娘交換戒指
親吻，在如暴風雪的白米中跑到外面。
所有這些橫過他臉上，媒人的下唇
　伸出來托著一坨
　嚼食的菸草

媒人說：「我愛的那女孩子，她覺得
　她能找到更好的男人。」
　這個女孩，她要一個高大男人，黑黑的
　　皮膚，長頭髮，還有根大老二。
　還要會彈吉他。
所以他第一次跪下求婚時，她說「不要」。
於是，媒人雇了一個叫史提德的男妓，
　那個男妓的廣告是：
　長髮，老二粗如一罐辣醬，還
　　能學會
　彈幾組和弦。
史提德假裝和她不期而遇，在教堂裡。
然後，又碰上了，在圖書館裡。
媒人每次約會付費兩百美元，
在記事本上記下那男妓告訴他說
　那女孩多喜歡她的奶頭
讓他從後面愛撫，還有怎麼讓她

達到兩次、三次高潮。
史提德送她玫瑰花，唱情歌，史提德在
汽車後座和熱水澡缸裡幹她，
一面發誓說永遠愛她不渝。
然後一禮拜不打電話給她，兩禮拜，
一個月。
再假裝和她不期而遇，又是在教堂裡。
在那裡，史提德說他們之間完了——因爲
她太淫蕩，簡直像個婊子。

「我發誓，」媒人說：「他叫**她**婊子。這小子
眞敢……」
上帝保佑他。

這一切，是媒人的祕密計畫，讓他女朋友
有一場未成熟的加速心碎，然後
乘虛而入，擄獲芳心。
他最後見史提德時，額外付五十大洋
要他口交。
史提德跪在那裡，在他腿間下工夫。
這樣他未來的老婆到達經過研究的
多重高潮時
她心裡想的男人，對她的丈夫，媒人來說
就不會完全陌生了。

儀式

媒人的故事

有一個叔叔伯伯們只在喝酒時才說的笑話。

那個笑話裡有一半是他們所發出來的那種聲音，好像是一個人用力把痰從他喉嚨深處咳出來的聲音。一個又長又刺耳的聲音。每次家族聚會，等到除了喝酒再沒別的事好做的時候，那些叔叔伯伯們就把椅子搬到外面的樹下，到外面那我們看不見他們的黑暗裡。

嬸嬸阿姨們在洗碗盤，小一輩的孩子們到處亂跑，那些叔叔伯伯們都到外面的果園裡去，湊著酒瓶喝酒，把椅子往後翹得只剩後面兩條腿支著。在黑暗裡，你可以聽到一個叔叔發出那個聲音：呃——咳。即使是在黑暗之中，你也知道他把一隻手在面前的空氣中往橫裡一劃。呃——咳，其他的叔叔伯伯們全笑了。

嬸嬸阿姨們聽到那個聲音，都微微一笑，搖了搖頭：男人呀。那些嬸嬸阿姨並不知道那個笑話，可是她們知道會讓男人笑得那麼厲害的事情一定很蠢。

小一輩的孩子們也不知道那個笑話，可是他們會發出那個聲音：呃——咳。他們會把手在空中往橫裡一劃，笑得跌倒在地。他們整個童年，所有的孩子都會幹這件事，說：呃——咳。尖聲高叫出這個聲音。這是這家人會讓彼此大笑的神奇公式。

叔叔伯伯們會彎下腰來教他們，哪怕是小小孩，才剛剛能站得穩，就會學那個聲音：呃——咳。而叔叔伯伯們會做給你看，怎麼把手往橫裡一劃，永遠是從左到右，就在脖子前面。

他們會問——那些堂哥表弟們，吊在一位叔叔的胳臂上，兩條腿在空中踢著——他們會問，那個聲音是什麼意思？還有那個手勢？

那個叔叔可能會告訴他們說，那個聲音是叔叔伯伯們年輕當兵的時候聽到的。當時是在打仗。堂哥表弟們會爬著一個叔叔的外衣口袋，一隻腳套進一個口袋裡，一隻手伸向高一點的另外一個口袋，像爬樹那樣。

他們會哀求道：跟我們說啦，把那個故事說給我們聽。

可是那個叔叔只答應說：以後再講，要等他們長大了之後再說。那個叔叔會抓住你的腋下，把你背在他肩膀上。他會這樣背著那個孩子，跑了起來，和其他的叔叔伯伯比賽跑進屋子裡，去親那些嬸嬸阿姨，再吃一塊餅，而你去吃爆米花，聽收音機。

那是這個家族的通關密語。一個大多數人都不了解的祕密，一種保平安的儀式。所有小一輩的人只知道那會讓他們一起哄堂大笑。是一件只有他們才曉得的事情。

叔叔伯伯們說那個聲音證明了你最害怕的問題很可能就此消失不見。不管某些事物看起來有多可怕，很可能明天就沒有了。比方說有隻母牛死了，其他的牛看來也病倒了，肚子脹氣，也差不多快死了，如果再沒別的辦法，叔叔伯伯們就發出那個聲音：呃——咳。比方說果樹結了滿園的桃子，而氣象預報說當天夜裡會打霜，叔叔伯伯們就說：呃——咳。那意思是說，你無力阻止的可怕災難，可能會自己停下來。

每次家裡人聚在一起，就用呃——咳來打招呼，這讓嬸嬸阿姨們裝起鬥雞眼來，而小一輩的孩子都發出那個蠢聲音：呃——咳。所有的孩子都用手在空中一劃，呃——咳，而叔叔伯伯們就笑得整個人往前彎了下去，兩手撐住膝蓋，呃——咳。

一個婚婚，嫁到這家來的，會問說：這是什麼意思？背後的故事是什麼？可是叔叔伯伯們只搖搖頭。那個叔叔，也就是她的老公，則會伸手抱著她的腰，親吻她的臉，對她說：親愛的寶貝，她不會想知道的。

我滿十八歲的那年，一個叔叔把那個故事告訴了我，只跟我一個人講，而這回他沒笑。

我當時受徵召入伍服役，沒有人知道我是不是還回得來。當時並沒有打仗，可是軍中有霍亂流行，也永遠會有疾病和意外。我們在替我收拾一個行李袋，只有我和那個叔叔，而叔叔說了：呃——咳。要記得，他說：不管前途看起來多麼黑暗，你所有的麻煩都可能在明天消失無蹤。

我一面收拾行李，一面問他，什麼意思？

那是上一次大戰中的事，他說。當時所有的叔叔伯伯們都在同一個連隊裡，他們被俘之後，被迫在俘虜營裡工作。在那裡，有一名敵方的軍官用槍逼他們工作。每一天，他們都以爲這個人會殺了他們，而他們一點辦法也沒有。每個禮拜，都會有火車由各占領國家把俘虜送來：有士兵，還有吉普賽人。大部分的人由火車上下來，走不到兩百步就給打死了。叔叔伯伯們把那些屍體抬走，他們所恨的那個軍官，就是他率領行刑隊伍。

把這個故事告訴我的那位叔叔，他說每天叔叔伯伯們都走上前去把屍體拖開——他們身上的槍洞還在流著濕熱的血——行刑隊伍則在等著槍斃下一批人。每次叔叔伯伯們走到槍口前面，都怕那個軍官會下令開槍。

然後，有一天，那個叔叔說：呃——咳。

事情發生了，命運決定的事發生了。

那個軍官，要是看到他喜歡的吉普賽女人，就會叫她由隊伍裡出來。等到那批人都死了，叔叔伯伯們把屍體拖開的時候，那個軍官會逼那女人脫光衣服。軍官穿著制服站在那裡，身上的金色繩帶在陽光下閃閃發光，四周是持槍的士兵。那個軍官要那個吉普賽女人跪在地上，拉開他褲子的拉鍊，強迫她張開嘴巴。

叔叔伯伯們看過這種事的次數已經多到記不清了，那個吉普賽女人會把頭埋進軍官的褲子前面，她的兩眼閉著，一直不停地吸，沒有看到他由背後皮帶裡抽出一把刀來。

在軍官到達高潮的那一刻，他會一手抓住那女人的頭髮，把她的頭壓緊。另外一隻手則割了她的喉嚨。

永遠都是那個聲音：呃——咳。他的精液還在噴出，他會把她赤裸的身體推開，免得碰到由她脖子噴出來的血。

那是一個表示一切結束了的聲音。是命運。是他們永遠無法逃避的聲音。永遠無法忘記的聲音。

最後，有一天，那個軍官抓了一個吉普賽女人，要她赤身露體地跪在地上。在行刑隊伍注視之下，叔叔伯伯們也在堆到蓋過他們腳踝的屍體堆中看著，那個軍官要那個吉普賽女人拉開他的拉鍊，那女人閉起了眼睛，張開了嘴巴。

這是叔叔伯伯們看過太多次，不用看也知道的事。

軍官抓住那吉普賽女人的長髮，繞在他拳頭上，刀光一閃，發出了那個聲音，那個聲音，現在是這個家族歡笑的祕密暗號。他們彼此打招呼的用語。那吉普賽女人倒向後方，血從她下巴下噴了出來，她咳了一聲，有東西落在她屍體旁邊的泥地上。

他們全都睜大了眼睛，行刑隊伍和叔叔伯伯們還有那個軍官，看到掉在地上的是半截陽具。呃——咳，那個軍官把他自己塞在那女人喉嚨裡的老二給切掉了。軍官的褲子拉鍊仍然拉開著，他也還在射精，混著鮮血射出來。那個軍官把一隻手伸向他那沾滿泥土的半截老二。他的雙膝軟了。然後叔叔伯伯們把他的屍體拖去埋了起來。俘虜營裡的二號頭目，他不那麼壞。然後戰爭結束了，叔叔伯伯們回到家鄉。要沒有出那件事的話，他們的家族大概不會是這個樣子。要是那個軍官沒死，也許都沒我這個人。

那個聲音，他們家族之間的暗號，這位叔叔告訴我。那個聲音的意思是：不錯，會有可怕的事情發生，可是，有時候那些可怕的事情——卻能救了你的命。

在窗子外面，在他們房子後面的桃樹林裡，其他的堂弟表弟跑著，嬸嬸阿姨們坐在前面的門廊上，剝著豆子。叔叔伯伯們站著，雙臂交叉在胸前，爭論著最好用什麼方法來漆籬笆。

你也許會去打仗，那個叔叔說，也或許你會染上霍亂而死掉。或者，他說，把一隻手打橫裡一劃，從左到右，在他皮帶環下面的空中劃過：呃——咳……

12

發現屍體的人是保安會修女。她在放映室裡把燈關了之後，由二樓樓座門廳出來，走下大廳的樓梯時，絆到了握在兩隻死白手裡的那個美國小姐的粉紅色健身輪。

由錄影機的小觀景屏上，看到野蠻公爵躺在大廳樓梯腳下，他那件帶繸子的鹿皮襯衫下襬拉了出來，一頭金髮散開，面朝下地躺在藍色地毯上。那個粉紅色的塑膠輪子在他兩手之間，一邊臉給打扁了，散亂的頭髮上到處沾滿了血。

我們故事的版權費又少了一個人來分。

保安會修女，她拿著錄影機，以前魏提爾先生在黑暗中走動的時候，用的是手電筒，可是現在那裡面的老電池已經和他跟遊民夫人一樣死了。現在保安會修女用的是錄影機上的聚光燈和裡面可以充電的電池，在天黑之後到天亮之前的這段時間裡，找路上下樓梯。

「蛛網膜下出血。」保安會修女說，她的話聲在她移動錄影機照著整個屍體時錄了進去。「左側頭殼部分破裂。」她說這是最常見的頭部創傷，她將鏡頭接近來拍攝頭殼碎裂部位的特寫，還有腦外層裡面出血的情況。

「你在頭顱的某一點上施壓的時候，」她說：「裡面的東西在那一點的四周鼓脹起來，使頭殼呈粗略的圓形炸開。」

錄影機照著頭殼上銳利的碎邊和乾涸的紅血。保安會修女的聲音說道：「外彎嚴重……」

錄影機抬高來拍我們其他的人，蹣跚地走進大廳，打著呵欠，在聚光燈照射下瞇起眼睛。

克拉克太太低頭俯視著公爵穿著鹿皮衣服趴在地上的屍體，他那坨尼古丁口香糖——連同他所有的牙齒——給打得掉到了大廳地上的那一頭。而她那變厚的嘴唇發出一小聲尖叫。

美國小姐說：「這個王八蛋。」她走到屍體邊，跪下來把僵硬而沒有生命的手指由健身輪的黑色橡膠把手上扳開。「他想比我們其他人減掉更多的體重，」她說：「這個壞狗屎東西在做有氧運動，好讓他看起來……更淒慘。」

在美國小姐對那些僵硬的手指又扭又踢時，克拉克太太說：「死後僵直。」

美國小姐把屍體拉得側過來，扭動著健身輪，想從那雙手裡拉出來，被她這麼一拉，屍體翻身仰面朝天。野蠻公爵，他的臉黑得有如被曬傷了一般，但除了鼻尖之外都是紫色的，下巴尖端和鼻尖以及他的前額都是青白色。

「屍斑，」克拉克太太說。血匯流到身體所有最低的點。除了臉部埋進地毯的部分，在那些點上，身體的重量使毛細管壓壞，因此沒有血會積在裡面。

保安會修女在錄影機後面說：「妳好像對屍體的事情知道得很多……」

克拉克太太說：「那妳說左側頭殼部分碎裂是什麼意思？」

錄影機還在拍著屍體，取代了魏提爾先生死亡的記錄，保安會修女的聲音說：「意思是說腦漿流出來了。」

粉紅色的健身輪由公爵手裡滑了出來，那些手指似乎鬆開來了，死後僵直情況會消失，克拉克太太說，只因爲屍體開始腐化了。

這時候，八卦偵探到了，看到他兩隻眼睛都露在外面，讓他看起來很奇怪。無神教士站在屍體旁邊。還有帶著廣藿香味道的大自然。媒人的牙齒動個不停地在嚼著滿嘴口水和菸草，他俯身過來，好看個仔細。

媒人說：「腐化？」

克拉克太太點了點頭，噘起她注射了矽膠的嘴唇。人死了之後，她說，肌肉裡的肌動蛋白和肌凝蛋白因爲缺少腺苷三磷酸的產生而合成……她說：「你們不會懂的。」

「太可惜了，」殺手大廚說，「如果不是已經開始腐爛了的話，我們倒可以吃一頓豐盛的早餐呢。」

大自然說：「你在開玩笑吧。」

大廚說：「不是，說老實話，我不是在開玩笑。」

媒人睜大了眼睛，蹲在屍體旁邊，把手伸進褲子後面的口袋裡。

大自然把有彩繪的兩手搓在一起，打了個呵欠說：「你們怎麼能這麼清醒？」

媒人張開了嘴巴，張得大大的，用手指著嘴裡那一大團咖啡色的東西，說道：「嚼……」他把皮夾子掏出來，抽出裡面的鈔票，再把皮夾放回口袋裡，說道：「吻我，妳也就會精神飽滿了。」

大自然搖著頭說：「不用，謝了。」

「小女孩，」媒人說道，他在藍色地毯吐了一道咖啡色的漬印。他說：「妳得要有點性感的地方，否則沒有一個有票房價值的女明星想來演妳……」

聖無腸把她拖了開去。

保安會修女關了錄影機，還給八卦偵探。

克拉克太太沒有對著哪個人，或者可以說是對著所有的人說：「你們懷疑是誰幹的？」

八卦偵探說：「妳。」

克拉克太太，昨夜很晚的時候起來。她發現野蠻公爵一個人在做收小腹的運動，她把他的腦袋打爆了。這就是官方說法。

「你們有沒有想過，」克拉克太太說：「在你們賣掉了你們的舊生活之後，會怎麼樣呢？」

媒人把嘴唇上的口水舔掉，說道：「妳這話是什麼意思？」他把兩手的拇指鉤在他工裝褲的兩條背帶上。

「在你們賣了這個故事之後，」克拉克太太說：「你們會再找一個新的壞人嗎？」她說：「你們後半輩子，會一直找新的人來把一切怪罪在他身上嗎？」

八卦偵探微微一笑，說道：「放心，把這事怪罪在我們之中的某一個人身上完全沒有道理。這裡有受害者，」他說著伸出一根手指來指著自己的胸口。「也有壞人，」他說著用一根手指指著她。「不要製造出一般觀眾搞不清楚的灰色地帶。」

克拉克太太說：「我沒有殺這個年輕人。」

八卦偵探聳了下肩膀。他舉起錄影機，說：「妳在這時候想得到觀眾同情的話，妳就得努力爭取才行。」他的聚光燈閃亮起來，照在她臉上。八卦偵探說：「告訴我們一件事，給我們一段很好的回溯場面，讓觀眾好對妳感到那麼一丁點的難過……」

噩夢之匣

克拉克太太的故事

卡珊黛娜失蹤的前一晚，剪掉了睫毛。

就像做功課一樣簡單，卡珊黛娜・克拉克從她皮包裡拿出一把小剪刀，一把鉻鋼的小指甲剪，俯身貼近浴室洗臉槽上方的那面大鏡子，看著自己的影子，她的兩眼半閉，嘴巴像她在上睫毛膏時那樣張開著，卡珊黛娜把一隻手撐在浴室的櫃子上，用剪刀去剪，一根根黑色的長睫毛飄落，掉進去，再被沖進排水管裡，她甚至不看她母親在鏡子中就站在她身後的映象。

那天晚上，克拉克太太聽到她溜下了床，當時天還很黑。在那個外面街上沒有來往車輛的一個鐘點裡，她光著身子走進客廳裡，也沒開燈。聽到那張舊沙發裡彈簧發出的聲音，有窸窸窣窣找東西的聲音還有——卡嗒——打火機的聲音。然後是一聲嘆息，一陣香菸的煙霧。

太陽升起之後，卡珊黛娜還在那裡，赤裸著身體坐在沙發上，外面車來車往，卻連窗簾也沒拉上。她兩手兩腳在寒冷的空氣中緊縮在身邊，一隻手裡夾了根香菸，已經燒到了濾嘴。她身邊的沙發墊子上全是菸灰。她醒著，兩眼望著空白的電視螢光幕，也許是在看她自己的影子，赤裸裸地映照在黑色的玻璃上。她的頭髮看來很邋遢，因爲沒有梳理而糾結在一起。兩天前所搽的口紅，仍然抹在一邊臉頰上。眼影勾勒出兩眼四周的皺紋。睫毛不見了，一雙綠色的眼睛看來很茫然而虛假，因爲你始終看不到她眨眼。

她媽媽說：「妳又夢到了嗎？」

克拉克太太問道：她要不要吃法國吐司？克拉克太太打開暖氣，把卡珊黛娜的浴袍從浴室門後的掛鉤上取了下來。

卡珊黛娜在冷冷的陽光中緊抱著自己，兩膝靠在一起坐著，她的乳房被兩臂托了起來。兩邊大腿上都撒著灰色的片片菸灰。也有灰色的菸灰落在她的陰毛上。她兩腳的肌肉在皮膚下抽動，兩隻腳並排平放在擦得很亮的木頭地板上，是她身體上唯一不像是雕像那樣靜止的部分。

克拉克太太說：「妳還記得點什麼嗎？」她媽媽說：「妳原先穿著妳的新黑色禮服……」她說：「那件超短的。」

克拉克太太走過去，把浴袍披在她女兒身上，在脖子附近圍緊了。她說：「事情發生在那個畫廊裡，就在古董店對面。」

卡珊黛娜兩眼始終望著她自己黑黑的影子映照在沒有打開的電視上。她沒有眨眼，而浴袍滑了下來，又讓她兩個乳房暴露在寒冷中。

她媽媽說，她在看什麼？

「我不知道，」卡珊黛娜說。她說：「我不能說。」

「我去把我的筆記拿來。」克拉克太太對她說。她說：「我想我把這事弄清楚了。」

等她從睡房回來，一手拿著那個厚厚的咖啡色資料夾，卷宗夾打開著，讓她可以用另一隻手翻找筆記。她四下看著客廳裡，卡珊黛娜不見了。

在那時候，克拉克太太正說著：「那個『噩夢之匣』的作用是，前面……」

可是卡珊黛娜也不在廚房或浴室。卡珊黛娜不在地下室。她們的屋子就這幾間房。她也不在後院裡或樓梯上。她的浴袍扔在沙發上。她的皮包、鞋子和外套，一件也沒有少。她的箱子還在她床上，收拾了一半。只有卡珊黛娜不見了。

起先，卡珊黛娜說那不算什麼。根據筆記，那是畫廊開幕。在克拉克太太的筆記裡，寫著：「不定時的計時器……」

筆記上記著：「那個男人上吊自殺……」

事情開始於所有畫廊都有新展開幕的那一夜，城裡擠滿了人。每個人都還穿著在辦公室或學校裡穿的衣服，手牽著手。中產階級的年輕夫婦穿著黑色的衣服，看不出由計程車座位上沾來的灰塵，戴了他們不會戴著去坐地下鐵的好珠寶首飾。他們的牙齒亮白，好像除了用來微笑之外，從來沒把牙齒用在別的地方。

他們都在彼此看著大家在欣賞畫作，然後再彼此看著大家吃晚飯。

這些全都記在克拉克太太的筆記裡。

卡珊黛娜那天穿著她新買的黑色禮服，超短的那件。

那天晚上，她要了一杯裝在高腳杯裡的白酒，只是拿在手裡。她不敢舉杯，因為她的禮服沒有肩帶，所以她讓雙臂垂落兩側，把兩肘夾緊，這樣能鼓動她胸前的某些肌肉。也就是她在學校打籃球時新發現的那些肌肉，能把她的胸部頂得高到好像乳溝從下巴開始。

那件禮服，黑色的料子上面釘著黑色亮片和珠子。像一層閃亮的粗黑外殼，包著粉紅而豐滿的胸部。像一個硬硬的黑色彈殼。

她的兩手，搽了指甲油的手指緊扣在一起，看來好似銬住了酒杯的高腳。她的頭髮盤起來，梳得很高，又重又厚。有幾縷鬈髮鬆脫了，垂落下來，可是她不敢伸手上去梳理好，她的肩膀裸露，頭髮有些散落，高跟鞋使兩腿的肌肉拉緊，使她的臀部翹挺，在長長拉鍊底下鼓突出來。

她嘴上的口紅搽得很完美，沒有紅色玷污在她不敢舉起的酒杯邊上。她的兩眼在長長睫毛下顯得很大。綠色的眼珠是她在這擁擠房間裡唯一活動的部分。

她面帶微笑地站在畫廊中央，是你唯一會記得的女孩子，卡珊黛娜・克拉克，才十五歲。這時離她失蹤不到一個禮拜，只有三晚。

克拉克太太現在坐在沙發上卡珊黛娜先前坐過而留下菸灰的那塊溫熱地方，翻閱著那疊筆記。畫廊老闆當時在對他們說話，對他們和其他圍過來的人。

「郎德，」她的筆記上記著，那個老闆的名字叫郎德。

畫廊老闆向他們展示一個裝在三支高腳上的盒子。底下是個三腳架，盒子是黑色的，大小像架老式的照相機。就是那種攝影師站在後面，用一塊大黑布罩起來以保護上面塗了化學藥劑的玻璃片。那種南北戰爭時代的照相機，拍照的時候還要用火藥發出閃光，升起一朵味道嗆鼻的灰色蕈狀雲，剛走進畫廊的時候，那個在三腳架上的黑盒子就給人這個印象。

盒子塗成黑色。

「上了漆。」畫廊老闆說。

那盒子上了黑漆，打了蠟，但好多手指印弄成灰糊糊的一片。

畫廊老闆對著卡珊黛娜那件硬挺而沒肩帶的禮服欠身微笑。他留著一線鬍子，仔細修剪得如兩條完美的眉毛。下面留著魔鬼似的山羊鬚，讓他下巴看來很尖。他穿了一套銀行家似的藍西裝，戴了一只耳環，太大又太亮得不可能是眞的鑽石。

那個盒子的每道接縫上都有複雜的花紋，稜線和溝槽，使得看起來像個銀行保險箱那樣重。每條接縫都藏在細密而厚的漆下。

「看起來像個小棺材。」畫廊裡有個人說。那個人梳著馬尾，嚼著口香糖。

盒子兩邊有銅製的把手。畫廊老闆說他們可以握住兩邊把手，來完成一個循環。如果你想讓那盒子正確運作的話，就要握住兩邊把手。把眼睛湊到前面的那個銅做的窺視孔，用左眼，往裡看。

一個接一個，那天晚上總有上百人看過，可是什麼事也沒發生。他們握住把手，往裡看去，可是所有的人都只看到他們自己的眼睛反映在小玻璃鏡片後面的黑暗中。他們聽到的只有一個小聲音。一個鐘，滴答走著。慢得像一個漏水龍頭在滴……滴……滴水。在那弄糊了的黑漆盒子裡發出小小的滴答聲。

盒子外層髒得讓人覺得黏滑。

畫廊老闆豎起一根手指。他用指節扣著盒子側面，說：「是種不定時的計時器。」可以走一個月，一直響個不停，也可能再走一個小時。可是一旦停下來，那就是往裡看的時候了。

「這裡，」畫廊老闆郎德說，然後拍了下一個小小的銅按鈕，小得像門鈴，設在盒子的側面。握住把手，等著，滴答聲一停，他說，就往裡看，一面按下按鈕。

一塊銅製的小小名牌，那塊牌子用螺絲釘固定在盒子頂上，如果你踮起腳來，就可以看到上面寫著：「噩夢之匣」。和一個名字：「羅南・魏提爾」。銅把手因爲太多人緊握著等待而變綠了。窺視孔周圍的銅邊也因爲那些人的呼吸而黑了，而黑色的外殼則因爲他們貼近後皮膚的摩擦而沾上了油脂。

握緊把手，就能感受到裡面的滴答聲。那個計時器，穩定得如心跳般永不停止。

郎德說，一旦停了，按下按鈕就會讓裡面產生一道閃光。閃亮一次。

接下來會看到什麼，郎德不知道。這個盒子是從對街那間關了門的古董店裡來的。放在那家店裡有九年，滴答聲始終沒停過。盒子原先的主人，古董店老闆，總告訴顧客說那盒子可能是壞掉了，或者根本就是開玩笑的。

九年來，那個盒子一直在架子上滴答響著，結果淹沒在灰塵下。最後，有一天，老闆的孫子發現它不響了。那個孫子十九歲，在上大學，要當律師。這個十來歲的小夥子胸口還沒長毛，整天都有女孩子到店裡來看他，他是個好孩子，領了獎學金，會踢足球，銀行裡還有存款，自己有部汽車，暑假在古董店打工，撣灰清掃。他發現那個盒子的時候，盒子裡沒有聲音——萬事俱備地等著。他握住把手，按下按鈕，往裡看去。

古董店老闆發現他時，灰塵還沾在他左眼四周，他眨著眼，兩眼茫然，坐在地上他掃成一堆的灰塵和菸蒂當中。那個孩子，從此再沒回大學，他的車子一直停在路邊，最後市政府拖吊走了，從那以後，他每天坐在店外面的街上。二十歲的他，整天坐在街邊地上，不管天晴下雨。你問他什麼，他就只大笑。這個孩子，現在原本應該是個律師，執行法律業務的，可是卻住在破爛小旅館，免費的公家收容所，或是在社會福利機構，完全精神失常，甚至無藥可醫。

郎德，那個畫廊老闆說：「整個人瘋了。」

你去看那個孩子，會看到他整天坐在床上，蟑螂在他的衣服裡，在褲管和襯衫領口，爬進爬出。他的每根手指甲和腳趾甲都長得又長又黃，像鉛筆一樣。

你問他什麼：你好不好？有沒有吃東西？他到底看到了什麼？那個孩子還是只會笑。蟑螂到處爬，聚集在他襯衫裡，小蒼蠅在他頭上繞著飛來飛去。

另外一天早上，古董店老闆來開店門，那個滿布灰塵又滴答響的東西不一樣了，放在一個從來沒放過的地方，而且滴答聲又停止了。那原先一直響著的聲音停了。那噩夢之匣放在那裡，等著他去看。

那一整個早上，老闆都沒有打開店門。客人來了，用手遮在臉旁邊，往窗子裡看，想看到在陰影中有什麼東西，為什麼店沒開？

就像古董店老闆可能會去看盒子裡的情形一樣。要知道原因，要知道出了什麼事。是什麼讓一個孩子失去了靈魂，那個今年已經二十歲，原本有著大好前程的孩子。

整個早上，古董店老闆都注意著那個沒有滴答聲的盒子。

他沒有盯著看，而是在後面刷洗馬桶，他拖出一架梯子，把所有吊燈架上乾了的死蒼蠅弄乾淨。他把銅器擦亮，木器上油。弄得渾身大汗，原本漿得筆挺的白襯衫都既軟又皺了。他做盡了所有他平常討厭的苦工。

附近的街坊鄰居，他的長年老顧客，他們來到店前，發現大門鎖著，他們也許敲了門，然後又走了。

那個盒子等著要讓他看原因何在。

會是他所愛的人往裡面看。

這個古董店老闆，辛苦工作了一輩子，他以很好的價錢買進很好的貨。把貨運來陳列在店裡，他把灰塵擦掉，大半輩子都守在這一家店裡，已經有幾次去拍賣遺產的場合，把一些賣出去的燈和桌子買回來，再賣第二次、第三次。從已故的客人那裡買回來賣給還活著的客人。他的店鋪吞吐著同樣的貨品。

同樣的一批椅子、桌子、瓷娃娃、床、櫃子、各種小擺設。

買進來，賣出去。

整個早上，古董店老闆的視線不停地回到「噩夢之匣」上。

他做了帳，一整天都在按那有十個鍵的計算機，把收支帳目算清楚，把一行行長長的數目加總，看到那同樣的貨品，同樣的梳妝台和衣帽架在紙上進出，他煮了咖啡，又煮了咖啡。他喝咖啡喝到磨豆機裡的咖啡豆都用完了。他打掃到店裡所有的一切只剩下他的身影反映在光滑的木頭和乾淨的玻璃上。檸檬和杏仁油的香味，他自己的汗味。

那個盒子還在等著。

他換上了一件乾淨的襯衫，梳好了頭髮。

他打電話給他的太太，說多年來他一直把現鈔藏在他們車子行李廂裡備胎下的一個白鐵盒子裡。古董店老闆告訴他太太，四十年前，他們女兒出生前後，他曾經跟一個在午餐時間會到店裡來的女孩子有過婚外情，他說他很抱歉，他要她不必等他吃晚飯，他說他愛她。

那個盒子就在電話旁邊，沒有響聲。

第二天，警方發現了他，他的帳冊清楚，店裡整理得井井有條。那個古董店老闆拿了條橘色的延長線，在浴室牆上掛衣服的鉤子上打了個結，就在鋪了瓷磚，萬一弄髒了也容易清洗的浴室裡，把繩子套在脖子上，然後——放鬆了身子，他整個人癱下來，縮在牆邊。幾乎是坐在鋪了瓷磚的地方，窒息而死。

在古董店前面的展示台上，那個盒子又滴答地響著。

這段過去，全在克拉克太太那厚厚一疊的筆記裡。

之後，那個盒子到了這裡，到了郎德的畫廊，到了這時候，那已經成爲一則傳奇了，那個「噩夢之匣」，郎德對那一小群人說。

在對街的古董店現在只是一間粉刷過的大房間，在前面的櫥窗後面空無一物。

就在這時候，在那天晚上，郎德把那個盒子展示給他們看。卡珊黛娜夾緊了兩臂來頂住她的禮服，而就在那一刻，人群裡有個人說：「停了。」

那滴答的聲音。

聲音停止了。

一群人等著，聽著那寂靜，豎起耳朵來找任何一點聲音。

郎德說：「請便。」

「像這樣嗎？」卡珊黛娜說，她把那裝了白酒的高腳杯交給克拉克太太拿著。她伸出一隻手來握住這一側的銅把手。她把釘了珠珠的小皮包交給郎德，那裡面有口紅和以備急用的錢。「我這樣做法對嗎？」她說著用另外一隻手握住對面的把手。

「就是現在。」郎德說。

那個做母親的，克拉克太太站在那裡，一手拿著一杯滿滿的酒，有點無助地看著，一切都隨時會潑灑或打破。

郎德把手窩起來貼在卡珊黛娜的後頸上，正在她脊椎上方，那裡只有一小綹柔軟的鬈髮垂落下來。在她一直拉到臀部下方的長拉鍊頂端。他使力下壓，她的脖子彎了下去，下巴微仰，嘴唇張了開來。郎德一手壓著她的脖子，另一隻手抓著她的小皮包，對她說：「往裡看。」

盒子毫無聲息，像炸彈爆炸前的那一刻。

卡珊黛娜左邊的臉動了，眉毛挑高，那邊塗了睫毛膏而顯得濃密的睫毛抖動。她綠色眼睛柔軟濕潤，像是在固體與液體之間的東西。她將眼睛湊貼在那小玻璃上，望向黑暗的內裡。

人群圍在他們四周。等著。郎德仍然壓住她的後頸。

一隻搽了指甲油的手指伸向按鈕，卡珊黛娜把臉貼在黑木盒子上，說道：「告訴我什麼時候按下去。」

你要看到裡面，得讓臉貼在盒子上，得把臉微微轉向右邊。你得略彎下腰去，向前靠過來。你得握住兩邊的把手才能穩住身子，你身體的重量必須靠在盒子上，利用兩手壓住，靠你的臉來穩住。

卡珊黛娜的臉貼在那有複雜邊縫和稜角的黑色木盒上，好像在親吻那個舊盒子一樣。她的鬈髮顫抖，兩串閃亮的耳環晃動著。

她的手指按下了按鈕。

滴答聲又開始響起，輕微地響在盒內深處。

到底出了什麼事，只有卡珊黛娜看到。

那個不定時的計時器又開始再響一個禮拜、一年、一個鐘頭。

她的臉沒有移開，緊貼在窺視孔上，最後她的肩膀垮了下來。她站直了身子，兩臂仍然伸著，肩膀無力地垂著。

卡珊黛娜眨著眼睛，眨得很快，她往後退了兩步，搖了搖頭，沒有抬眼去看任何人，卡珊黛娜四下看著地上，看那些人的腳，嘴閉得緊緊地。她硬挺的禮服前胸向前突伸，由她那未戴胸罩的雙峰脫開來。她兩手伸直，讓自己由那個盒子往後退開。

她脫掉了高跟鞋，赤腳站在畫廊的地板上，她兩腿的肌肉消失了。臀部那兩個堅硬如石的半球也變軟了。

鬆脫的頭髮如假面具般垂覆在臉上。

如果你長得夠高的話，還看得見她的奶頭。

郎德說：「怎麼樣？」他清了下嗓子，又咳又嗆地發出一長串聲音把氣吐了出來，他說：「妳看到了什麼？」

她仍然誰也不看，睫毛仍然指向地下。卡珊黛娜抬起一隻手來，把頭兩邊的耳環摘下。

郎德伸出手去把那釘了珠珠的小皮包給她，可是卡珊黛娜沒有接過去，反而把她的耳環交給了他。

克拉克太太說：「怎麼回事？」

卡珊黛娜說：「我們現在可以回家了嗎？」

他們聽著那盒子滴答作響。

兩天之後，她剪掉了眼睫毛。她打開一個皮箱，放在床腳頭，開始把很多東西放進去，鞋子、襪子和內衣，然後又把東西拿出來。放進去，拿出來。在她失蹤之後，那個箱子仍然在那裡。半滿或是半空。

現在克拉克太太只剩下那一大疊筆記，厚厚的資料夾裡塞滿了筆記，都是關於「噩夢之匣」如何運作的資料。說起來那個盒子會將你催眠，會植入一個意象或一個概念。一種下意識的靈光一閃，會把某些訊息射進你腦子裡，深得取不出來，也解決不了。這個盒子就會這樣影響你，使你所知道的一切都是錯的，都毫無用處。

在盒子裡的是一些你無法不知道的事實，一些你不能不發現的新觀念。

在她們去畫廊之後過了幾天。現在卡珊黛娜不見了。

第三天，克拉克太太進了城，回到畫廊裡，那個厚厚的咖啡色資料夾挾在一邊手臂下。大門沒鎖，裡面的燈都關著，在由窗外透進來的灰色天光照射下，郎德在店裡，坐在地上一堆剪下的毛髮之中，他那撮小小魔鬼式的鬍子不見了。他那大鑽石耳環，不見了。

克拉克太太說：「你看了，是吧？」

畫廊老闆只是坐在那裡，整個人癱著，兩腿在冰冷的水泥地上分得很開，看著雙手。

克拉克太太盤腿坐在他身邊，說道：「看看我的筆記，」她說：「告訴我，我說得對不對。」

她說，「噩夢之匣」會起作用，是因爲前面斜出來，逼得你用左眼貼在窺視孔上。那上面裝了一片很小的玻璃魚眼鏡頭，外面包有銅圈，和一般人裝在大門上的一樣，而盒子前面是斜的，因此你只能用左眼看。

「這樣一來，」克拉克太太說：「不管你看到什麼，都得由你的右腦去理解。」

不管你在裡面看到什麼，都是由你屬於直覺、情感和本能的那一側，也就是你的右腦，去加以認知。

再加上，每次只有一個人能看，讓你痛苦的，也只有你自己一個人承受。在「噩夢之匣」裡所發生的事，只有你一個人經歷到，沒有別人可以分擔，沒有其他人容身的空間。

再加上，她說，那個魚眼鏡頭，會使你所看到的東西變形、扭曲。

還有，她說，刻在銅牌上的字眼——「噩夢之匣」——告訴你說你會嚇到，那個名字就造成一種會讓你達到的期待。

克拉克太太坐在那裡，等著證實她是對的。

她坐著，盯著等郎德眨眼。

盒子高踞在三條腿上，滴答響著。

郎德一動也不動，只有胸部起伏，呼吸。

在靠近畫廊後面，他的辦公桌上，還放著卡珊黛娜的耳環，她那釘了珠珠的小皮包。

「不對，」郎德說。他微微一笑，說道：「不是這樣。」

滴答的響聲在冰冷的寂靜中非常響亮。

你只能打電話到醫院去，問他們那裡有沒有長著綠眼珠卻沒有眼睫毛的女孩子。你只能打那麼幾次電話，克拉克太太說，然後那些人就不再聽你說什麼，讓你在線上空等，讓你自動放棄。

她放下厚厚一疊紙，她的筆記，抬起眼來，說道：「告訴我。」

那間古董店，在對街，仍然是空的。

「那不是眞正發生的情形。」郎德說。仍然看著他的兩手，他說：「可是那是你的感覺。」

有個週末，他得去參加一個以前工作過的公司同仁野餐。那是個他很討厭的工作。他爲了惡作劇，沒有帶食物，卻帶了個大籃子，裡面裝滿受過訓練的鴿子。在所有的人看起來，那不過也就是一個野餐籃子，放了沙拉和酒之類的。郎德整個上午都把那籃子用一塊桌布罩著，讓籃子蔭涼，也讓裡面的鴿子不要出聲。

他餵鴿子吃小塊的法國麵包，一點一點地把玉米粥由柳條籃的洞裡擠進去。

整個早上，他以前的同事都在喝著葡萄酒或汽水，大談公司的目標、任務、團隊組織。

等到看起來他們已經浪費了一個美麗的星期六早晨的時候，到所有閒聊都結束的時候，郎德說是該打開籃子的時候了。

那些人，那些每天在一起工作的人，自以爲彼此很熟的人。在這一陣白色的混亂中，在這一陣由野餐中心爆發出來的風暴中，有人尖叫，有人往後倒在草地上。他們伸開兩手來擋住臉。吃的東西和酒翻倒，上好的衣服弄髒。

在大家發現這事不會傷到他們之後的那一刻，在他們發現一切很安全的時候，那是他們所見過最美好的景象。他們退縮，吃驚得連笑都笑不出來。在那似乎漫無止境的漫長一刻裡，他們忘記了所有重要的事情，只看著那一陣白色的翅膀飛入藍天。

他們望著鴿群盤旋，然後分散開來，而那些鴿子，受過多次訓練的，各自循自己的路飛向牠們每次都知道眞正的家在那裡的地方。

「那個，」郎德說：「就是在『噩夢之匣』裡的情景。」

那是超越死後來生的東西。在盒子裡的不是我們稱爲生命的東西。我們的世界是一個夢境，無限虛假，一個噩夢。

只要看上一眼，郎德說，你的生命——你的努力，掙扎和憂慮——一切都變得毫無意義。

那個有蟑螂在身上爬的年輕人，那個古董店老闆，沒有睫毛、赤身露體走掉的卡珊黛娜。

你所有的問題和愛情。

一切都是幻影。

「你在那盒子裡所看見的，」郎德說：「是眞正的現實。」

那兩個人仍然坐在那裡，一起坐在畫廊的水泥地上，由窗外照進來的陽光，街上的聲音，感覺上全不一樣了。那可能是他們從未到過的地方。就在這時候，盒子裡的滴答聲，停止了。

而克拉克太太怕得不敢看。

13

我們沒有食物，沒有熱水。不用再過多久，我們就可能困在黑暗中。從一個房間到另一個房間都要摸索著過去，兩手一路交互摸著，每一處長了黴，軟軟的牆紙，或是在黏濕的地毯上爬行，磨破了兩手和雙膝，在鋪了滿地的老鼠屎裡爬過，摸著地毯上像長了手腳般發硬的污漬。

因爲爐子又壞了——應該壞掉的——我們沒了暖氣。

每隔一陣子，你就聽得到聖無腸在叫救命，可是叫聲很輕，就如遠處牆上的回音。

聖無腸自稱是人民吸引注意委員會。他一整天都在沿著每條外牆走，敲著上鎖的金屬安全門，發出叫聲。可是只是伸開手掌來打門，而且叫得也不怎麼大聲。只響得足夠說他叫過了。我們試過了。我們在這種情況下盡量成爲勇敢而強壯的角色。

我們組成委員會，我們保持鎮定。

我們仍在受苦，儘管那個鬼在有天晚上疏通了污水管，使得馬桶又可以使用了，而在凶悍同志把開關把手給丟掉了之後，那個鬼又用鉗子讓熱水器又有瓦斯可用。甚至還接好了洗衣機的線路，洗了一堆衣服。

在無神教士眼中，我們的鬼是達賴喇嘛。在靈視女伯爵看來，那個鬼是瑪麗蓮・夢露。或者是魏提爾先生的那張空輪椅，鉻鋼在他的房間裡閃亮。

在清洗過程中，那個鬼加入了衣物柔軟精。

我們收集電燈泡，叫救命，破壞那個鬼所做的好事，幾乎沒有多少時間剩下來，單是讓鍋爐壞掉，就是件大工程。

更糟的是，我們沒有什麼可以添加進最後的電影劇本裡的東西。沒錯，我們必須看起來很痛苦，又餓又傷得很重。我們應該祈禱得到救援，克拉克太太應該對我們施以鐵腕統治。

這一切都還不夠壞，即使是我們的飢餓也遠低於我們的需要，令人失望。

「我們需要一個怪物。」保安會修女說，她把保齡球抱在懷裡，兩肘撐在球上。她用一把刀來撬自己的指甲，把刀尖插進指甲下面，左右搖動刀子，把每片指甲撬起來，然後拔掉。她說：「任何一個恐怖小說裡的基本要求是，這棟房子得和我們作對。」

她把每片指甲剔掉，搖著頭說：「只要想到這些傷疤值多少錢，就不會覺得痛了。」

我們強忍住才沒有把克拉克太太從她的化妝室裡拖出來，用刀威脅她來欺凌折磨我們。

保安會修女稱她自己是人民尋找夠格敵人委員會。

否定督察兩腳裹著破綢子，跛著腳走路，她所有的腳趾全都砍掉了。左手什麼也不是，只剩一塊皮和骨頭，只有手掌，所有的手指和拇指也都砍掉了。那裡用破布包紮成很大一塊。右手只剩拇指和食指，她用這兩根指頭夾著一段切下的手指，指甲上還塗著暗紅的指甲油。

否定督察捏著那根手指，從一個房間走到另外一個房間，由天方夜譚式的樓座到義大利文藝復興式的休憩廳，一面說著：「來，貓咪，貓咪，貓咪。」說道：「柯拉？到媽媽這裡來，柯拉、寶貝，來吃飯了……」

每過一陣子，你就聽到聖無腸在像耳語似地輕輕叫道：「救命呀……來人啦，拜託，救救我們……」然後兩手輕輕拍著安全門。

特別輕柔而安靜，以防萬一正好有人就站在外面。

否定督察自稱爲人民餵貓委員會。

噴嚏小姐和失落環節，他們是人民用馬桶沖掉其餘腐壞食物委員會。每沖下一包，他們強加一個椅墊或一只鞋子，或其他什麼東西，以確保馬桶會一直堵塞住。

八卦偵探敲著克拉克太太化妝室的門，說道：「妳聽我說，」他說：「妳不能在這裡當受害人。我們已經選出妳當下一個壞人了。」

八卦偵探自稱是人民找個新魔鬼委員會。

那些由媒人摘下來的「桃子」，他交給了凍瘡男爵夫人……由她小心地排放在幾個墊了舊假髮的盒子裡……每天晚上，誹謗伯爵把一些燈泡拿到地下室去，摔破在水泥地上。他丟的方式完全像將來他向外界形容克拉克太太摔破燈泡的情形一樣。

現在那些房間已經顯得比先前大，比先前暗多了。顏色和牆壁消失在黑暗中，八卦偵探拍下地上破碎的燈泡和保安會修女丟掉的指甲。一片片一模一樣半月形的白色。

儘管有那個鬼，我們的生活還是夠壞的。

對保安會修女來說，那個鬼是一個英雄，她說我們討厭所有的英雄人物。

「我們有妖魔鬼怪的時候，」保安會修女一面把刀子插進另外一片指甲底下，一面說道：「最能見識到文明。」

預審

一首關於保安會修女的詩

「有人訴請賠償一百萬。」保安會修女說，
　「只爲別人瞪了他一眼。」
　那是她擔任陪審員的第一天。

保安會修女站在舞台上，用一本書
　擋住罩衫的前胸。
她的罩衫，黃色皺邊外鑲著白色蕾絲，
那本書，黑色皮面上有燙金的字
　橫過封面：
聖經。

在她臉上，戴著黑框眼鏡。
　唯一的首飾，是一串叮噹響著的
　　小銀器組成的手鐲。
她的頭髮染得像她鞋油一樣黑
　像她的聖經一樣黑。

舞台上，沒有聚光燈，只有一段影片：

她眼鏡的兩片鏡片，都閃亮著映出
　電椅的形象，
還有絞架，粗粒子的新聞影片
　犯人被判入煤氣室
或槍斃的死刑。
應該是眼睛的地方，
　沒有眼睛。

當陪審員的第一天，下一個案子，
一個男人在人行道邊上絆倒，控告
他跌靠的那輪豪華轎車。
因爲他的笨手笨腳而要求賠償
　五萬大洋。
「所有那些身體缺乏協調感的人，」
　保安會修女說。
全都有優秀的**遷怒技巧**。

另外一個人要一個屋主給十萬
因爲屋主澆花用的水管放在後院
絆倒了原告
摔斷了腳踝，
當時他正爲另外一件完全無關的
強姦案
而逃避警察的追捕。
這個跛腳的強姦犯，要用他的
疼痛和受苦來發一筆財。

在舞台上，銀色的吉祥物閃亮在
袖口的蕾絲下，
兩手的手指緊握住聖經，
她的指甲塗成和皺邊同樣的黃色，
保安會修女說她按時繳稅。
她從不任意亂過馬路，塑膠品會回收，
搭公共汽車去上班。

「當時，」保安會修女說，在她當陪審員的
第一天，「我告訴法官」
像叮噹作響的手鐲般表示：

「操他媽的那個王八蛋。」
而法官判她藐視法庭……

民用暮光

保安會修女的故事

那年夏天，一般人不再抱怨汽油的價格，那年夏天，他們也不再尖刻地批評電視節目。

六月二十四日，日落時間是八點三十五分。民用暮光①結束時是在九點零七分。一個女人正在陡直的路易士街上往上走。在十九大道和二十大道之間的路段上，她聽到一陣砰砰砰的聲音。那是一具打樁機才會有的聲音，沉重的擊打聲讓她由踩在水泥人行道上的平底鞋就能感覺到。每幾秒鐘響一次，越來越大聲，也越來越近。人行道上空蕩蕩的，那個女人往後退靠在一棟出租公寓大樓的磚牆上。在街對面，一個亞洲人站在一間小吃店有明亮玻璃的門口，用一塊白色的毛巾把濕手擦乾。在路燈之間的某個暗處，有什麼玻璃做的東西碎裂了。重擊聲又響起，一部汽車的防盜器哀號起來。重擊聲越來越近，有什麼看不見的東西隱在夜色中。一個報紙販售箱給吹得向一邊傾倒，在街上摔得四分五裂。又是一陣碎裂聲，她說，離她站的地方只有停了三部車的距離處，一個公用電話亭的玻璃炸了開來。

根據第二天報上的一則小小報導，她的名字叫泰瑞莎．惠勒。現年三十歲，是一家法律事務所裡的職員。

這時候，那個亞洲人已經退回到小吃店裡。他把牌子翻過來：「休息中」。他手裡仍然抓著那

①Civil Twilight，日沒時間與太陽中心在地平線以下六度間之一段薄明時間。與日出間的時間則稱「民用曙光」，係按照戶外正常工作時所需最低天空照明度之近似時間而選定，隨緯度及季節而有相當變化。

條毛巾，跑向店裡後面，電燈也關了。

這下街上全黑了。汽車的防盜器號叫著，重擊聲又再響起，很沉重又很接近。小吃店黑黑的窗子玻璃震動，惠勒映照在裡面的身影也隨之顫抖。一個釘牢在路邊的郵筒發出如大炮般的響聲，立在那裡抖著、震著，凹進去倒向一邊。一根木頭的電線桿抖動，掛在上面的電線撞在一起，閃亮的火花掉落，如亮麗的夏夜煙火。

在離惠勒大約一條街的下坡處，一個公共汽車候車亭側面的樹脂玻璃，上面是以背光照亮的一個電影明星只穿了內褲的照片，那片樹脂玻璃炸了開來。

惠勒站在那裡，緊緊地平貼著她身後的磚牆，手指摳進磚頭與磚頭的接縫處，指尖摸到灰泥，像常春藤一樣地緊抓住。她的頭向後貼靠得緊到在她讓警方的人看，在她把經過告訴警方的時候那些粗糙的磚頭把她的頭髮都磨禿了一片。

然後，她說，什麼也沒有了。

沒有什麼東西，沒有東西在黑暗的街道上過去。

保安會修女一面說著這些，一面把刀尖慢慢插進指甲底下，把指甲一個個掀起來。

所謂民用暮光，她說，就是從日落到太陽在地平線下約六度時之中的那段時間。這六度相當於半個小時。保安會修女說，民用暮光和海事暮光不一樣，後者一直延續到太陽下到地平線以下十二度，天文暮光則是一直到太陽在地平線下十八度。

保安會修女說，那個從來沒有人看見過的某種東西，在泰瑞莎．惠勒下方，壓垮了一輛在十六大道附近等紅燈的汽車車頂。那看不見的東西弄垮了「熱帶酒廊」的霓虹燈招牌，撞碎了霓虹燈管，使得鋼架從中折斷，垂在三樓的一扇窗子前。

但是，還是沒辦法說清楚，事出無因。一場看不見的騷動在路易士街上橫衝直撞，一路從二十大道直到碼頭附近。

六月二十九日，保安會修女說，日落時間是八點三十六分。

民用暮光結束時間是九點零八分。

根據一個在奧林匹亞成人電影院票房裡工作的男子說，有什麼東西從他的票房玻璃板前急衝而過，其實什麼也看不見，更像是一陣風聲。一輛看不見的公共汽車開過，或是吐了巨大的一口氣，靠近得讓他疊在面前的鈔票都飛了起來。只是一陣很高的聲音，他由眼角瞥見對街食堂裡的燈光一閃，好像有什麼東西把整個世界隔斷了一瞬間。

緊接著，那個售票員形容了最初由泰瑞莎·惠勒報告過的砰然巨響，在黑暗中的某個地方，有隻狗在叫，那個在票房裡的孩子後來告訴警方說，那是走路的聲音，有什麼東西在跨著大步，一隻他沒有看見的大腳跨過，就近在眼前。

七月一日，大家都在抱怨缺水問題。他們抱怨政府刪減預算，所有的警察遭到資遣，汽車失竊率大增，還有塗鴉和持械搶劫也大增。

七月二日，他們沒有抱怨。

七月一日，日落時間是八點三十四分，而民用暮光結束在九點零三分。

七月二日，一個蹓狗的婦人發現了勞倫佐·柯迪的屍體，半邊臉打得凹陷下去。死了，保安會修女說。

「蛛網膜下出血。」她說。

在他遭到重擊的前一剎那，那個人想必感覺到什麼，也許是一陣風，或是什麼，因爲他把兩手舉起來擋在臉前。他們發現他的時候，兩隻手都埋進臉裡，撞擊得深到他的指甲都陷進自己被打爛的腦子裡。

走在街上，一旦到了兩盞路燈之間的暗處，你就會聽見，那砰然巨響，有人說是腳步聲。你可能聽到第二聲由更近一點的地方傳來，就在旁邊，或者，更壞的是，下一個受害者就是你。聽到聲音接近的人，一聲、兩聲，越來越近，他們就僵住了。或是勉強自己的腳，左、右、左，走三四步躲進附近的門口。他們蹲下來，躲在停著的汽車旁邊，越來越近，下一聲巨響來到，重擊之下，汽車防盜器發出哀鳴，從街那頭一路過來，越來越近，越來越響，也越來越快。

在一片漆黑裡，保安會修女說，那個東西擊出——砰——一道黑色的閃電。

七月十三日，日落時間是八點三十三分，而民用暮光在九點零三分結束。一個名叫安琪拉．戴維斯的女人剛由中央街上一家乾洗店裡下班，那個不知是什麼的東西直接擊中她背部中央，把她的脊椎打碎，力道大得整個人飛起來，連鞋子都掉了。

七月十七日，民用暮光在九點零一分結束，一個名叫格倫．傑柯布的男人下了公共汽車，由波特街走向二十五大道，沒人看到的那個東西把他撞得整個胸腔塌陷，他的胸部深凹下陷，就像是被壓扁的柳條籃子。

七月二十五日，民用暮光結束於八點五十五分。有人最後看見瑪麗．莉亞．史坦尼克在聯合街上慢跑，她停下來繫鞋帶，看手錶來量脈搏，史坦尼克把她戴著的棒球帽取下來，轉向後方再戴上，把她棕色的長髮塞進帽子下。

她在太平洋街上往西跑，然後她就死了。整張臉由頭殼和底下的肌肉拉了開來。

「剝落，」保安會修女說。

殺了史坦尼克的東西上沒有指紋，黏滿了血和頭髮，他們發現那個凶器卡在第二大道上一輛停著的汽車下。

警方說，那是一個保齡球。

那些骯髒、油黑的保齡球，只要五毛錢就可以在任何一家舊貨店裡買到，你還可以挑挑選選，多得不得了。如果有人長期收購，比方說每年在城裡每間舊貨店買一個的話，那個人就會有好幾百個。即使是在保齡球館裡，要在大衣底下偷藏一個八磅重的球走出去，也是件輕而易舉的事，或是把十二磅的球放在嬰兒車裡，就是一件武器。

警方舉行了一次記者會，他們站在一個停車場裡，有人扔下一個保齡球，用力地扔在水泥地上，球彈了起來，發出打樁機似的聲音。球彈得很高，高過了扔球的那個人。球並沒有留下印子，警方說，如果人行道是斜坡的話，球會一直彈跳，越跳越高，越來越快，像跨著大步一路下坡跳去，他們由警察總局的三樓窗口把球扔下去，而球甚至會彈得更高。電視台的新聞工作人員把畫面錄下，當晚每家電視台都播放了出來。

市議會推行一項法案，把所有的保齡球漆成粉紅色，或是亮黃色、橘色，或綠色，或是在深夜暗黑的側街上可以看得見朝你臉上飛來的顏色。讓大家能有一剎那的時間可以閃躲，以免——砰——把他們的臉砸爛。

當地的大老們推動法案規定擁有黑色保齡球是犯罪行爲。

警方稱之爲**不明動機的凶手**。像赫伯特·穆林，爲了防止南加州地震殺了十個人，或是諾曼·伯納德，槍殺遊民，因爲他認爲這樣有助於經濟，而聯邦調查局則稱之爲**個人因素的凶手**。

保安會修女說：「警方認爲這個凶手是他們的敵人。」

大家說，保齡球是警方的表面說詞，保齡球是轉移注意的東西，一個製造出來的怪物，那個保齡球是讓大家鎮定的特效藥。

七月三十一日，太陽在地平線下六度的時間是八點四十九分。那天晚上，達瑞爾・艾爾・費茲侯無家可歸，睡在西方大道上。費茲侯把一冊平裝本的《異鄉異客》②翻開來蓋住了臉，而胸口打爛了，兩邊肺臟都塌陷，而心肌斷裂。

根據一名目擊證人的說法，那個凶手由海灣裡上來，翻過了海牆。另外一個證人則看到這個怪物滿身滴著污泥，由疏洪下水道裡擠了出來。這些人還說以法醫學證據，恰好和一隻後腳站立的巨大蜥蜴以尾巴向後重擊的結果一致，而胸腔塌陷也確實證明了受害者是被恐龍踩到的。

另外有些人說，有什麼一衝而過，低得靠近地面，速度快得不可能是一隻動物，或者是一個手持五十磅重大槌子在横衝直撞的瘋子。有一個證人，她說那是聖經舊約中的上帝在「責罰」我們。受到巨靈之掌摑打，那個東西黑如黑夜，沉默而隱形。每個人看到的東西都不一樣。

「重要的是，」保安會修女說：「大家要有一個他們可以相信的怪物。」

一個眞實又可怕的敵人，一個讓他們可以對抗的魔鬼。否則，就只是我們和自己作對。

她把刀尖插進另外一片指甲下，說道：重要的是，犯罪率降低了。

在這種時候，每個男人都是嫌疑犯。每個女人都有可能成爲受害者。

在白教堂區連續殺人案，也就是開膛手傑克行凶的期間，大衆的注意力也和現在一樣。在那一百天裡，凶殺案的發生率掉了百分之九十四，只死了五名妓女，她們的喉嚨遭到割開，一邊腎臟給

②*Stranger in a Strange Land*，科幻小說家海萊因（Robert A. Heinlein）於一九六一年發表的名作。

吃掉了一半，內臟用掛畫的鉤子掛在房間四周，性器官和剛懷的胎兒給拿走當紀念品，竊盜案降低了百分之八十五，傷害案降低了百分之七十。

保安會修女，她說沒有人想做開膛手的下一個受害者，大家關門閉戶，更重要的是，沒人想讓人指控爲凶手，大家晚上都不在外走動。

在亞特蘭大兒童謀殺案期間，三十個孩子遭到勒斃，綁在樹上，以刀刺死，亂棒打死，槍殺的時候，大部分的市民生活在他們從來沒有過的安全環境中。

在克利夫蘭分屍魔，波士頓絞殺鬼，芝加哥開膛手，土耳沙悶棍男，洛杉磯亂刀客……

在這一波波連續殺人案起來的時候，當地城市的所有犯罪率都降低了，只有很少數受害者，砍了手腳，身首異處，除了這些驚人的犧牲者之外，每個城市都有史上最安全的一段時期。

紐奧良利斧連續殺人案發生期間，凶手寫信給當地的報紙《時代小報》。承諾說三月十九日那天晚上，他絕不殺在那家能聽到爵士樂的人。那天晚上，紐奧良全城響著音樂聲，沒有一個人遭到殺害。

「在警方預算有限的城市裡，」保安會修女說：「一個惡名昭彰的連續殺人凶手可是規範一般人行爲的最有效方法。」

在這樣可怕凶手的陰影下，在他逡巡在城裡街道上時，沒有人再抱怨失業率、缺水和交通問題。

在這個死亡天使挨家挨戶走過的時候，大家都守在一起，不再罵人而行爲規矩。

保安會修女的故事說到這裡的時候，否定督察走過去，一面哭，一面叫著柯拉·雷諾茲。

保安會修女說，有人被殺是一回事，什麼人胸膛塌陷，在死前還想再吸一口氣，撐起身子，發出呻吟，嘴張得好大，想吸空氣。那些胸膛塌陷的人，她說，你可以跪在他們身邊，在沒有人看見的暗黑街道上，你可以看著他們兩眼失神，可是殺死一隻動物，哎，那可是另外一回事了。動物，她說，一隻狗，會讓我們有人性，證明我們的人性，死的是別人，只讓我們變得多餘，死的是隻狗或貓，一隻鳥或一隻蜥蜴，就讓我們像上帝。

一整天，她說，我們最大的敵人就是其他的人，是搭交通工具時擠在我們周圍的人。在超級市場裡排隊時排在我們前面的人，是超市裡那些恨我們讓他們忙得要死的收銀員。沒錯，大家並不希望兇手是另外一個人類，可是他們希望別人死掉。

保安會修女說，在古羅馬，在圓形競技場裡，所謂的「editor」是專門安排血腥搏鬥以維護人民內心平靜團結的人。也是「editor」這個字眞正的由來。今天，我們的「editor」（報紙編輯）在我們每天的報紙頭版上安排謀殺、強姦、縱火和傷害的菜單。

當然，也有英雄人物，純屬意外，八月二日，日落時間是八點三十四分，一個二十七歲，名叫瑪麗亞・艾薇芮茲的女子，由她擔任夜間查帳員的飯店下班回家。她站在人行道上，停下來點菸時，有個男人把她往後一拉，就在這時候，那個怪物一衝而過。這個男人救了她的命，全城的人在電視上爲他歡呼，但是在他們心裡面卻恨死了他。

英雄人物、救世主，他們可不想要，那個愚蠢的混蛋救的又不是他們的命。一般人要的是每過幾天就有一個犧牲者，有可以丟進火山口裡的東西，固定向不定的命運獻祭。

事情結束在有天晚上那個怪物殺了一條狗。一隻毛茸茸的小狗用狗鍊拴在波特街一個停車計費表桿子上，那隻狗在砰然響聲越來越近的時候站在那裡吠叫不停。那個聲音越接近，那隻狗就吠得更兇。

一家店鋪的櫥窗碎裂成蜘蛛網狀，一具消防栓傾倒向一邊，由裂開的鑄鐵縫裡，噴出一張水幕，一陣飛沙走石中一道窗台應聲而炸裂開來，被撞倒的停車計費器在原地抖動，裡面的硬幣撞擊出聲，一塊鋼鐵的「禁止停車」標誌倒了下來，扯離了金屬的桿子，而那根桿子還在看不見的衝擊力道下震出嗡嗡的聲響。

再一聲砰然巨響，狗吠聲戛然而止。

在那晚之後，那個怪物似乎就此消失。一個禮拜過去了，入夜之後街上仍是空蕩蕩的。一個月過去了，報紙的主編找到新的恐怖事件登在報紙的頭版上。某地的戰爭，新發現的一種癌症。

九月十日，日落時間是八點零二分。寇蒂斯・漢蒙德正結束他每週到西米爾街兩百五十七號去參加的團體治療課程後離開。事情就出在他鬆開領帶的時候。他剛打開領口的扣子，就在這時候，他轉身往街那頭看了看，溫暖的空氣撲在他臉上，他露出微笑，閉上眼睛，把空氣吸進鼻子裡。一個月之前，所有的人都由報紙的頭版和電視節目上認識了他。就是他把那夜間查帳員拉了一把而沒被怪物殺死，未受上帝責罰。

他是那個我們不想要的英雄。

九月十日，民用暮光結束於八點三十四分，緊接著，寇蒂斯・漢蒙德因一點聲音而轉過身去，他的領帶拉鬆了，朝暗處細瞇起眼睛，微笑著，露出閃亮的牙齒，他說：「有人嗎？」

14

我們發現凶悍同志倒在二樓門廳裡一張織錦緞面沙發前面的地毯上。她那張青白色的臉，四周圍著她幾頂粗糙的灰色假髮，那些假髮用髮針堆在一起，她身上沒有一處有動靜，她的雙手都是骨頭，由肌腱在她如黑絲絨手套般的肌膚下連在一起，她細瘦頸子的青筋有如蛛網，她的兩頰和閉上的眼睛看來凹陷得很空很深。

她已經死了。

她的兩眼，在誹謗伯爵用拇指將眼皮翻開時，看到瞳孔仍然縮得很小。我們檢查她兩臂是否有死後僵硬的現象，看她皮膚上有沒有瘀血和屍斑，可是她還是新鮮的肉。

我們的版稅現在只要分成十四份了。

誹謗伯爵讓她的眼睛閉了起來。

如果噴嚏小姐繼續咳下去的話，就是十三份，如果媒人鼓起勇氣來割掉他的老二的話，就是十二份了。

現在凶悍同志永遠只是一個配角了。一場要由我們剩下來的人去說的悲劇。說她有多勇敢和仁慈，反正她已經死了，只是我們故事中的一個小道具。

「如果她已經死了——她就是食物。」美國小姐說。她站在大廳樓梯的頂端，一隻手握住金色的扶手，另一隻手則捧著肚子。「你們知道她是會吃你們的。」她說。美國小姐緊抓住有漆成金色的胖胖小愛神頂住的扶手，說道：「她也會希望我們吃她的。」

誹謗伯爵說：「把她翻過去，這樣會容易一點，這樣就看不到她的臉了。」

於是我們讓她翻了個身，殺手大廚跪在地毯上，翻開層層的裙子、襯裙、棉布內衣和裡布，掀到她腰上，露出黃色的棉織內褲，鬆垮地罩著她扁平而蒼白的屁股。「你們確定她已經死了嗎？」

美國小姐彎下身來，伸出兩根手指貼在凶悍同志的頸側，伸進蕾絲的高領裡，壓在青白色的皮膚上。殺手大廚注意地看著，他跪在地上，手裡握住去骨刀。大約一指長的鋼刀。空著的那隻手拉開那一堆白色和灰色蕾絲，黃色棉布，那一堆裙子和襯裙，他看著刀子，說道：「妳想我們是不是應該先把刀子消毒過？」

「你又不是要替她割盲腸。」美國小姐說，她的兩根手指仍然緊壓在青白色頸子的側面。「要是你擔心的話，」她說：「我們可以把肉煮久一點……」

誹謗伯爵一面忙著在筆記本上寫著，一面說道：在某方面說起來，唐納小隊①還算是運氣很好的，還有一九七二年那架滿載南美足球隊員卻墜毀在安地斯山的飛機上乘客也一樣②。他們比我們要幸運多了，他們有對他們有利的寒冷天氣，可以冰凍，有人死了的時候，他們還有時間來辯論爲人接受的人類行爲中各項更精微的論點。只要把死人埋在雪堆裡，等到每個人都餓到什麼都不在乎的時候。

①Donner Party，一八四六年由喬治．唐納率領的八十七人前往西部加州拓荒，十一月在內華達州爲大風雪所困，在糧盡援絕的情況下，有食已故隊友之肉維生之傳聞。
②這個人吃人的眞實事件，曾由英國作家理德（Piers Paul Read）寫成《我們要活著回去》（*Alive*）一書，並於一九九三年改編成同名電影。

在這裡，即使是在地下室裡，即使是在有遊民夫人、魏提爾先生和用絲絨裹著的野蠻公爵等人屍體的地下室裡，也不是冰冷的，要是我們現在不吃，等到凶悍同志體內的細菌開始它們自己的大餐之後，她就等於浪費掉了。腫脹腐化，有毒的程度到了不管在微波爐裡轉上多少圈，也不能再把她變成食物。

不錯，除非我們現在動手——把她切割了，就在現時現地，就在二樓大廳裡織錦緞面沙發和水晶燭台旁邊的金花地毯上。明天又會有我們之中的一個人死在這裡，或是後天。殺手大廚會用他的去骨刀從背後割開我們的內衣褲，露出我們縮得扁平的青白色屁股和細瘦的大腿，兩邊膝窩都變成了灰色。

我們之中的一個，只是就會壞了的肉。

在一邊扁平的屁股上，拉開的內褲露出一個刺青，一朵盛開的玫瑰，正和她說的一樣。那些困在安地斯山上的足球員，殺手大廚就是在書上看過他們的事，才知道要先由屁股上的肉割起。

美國小姐把按在冰冷脖子上的兩根手指收了回來，站直身子，朝那兩根手指上呵了口熱氣，再把兩手併在一起很快地摩擦了一陣，然後伸進裙子褶縫裡。「凶悍同志死了。」她說。

在她身後，凍瘡男爵夫人轉向往下到大廳去的樓梯，她的裙子發出響聲一路往下走，聲音也漸漸遠去，她說：「我去拿個你可以用的盤子或碟子來。」她說：「怎麼擺盤裝菜眞是好重要啊。」她走掉了。

「來，」殺手大廚說：「誰來幫我把這些狗屎東西拉開。」他用手肘頂開那堆裙子和硬硬的布料，免得蓋住他要下刀的地方。

誹謗伯爵走到屍體邊，跨立在腰際，面對雙腳。那兩條腿消失在捲到滿是青筋的小腿肚一半地方的白色襪子裡，兩腳穿著紅色的高跟鞋。誹謗伯爵用兩手抓起那些裙子，蹲下來，把裙子往後撩，然後他嘆了口氣，坐了下來，屁股就坐在凶悍同志已死的肩胛骨上，兩膝豎向天花板，兩臂消失在她那堆裙子和蕾絲裡，小小的網眼麥克風由他襯衫口袋裡伸出來，那個小小的「錄音」燈號亮著紅色。

殺手大廚伸出一隻手來，五指張開，將一邊臂股上的皮膚壓緊，用另外一隻手把刀子往下拉，就像是在凶悍同志青白色的屁股上畫一條直線，那條線畫得越長，就變得越粗越寬。刀子順著股溝平行劃下，在青白色的皮膚上，那條線看來很黑，紅黑色，最後是紅色，滴落在她身下的裙子上。紅色在那柄去骨刀的鋒刃上，那紅色，熱氣蒸騰。殺手大廚兩手鮮紅，熱氣蒸騰。他說：「一個死人會流這麼多血嗎？」

沒有人說話。

一、二、三、四，在另外某個地方，聖無腸在輕輕地說：「救命呀！」

殺手大廚的手肘上下跳動地鋸著，把那小小的刀在紅色的肉裡來回進出地鋸著。他原先劃出的那條直線已經消失在紅色碎肉裡，由血裡升起的熱氣有衛生棉條的氣味。在冷空氣裡有女廁所的味道，他的切割動作停了下來，一隻手抓起一塊紅色的東西，他的視線並沒有隨之移動，兩眼仍盯著那一塊地方，在白色襯裙中央的一片紅色。這朵熱氣蒸騰的大花，就在二樓前廳的地毯上。殺手大廚晃動著高高舉起手中的那塊紅色東西，那個他不能正眼去看的東西，滴著，淌著暗紅色，他說：「拿去，什麼人……」

沒有人伸手。

她的玫瑰紋身，就在那塊東西正中間。

殺手大廚還是沒有往那邊看，只大聲叫道：「拿去！」

在一陣如童話中的緞子和繡花裙窸窣聲中，凍瘡男爵夫人回到我們之中。她說：「哦，我的天啦……」

一個紙盤子伸到那滴血的紅色肉塊下方，殺手大廚鬆了手，在盤子上的，是肉，一塊薄肉排，就像一塊薄肉片的樣子，或是一長條的肉，在肉鋪的櫃子裡標示著「長條肉排」的那種。

殺手大廚的手肘又開始上下動著，切割著。另外一隻手由那巨大白色花朵熱氣蒸騰的紅色中心拿起一條又一條滴著血的鮮肉。那個紙盤子裡越堆越高，開始因爲東西太重而由中間對摺起來，紅色的汁液由一邊淌下。凍瘡男爵夫人去拿了另一個盤子來，殺手大廚把那個盤子也裝滿了。

誹謗伯爵仍然坐在那具屍體的背部，他移了下身體，把臉由那冒著熱氣的地方轉開。這裡不像超級市場裡那種冰冷、乾淨的肉那樣什麼味道也沒有，這裡的味道就像被車輾過半邊身子的動物，拖著壓碎了的後腿，逃離一條炎夏的高速公路，留下血污和糞便的長長痕跡，也像初生嬰兒那種雜亂的臭味。

然後那具屍體，凶悍同志，發出小小的一聲呻吟。

是人在睡夢中發出的輕柔呻吟。

殺手大廚往後倒下，兩手滴著血。那把刀離了手，直直地插在那朵花的紅心裡——然後掉下來的裙子飄動，落得更低，飄下來遮住了一切。凍瘡男爵夫人失手掉落了第一個紙盤子，裝滿了肉的那個。那朵花閉合起來，誹謗伯爵跳起身來，離開了她的身體。我們呢，我們全都退後站定，瞪大兩眼，側耳傾聽。

必須要出點什麼事。

必須要出點什麼事。

然後，一、二、三、四，在另外一個什麼地方，聖無腸輕輕地說：「救命呀！」

他那輕柔如定時發出的霧號的聲音。

由另外一個地方，你能聽到否定督察在叫著：「來呀……貓咪，貓咪，貓咪……」她的聲音悠長，然後又因啜泣而中斷，她說：「到……媽媽這裡來……我的寶貝……」

殺手大廚兩手沾滿血污，他伸動著手指，什麼也沒碰，只瞪著那具屍體，他說：「妳告訴我說……」

美國小姐蹲了下來，她的皮靴發出響聲。她把兩根手指伸進蕾絲領裡，壓在青白色頸子的側面，她說：「凶悍同志已經死了。」她朝誹謗伯爵點了點頭。「想必是你把她肺裡的空氣壓了出來。」她朝由盤子裡撒落到地毯上，現在沾了灰塵的肉點了點頭。美國小姐說：「把那撿起來……」

誹謗伯爵把錄音帶倒回，而凶悍同志的聲音一再重複發出那同樣的呻吟。我們的鸚鵡。凶悍同志之死以錄音蓋過了野蠻公爵之死蓋過了魏提爾先生之死蓋過了遊民夫人之死。

凶悍同志的死因大概是心臟病發作。克拉克太太說是因爲缺少了硫胺素，也就是我們所說的維他命B，或是在血裡缺少了鉀，使得肌肉無力，然後，引起心臟病發作。這就是凱倫．卡本特在得了多年厭食症之後，在一九八三年過世的死因，像這樣昏倒而死在地上。克拉克太太說這毫無疑問是心臟病發作。

克拉克太太說，沒有人是眞正餓死的。他們會死於因爲營養失調而引起的肺炎，他們會因爲骨質疏鬆引發骨折，因而休克致命。他們會因爲缺少鹽分而抽筋致死。

不管她是怎麼死的，克拉克太太說，我們大部分的人也都會這樣死掉。除非我們進食。

最後，我們的惡魔對我們下了命令。我們眞爲她感到驕傲。

「就跟替雞胸剝皮一樣容易，」殺手大廚說著，把另外一塊肉丟進滴著血的紙盤子裡。他說：

「老天爺呀，我眞愛這些刀子……」

B計畫

一首關於殺手大廚的詩

「要成爲話題人物，」殺手大廚說：
　「你只需要一把槍。」
這一點他早已學會，看電視新聞，
　看報紙就知道。

殺手大廚站在舞台上，穿著
　黑白格子花的長褲
唯有職業廚師才能穿的那種。
很寬大，但仍繃緊在他屁股上。
他的兩手，他的十指，滿布傷痕和刀疤。
閃亮的舊燙傷。
他的白襯衫袖子捲起，
手臂上的毛由肌肉上伸展開來。
他粗壯的手臂和兩腿挺直
只在膝蓋和手肘會彎折。

舞台上，沒有聚光燈，只有一段影片：
特寫的兩隻手，十指很乾淨而
　手掌很完美
如一雙粉紅色的手套，
在剝除雞胸的皮。
他的臉，如一張圓形銀幕，消失在
　一層肥油下，他的嘴消失在
如小刷子般的小鬍子下。
殺手大廚說：「這是我的後備計畫。」

大廚說：「如果我組的樂團始終簽不到
　一張唱片合約——」
如果他的書始終沒人肯出版——
如果他的電影劇本始終通不過審核——
如果沒有電視公司要他的影集企劃——
大廚的臉蠕動、抽搐，兩手
　完美無缺：
剝皮去骨，

拍打醃製，
沾粉、油炸、擺盤，
弄得那塊死肉看來漂亮得不忍吃掉。

一支槍，一個瞄準器。瞄得準，一部車，
他從小每晚看電視新聞
　就學會了。
「這樣我就不會被人忘掉，」大廚說。
　這樣他的一生就不會虛度。
他說：「這就是我的B計畫。」

產品地位

殺手大廚的故事

致：萬用刀具公司
公關宣傳部經理
肯尼斯・麥克阿瑟先生

麥克阿瑟先生大鑒：

我想你也知道，你們製作的刀具很棒，可以說是極品。

就算不要忍受劣質刀具，從事職業性的廚房工作已經是夠辛苦的了。你得做出完美的洋芋細條酥，那可是比鉛筆還細的。完美的細絲要切得和鐵絲一樣細——大約是洋芋片厚度的一半。在廚房裡討生活，得在平底鍋已經燒熱，放了奶油在等下鍋時切胡蘿蔔丁，還有人叫你把馬鈴薯切成小塊，就讓你很快地學會一把劣質刀具和一把萬用牌的刀具有什麼不同。

我可以跟你講好多好多你們的刀具救我於水火之中的例子。你把比利時菊苣切得像雪紡綢一樣薄，連續切上八個小時，大概就可以知道我的生活是什麼樣子了。

可是，事情老是這樣的，你可以把小胡蘿蔔轉切上一整天，把每個都切成一個完美的橘紅色小足球。而你切壞的，卻會在那些不夠格的廚子的盤子裡，一些在社區大學餐飲科拿到學位的無名小卒，拿到的文憑不過是一張紙，現在卻自以爲是美食評論家了。這些混蛋連怎麼嚼怎麼吞都不會，卻在下個禮拜的報紙上說奇食餐廳的大廚轉切胡蘿蔔的技術很爛。

有些連外燴業者都不會雇她們去切蘑菇的婊子，卻膽敢寫文章說我歐洲防風根切得太粗。

這些胡說八道的傢伙。不錯，挑三嫌四總是比眞正做菜要容易多了。

每次有人點多菲內奶油烙洋芋，或是生牛肉片的時候，請你知道廚房裡就會有人爲萬用刀具而感謝上帝了。因爲那些刀具極其平穩，還有以鉚釘固定的刀柄。

當然，幸運的話，我們都希望錢賺多一點，工作少一點。可是那樣賣身投靠，變成美食評論家，把自己弄得無所不知，對那些辛苦工作的人放放冷箭。那些人爲了生活，還在給牛舌剔筋……給腰子刮油……給豬肝去膜……而那些美食評論家則坐在他們漂亮乾淨的辦公室裡，用漂亮乾淨的手指在打字機上打出那些傷人的話——這實在是太不對了。

當然啦，那些話都是他們的意見。可是，卻是刊登在很多眞正的新聞報導旁邊——飢荒，連續殺人案和地震——而且還用的是同樣大小的鉛字。某人批評他們的義大利麵不很有「嚼勁」，好像他們的意見是「神的旨意」。

絕對有負面影響。是廣告宣傳的相反。

在我的想法裡，那些會做的人，就做。那些不會做的人，就罵。

不是新聞，不客觀。不是報導，而是批判。

這些美食評論家，就算要他們的命，也做不出一頓好飯菜來。

我就是在心裡這樣想著，開始了我的計畫。

不管你有多好，在廚房裡工作，就是會給一百萬個小小的刀傷給凌遲而死。一萬次小小的燒傷、燙傷。整夜站在水泥地上，或是在油膩膩的或潮濕的地板上走動。因爲攪拌、切剁和舀撈而傷到手腕和神經，在冰水裡給一海票的蝦子挑泥腸。膝蓋疼痛，靜脈曲張。因爲重複的動作而傷到手腕和肩膀。做得一手好的夾餡魷魚就要受一輩子苦，花上一生的時間去做出理想的米蘭式燴牛膝，等於是在漫長的折磨下慢慢地死掉。

但是，不管你的臉皮再厚，被某些報紙或網路上的寫手當眾批評，也還是受不了的。

這些網上的美食評論家，一毛錢可以買一打。隨便什麼人只要有張嘴和一部電腦就夠了。

這是我所有目標的共同點。好的是各地警方沒有更緊密合作，他們可能注意到西雅圖死了個自由作家，在邁阿密死了個校園記者，或是一個在旅遊網上張貼意見的中西部觀光客……到目前爲止，我那十六個目標有模式可尋。是的，而我有累積多年的動機。

殺一隻兔子和殺一個在網路部落格裡說你的茴香豬排裡該多加點義大利馬沙拉白葡萄酒的怪傢伙相差無幾。

多虧了萬用刀具公司的刀具。你們生產的轉刀在這兩方面都非常好用，不會像你用比較便宜而笨重的削皮刀那樣傷到手和手腕。

同樣的，要清理多筋的牛腩和剝了那個貼文說你的威靈頓牛肉餡餅放了太多鵝肝而難吃的小混蛋的皮，兩者都能做得既快又不費力，都要感謝你們那八吋片肉刀柔韌的刀刃。

容易磨利，也容易清洗，你們的刀具眞是極品。

倒是那些目標，不管你的預期再怎麼小，眞正和這些人面對面時，總令人大失所望。

只要誇兩句就可以安排見面。暗示自己是他們想要的性伴侶。更好的是，暗示你是一份全國發行的雜誌編輯，想要讓他們的聲音傳遍全世界，提高他們的聲譽，給他們應得的榮耀，把他們提升到顯著地位，所有那些注意焦點之類的屁話，只要說一半，他們就肯和你在任何一條你說得出來的黑巷子裡見面。

見到他們本人，他們的眼睛永遠都好小，每顆眼珠就像一粒黑色彈珠塞在一個大胖子的肚臍眼裡。多虧有萬用刀具公司的刀子，他們看起來好多了，乾淨了，衣著光鮮，儀容修整。是肉，準備好可以有很好的用處。

在你從一百隻雌珠雞肚子裡把冷冷的內臟掏出來過之後，那用刀劃開在某個地方消費指南上寫說你的菊苣菜羊奶乾酪酥餅太軟又黏的自由作家的肚子，也就不算什麼了不起的事了。沒錯，萬用刀具的十吋法式廚刀，讓這個工作更加容易得像是剖鱒魚或鮭魚或任何一種圓形的魚一樣。

奇怪的是那些會印象鮮明地留在你腦子裡的部分。只要看到某個人細白的腳踝，就能想見在她靠攻訐食物維生之前，在學校裡是個什麼樣的女孩子。或是另外一個美食評論家，把他所穿的棕色皮鞋擦得亮到就像脆皮焦糖布丁上面的那層焦糖。

你們製作的刀具也同樣注意到細節。

我在廚房的工作上也付出這樣的關注。

然而，不論我再怎麼小心謹慎，警察會抓到我也是遲早的事。想到這一點，我唯一害怕的，就是萬用刀具公司的刀具在一般人的心目中，會和一連串大家可能誤解的事情連在一起。

太多人會把我對刀具的偏好看作是一種推薦代言，像開膛手傑克做電視廣告一樣。

泰德．邦迪①代言某種牌子的繩子。

李．哈維．奧斯華②代言某種廠牌的長槍。

---

①Ted Bundy，美國校園殺人魔，專門絞殺女大學生。

這是一種負面宣傳，一點也不錯。甚至可能影響到你們的市場占有率和實際銷售量。尤其是耶誕節的購買熱潮就要來臨的時候。

一旦聽說有大空難的消息——空中撞機、劫機、墜機——每家大報的標準處理程序就是把那天所有航空公司的大幅廣告抽掉，因爲幾分鐘之內，每一家航空公司都會打電話進來取消他們的廣告，哪怕得付他們其實沒有用到的版面全額費用。那個版面會在最後一分鐘補上全美防癌協會或救助肌肉營養失調症的公益廣告。因爲沒有一家航空公司願意冒險跟這一天的天大壞消息連在一起。死了好幾百人的事，在一般人心裡這樣扯上關係。

很容易就想起所謂「泰諾止痛劑命案」③對公司股票的影響。死了七個人，單是一九八二年產品回收，就讓嬌生公司賠了一億兩千五百萬。

這種負面宣傳，正和廣告效應相反。就像那些美食評論家用他們那種誹謗性的文字所做的一樣，只顯示他們有多聰明和多尖刻。

關於每個目標處理的細節，包括所用的刀具，都仍然很鮮明地留在我的腦海裡，警方大概不用花太多力氣就會讓我招供，成爲公開的記錄，包括我所使用的多種你們的精良刀具，以及使用的目的在內。

從此之後，一般人會談起「萬用刀具殺人案」或是「萬用刀具連續凶殺案」，貴公司是要比一般的無名小店知名得太多了。你們的刀具已經在不知多少廚房裡，如果你們好幾代以來所維持的高品質和所付出的辛勤努力，只因爲我而毀於一旦，實在是太可怕也太不應該了。

②Lee Harvey Oswald，據美國政府調查認定是刺殺甘迺迪總統的凶手。

③一九八二年在芝加哥有七人服用了嬌生製藥的「強效泰諾止痛劑」後中毒斃命。經查疑是千面人式下毒所致。

請記住一件事：美食評論家並不會買很多刀具。運氣好的話，在這個案件上產業界可能會對我表同情。因爲我是個草根的英雄。誰知道呢。

你們只要做一點小投資，就能讓你我雙方皆蒙其利。

你們能提供我逃避追捕的資源越多，這些不幸的事實會讓一般刀具消費者知道的機率就越小。只要小小的一筆五百萬美元，就可以讓我移民國外，隱姓埋名地生活，遠在貴公司市場規劃之外的地方，保證貴公司能穩定成長到一個光明的未來。對我來說，這筆錢能讓我有一個全新的工作園地，另外一個新的生涯。

或者，少到只有一百萬的話，我就改用永利刀具——**萬一我被捕的話，我會發誓說我從頭到尾都用的是他們不合規格的產品……**

一百萬美元，對產品的忠誠度値這麼多吧？

答應的話，請於本週日在你們當地的日報上刊出廣告。我在看到廣告之後，會和你們聯絡如何接受你們幫助的方法。在那之前，我必須繼續我的工作。否則，恐怕又有另外一個新的目標了。

謝謝你們考慮我的要求，敬候佳音。

在這個世界上，肯終其一生來讓產品始終維持品質的人實在是太少了。我爲你們喝采。

始終是你們產品頭號愛用者，

李察・塔波特上

15

在大廳小吃吧檯後面，微波爐發出叮響，一次、兩次、三次。裡面的燈熄了，殺手大廚把門打開，拿出一個蓋了張紙巾的紙盤子。他掀起紙巾，熱氣如一朵蕈狀雲升到大廳裡寒冷的空氣中，在紙盤子上，幾條蜷曲的長長肉條仍然在啪啪作響，熱油四濺，在一攤融化的油脂之中冒著熱氣。

殺手大廚把盤子放在吧檯的大理石檯面上，說道：「有誰還要再添第三回的？」

克拉克太太、美國小姐、靈視女伯爵，還有誹謗伯爵，我們所有的人都散立在大廳各處，躲在壁龕和凹室的陰影中，站在衣帽間和帶位員所站的地方，不停地咀嚼著。我們的下巴和指尖上閃著油光。我們每個人手裡都端著一個濕答答的紙盤子，不停地咀嚼。

「趕快，免得冷掉了，」殺手大廚說：「這一批加了香辣調味的，可以遮掉原先那種花香似的味道。」

那是凶悍同志用的香水還是沐浴香粉的氣味，也許是她蕾絲手帕的味道，有股甜香和玫瑰花的香味。殺手大廚說一個人的味覺有三分之二來自食物的氣味。

美國小姐走上前來，伸出她手裡的盤子，殺手大廚拿了一條烤成棕色而蜷曲的肉放進自己嘴裡，緊接著又用手指很快地拉了出來。「還好燙，」他說，一面吹著氣。他用另外一隻手把一些肉放在美國小姐的盤子裡。

美國小姐在她的盤子裝滿之後就消失了，幾乎藏身在衣帽間的櫃台後面，身後就是牆壁和一排排的木製掛衣架。所有的掛衣架全是空空的，每個上面都只有一個銅的小號碼牌。

大廳裡瀰漫著烹調食物的香味，肥培根的味道，漢堡的味道，燒焦的脂肪和烤出油來的味道。我們所有的人都站在那裡咀嚼著。沒有人說：我們要不要去再多弄點來？沒有人說：我們需要把剩下的包起來，送到地下室去，免得成了大眾健康上的問題……

我們沒說話，只站在那裡舔著手指頭。

我們每個人都在寫著又重寫著此刻的故事，我們編造魏提爾先生將凶悍同志分屍的經過。還有她的鬼魂爲了復仇而做了些什麼事。

沒有人看到她由樓梯上走了下來。沒有人聽到她由二樓前廳順著地毯走過來的聲音，也沒有人抬頭看，然後她說：「你們在吃東西？」

是凶悍同志，穿著她那好幾層的仙女教母舞會禮服，頭上好幾頂假髮堆得高高的。她站在大廳那道大樓梯寬大的底部，青白色的兩手藏在裙褶裡。整個人隨著她的眼光走進大廳裡來，她的兩眼和鼻子將她拉向前方。「你們在煮什麼？」她說：「給我一點……」

沒有一個人說話，所有的嘴巴裡都塞得滿滿的，我們在剔著卡在牙縫間的肉渣。

凶悍同志看到裝著棕色蜷曲肉條的紙盤，在小吃吧檯上冒著熱氣。

沒有人想到去攔阻她。

凶悍同志在藍色大廳裡踉蹌前行，中間還跌倒在粉紅色的大理石地上一次，她的裙子一路拖著，然後她伸手抓住了小吃吧檯的檯面，撐著站了起來。人站在那裡，她的臉和那一大堆假髮卻埋在那一盤肉上。

在她身後，留在樓梯鋪著的藍色地毯上的，是她沾血的腳印。這裡時現時隱的鬼魂。

我們所有的人都看得到她高高的灰色假髮在大理石檯面上的紙盤子上方上下抖動。在她衣服後面臂部的地方，一朵大紅花正越開越大。然後她的假髮抬起，整個人也由那空了的盤子那邊車轉過來，一隻青白色的手裡還抓著一條棕色而捲曲的肉。凶悍同志舔著嘴唇說：「天啦，這肉還眞是又老又苦。」

需要有人說點什麼，說點……客氣話。

骨瘦如柴的聖無腸，他說：「我平常不吃肉的，可是那個倒是……相當美味。」他說著四下看了看。

殺手大廚舉起一隻油膩膩的手掌來攔住，他閉起兩眼，說道：「我警告妳……不要批評我的廚藝……」

我們其餘的人都點頭稱是，美味極了。我們其他的人，手上的盤子全空了。我們都在吞著、嚼著，我們的舌頭舔著牙齒，看還有沒有剩下的一層油、一層脂肪。

凶悍同志走向房間中央，正中央，那盞最大水晶吊燈亮光下的那張織錦緞面沙發。她用手拿起一個四角垂著金色流蘇的絲絨靠枕，放到沙發一頭。兩腳踢開了鞋子，白色長襪上沾滿了紅色，她走過去坐下，躺在沙發上，把頭枕著那個靠枕。凶悍同志，她皺起了眉頭。整個臉縮成一團，過了一分鐘，然後放鬆下來。她伸手到後面，摸了摸那一層層濕透了的裙子和襯裙下面。她的身子往前俯著，好像要站起來，而她的眼光落在隨著她從樓上一路走過藍色地毯到小吃吧檯再到沙發這裡的血腳印上。

我們都看著由她鞋子裡流出來的血塊。

她還在咀嚼著，下巴像在反芻的母牛一般動個不停。凶悍同志看看我們。想弄清楚怎麼回事。

等她的手從她裙子後面伸出來的時候，手裡抓著的是殺手大廚的去骨刀。刀刃上仍然凝結著血

殺手大廚由小吃吧檯後面走了出來，一手伸開，油膩膩的手指朝她動著。他說：「給我吧，那是我的。」

凶悍同志不再咀嚼，把嘴裡的東西吞下。

「我……」她說。

凶悍同志看看那把刀和她仍然拿在手上的那條肉。

在那條肉上，有她除非是照過鏡子，否則就從來沒見過的玫瑰紋身。只不過現在有點焦黃了。

誹謗伯爵舔著的紙盤子遮住了他的臉。

凶悍同志說：

「我只是昏倒了……」

她說：

「我昏倒了……你們就吃了我的屁股？」

她看著仍放在小吃吧檯上那個油膩膩的空紙盤子，說道：

「你們讓我吃我自己的屁股？」

大自然張開手來擋在嘴前打了個飽嗝，說道：「不好意思。」

殺手大廚伸出手來要那把刀子，在他一邊拇指的指甲下還看得到細細的一圈紅色。他抬起頭來，看到有成千上萬個小小的凶悍同志映象映閃在滿布灰塵的水晶吊燈上。在她手裡，有成千上萬朵加了酸辣調味的玫瑰。

靈視女伯爵轉開身子，但仍然望著小吃吧檯後方那面寬鏡子中映照出如電影或電視大小的凶悍同志身影，以及她自己在這段實錄中比較小的身影。

我們所有的人都各有自己對凶悍同志的看法。全都和我們自己對事發經過所編的故事相關。我們所有的人都深信自己的說法才是眞的。

保安會修女看了下手錶，說道：「快吃，只剩下一個小時就要熄燈了。」

所有小小的凶悍同志影像，全都用力吞嚥。他們青白色的兩頰鼓起，喉嚨的肌肉緊閉，因他們自己苦澀的皮膚而噎住。

我們每個人都把我們心中的實情編成故事，加以消化來寫成一本書，我們所看到發生的事情已經成了一部電影劇本。

我們的神話。

然後，算準了時間似的，坐在織錦面沙發上那正常大小的凶悍同志滑到了地板上。她的眼睛還微微張開向上瞪著吊燈，躺在粉紅大理石地板上的一堆絲絨和綢緞裡。這時候她才慢慢死去，一手仍然握住那把去骨刀，另一隻手仍然抓住那條煎得焦黃捲曲的屁股肉。

織錦緞面沙發上她原先坐著的地方一片暗紅。那藍色絲絨靠枕上仍然留著她頭壓出的凹痕，凶悍同志不會再是攝影機後面的攝影機後面的攝影機了。我們把關於她的事情握在我們手裡，咬在我們牙間。

她的聲音輕如耳語。凶悍同志說：「我想……這是我活該……」

經過倒帶，由誹謗伯爵的卡式錄音機裡傳來她的聲音，再三說著：「活該如此……活該如此……」

期待

一首關於凶悍同志的詩

「我失去童貞的事，」凶悍同志說：
　「是我聽來的。」
好小的時候，還相信有聖誕老人呢。

凶悍同志在舞台上，兩手握拳撐在腰上。
兩臂彎曲
因此肘部的貼皮補靪向兩邊撐了出去。
繫帶又帶鐵頭的靴子分得很開地站著。
兩腿在鼓脹的迷彩褲裡，
　褲腳在腳踝那裡束住。
她身子向前俯得下巴都投下了影子
落在她軍方剩餘物資的橄欖綠野戰夾克前胸。

在舞台上，沒有聚光燈，只有一段影片：
影片拍的是抗議的標語和杯葛的隊伍，
　如擴音喇叭形的嘴巴。
喊叫著，張得很大。
只見牙齒，不見嘴唇。
嘴巴大張，用力得連兩眼都閉緊了。

「在法官判決共同監護之後，」凶悍同志
說：「我母親告訴我……」
半夜裡，
妳頭枕在枕頭上睡得正熟，
要是妳爸偷偷地走進妳的房間：
妳，來告訴我。
她的母親說：「要是妳爸扯下妳的睡褲
用手弄妳……」
妳，來告訴我。
要是他從褲子前面拉鍊裡掏出一條
又肥又粗的蛇——那根既熱，又黏，
　氣味很難聞的短棍子——
想要勉強塞進妳嘴巴……
妳，來告訴我。

「結果沒有這些事，」凶悍同志說：「我爸
只帶我去動物園。」
他帶她去看芭蕾舞，帶她去踢足球。
親吻她道晚安。

那些靜坐罷工的旗幟，那些抗議民眾
團體仍然在遊行。
遊行，前進，
橫過她的臉。
凶悍同志說：
「可是，我這半輩子以來，一直準備好
要有那些事情。」

鬥垮鬥臭

凶悍同志的故事

他一坐下，我們就試著解釋……

我們不許男人進來。這是一個只限女性的安全空間。我們這個團體的目的，就在以私密感來讓女性得到滋養和力量。讓女人能在不受詰問和評斷的情況下自由發言。我們之所以要把男人摒拒在外，是因爲他們抑制女人。男性的力量會使女性畏懼和受辱。對男人而言，一個女人不是處女就是蕩婦。不是母親就是娼妓。

我們請他出去的時候，他當然裝傻。他說要我們叫他「米蘭妲」。

我們尊重他的選擇，他花在要有女性外表上的努力和欲望。可是這個地方，我們很溫柔而感性地告訴他，這個地方只給天生是女性的女人用的。

他生下來就是米蘭妲．嬌伊絲．威廉斯。他說完這句話，啪地一聲打開了他那小小的粉紅色蜥蜴皮的小皮包。他拿出一張駕駛執照。用搽了粉紅色指甲油的修長手指把那張駕照滑到桌子這邊來。點著在性別欄下的「女」字。

州政府也許承認他的新性別，我們告訴他說，可是我們決定不承認。我們的會員有很多在童年時受到男人帶來的創傷。她們很怕降格到只剩她們的肉體，被當做物品來使用。這些都是他生爲男人永遠無法了解的。

他說：我生下來就是女人。

團體裡有人說：「你能把出生證明拿給我們看嗎？」

「米蘭妲」說：當然不能。

另外一個人說：「你有月經嗎？」

「米蘭妲」說：此刻沒有。

他一直在玩著圍在他脖子上的那條彩虹絲巾，扭著拉著，裝出很卡通化的女性不安動作。他玩著披在他肩膀上那條閃閃發亮的絲巾，讓絲巾滑到他後面，掛在他兩個手肘上。他用手指梳理著兩頭的流蘇。他把絲巾往一邊多拉出一點，然後又往另一邊拉。他架起腿來，一邊膝蓋架在另一邊膝蓋上，然後在底下的那條腿再盤到上面來。他把放在懷裡的毛皮大衣拿起來，摺好，再翻過去，他伸出一隻手來輕拍著毛皮，五指併攏，指甲上搽著粉紅色的指甲油，亮得像珠寶。

他的嘴唇和鞋子和皮包，他的指甲和錶帶，全都是漂亮的粉紅色，就像個紅髮女郎的屁眼。

這群人裡有個人站了起來，怒目而視。她說：「這有他媽的什麼意思？」她把她在打的毛線和水瓶一起塞進她的包包裡，說道：「我盼這事盼了一整個禮拜，現在全毀了。」

「米蘭妲」只坐在那裡，兩眼藏在又長又濃的睫毛下。兩眼像浮在兩汪藍綠色的眼影裡。他把紅色的唇膏搽在他的唇膏上，把粉搽在粉上，睫毛膏加在睫毛膏上。他那短罩衫在胸前突起。粉紅色的綢料似乎從他兩點挺突的乳頭上垂掛下來，每邊乳房大約和他的臉一般大小，都如氣球般鼓在他曬黑而結實的胸前，他的腹部露出，又黑又緊，是男人的腹部。他絕對是個眾人性幻想中的對象，是只有男人才會變成的那種女人。

就一個談話團體來說，「米蘭妲」說他以爲大家可以多談一談。

我們只看著他。

這個愚蠢的男人，這個「米蘭妲」，是每個男人幻想成眞的那種很樣板化的科學怪人：極其完美的一對碩大渾圓的乳房，結實而修長的大腿。那張嘴巴，非常完美地噘著，塗著口紅。那條粉紅色的小皮裙既短又緊，只能挑起性欲，他說話時的氣音像個小女孩或小電影明星，開口時出來的是大量空氣和一點點聲音。是《柯夢波丹》雜誌上教女孩子用來讓聽她說話的男人靠得更近點的輕聲細語。

我們只呆坐在那裡，沒有人說話，沒有人分享經驗。知道桌子底下有根老二，就不可能說實話。即使是在芙蕾達・卡洛①和喬治亞・歐姬芙②的海報……蘋果加肉桂香的蠟燭……以及那個書店的花貓之間。

好吧，「米蘭妲」說，那就由我開始說。「米蘭妲」，他的頭髮是美容院梳的那樣高，用定型膠水噴得硬硬的，插滿了髮夾。在職場上有個男人，「米蘭妲」對他是意亂情迷。那傢伙卻毫無回應。他實在是個好可愛的傢伙，頭髮梳得油亮，開一部保時捷的業務員。他已經成家了，可是「米蘭妲」知道男人都有獸性。有一次下班之後，「米蘭妲」說，那個人走過來，把手放在——

我們都瞪大了眼睛。

那傢伙把手放在「米蘭妲」手臂上，問要不要去喝一杯。「米蘭妲」的手臂很細，曬黑的肌膚，沒有贅肉，光滑得如古銅色的塑膠。他嘰嘰咯咯地笑著，「米蘭妲」眞的發出嘰嘰咯咯的笑聲。她翻起眼睛來看天花板。

①Frida Kahlo，墨西哥名女畫家，她的一生曾拍成電影《揮灑烈愛》。
②Georgia O'Keeffe，美國現代女畫家。

「米蘭妲」說那個當業務員的同事和他開車去了一間非常黑的酒吧，那種不會有人注意的——這眞是典型的男人心態，什麼都是我，我，我。講了一整夜。

我們之所以到這裡來是爲了躲開男人，躲開不肯撿起髒襪子的老公，會打我們、又欺騙我們的老公。因爲我們不是男生而失望的老爸。會對我們垂涎的繼父。會欺負我們的哥哥、老闆、教士、交通警察、醫生。

大部分時間，我們是不許打岔的，可是這群人裡有個人說：「米蘭妲？」

「米蘭妲」住了嘴。

我們告訴他說，要意識抬頭，植根於抱怨。也就是大家所謂的「牢騷時間」。在共黨統治下的中國，在毛澤東革命之後的那幾年裡，建立起新文化最重要的一部分，就是讓人民抱怨他們的過去。起先，他們越抱怨，過去的一切就看起來越壞。但是發洩之後，人民就能開始擺脫過去，不停地罵了又罵，不久他們那些可怕故事中的戲劇性就耗盡了，變得無趣起來，只有到了這個時候，他們才能爲他們的生活接受一個新的故事。繼續前進。

所以我們才會每個禮拜三晚上到這裡來，來到這家書店後面這間沒有窗子的房間裡，坐在金屬製的摺椅上，圍著一張大方案。

中共叫這做「鬥垮鬥臭」。

「米蘭妲」聳了下肩膀。他挑高了眉毛，搖了搖頭，說他沒有什麼可怕的故事。他嘆了口氣，微微一笑，眨著眼睛。

這群人裡有一個說：「那我們就不要你在這裡。」

男人爲了他們自己的快樂而創造完美女機器人的想法，每天都有。你在公共場合所看見最「美麗」的女人，全都不是眞的，都只是男人弄出來的變態樣板女人。這是全世界最古老的故事。只要你懂得怎麼去看的話，《柯夢波丹》雜誌的每一頁上都有根老二在。

「米蘭妲」說我們太排外了。

有人說：「你又不是個女人。」

我們在韋恩圖書公司後面只限女性的安全聚會場所見面，絕不會希望我們的空間受到壓制性的男性陽能污染。

做女人是件很特別的事，是件很神聖的事。這不是個你隨便就可以加入的俱樂部，不是打了針雌激素就可以來的。

「米蘭妲」說：妳們只需要改造一下，讓自己漂亮點。

男人，他們就是不懂道理。做一個女人不止是化個妝，穿上高跟鞋而已。這種的性別模仿，這種性別的模擬，是最大的侮辱。一個男人以為，他只要搽上口紅，割掉老二，就能讓他成為姐妹。

有人從坐著的椅子上站起身。另外一個也站起了身，兩個人開始繞過桌子走過來。

「米蘭妲」問道：她們要幹什麼？

第三個女人站起來說：「來個大改造。」

「米蘭妲」搽了粉紅色指甲油的手伸進皮包裡，他拿出一小管辣椒粉噴霧劑，說他可不怕用那個東西。他還把一個防強暴用的銀色哨子放進他粉紅色的雙唇之間。

還有一個人繞過桌子來站在離他太近的地方，他抓住辣椒噴霧器的手緊得都發白了。然後有個人說：「讓我們看你的奶子……」

在我們這個團體裡，我們沒有一個領頭的人，提升女性意識的規定是不許插嘴或反駁，沒有人可以質疑另一位成員的經驗。每個人都有輪到發言的機會。

「米蘭妲」，那個防強暴的銀色哨子由他嘴裡掉了下來。她那矽膠整容過的翹嘴唇，噘得有如一個時裝模特兒在說「哦」。

「米蘭妲」說我們想必是在開玩笑。

這眞是很典型的反應，男人要所有做女人的好處，卻不要這些狗屎。

另外一個人說：「不是，是眞的，讓我們看看……」

在這裡，我們全都是女人。並不是說我們以前從來沒看過奶子。有個人站得很近的，她把手伸向「米蘭妲」那件粉紅色罩衫最頂上的扣子。那件罩衫是粉紅色綢子的，讓他的胸部頂得突出，短到露出了他的腹部，平坦的腹部，懸垂在他繫了皮帶的裙子上。他那條粉紅色蜥蜴皮的皮帶大小和一條狗項圈差不多。

他伸出一隻粉紅的手把那女人的手打開，因爲沒有別人再有什麼動作，「米蘭妲」輕嘆了一聲。在我們所有人的注視下，他自己動手解開了最上面的那顆扣子。他粉紅色的手指甲打開了下面的第二顆扣子。然後是再下面一顆。他回望著我們，從一個女人看到另外一個女人，最後所有的扣子都解開了，罩衫前胸敞了開來。裡面是一副繡了玫瑰花、鑲了蕾絲花邊的粉紅色緞子胸罩。他的皮膚像噴修過似的粉紅色，如雜誌中頁大圖上那樣乾淨，沒有你在眞人皮膚上會看見的黑痣或毛髮或蟲咬的紅色痕印。在他的脖子上，一串珍珠項鍊直指向下方他那寬如股溝的乳溝。

胸罩是那種在前面有鉤子打開的，「米蘭妲」頓了一下，兩手握住鉤子看著這些女人。

那群人裡有一個說，「你要打多少針雌激素才能讓你那一對保持這麼大？」另外一個人吹了聲口哨，其他人也一起吹了聲口哨。那對乳房太完美了。兩邊一樣大小，也分得不太開。一看就知道是人工做出來的。

粉紅色的手指甲一轉，胸罩打了開來。胸罩掉了下去，但那對乳房仍然挺立著，結實而渾圓，乳頭指向天花板，正是男人會選的一對乳房。

有人靠過來，伸出手一把握住。她的手捏住那團肉，抖動乳頭，說道：「各位。妳們一定得感覺一下——天啦，好大啊。」她的手一擠捏，然後放開了。又再擠捏一下，她說：「就像是……我不知道……麵糰？」

「米蘭妲」扭動著想轉開身子，他的身體往後貼緊了椅子。

可是那隻手握緊了他的乳房，手指抓得緊緊的，而那個女人說：「不要動。」

另外一個人說：「我倒不在乎有這麼好的一對大奶子。」

想必是矽膠的。另外一隻手伸進打開的罩衫裡，抓住另一邊乳房，揉著，推向上壓著那條珍珠項鍊，讓我們看得到底下的手術疤痕。

「米蘭妲」坐在那裡，兩臂在肘部向前彎著。兩手仍然分握著兩半粉紅色的胸罩。拉開來讓我們看，他開始把胸罩拉攏，把那對東西關回裡面去。

有個仍抓住一邊奶子的人說：「還沒。」

那張駕駛執照仍然放在我們面前的桌子上，在「性別」欄下印著大大的「女」字。

另外一個人說：「假奶子不能證明什麼。」

另外一個人說：「我老公的還比這更大呢。」

有手從「米蘭妲」後面伸了過來，從他肩膀上抽走了絲巾，把粉紅色胸罩往後再往下拉得由他雙臂滑落。他的皮膚發亮，乾淨得如同他兩耳所戴的珍珠耳環。他的乳頭是像他那蜥蜴皮的小皮包一樣的粉紅色。他完全沒有反抗。

有人把那件罩衫丟到房間的角落裡。

另外一個人說：「讓我們看你的屄。」

「米蘭妲」說：不要。

事情很明顯。這個可憐、可悲，想錯了的混帳東西，他在利用我們。就像是個被虐狂在刺激性虐狂。或是像罪犯一心想被逮到。「米蘭妲」在求我們給他這個待遇，這才是他到這裡來的目的。所以他才會穿成這樣，他知道這種超短的裙子，那對像甜瓜一樣的大奶子，在在都會讓一個眞正的女人氣瘋掉。在這種情形下，「不要」的意思就是「好」。意思是說：「好的，求求你。」意思是說：「打我。」

「米蘭妲」說：你們這樣做就錯了。

所有的人大笑起來。

我們說女性意識抬頭也就是要能認可妳的性器官。在以前別次的集會中，我們都帶著小鏡子來，蹲在鏡子上面。我們會一起觀察、研究一個處女和一個媽媽的子宮頸有什麼不同。邀請婦女健康協會的人來演講、示範使用卡門導管③的用法。不錯，所有這些，都在這裡這張木頭桌子上。我們也一起去採購情趣用品，研究所謂的G點。

稍微一推，「米蘭妲」就到了桌子上。即使是四手四腳地趴著，他的乳房仍然看來渾圓而結實，並沒有拉長而垂下。拉下六吋長的拉鍊，他的裙子就滑下了他細瘦的臀部，他穿著褲襪：更證

③Karman Cannula，由二十世紀美國外科醫療器械專家卡門（Havey Karman）發明，用眞空吸引的人工流產工具。

明他不是個眞正的女人。

這一群女人，我們彼此對望了一眼。有個人在這裡聽我們的命令。我們之中有些受過侵犯，有些遭到強暴。我們所有的人，都讓男人以眼光加以挑逗、搜索和剝光過。現在輪到我們了，我們卻不知從何下手。

有人把他的褲襪往下捲，露出他的屁股。另外一個人說：「把腰拱起來。」看到「米蘭妲」陰唇的模樣，沒有一個人覺得吃驚。皮膚太假，濕潤花朵的形狀看來是設計家的手筆，很難登上《花花公子》或《好色客》雜誌。不過，那裡的肉看來不夠柔軟，顏色太淡。不是粉紅色或淺咖啡色，有動過整型手術的痕跡，陰毛修過，上了蠟，形成細細一線，噴了香水，完全不像應該看起來的那個樣子，我們越看越一致同意說那不是眞的。

有人用汽車鑰匙去戳「米蘭妲」那裡，甚至都沒有用手指頭。有人戳著她那裡說：「我希望你沒花一大筆錢來弄成這樣……」

另外一個成員說我們應該看看那裡有多深。

不管他到底是個什麼人，「米蘭妲」現在哭了起來。在他小小的戲劇化表演中，他所有眼部和臉上的化妝和粉底全由兩頰直流到他兩邊嘴角。他幾乎全裸，只有拉開的褲襪纏在兩腳的腳踝之間，腳上仍穿著金色的高跟涼鞋。他的罩衫脫掉了，粉紅色有蕾絲花邊的胸罩敞開，掛在兩肩，他那結實、渾圓的乳房隨著每次抽泣而抖動。他就這樣趴在會議桌上。他的毛皮大衣掉在地上，給踢到了角落裡。他的金髮披了下來，這是他自己的可怕小故事。

有人叫「米蘭妲」住嘴，住嘴再翻過身來。

有人抓住了他一邊腳踝，有人抓住另一邊腳踝，她們扭著他的兩腿，使他發出一聲痛叫，翻過身來。現在他仰臥著，兩腳仍然給拉開著，兩隻金色的涼鞋讓兩個人分別緊抓著。

這不是一個女人。也許是從火星來的外星人，只看過《柯夢波丹》雜誌裡的女人，而這就是他們所造的。我們指出他的陰蒂想必是由他的陰莖削整而成的。有人說人工的女陰其實就是陰莖，割開來往內翻入而製成的。用部分會分泌黏液的腸子疊接起來讓那裡有深度。至於子宮頸，則是把陰囊的皮廢物利用製成。

「不浪費，不多要。」有人說。

有人從她的包包裡掏出一支小手電筒來，說道：「這個我可一定要看看。」

另外一個人說：「這麼小題大作的，證明他根本就沒有骨盤。」

後來想想，她們應該就散會回家的。哦，可是這說起來眞是好有啓發性，只怕最後有人給傷到了。

可是，她們一個禮拜又一個禮拜地在這裡聚會，談著誰沒有得到什麼工作，誰困在某種人盡皆知的情況下。誰又覺得她的胸部被加油站的工作人員或建築工人的眼光給剝光了衣服。她們長久以來只是高談闊論，現在終於有了反擊的機會。

這是一個團隊組成的練習。

她們問道：他爲什麼到這裡來？他是個間諜嗎？

專家說，同樣的工作，男性每賺一塊，女性只賺六毛。他賺了額外的鈔票，而錢就是用在這上面，化妝品和人工奶子。任何一個眞正的女人都會有妊娠紋、白頭髮、鬆軟大腿。

她們問道：他想要發現什麼？

有人用手指去挖，有人握住手電筒，往前推進。

這群人問道：他是不是以爲會看到一幫子恨男人的女同性戀聚在一起搞火辣的女對女品玉大會？

那支手電筒，那支小小的鹵素燈泡想必很燙，因爲他不住扭動，力氣大到得動用所有的人才能把他壓住，把他的兩腿拉開，逼他張開來給她們看。

有人說：「看起來是什麼樣子？」

其他人等著輪到她們去看。

「米蘭妲」在桌子上掙扎。那群女人俯在他身上，他的珍珠項鍊斷了，珠子四散滾開。髮夾由他頭髮裡掉落出來。他的乳房彈跳抖動，兩個凝膠的半球。

有人捏了他一邊的乳頭，扭著說道：「搖啊搖啊，性感媽媽。」

另外一個人說：「我們只想看你把你的蛋蛋藏在什麼地方，婊子。」

這是一個很有趣的並列比較，一場很引人而同時涉及社會與政治的權力關係，由衣著整齊的人檢查一個被壓制住，全身只有高跟涼鞋和耳環的赤裸男人。

那兩個女人伸進他兩腿之間，她們停了下來，一個說：「等一下。」

手拿小電筒的那個說：「把他壓住不要動，」然後她往前探去，將手電筒硬往裡插得更深，她向他問道：「你是不是就希望會碰上這種事？」

四仰八叉地躺在桌上的「米蘭妲」，他哭著想要把兩膝併攏來，想轉向一側，把身子蜷成一個球狀。

「米蘭妲」在哭著，說：不是。說：請妳住手。說：好痛。

哦，好痛啊。嗚——嗚。妳弄痛我了。

那個拿手電筒的女人，她看的時間最長，瞇著眼睛，皺著眉頭，扭動著手電筒，四下戳著。然後她站直了身子，說道：「電池沒電了。」她矗立在那裡，低頭看著兩腿仍在她面前張開著的「米蘭妲」。

那個女人低頭看著桌上塗抹著化妝品和淚水，散落在一地的珍珠，說我們放他走了吧。她吞嚥了一下，眼光掃過在桌子上的那具軀體。然後她嘆了口氣，叫「米蘭妲」起來。起來穿好衣服，穿好衣服出去，出去了再不要回來。

有人說搞不好手電筒只是關上了，要求看一看。

而那個女人把她的手電筒收進包包裡，說：「不要。」

有人說：「妳到底看到了什麼？」

我們看到了我們想看的東西，那個女人說，我們都看到了。

有手電筒的那個女人，她說：「這裡剛剛是怎麼回事？」她說：「我們怎麼會到這個地步？」

從他一坐下，我們就試著向他解釋。我們不許男人進來。這是一個只限女性的安全空間。我們這個團體的目的……

16

對我們之中的某些人來說，夜晚太長了。對某些人來說，則是白天太長。保安會修女說日出時，電燈就亮起來，但今天日出時，卻是一種氣味讓我們都下了床。那如夢似幻的完美香味，將我們拉出了各人所睡的化妝室，到了走廊裡。我們，像殭屍般走著，由我們的鼻子引領著。

否定督察走進走廊裡，兩手還來不及撐住打開的房門對面的牆壁，半路上人就已經倒在地下。她撐著牆讓自己站起來，說道：「柯拉？貓咪，貓咪？」

在走廊裡，無神教士正用兩手掙扎著拉上他那條鬥牛士的褲子拉鍊。這條褲子昨天還很合身。「那個鬼。」他說：「想必讓我們的衣服都縮小了。」

掛著銅鈴的項圈深陷進大自然脖子的皮膚裡，緊到她每次一吞口水，你就聽到銅鈴叮噹作響。「媽的，」她說：「我不該再多添一次凶悍同志的肉。」

從隔壁一道門裡走出來的是失落環節，頭往後仰得讓他的鼻毛成了他身上最高的部分。他吸了吸氣，擠過了否定督察和無神教士。他一路在空氣裡聞著，鼻孔張大得像兩個多毛的黑洞，又朝著舞台和再過去的演藝廳走了一步。

否定督察說：「柯拉……」然後滑坐在地上。

克拉克太太從另外一扇門裡出來，一面說著：「我們今天得把凶悍同志包起來，要把她和魏提爾先生放在一起。」

否定督察坐在地上說：「柯拉……」

「操他的那隻貓。」美國小姐說。她穿了一件繡了龍的中國式袍子，靠在她那間化妝室的門口，像蜘蛛似的雙手抓住門框。美國小姐的嘴四周都是污黑，顯得臉色蒼白。她說：「我頭痛得要死。」一面張開一隻手來揉臉。

美國小姐一聳肩把那件中式袍子脫了一半，抽出她細瘦而白皙的手臂來。她把手高舉過頭，手掌軟垂，黑毛在她的腋下伸了出來。她說：「摸摸我的淋巴結，一個個腫得好大。」

在她那細瘦光裸的手臂上，上上下下全是長長的紅色抓痕。貓爪抓的，一條條相當的密。好多好長的貓爪抓過的痕跡。

失落環節仔細端詳她的臉，說道：「妳看起來好可怕。」他說：「妳的舌頭都黑了。」

美國小姐把手臂放下來，無力地垂在門框邊。她那厚厚的黑色舌頭舔著嘴唇，使嘴唇也黑了。她說：「我好餓。昨天晚上，我把所有的唇膏都吃掉了。」

她跨過了否定督察，說：「這是什麼氣味？」

你可以聞到早餐的吐司和在油裡煎蛋的氣味。油膩膩的脂肪氣味。我們飢餓中共有的幻覺。是焗田螺和龍蝦尾的香味。是英式鬆糕的香味，令人饞涎欲滴。

誹謗伯爵跟著失落環節跟著克拉克太太跟著保安會修女。我們全都追隨著那個氣味橫過舞台，再由中央的走道走向大廳。

噴嚏小姐擤了下鼻子。然後她朝空中聞了聞說：「是奶油的氣味。」

熱奶油的氣味。

每個電影院裡都有的鬼。

是凶悍同志油膩膩的鬼魂，我們每次一用微波爐都一定會聞得到。我們呼吸著她的靈魂。她那甜香的奶油味會纏祟我們。

唯一的另外一種氣味就是大自然所呼出來的氣息，知道她吃了山桃味的芳療蠟燭。

走到中央走道一半的地方，我們停了下來。

我們聽到外面傳來微弱的下冰雹的聲音。也或許是機關槍開火，或者是有人打鼓。一陣乒乓亂響，混雜在一起。這陣快而微弱的急響從大廳裡傳來。

我們，站在埃及式演藝廳黑色灰泥的中間，頭頂上是灰塵滿布，結了蜘蛛網的黯淡星星，我們緊抓住黑色座椅的金漆靠背來穩住身子。我們站在那裡側耳傾聽。

槍聲、冰雹聲，停止了。

必須要有些令人興奮的事發生。

必須要有驚人的事發生。

在藍色絲絨的大廳裡，微波爐發出叮響，一次、兩次、三次。

凶悍同志的鬼魂。

大自然一面用手拉著她的項圈，跌坐進有黑色粗毛海椅套的椅子裡。

聖無腸看著無神教士，而他看著媒人，媒人看著誹謗伯爵在記筆記，誹謗伯爵點了點頭，好。他們幾個開始由走道上往前走，其餘的人緊跟在後，八卦偵探的錄影機聚光燈追隨著他們。

穿過演藝廳的門，法式絲絨裝潢的大廳裡空蕩蕩的。每張皇室椅子和沙發後面都藏著黑影。由我們剩下的少數幾個燈泡所發出來的光亮，還不夠看清楚房間對面的牆壁。通往大廳洗手間的門都開著，裡面瓷磚地上閃著由馬桶裡溢出來的水光。到處都有一坨坨融化了的衛生紙擱淺在水潭裡。

在廁所的氣味，腐爛了的脆皮火雞肉的臭味，以及凶悍同志烤熟的屁股的氣味之外，你還聞得到……奶油的香味。

透過微波爐的毛玻璃門，你可以看到有一個白色的東西，幾乎塞滿了整個爐子。

發出吼聲的是失落環節，我們那毛茸茸的獸人。他大聲叫著，用兩掌拍打小吃吧檯，力道大得把兩腿甩向一邊，整個人飛躍過去，到了小吃吧檯後面，他一把將微波爐的門拉開，伸手去抓裡面的東西。

他又狂叫了一聲，把那東西丟了下來。

到這時候，凍瘡男爵夫人已經跳過了小吃吧檯的大理石檯面。

靈視女伯爵衝過去看。

大自然說：「是爆米花。」她的銅鈴隨著她的每一個字叮鈴響著。

櫃台後面又發出一聲叫喊，一個白色的東西彈進空中。好幾隻手隨之伸起，打排球似地拍著，一個白色的紙球，都不讓別人搶到手裡。在錄影機的聚光燈下，那成爲一個轉動著、冒著熱氣的白色月亮。

噴嚏小姐又笑又咳。靈視女伯爵戴著太陽眼鏡的兩眼在流淚。我們所有的人，都伸手去抓，拚命想抓住那旋轉著、油油的、熱熱的氣味。

媒人大叫道：「不可以。」他揮舞著雙手，大叫道：「我們一點也不能吃！」

那個紙球在手掌之間拍來拍去，旋轉著，彈得靠近天花板。

靈視女伯爵叫道：「他說得對。」她叫道：「我們可能在今天被救了出去！」

獸人猛地一躍，失落環節兩手抱住了那個紙袋。

失落環節傳給靈視女伯爵，她傳給媒人，而媒人衝向洗手間。

我們其餘的人——聖無腸和美國小姐和保安會修女和凍瘡男爵夫人——我們追在後面，又叫又哭。在我們所有人後面的，是帶著錄影機的八卦偵探，一面說著，「拜託我們不要打架，拜託不要打架，拜託……」

誹謗伯爵已經把錄音帶倒轉回去，聽著爆米花在微波爐裡加熱時的鼓聲。然後是小小的「叮」響，說已經好了。

小吃吧檯後面，只剩下殺手大廚和克拉克太太。

對大自然來說，我們的鬼是她的朋友蘭娣，對噴嚏小姐而言，那個鬼是她那得癌症的英文老師。以我們用同樣方法毀了食物看來，我們的鬼很可能是我們之中兩三個人合作的結果。

從洗手間傳來馬桶沖水的聲音。抽水馬桶又沖了一次水。一陣眾口齊聲的呻吟在敞開門的洗手間裡的瓷磚地上回響。一片水由門口漫了出來，舔著大廳藍色地毯的邊緣。

水裡到處是融化的衛生紙、紙和爆米花。是我們的鬼魂送的另一件禮物。

克拉克太太仍然瞪著那個門開著的微波爐，說道：「我還是不能相信我們殺了她……」

八卦偵探還在聞著有奶油香的空氣，說道：「情況還可能更壞呢。」

在由馬桶裡回上來的水裡，沖上來漫到大廳地毯邊的水裡，可以看到有毛，貓的毛。一條細細的皮項圈，一些細如鉛筆的骨頭。

這時候，否定督察已經由她住的化妝室跟著我們來了。她正好及時看到那長著小小牙齒的頭骨，不知是什麼人把肉都剔乾淨了，又被馬桶的回水沖了出來。

刻在項圈上的，是個寫著「柯拉小姐」的名牌。

克拉克太太轉開臉去不看否定督察臉上的表情，只看著小吃吧檯後面的鏡子裡映照出的小小身影，說道：「怎麼說？殺人還能有什麼更壞的情形嗎？」

美國人的假日

一首關於八卦偵探的詩

「美國人嗑藥，」八卦偵探說：「因爲他們
不大懂休閒。」
因此他們吃鎮靜劑、止痛藥、安眠藥。

八卦偵探在舞台上，一手拿著錄影機
像一個假面具
遮住了他半邊臉。
其餘的部分，一身棕色西裝，棕色
皮鞋。
一件芥末黃的背心。直直的棕髮
梳向後面。
一個黃色領花，一件白色的禮服襯衫。
啊，白色的襯衫閃亮，
和電影明星的一樣。
沒有聚光燈，八卦偵探有如一方銀幕
放映著舊片：

拍的是某個戲院裡的觀眾。
一排又一排的人，所有的人，
那麼多的手都在拍著，沒有一點
聲音。

八卦偵探站在舞台上，放鬆了左腿，
身子一直比較偏向右邊。
應該是一隻眼睛的地方，亮著紅色
錄影
亮在錄影機上，看著。
應該是一隻耳朵的地方，在這邊是內建
麥克風。除了他自己的話什麼都聽不見。

八卦偵探，他說：「美國人是全世界
最會工作的人。」
還有研究和競爭。
可是談到休閒就差勁透了。

休閒無利可圖，沒獎盃可拿。
奧運不會獎給最懶散的
運動員。
也沒有世界最懶的什麼人
可以代言的商品。

他的錄影機自動對焦。他說：「我們
在輸贏上都很了不起。」
還有埋頭奮鬥。
但拙於承受，不善聳肩和忍耐。

「因此，」他對自己說：「我們有大麻和
電視，啤酒和鎮靜劑。」
以及健康保險。
需要時，可以重新加滿。

現在這一刻，莎拉・布儂正看著她最好的一根木頭的擀麵杖。她揮舞著，試試感覺有多重，用力地打在她伸開的手掌上。她把洗衣機上方架子上的瓶瓶罐罐移來移去，搖著那瓶漂白水，聽聽裡面還剩多少。

要是她能聽得見，要是她肯聽我說，我就會告訴她說殺了我也沒關係。我甚至會告訴她該怎麼做。

我租來的車就停在那邊路上，如果你在聽收音機的話，大約一首歌的時間就能走到。要是你在受到驚嚇而數腳步的話，大約是走兩百步的距離。她可以走路過去，把車開回來。一輛暗紅色的別克，現在因為很多車在那條石子路上來往，恐怕已經蓋滿塵土了。她可以把車就停在靠近這個小工具間，或是花園小棚屋，或者不管她叫做什麼，反正是關著我的這個地方。

為了萬一她就在外面，或是近得可以聽得到的地方，我大聲叫道：「莎拉？莎拉・布儂？」我大叫道：「妳沒什麼好覺得難過的。」

我關在這裡面，還是可以指導她，讓她完成這件事，告訴她怎麼做法。下一步，她得去找根螺絲起子，鬆開夾子，把連接在乾衣機後面的錫皮百摺導管拆下來。然後她可以用那同一組夾子將導管一頭固定接裝在我車子的排氣管上，這種導管可以延展得很長，長得超乎你的預期。我的油箱裡幾乎全滿。她也許可以用支電鑽在這個小屋有木頭的那邊鑽個洞，或者在門上鑽洞，她是個女人，能在之後看不出來的地方打洞的。

她這個地方要看起來好看，是很重要的事。因爲這就是她所有的一切了。

「妳的生活和我以前一樣，」我說：「我能明白妳對事情的想法。」

她可以用幾條膠帶把管子固定在小屋上。如果要加速殺死我的話，還可以用一塊大塑膠布蓋在小屋上面，然後用繩子把塑膠布在四壁綁緊，把這裡變成一個密不透風的煙燻室。不用五個小時，她就有了兩百磅的肉腸了。

大部分的人，連雞都沒殺過，更不用說殺人了。一般人，根本不知道這有多難。

我答應只做深呼吸。

由保險公司來的報告，說她的名字叫莎拉。莎拉・布儂，現年四十九歲。在一家麵包店當資深烘焙師傅已有十七年之久。她以前能一肩扛起重量相當於一個十歲男孩的一袋麵粉，而且還可以一邊扛在肩膀上，一面抽開前面袋邊的縫線，把麵粉一點一點地倒進迴轉攪拌機。按照她的說法，在她最後上班的那天，前晚拖過的地板還是濕的。那裡的照明也不好。麵粉的重量使她往後跌倒，頭撞在一張桌子所包的鐵邊上，結果造成失憶、偏頭痛，還有身體虛弱，使她無法從事任何勞力的工作。

腦部斷層掃描結果沒有問題，核磁共振造影結果，也沒問題，X光檢查，沒問題，可是莎拉・布儂始終沒回去工作。

莎拉・布儂，結過三次婚，沒有生孩子。有一點社會福利金，每月還有一點公司付的賠償金。她吃二十五毫克的止痛藥來治療從腦部到脊椎再散到兩臂的習慣性疼痛。有幾個月，她還要求醫生給她開鎮靜劑或安眠藥。

在她和公司達成和解後不到三個月，她就搬到了這裡，到這個鳥不生蛋的荒郊野外，四周沒有鄰居。

目前此刻，我坐在她的小棚屋裡，右腳看來向後彎曲，膝蓋想必給打斷了，神經和筋絡都轉了半圈。膝蓋以下的所有部分，全都麻木了。這裡黑得什麼也看不見，不過從我坐著的地方，能聞到牛糞的味道，那種塑膠的滑滑感覺想必是準備給她園子裡用的一袋袋堆肥，靠在牆上的有一柄鏟子，一把鋤頭和一支耙子。

可憐的莎拉．布儂，現在她正在檢查她的電動工具。她想到用電鋸來鋸我就覺得噁心，因爲出來的不是木屑，那旋轉的鋒刃飛濺出來的是一蓬鮮血、肉和骨頭。哎，這還得她有一條夠長的延長線。她正在看漆罐、殺蛞蝓的藥、清潔劑等等的標籤上有沒有骷髏頭加兩根交叉骨頭的記號。或是嘔吐先生那張皺著眉頭的綠臉。她打電話到當地中毒防治熱線，打聽一個成年男子要喝到多少烤肉用引火油才會致命。對方的毒物專家問她爲什麼要查問時，莎拉就很快地掛了電話。

我怎麼會知道這些的原因是……十年前，我替一個中盤商送大罐大罐的啤酒給好多好多的小酒吧和小餐廳。這些地方都小得沒有卸貨區，所以我只能並排停車，或是停在所謂的自殺線道，也就是兩邊都有車輛來往疾馳的地方。我背起一桶桶的酒，或是把一箱箱啤酒放在手推車上，等到車流之間出現一個夠大得能讓我衝過去的空檔。永遠來不及準時送達，最後，完全是意外地，一個酒桶從架子上滾落，將我打倒在地上，不省人事。

在那之後，我找到一個幾乎和這裡一樣好的地方。一輛生了鏽的拖車，哪裡也不去的，停在一間只有個洞的戶外廁所旁邊。前面是一條通過樹林的石子路。我有一輛四汽缸的手排福特車，可以開著到鎮上去，一筆因爲完全失能而有的年金，還有用不完的時間。

我的下半輩子，唯一要做的事就是讓我的車子能跑。我嗑藥嗑到只要在太陽下散散步，就覺得像按摩一樣爽，甚至像按摩之後再幫我打一輪手槍一樣爽。

就只看那些餵鳥器前面的小鳥，那些蜂鳥，或是丟點花生，看松鼠和花栗鼠搶著吃，就能讓我嗑了藥之後笑得好開心。那眞是夠好的生活，是美國人夢寐以求的好日子；生活裡沒有鬧鐘，不必打卡上下班，或是戴個他媽的髮網。夢想中的生活，不必連拉個屎也要先得到哪個混蛋的批准。

沒錯，在今天下午之前，莎拉．布儂沒有別的事要做，只是看看由圖書館借來的平裝本小說，看看蜂鳥，吞那些小小的白色藥片。過著應該永無止境的夢幻假期。

討厭的是，不管你是不是傷殘，都至少得裝出傷殘的樣子來。你得跛著腳走路，或是頭和脖子硬著，表示不能轉動。即使血液裡充滿了止痛藥，這種裝假還是會讓你開始覺得難過。任何一種症狀裝久了，就會眞的覺得痛起來。你到處跛著腳走路，然後你的膝蓋就會眞的痛了起來。一直坐著，就會變成一個大胖駝子。

美國式的夢幻休閒，很快就讓人覺得無趣。然而，你拿了錢做傷殘人士，坐在電視機前，躺在吊床裡，看著那些該死的動物。要是你不工作，就不想睡覺，白天晚上，你都是半睡半醒，煩悶無聊。

白天的電視，你依照三種廣告就可以說得出是些什麼人在看。那些廣告或是給人戒酒的診所，或是打傷殘賠償官司的律師事務所，要不就是提供函授職業文憑的學校，教你成爲會計師、私家偵探，或者是鎖匠。

如果你是看白天電視節目的人，這就是你的新統計學資料。你是個醉鬼，或者是個傷殘，或者是個笨蛋。過了最初兩三個禮拜之後，懶散的日子眞無聊透了。

你沒錢出門旅遊，可是用鏟子翻土，保養汽車，種點菜在園子裡，都不用花錢。

有天晚上，天很黑了之後，一群蚊子和鹿虻圍在我門口的電燈四周，我在我的拖車裡，泡了一大杯熱茶，吞了幾顆藥。我把正在看的書放下來，看看窗外的蟲子，就在這時候有聲音傳來，是個男人的聲音，在後面樹林裡的暗處喊叫。

有人在叫救命，來人啦，救命啊！他失足傷了背部。他告訴我說他從樹上掉了下來。

在半夜裡，他穿著一套棕色西裝，一件芥末黃的背心。腳下一雙有蓋飾的棕色皮鞋，說他在賞鳥。有一副望遠鏡用皮帶掛在他脖子上。這是他們在函授學校裡教的，如果你被嫌犯逮到，就說你是個賞鳥的。我說我來幫他拿他的公文箱，然後我們各伸出一隻手來環抱對方，很慢很慢地像兩人三腳似地，往回走向我那輛拖車住家的門燈。

差不多快到的時候，那個人看到我那間老廁所，就問說，我們能不能停一下。他眞的需要上個大號，他說。我扶著他進了門。

一等他把門關上，聽到他的皮帶環落在地板上，我馬上打開了他的公文箱，裡面是一大疊文件，還有一具錄影攝影機。攝影機旁邊打開著，裡面有一捲帶子，我把攝影機拿起來，把旁邊的蓋子蓋上，那捲帶子就自動開始播放，小小的觀景螢光幕亮了起來。

在螢光幕上，一個小小的人把一輛舊福特車的後輪胎卸了下來。

那是我，推著輪胎。是我，把外面鎖住的螺絲撬開，把我車上的輪胎卸下來。

沒有別的，沒有賞鳥的記錄。在一陣靜電的輕響之後，螢光幕上現出了我小小的身影，沒穿上衣，扛起一滿桶瓦斯，把那個桶子搬到拖車那邊，換掉用完的空桶。

如果莎拉和我一樣的話，此時此刻，她正由廚房抽屜裡拿出一把切麵包的刀子。如果她給我一杯放了幾顆安眠藥的水，也許可以讓我昏睡過去。現在，她正在仔細地，幾乎像鬥雞眼似地看著刀鋒，看看有多利。要把雞肉切開是非常容易的事，割人喉嚨也不會更糟。她說不定會拿塊毛巾蓋住我的臉，這樣就可以假裝我是一條麵包，只不過是切麵包，或是肉捲，只是等到切斷一條血管，而心臟仍在輸送血液，就會有一波又一波的血泉湧而出。此時此刻，她正把刀子放回抽屜裡。

也可能是她拿的是一把電動割肉刀，是她半輩子前所收到的結婚禮物，還從來沒有用過。仍然放在印刷精美的盒子裡，附有小冊子教你如何切火雞……去掉火腿骨……切羊腿。

沒說怎麼把一個私家偵探分屍。

你必須考慮到的是，也許我希望被逮到。

壞心的我，偷窺可憐的莎拉・布儂和她那一家子小貓。

你必須考慮的是，也許**她**希望被逮到。我們都需要一個醫生來把我們從完美的子宮裡拖出去，我們抱怨、呻吟，可是我們很感謝上帝把我們踢出了伊甸園。我們愛我們所受的試煉，傾慕我們的敵人。

爲了怕萬一莎拉正好在附近，我大叫道：「拜託，不要爲這事讓妳自己傷透腦筋……」

因爲沒有鎖可以把人關在廁所裡，所以我用一條繩子把整個廁所綑起來，繞了三圈，綁得很緊，還打了三個死結。在廁所裡面，那個人正在哼哼唧唧地把屎拉進他坐在上面的那個洞裡。他在忙著打那些由暗處飛出來的蚊子和鹿虻，沒有聽到我在外面打繩結，又把他的公文箱拿進我住的拖車去看一看。

在那個偵探的公文箱裡，有一份電腦打印的文件，上面列了各種傷殘狀況，旁邊都列有姓名和地址。有些人是腕骨綜合症候群①，有些是下背部某處軟組織受傷，頸椎慢性疼痛，還列有造成傷殘者，保險公司，還有每個個案所開的止痛藥。

在那張表上，有我的名字：尤金・丹頓。

在公文箱裡，一根橡皮筋綑著厚厚一疊名片，每一張上都印著：路易士・李・歐連世，私家調查員。還有一個電話號碼。

我撥了那個號碼之後，公文箱裡的一支手機響了起來。

在外面，路易士・李・歐連世正在大聲地叫我幫他打開廁所的門。

如果這樣能讓莎拉・布儂對殺我的事覺得好過點的話，我願意告訴她那個偵探，他哭了。兩手摀著臉痛哭失聲，他告訴我說他在家有老婆和三個孩子，很小的孩子。可是他並沒有戴結婚戒指，皮夾子裡也沒有照片。

大家都說，會感覺到有人在看他們，讓人盯上的感覺就像有螞蟻爬到你穿在長褲裡的腿上。我可不會。那天下午，我換了輪胎，檢查過煞車，換了機油，把車的載重量由冬季的規定改成夏季的規定。在這個小小的錄影攝影機螢光幕上，我扛起一整箱的機油，從我住的拖車底下拖出來，用一隻手臂扶著，這個完全失能的我，可憐的司機兼送貨員，在法庭上宣誓說我的手都無法抬起來刷牙。一個下半輩子只能躺著不動的傷殘人士，現在，在拍到的錄影帶裡光著上身，腋下的汗水在那箱機油盒子上留下深褐色的濕印，我簡直可以當馬戲團裡的大力士。

生活在戶外，氣候好，吃得不多，睡眠充足，這個曬得黑黑的肌肉猛男簡直就是我十九歲時的模樣。

①Carpal-tunnel syndrome，指正中神經在腕管受壓時手與手指的疼痛異常等。

這是我所過過最好的生活，而這個被我關在廁所裡的傢伙卻要把我的生活全毀了。

大部分傷殘官司都還在上訴期間。那些保險公司的人，希望纏訟多年，只要能弄到五分鐘清楚的錄影，看到他把一具旋轉挖土機放進他的小卡車裡。他們把這段錄影拿到法庭上播放出來。結果是：案件審結。傷殘申請駁回，那個可憐蟲，前一分鐘他還滿懷希望，想到下半輩子每月可以領到一大筆足夠花用的現鈔，還有醫療費用，加上所有他需要的止痛劑、鎮定劑和安眠藥，來安樂過日子。辯方在法庭上把錄影帶一放——那具旋轉挖土機放進他的小卡車裡——他就什麼也沒有了。

他已經四十五或五十歲了，還被控詐領保險金。他後半輩子再也沒有別的，只能領個最低工資，沒有福利。一直要等到六十幾歲夠資格退休之後，才會有閒暇時候。

此時此刻，對莎拉・布儂來說，就算是因爲殺人入獄的生活，也好過稅繳不出來，車子給沒收，在街上推個手推車當遊民。

我和她處境相同的那時候，手裡只有一盒四瓶強力殺蟲劑。我所住的拖車底下有一個胡蜂窩。每瓶殺蟲劑上面的用法說明都說先搖勻，再打開頂上的小瓶口。殺蟲劑就會自動噴出毒煙到瓶空爲止。

標籤上說什麼都能殺得死。

那個可憐的偵探。我爬上梯子，把四瓶殺蟲劑全由廁所的通風管丟了進去。然後，我用手摀住管口，以免有什麼漏出去。我在上面，像個阿爾道夫他媽的希特勒，把毒氣丟下去，聽那個偵探咳著嗽，苦苦哀求讓他透透氣。先是他作嘔嗆到的聲音，然後是大量黏稠的穢物吐在地板上的聲音。單只是這個聲音，就差點讓我也想吐。殺蟲劑的硫磺味和嘔吐穢物的臭味。那些殺蟲劑不斷嗞嗞作響，白色的煙霧由每一個細縫和釘子孔裡溢出。帶汽油味的煙因爲那個偵探用力撞牆又撞門地想要逃出去而從四邊滲了出來。他撞得在那套棕色好西裝墊肩裡的肩膀和手臂都瘀青了，也讓他耗盡了力氣。

我坐在這裡，一條腿從腰部以下都在痛。等著莎拉·布儂找出解決方法。我有好多事想告訴她。那種強烈殺蟲劑只讓那個偵探和我兩人都噁心想吐。還有用大扳手敲人家的太陽穴是什麼感覺。還有，前面打的那十來下，只會弄得一團糟，就算兩手抓住往下打，也不過打掉頭髮打出血，並不能眞正地打碎多少骨頭。還有血會讓扳手變得滑不留手而難以握住。而且你還得找東西來清理，把這事給做完。

如果說我在殺掉路易士·李·歐連世先生之前並沒有失能的話，事後可就是了。殺人是件辛苦的工作，辛苦而又一團糟的工作。辛苦而又一團糟而且還吵死人的工作，因爲他大喊大叫，說的話和屠宰場上一條牛的叫聲一樣沒什麼意義。

我當時的想法是，就算我不殺了我這位多管閒事的偵探先生，那冰冷的漫長夜晚也會讓他送命。鹿虻和他斷腿引致的休克也會。死了就是死了。這樣死法可以讓我們兩個都不必受苦。不必受太多的苦。

就算我始終不被逮到，但殺了那個偵探的事還是毀了我當傷殘人士的樂趣。現在我知道會有人在監視，我也看過那張列印出來的清單。總有一天會有另外一個偵探來查我。

所以，既然打不過，不如跟著做。

在電視上播映的下一個函授學校廣告，我就打了電話給他們，他們教你怎麼跟監一個嫌犯，怎麼到垃圾桶裡去翻找證據。不到六個禮拜，我就拿到一張說我是私家調查員的文件。之後，我也有了自己的一張清單去加以調查，去做那些我稱之爲我自己的「跟監記錄」。

你學聰明了，離開這個圈子，轉而對付其他和你一樣的傷殘同胞。大部分的案子，你根本不用出庭。只要把你住旅館、租車子、吃飯等等的帳單報上去，就會收到郵寄來的支票，再加上你的佣金。

到目前爲止，我已經跟了布儂女士五天之久，仍然一無所獲。你在拍攝「跟監記錄」的時候，很像是跟你的目標結了婚。到郵局去取她的信件，去圖書館換一本新書，到雜貨店買東西，即使是她整天坐在拖車裡，關上窗簾，看著電視，我也得把車停在那條石子路上，整個人躺下去，躺在我租來車子的前座，好把頭枕在一個豎在乘客前座裡的枕頭上。這樣才能有一隻眼睛看著外面，哪怕什麼事也不會有。

這就是一場婚姻關係。

整個下午，我蹲在她拖車後面的山坡上，藏在樹叢裡，打著蚊子，由我的錄影攝影機鏡頭裡望著她。我在等著可以按下「錄影」按鈕的機會。只要莎拉彎下腰去，扛起一個白色的瓦斯桶，只要五分鐘的時間裡，她把很重的一大包貓飼料由她的老金龜車裡搬下來，我的工作就大功告成了。剩下的事只有把我租來的車子還回去，趕下一班飛機回家。

當然，我之所以會坐在她這個小棚屋裡面，是因爲我失足跌了下來。她過來找到我的時候，已經是天黑之後，而蚊蟲肆虐已經比她所能對付我的方法——用槍或用刀——都更凶的時候。我不得不叫救命，而她用一隻手抱著我的腰，半撐半抱地走了這麼遠，她讓我坐在這裡。休息一下，她說。

沒有人說我很有創意，我對她說我在賞鳥。這個地區以紅胸雎鳩馳名，每年這個季節，藍頸雉鳥會到這裡來交配。

她拿出我的錄影攝影機，操弄著小小的播映螢光幕，打了開來。她說：「哦，拜託，讓我看看。」攝影機卡嗒一聲，嗡嗡作響，那個「播放」的紅燈閃了閃，亮了起來。她看著螢光幕，面帶微笑，有點迷糊。

我對她說，不要，伸手去拿攝影機，要拿回來，但我的動作太快，我對她說不要看，也說得太大聲。

而莎拉．布儂，她往後退開，拱起雙肘和兩手來不讓我拿到攝影機，由小螢光幕上發出閃動的微光，如燭光般照在她臉上，她微笑著繼續往下看。

她一直不停地看著，但她的臉鬆垮下來，笑容消失了，她的兩頰往下垂落。

那是一段她扛起一袋袋牛糞的畫面，那些滑滑的白色塑膠袋裡裝滿了牛糞。每一包上面都有黑字印著：淨重五十磅。

她的兩眼盯緊了那方小小的螢光幕，她臉上所有的肌肉全擠到了中間。她的眉毛，她的嘴唇。這就是能毀掉她熟悉生活的五分鐘。我那「跟監記錄」短片會把她打回藍領奴工的生活。

可能是她的背傷痊癒了，也可能她原先根本是在作假。但清楚的是，她沒有殘疾。以她那雙手臂，都可以和鱷魚表演摔角來維生了。

莎拉．布儂，我只想告訴妳說我了解。此時此刻，妳在看滅鼠靈盒子背面說明的時候，我只想讓妳知道——那完全傷殘、完全無助而失能的第一個禮拜，是我長大成人以來，生活中最美好的一個禮拜。

這是曾經度過一禮拜假去露營的每一個農夫、每一個鐵道員和每一個女侍的美夢。在某個幸運的日子，一列火車在轉彎時太快而出軌，或是他們踩到一攤打翻在地的奶昔，結果讓他們住在一條不知名的石子路盡頭。快樂的傷殘人士。

那也許不是什麼美好生活，卻是個夠美好的生活，洗衣機和烘衣機就在拖車旁邊的台子上。所有的東西都是上了漆的金屬製品，上面有著斑斑鏽跡。

只要她肯聽我說，我可以告訴布儂女士說我的大動脈在哪裡，或是在她揮動大鐵槌時該打在我頭上的哪個地方。

可是，莎拉・布儂只叫我等一下。她關上小棚屋的門，讓我坐在裡面，有掛鎖鎖上的聲音。

此時此刻，她正在磨刀，她在挑衣服，她的便服和罩衫，牛仔褲和運動衫，要找一套她以後絕不會再想穿的衣服。

我在等著她，對她叫著說要她不用難過。我叫著說她要做的事都是對的。這是讓一切結束的唯一最好辦法。

八卦偵探站在小吃吧檯後面，告訴我們說：「結果，那個莎拉・布儂，她比我聰明。」

她沒有殺我，卻打開了錄影攝影機，把我的過去，謀殺路易士・李・歐連世的事，錄了下來。等她把錄影帶藏好之後，她開車把我送進了醫院。

「這個，」八卦偵探對我們說：「就是我所謂的美滿結局……」

17

魏提爾先生會說，有些故事，你會說，會加以利用，另外有些故事，會把你榨乾。

美國小姐正用兩手緊抱著肚子，蹲在哥德式吸菸室裡一張翼狀靠背扶手椅的黃色座墊上，用一條圍巾圍著肩膀，前後搖擺。到底是她的肚子眞的大了，還是她衣服穿得太多，我們實在不知道。她擺動著，兩臂和兩手全是貓爪子抓出來的一道道紅腫。她說：「你們有沒有聽說過CMV？細胞巨化病毒？那對孕婦來說是會致命的，而貓會帶原。」

「要是說妳爲那隻貓感到難過的話，」失落環節說：「那倒是應該的。」

美國小姐抱著肚子前後搖擺，說道：「當時不是那隻貓死，就是我死……」

我們全都坐在那個「科學怪人室」裡，坐在那黃紅兩色玻璃的壁爐前面，互相對看著。在心裡暗暗記下每一個手勢和每一句對話，錄下每個動作，每件事情，每種情緒，蓋過前面的一切。

坐在黃色皮椅上的失落環節對坐在隔壁一張椅子上的靈視女伯爵說：「怎麼樣？妳是殺了什麼人才到這裡來的？」

每個人都假裝不知道他這話的意思。

我們每個人都想做攝影機，而不是被拍攝的東西。

「看起來我們不是全在躲什麼嗎？」失落環節說。長著長鼻子，如涼篷似的一字濃眉和一臉鬍子的他說：「否則怎麼會有人跟著魏提爾先生——一個大家都不認識的人——走進這道門來呢？」

在那些黃綢子的牆紙上，在那些又高又尖，後面有十五瓦燈泡照出永恆暮色的染色玻璃窗之間，在那黃色牆紙上，聖無腸畫著亂七八糟的記號，來記錄我們到現在爲止已過的天數。他以一隻手上僅剩的拇指和食指捏住一支粉筆，在每天保安會修女打開電燈時畫一道記號。

在石板地上，八卦偵探正用那個粉紅色的健身輪來回地滑動著，想要再減輕體重。

爐子——又壞了。鍋爐也壞了，馬桶呢，因爲塞進了爆米花和死貓也給堵死了。洗衣機和烘衣機到處是拔出來扯斷的電線。

大家尿在一個碗裡再拿去倒進洗手槽裡，或者就撩起裙子，尿在某個大房間的黑暗角落。

我們穿戴著童話式的絲絨衣服和假髮，每天在尿和汗水的臭味中，在那些有著回音的冰冷房間裡打發日子，這正是兩三百年前的宮廷生活。在今天的電影裡看來乾淨而高雅的皇宮與古堡，實際上——就算是全新的，也又臭又冷。

據殺手大廚說，法國古堡裡的廚房離皇家餐廳遠到等菜送到餐桌上時都已經冷了。所以法國人才會發明他們那些超濃的醬汁，像毯子一樣地蓋在食物上，以保持在送上桌時還是熱的。

我們呢，我們找到所有肉食動物獵食的東西：保齡球、健身輪、那隻貓。

「我們的人性不是以我們如何對待其他人來度量的，」失落環節說。他一面用手指弄著外套袖口上那一層貓毛，一面說：「我們的人性是以我們如何對待動物來度量。」

他看了看保安會修女，而她看了看錶。

在人權比歷史上任何一個時間都更爲高張的這個世界裡……在整體生活標準處於巔峰狀態的世界裡……在每個人要爲自己生命負責的文化裡——失落環節說，在這裡，動物都很快成爲最後的眞正受害者。唯一的奴隸和獵物。

「動物，」失落環節說：「就是我們對人類的定義。」

沒有動物，也就不會有人類。

在一個只有人的世界裡，人根本什麼也不是……

「也許這才是在狄奧岱提別莊裡被連日大雨困在屋子裡的人沒有互相殘殺的原因所在。」失落環節說。

因爲他們有大群的狗、貓和馬，還有猴子，讓他們言行舉止像人類。

看著美國小姐兩眼紅腫，因爲發燒而汗流滿面，失落環節說，在將來，那些在診所外抗議的人——那些高舉畫有微笑嬰兒的抗議牌子的人，那些咒罵著，朝待產的婦女吐口水的人——在那個悲慘而擁擠的世界裡，失落環節說：「這些人反對的是那些少數仍然選擇生孩子的自私婦女……」

在未來的世界裡，在我們外面的世界裡，唯一的動物只存在於動物園和電影裡。除了人以外的所有東西都成爲桌上佳餚：雞肉、牛肉、豬肉、羊肉和魚。

美國小姐抱緊了肚子說：「可是我需要進食。」

「沒有了動物，」失落環節說：「還是有人，可是沒有人性。」

大自然看著她的訂婚戒指，遊民夫人的那顆大鑽石在她細瘦的手指上閃閃發光。她說：「你說什麼抗議生孩子的事……好可怕喲，聽起來就像是凶悍同志說的話。」

這裡的第四個鬼。

「我同意，」聖無腸望著大自然說：「小嬰兒很……棒。」

大自然和聖無腸——仍然是我們的浪漫愛情的支線情節。

然後失落環節舉起兩手來將大衣袖子抖落。他以兩根食指抵住兩邊太陽穴，說道：「那我現在就和她連結。」連接上凶悍同志。也連接上魏提爾先生，他說人類需要接受他們天性中屬於野獸的那一面。我們需要以某種方式來宣泄我們戰鬥或逃竄的反應。那些我們在過去上千代以來所學會的技巧。要是我們忽視我們對傷害和受傷害的需要，要是我們否定這種需要而任由其累積的話，那我們就會有戰爭。連續殺人犯，校園槍擊事件。

「你的意思是說，我們會有戰爭，」聖無腸說：「是因爲我們會覺得無趣的門檻太低了的緣故？」

而失落環節說：「我們之所以會有戰爭，是因爲我們不承認有那麼低的門檻。」

八卦偵探拍攝誹謗伯爵，誹謗伯爵錄下失落環節的話。我們所有的人都在尋找一些眞實的狀況，以便將來有一天在拍片現場可以說給演員聽。某些細節來讓我們對眞相的說法更加眞實。

美國小姐在她那麼多層裙子下伸起一隻手來，讓兩眼低垂茫然地看著地毯。她的手指在那幾層裙子下摸索，一面呼吸著，胸部上下起伏。她停下了手。

在她把手抽出來的時候，手指頭都亮亮的，沾著某種透明液體而變得濕濕的。她把手送到鼻子面前去聞了一下，皺起了眉頭，在她那對藍眼之間的皮膚縮到一起而成爲很深的皺紋。

可憐的否定督察已經不哭了，哦，停了好久好久了。從那以後，她只坐在那裡，盯著美國小姐，跟著她從一個房間到另一個房間。一直在等待著。

「妳有了細菌感染。」失落環節看著美國小姐手臂上的抓痕說：「桿狀巴東體菌，感染到淋巴結。」然後他停了下來，讓大家記筆記，他一個字一個字地細說：「桿子的桿，形狀的狀……」而誹謗伯爵匆匆地寫著。

「要是我沒弄錯的話，」失落環節一面朝空中聞著說：「妳的羊水破了……」

噴嚏小姐以手握拳擋在嘴前咳著，在寂靜之中，筆在紙上書寫的聲音響得有如雷鳴。

美國小姐的手指湊到桌子前面的時候，否定督察的眼光一直盯著她的手。

我們每一個人，都是攝影機後面的攝影機後面的攝影機。

失落環節把他大衣袖口的毛撣掉，頭也不抬地說道：「妳得的這個病俗稱『貓抓熱』……」

「我有偏頭痛，」美國小姐說著，把她濕濕的手指在圍巾上擦了擦。她撩起一把裙子，站起來下了椅子。她把圍巾拉高，高得圍住了她被抓傷的脖子。美國小姐站直了之後，開始朝樓梯走去，一面說道：「我要回我自己的房間去。」

她剛才蹲著的那張椅子皮座墊上黑黑的。濕了，是水，不是血。

等到美國小姐由樓梯上往下走，越來越往下而消失之後，否定督察才動了起來。

一等美國小姐走得看不見蹤影之後，否定督察就開始跟著她走去。

我們其餘的人看著，把這事記下來。否定督察兩手各抓住她身上的制服，一件克拉拉．巴頓①式的長裙子，外罩連身圍裙，胸口有個紅十字，頭上的假髮頂上別著一頂摺起的護士帽，她抓著裙子的手指緊得看來都發青了。她的下巴垂貼在胸口，因此兩眼翻上去，由眉毛底下往外看。她的嘴巴緊到下巴兩角的肌肉都鼓了出來。否定督察以比我們的筆在紙上塗寫還輕的聲音，跟在美國小姐後面走去。

我們其餘的人坐著，等著尖叫聲傳來。

需要出些有意思的事。

①Clara Barton，美國紅十字會創始人。

需要出些殘忍的事。

我們的神話——只不過又少了一個人分版稅。

八卦偵探癱倒在地上，側躺著，不住喘氣，亮著汗光。他的長袖袍子底下露出燈籠褲，假髮垂落在頭上。他對失落環節說：「且驗證一下你自己的理論。」八卦偵探說：「你是殺了什麼人才到這裡來的？」

進化

一首關於失落環節的詩

「你今天要怎麼做？」失落環節問道，
　「你要怎麼樣辯護？」
那堆積如山的動物和你先人的屍體
　你就站在上面。

失落環節在舞台上，他的黃色眼睛
由他突出的眉骨下方深處瞪了出來。
他的眼睛和鼻子全擠在中間
　那一塊小小的開放空間
在如樹叢的額頭和如森林的
　鬍鬚之間
他兩手垂落幾近雙膝，
指節上都長著捲曲的黑色長毛。

舞台上，沒有聚光燈，只有一段影片：
十六釐的影片，拍的是一個怪物
　全身長滿了紅毛。

高得如一個騎在馬背上的人，
　頭頂是尖的。
背對著鏡頭跑了開去，
一個大晴天的河邊，有松樹爲背景。

那個紀錄片裡的怪物，身形落在
失落環節身上。
她長著紅毛的乳房晃動著，
她轉頭往後看。

在台上，失落環節說：「你呼吸的每口氣
都因爲有什麼死了。」
因爲有什麼東西或什麼人死了，你
　才能有今生。
那如山的死者，把你托升到日光中。
失落環節，他說：「那些力量與能量
以及他們生活的動能……」
如何找得到你？

你如何享受他們給出的禮物？
皮鞋和炸雞和陣亡的士兵都只是
一場悲劇
如果你浪費了他們的禮物
坐在電視機前，或困在車陣裡，或
在某個機場裡進退不得。

「你怎麼才能顯示歷史上的一切生物？」
失落環節說。
你怎麼才能顯示出他們的生死與工作
都是值得的？

論文
失落環節的故事

結果那並不是眞正的約會。

沒錯，是和一個夠漂亮的小妞在小酒館裡喝啤酒。打了一盤撞球。自動點唱機裡播著音樂。叫了兩客漢堡加煎蛋、炸薯條。典型的約會餐點。

在麗莎死了之後這樣太快了點。但是出來走走，卻很爽快。

然而，這個新認識的女孩子，眼光始終不曾轉開。不看吧檯上方電視機裡的足球賽，打的每桿撞球都沒中，因爲她根本不看母球。她的眼睛，好像在記口授資料。記著速記，拍著照片。

「你有沒有聽說那個被殺的小女孩？」她說：「她是從保留區來的吧？」她說：「你認識她嗎？」

那間酒吧的粗杉木板牆給菸燻了多年，地上的木屑很厚，好吸收吐出來的菸草汁。黑黑的天花板上來來回回地掛了耶誕燈串。紅的，藍的，黃的，綠的，還有橘色的。有些燈泡在閃亮。這裡是那種不會管你帶狗或帶槍進來的酒吧。

可是，儘管外表上看起來像是約會，其實更像是一次訪問。

那個女孩子就算是在陳述一件事實，說出來也像是個問題：

「你可知道，」她說：「聖安得烈和聖巴多羅買①曾經想讓一個長著狗頭的巨人皈依嗎？」她甚

①兩人都是耶穌十二使徒之一。

至都不先瞄一下就下桿，一面說：「早期的天主教會形容那個巨人有十二呎高，長了一張狗的臉，獅子的鬃毛，牙齒有如野豬的獠牙。」

她當然沒打中，但是她毫不理會，一路講了又講，講個不停。

「你有沒有聽說過義大利話所說的lupa manera？」她說。

她趴在撞球檯上，又漏打了很容易的一桿：那兩顆球根本是一直線可以進底袋的。她一直不停地在說著：「你有沒有聽說過法國的甘狄農家族？」說著：「一五八四年，全家族的人全部以火刑燒死了……」

這個女孩，叫曼蒂什麼的，在過去兩個月來一直在校園裡打轉，也許從耶誕假期之後就開始了，穿著短裙子和鞋跟尖得像鉛筆一樣的靴子。這種衣服附近可是連買都買不到的。起先她大部分都在人類學系附近。在「世界民族一〇一」課堂裡，她是畢業班助教，她那種瞪著兩眼的那一套就是從這裡開始的。然後她又到了英文系一帶，查問法律預科的問題。她每天都在那裡，她每天都說哈囉。可是，永遠在查看，兩眼拍著照片，記著筆記。

做那個叫曼蒂什麼的，祕密特勤人員。

整個冬天，他們的視線接觸過好多次。這個禮拜，她說：「你要不要去吃點東西？」她請客。可是，就算有漢堡，有耶誕燈飾，有啤酒，卻也還不是約會。

現在，她打歪了六號球，說道：「我在人類學方面比打撞球強多了。」她在桿頭搽著粉說，「你可知道varulf這個字？曉不曉得一個叫吉爾·特魯道的人？他是美國革命期間拉法葉將軍的嚮導？」那個叫曼蒂什麼的一直把藍色的粉搽在桿頭上磨著說：「你有沒有聽過一個法國字叫loup-garou的？」

她的兩眼一直盯著，估量著，要找一個答案，一個反應。

就是因爲她是學人類學的，所以才想見人而走出去。她從紐約市搬到這裡來，千里迢迢只爲認識由奇瓦納族保留區來的男人。對，這是有種族的問題，她說，「可是那是好的一面。我就是覺得奇瓦納族的男人很辣……」

叫曼蒂什麼的把身子從漢堡上方俯了過來，兩肘撐在桌子上。一手握住下巴，另外一隻手在油膩的桌面上畫著一個看不見的圖形，她說奇瓦納族的男人都長得很像。

「奇瓦納男人的臉上都有條大老二跟兩顆蛋蛋。」她說。

她的意思是：奇瓦納族的男人都有方方的下巴，有點太朝外伸。而下巴中間有一道溝深得讓下巴看起來就像一個袋子裡放了兩顆蛋蛋。奇瓦納族的男人永遠隨時需要刮鬍子，哪怕剛刮完也一樣。

那層始終都在的烏青，叫曼蒂什麼的稱之爲「五分鐘烏青」②。

從奇瓦納族保留區來的男人只有一條眉毛，那一長條濃密黑毛，濃得有如一叢陰毛橫在他們鼻梁上方，然後向兩邊延伸，幾乎碰到兩邊的耳朵。

在這一大叢黑色捲曲毛髮和那像個袋子似的低垂下巴之間，就是奇瓦納男人的鼻子。一條又長又圓的肉管垂在臉中央。那根鼻子粗而半硬得肥大的頭部都能遮住他們的嘴巴。一根奇瓦納男人的鼻子長得甚至還超過了他們如陰囊的下巴，多那麼一點點。

「那眉毛遮掉了他們的眼睛，」曼蒂說：「鼻子又遮掉了嘴巴。」

---

②從形容男人鬍子太濃密，早上刮乾淨，下午五點又是烏青一片的Five O'Clock Shadow來的。

你看到從奇瓦納族來的男人的時候，第一眼看到的是一叢陰毛，一根粗大而半硬的老二垂掛下來，後面垂吊著兩個蛋蛋。

「好像尼可拉斯．凱吉，」她說：「只是更大一點，像根老二和蛋蛋。」

她吃了一根炸薯條，說道：「這樣就看得出那個男人長得好看不好看。」

桌上撒滿了她往炸薯條上撒的鹽。她用一張酒保從來沒見過那種顏色的美國運通卡付了帳，不知是鈦還是鈾的顏色。

她是爲了她拿學位的論文才到這裡來的。在曼哈頓，在那一群傻笑的人類學系大學生當中，很難受得了做這樣一個案子，只能忍耐到你的指導教授要你去做些田野調查。她研究的是隱居動物學，專門研究已經滅絕或傳說中的動物，像大腳怪、尼斯湖水怪、吸血鬼、蘇瑞郡美洲獅[3]，還有澤西怪魔[4]。那些可能有也可能不存在的動物。她的指導教授覺得她應該到這裡來，探訪奇瓦納族保留區，來研究此地的文化，做一點實際的調查工作，充實她論文的內容。

她的眼光上下跳動，搜尋著一個反應，一些認同。

「天啦，」她說著吐出舌頭，假裝嗆到的樣子。「這會不會讓我看起來好像想做瑪格麗特．米德？」[5]

她原先的計畫是去住在奇瓦納保留區裡，她可以租間房子什麼的。她的父母都是醫生，希望她能追求自己的夢想，而不要落得跟他們一樣的下場，至於要花費多少都不是問題。叫曼蒂什麼的即

③Surrey Puma，相傳於一九六〇年左右出現於蘇瑞郡西部的一種大型貓科動物。
④Jersey Devil，傳說中住在新澤西州南部的怪物，形如有翼之兩腳馬。
⑤Margaret Mead，美國人類學家，著作甚豐，二十六歲出版第一本書《薩摩亞人的成年》，曾引發爭議。

使是在說她自己的事，也還在提問題，談到她的父母親，她說：「他們爲什麼不換個工作呢？很慘吧？是不是？」

她的每句話最後都是個問號。

她的眼睛，不知是藍色的還是灰色的，仍然一直注意看著，她用牙齒咬了一小口漢堡，其實現在漢堡恐怕都已經冷掉了。她一副在吃什麼死的東西似地。

她說：「那個死了的女孩子……」

然後，「你覺得是出了什麼事？」

她的論文主題是這同一種巨大而神祕的生物怎麼會出現在世界各地。這些大東西在西雅圖的喀斯開山脈稱爲**Seeahtiks**。在歐洲叫**Almas**。在亞洲叫**Yetis**。在加州則是**Oh-mah-ah**。加拿大叫**Sasquatch**，蘇格蘭則稱爲**Fear Liath More**。英國馬杜峰一帶出沒的叫「灰人」，西藏則叫做**Metoh-kangmi**，或是「可惡的雪人」。

所有這些不過是那些在山裡、森林裡漫遊的巨大生物的不同名稱，這些生物有時讓登山者或伐木工人看到，有時給拍了照片，可是從來沒抓到過。

她稱之爲一種跨文化的現象，她說：「我討厭那個總稱，叫什麼『大腳怪』。」

所有這些不同的傳說都是各自產生的，可是全都形容的是高大多毛而又臭味沖天的怪物。這些怪物很怕生，但受到刺激也會攻擊。一九二四年有過這麼一個案子，在西北太平洋⑥的一群礦工朝一隻他們以爲是猩猩的生物開槍。那天夜裡，他們在聖海倫山上的小木屋就受到一群這樣多毛巨人

⑥這裡指的是北美洲西北部臨太平洋的陸地，包括華盛頓、俄勒岡和愛達荷州，以及部分卑詩省，以及相連的阿拉斯加、蒙大拿等州的部分地區。

投擲石頭的攻擊。一九六七年，俄勒岡州一個伐木工人看到一個多毛的巨人由凍硬的地裡挖起一塊一噸重的巨石，吃掉躲在石頭下的一群地松鼠。

否定這些怪物存在的最大證據是從來沒有抓到過這種怪物，也沒有找到過這類怪物的屍體。現在野地裡有那麼多獵人，有騎著機車的人，總該有人逮到一隻大腳怪吧。

酒保來到桌邊，問有誰要再加一輪酒？叫曼蒂什麼的馬上住了嘴，好像她在說的是個很大的國家機密。她對站在那裡的酒保說：「再來一杯生啤酒。」

等他走了之後，她說：「你知道威爾斯人說的gerulfos嗎？」

她說：「你不在意吧？」她把身子扭向一邊，把兩手伸進擱在她身邊座位上的皮包裡，掏出一本外面用橡皮圈綑住的筆記本來。「我的筆記，」她說著把橡皮圈拉脫下來，套在一邊手腕上，以免遺失。

「你有沒有聽說過有一種古希臘稱爲cynocephali的人？」她說。她把筆記本打開，念道：「有沒聽過vurvolak？aswang？還是cadejo？」

這是她最著迷的另外一部分，「所有這些名字，」她說著用一根手指點著筆記本裡打開的那一頁。「全世界的人都相信有他們，可以回溯到幾千年前。」

這個世界上每種語言對「狼人」都有一個稱呼。地球上每種文化都怕他們。

她說，在海地，懷孕的婦女深怕狼人會吃新生嬰兒，那些孕婦都會喝攙了汽油的苦咖啡。還用大蒜、豆蔻、韭菜和咖啡一起煮水來洗澡。所有這些措施只爲了讓嬰兒的血有股味道，讓當地的狼人大倒胃口。

這就是叫曼蒂什麼的要寫的論文題材。

大腳怪和狼人，她說，他們其實是一類的。科學研究之所以從來沒發現過大腳怪的屍體，是因為會變回去。那些怪物其實都只是人。每年只有幾個鐘頭或幾天會變身，長出長毛，發起狂來，丹麥人以前就是這樣說的。他們變高、變大，需要更大的空間來走動。到森林裡或山裡。

「這有點像是，」她說：「他們的經期。」

她說：「即使是男性也有這種循環時期的。公象每六個月左右就會經歷一次他們的狂暴時期。牠們大量分泌睪丸酮，牠們的耳朵和生殖器會變形，而且脾氣極為暴躁。」

鮭魚，她說，逆流而上去產卵時，形狀改變得更大到下巴都脫了型，顏色也不一樣，你根本認不出牠們是哪種魚。還有蚱蜢會變蝗蟲。在這些情形下，牠們整個身體大小形狀都會變。

「根據我的理論，」她說：「大腳怪的基因不是和多毛症，就是和一般認為五十萬年前已絕種的類人巨猿有關聯。」

這位姓什麼的小姐嘰嘰喳喳說個不停。

男人為了想釣馬子上手，更胡說八道的屁話也聽過。

她所說的第一個很了不起的詞是：多毛症，那是一種遺傳性的疾病，在你皮膚上的每個毛孔都長出長毛來，最後會到馬戲團裡去展示。她的第二個了不起的用詞是巨猿，那是十二呎高的人類祖先，是一九三四年一位名叫科尼瓦德⑦的博士在研究一顆巨大牙齒化石時所發現的。

叫曼蒂什麼的一根手指點著她筆記本上打開的那一頁，說道：「你可知道為什麼，」她用手指點著，「一九五一年由艾瑞克・許普頓在聖母峰上所拍到的腳印，」她又點了點手指，「看起來和

⑦Palph von Koenigwald，德國古生物學家及地質學家。

在蘇格蘭的馬杜峰上所拍到的腳印一模一樣，」她又用手指點了點，「而且也和一九六七年由鮑勃・吉姆林在北加州找到的腳印一模一樣嗎？」

因爲全世界各地的長毛怪物彼此都有關係。她的理論是，世界各地的人，那些隔絕的人群，帶有會把他們變成這些怪物的基因，代代遺傳下去。這些人與世隔絕，獨居在荒山野地裡，因爲沒有人想在，比方說，芝加哥或是迪士尼樂園裡變成一個高大的長毛怪物吧。

「或者，」她說：「是在一架由西雅圖飛往倫敦的英航班機上……」她說的是上個月的一架班機。那架噴射客機墜毀在北極附近。機長最後的通話中說有什麼東西扯開了駕駛艙的門。那扇裝有強力鋼板防彈和防炸的駕駛艙門。在飛航記錄器，也就是俗稱的黑盒子裡，最後的聲音裡有尖叫、咆哮，還有機長的聲音高聲尖叫道：「怎麼回事？這是什麼？你是什麼？……」

聯邦飛航管理局說不可能有人把槍、刀或炸彈帶上飛機。國家安全局說墜機很可能是由單獨一名恐怖分子所引發的。那個人顯然服用大量強力毒品，而那種毒品使他或她具有超人的力量。

叫曼蒂什麼的說，在死亡的旅客之中，有一名奇瓦納族保留區來的十三歲女孩。

「那個女孩子要去的地方是」——她翻閱著她的筆記本——「蘇格蘭。」

她的理論是，奇瓦納族是打算在她到達青春期之前把她送到海外去。這樣她可以見到，也許還可以嫁給馬杜峰那裡的哪個男人。那裡正是傳說中在四千呎高處有灰毛形體出入的地方。

叫曼蒂什麼的，她眞是理論多得不得了。紐約公共圖書館裡，關於這方面的藏書可說是全美之冠，她說，因爲以前曾經有一群女巫經管過那個圖書館。

叫曼蒂什麼的，她說門諾教派裡的嚴謹派將全天下他們教派社區所在地方列成清冊。記錄下他們教派的每一名成員。這樣他們在旅行或移民時，就永遠可以在他們自己人中間，在他們之中生活，在他們之中成家。

「如果說那些大腳怪的人也有這樣的清冊的話，應該也不足爲奇吧。」她說。

因爲變身永遠只是暫時性的，所以研究的人從來沒發現過大腳怪的屍體。也就是這個原因，狼人的概念才會在人類有史以來一直存在於所有文化中。

那段由一個叫羅傑·派特森的人在一九六七年所拍攝的影片裡，一個生物直著身子行走，全身長毛。是個有著尖腦袋、大奶子和大屁股的女性。她的臉和乳房以及屁股上，全身都覆滿了紅棕色的長毛。

那幾分鐘的影片，有人說是假造的，也有人說是無可否認的證明，恐怕只是某人的緹麗阿姨，正好在她變身的時候，到處找漿果和蟲子果腹，只是想在她變回來之前躲開別人。

「那可憐的女人，」曼蒂說：「想想看，幾百萬人看到妳最慘的『長毛』期光著身子的影片。」說不定，那個女人的其餘家人，每次在電視上重播這段影片的時候，恐怕都會把她叫進客廳來取笑她呢。

「在世界上的人眼中看來像個怪物的東西，」曼蒂說：「對奇瓦納族的人來說，其實只不過是家庭電影。」

她略微停頓了一下，也許是在等一個反應，笑聲或是嘆息，或是緊張不安地動了動。

在那班飛機上的那個女孩子，叫曼蒂什麼的說，想想看她會有什麼感覺。吃著航空公司供應的飛機餐，可是仍然很飢餓。從來沒覺得這麼餓過。向空服員要點心、剩菜，什麼都好。然後知道了會出什麼狀況。在那之前，她只聽說過媽媽和爸爸會進到樹林裡，吃鹿、臭鼬、鮭魚和所有他們抓得到的東西。瘋狂似地過了幾晚，回來的時候筋疲力盡，或是懷了身孕。想想那個女孩子站起來，想躲進飛機上的洗手間裡，可是門鎖住了。裡面有人。她站在走道上，就在洗手間門外，只覺得越來越餓，越來越餓。等到門終於打開，裡面那個男人說：「抱歉。」可是已經來不及了。站在門外面的那個已經不是人類。只是一個餓鬼，它把他推回到那小小的塑膠洗手間裡，把他們兩個一起鎖在裡面。那個男人還來不及尖叫，原先是十三歲女孩的那個東西已經咬緊了他的氣管，扯了出來。

她吃了又吃。扯掉他的衣服，就像你剝掉橘子皮一樣，好再多吃一點裡面多汁的肉。

機艙中的乘客昏然入睡之時，這個女孩子吃了又吃，越吃長得越大。也許那時候有個空服員看到有黏稠的血水從上鎖的洗手間門下流了出來，也許空服員敲了門，問裡面是不是有什麼問題，也或許是那個奇瓦納族的少女吃了又吃而還是覺得很餓。

從那原先上鎖的洗手間裡出來，渾身是血的東西，完全沒吃飽，那個東西衝了出來，衝進黑黑的機艙裡，一把抓起人臉和肩膀，一路從中間走道走下去，就像走在自助餐桌旁邊，一路吃著、咬著。坐得滿滿的乘客，想必在那對飢渴的黃色眼睛裡看來就如一大盒心形巧克力。

在這個飛行吃到飽餐廳裡挑選人頭。

在駕駛艙門撕裂之前，機長最後的無線電通話，是在大叫：「救命，救命，有人在吃我的空勤組員……」

叫曼蒂什麼的在這裡停了下來，兩隻眼睛睜得圓圓的。一隻手按著起伏不定的胸口，想在說話之間喘過氣來。她的呼吸中帶著啤酒味。

通大街的門開了，一群男人走了進來，全都穿著同樣亮橘色的衣服，他們的運動衫、背心、橘色外套，像個運動團隊，但實際上是一群修路工人。吧檯上方的電視正播放著號召加入海軍的廣告。

「你想像得到嗎？」她說。

如果她能證明這一切都是眞的話，會有什麼結果？萬一只是某一個種族就能讓他們成爲能大量毀滅對方的一種武器呢？政府會不會下令所有帶有這種祕密遺傳基因的人服藥來加以抑制？聯合國會不會下令將他們全部隔離到祕密的地方？集中營之類的？還是說會給他們植入晶片，像野生動物園裡對危險的大熊所做的一樣，好追蹤他們。

「你不覺得嗎？」她說：「聯邦調查局來調查保留區只是遲早的問題吧？」

她到這裡的第一個禮拜，開車到保留區裡，想找人談話，她的計畫是租一間房子，觀察那裡的日常生活，弄清楚奇瓦納文化的細節。一般人如何賺錢生活。收集口授的傳奇和歷史。她開車到那裡，帶著錄音機和總長度達五百小時的錄音帶。結果沒有人肯坐下來和她談話，也沒有房子、公寓或雅房可租，她到了那裡還不只一個鐘點，當地的警長就告訴她說當地有宵禁，她必須在日落之前離開保留區。因爲開車還要走很久，他告訴她說最好馬上動身回去。

他們把她給踢了出來。

「我的重點是，」叫曼蒂什麼的說：「我本來可以防止這一切的。」

這女孩子一直在危言聳聽。墜機的事，聯邦調查局再過幾天就會來到，然後是集中營，還有滅種。

從那之後，她就一直在社區大學裡，想和一個奇瓦納族的男人約會。到處問問題，等著。可是不是等著答案，她是在等著掌聲，等著認同。

她先前說過的那個字varulf，是瑞典話裡的「狼人」，Loup-garou是法文。那個叫吉爾·特魯道的男人，也就是拉法葉將軍的嚮導，是美國歷史上所提到過的第一個狼人。

「告訴我說我是對的，」她說：「我就會想辦法幫你忙。」

她說，要是聯邦調查局的人來了，這個故事就永遠不會得見天日，所有凡是帶有可疑基因的人就此消失在政府的控管中，以保障大眾安全，或者會有某種官方製造的意外事件來解決這個問題，不是滅種，至少不是正式公開的。可是政府爲什麼對某些部落下毒手，一定有很好的理由。利用天花將他們消滅，或是把他們困在偏遠的保留區裡。不錯，並不是所有的部落都帶有大腳怪的基因，可是一百年前，你怎麼能冒這種險呢？

「告訴我說我是對的，」叫曼蒂什麼的說：「我就可以讓你上晨間的《今天》電視節目。」

甚至說不定還能排在A段……

她會透露這個故事，博得大眾同情，也許還可以把國際特赦組織給扯進來，這可以成爲下一場大的人權戰爭。可是是全球性的。她已經確認了其他的社區、部落，還有世界各地最可能帶有她假設怪物基因的團體。她的呼吸中帶著啤酒的味道，把「怪物」兩個字說得聲音大到那群穿橘色制服的修路工人都朝這邊看。

她在世界各地都找得到她可以賣弄風情的對象。就算這次約會搞砸了，她還是會找到別的人告訴她那些她想聽的話。

說大腳怪和狼人的確是有的，而他兩者都是。

男人爲了釣馬子上手，比這更狗屎的事情也都聽過。

哪怕是臉上有條老二的奇瓦納族男人也一樣。

即使是我。可是我告訴她，「那個十三歲的女孩子，她的名字叫麗莎。」我說：「她是我小妹。」

「口交，」叫曼蒂什麼的說：「也不是不可能的……」

不管是哪個男人，如果還不把她帶回保留區的家裡，就眞是白癡了。說不定還可以把她介紹給大家，那整個他媽的家族。

於是，我站了起來，對她說：「妳可以去看保留區——就在今晚——不過我眞的需要先打個電話。」

18

在美國小姐住的化妝室裡，在灰色水泥和裸露的管線之中，克拉克太太跪在那張雙人床旁邊，正在說生孩子並不見得總是妳可能想像的美夢。

我們其餘的人，都在走廊上偷看。我們都怕會錯過了什麼關鍵大事而不得不聽信別人說的話。

美國小姐蜷曲在她的床上，側睡著，把臉對著灰色的水泥牆壁，在這場戲裡她一句對白也沒有。

克拉克太太跪在旁邊，她那對巨大而乾涸的奶子擱在床邊上。她說：「妳記得我女兒，卡珊黛娜吧？」

那個看過「噩夢之匣」內容的女孩子。

那個剪掉睫毛、然後消失了的女孩子。

「她不見之後，我才第一次注意到魏提爾先生的廣告。」她說。在卡珊黛娜離開之後的臥室裡，有一張她夾在書裡的紙條，上面寫著：作家研習營。拋開你的生活三個月。

克拉克太太說：「我知道魏提爾先生以前就幹過這件事。」

而卡珊黛娜在上一回到過這裡——被困在這個地方。

小孩子，她說，在他們還小的時候，會相信你跟他們談到這個世界的一切話語。妳是媽媽，也就是世界年鑑和百科全書和字典和聖經，全部加在一起。但是等他們到了某一個年紀，那就全部反過來了。在那之後，妳成了個騙子，或是笨蛋，或是壞人。

我們其他的人都忙著記下來，讓人幾乎在筆畫在紙上的聲音之外聽不到別的，我們全都在寫：成了騙子，或是笨蛋。

我們由誹謗伯爵的錄音機裡聽到：「……或是壞人。」

克拉克太太唯一眞正知道的是，在卡珊黛娜失蹤了三個月之後，他們找到了她。警方找到了卡珊黛娜。

她跪在美國小姐的床邊說：「我之所以同意幫忙魏提爾，是因爲我希望知道我的孩子到底出了什麼事……」克拉克太太說：「我想要知道，而她始終不告訴我……」

尋人海報上的孩子

克拉克太太的故事

卡珊黛娜在失蹤三個月之後，走了回來。有一天早上，一個通勤族在州道公路上開車進城時，看到一個女孩子，近乎全裸，沿著鋪了鵝卵石的路肩彳亍前行。那個女孩子看起來只圍了一塊腰布，戴著黑手套，穿了黑鞋子。她在脖子上好像繫了個圍兜或是一條黑色大手帕，垂落下來遮住了她的胸部。等這個開車的人把車轉回來，又打電話通報警方的時候，陽光已經明亮得讓人看清楚那個女孩子其實全身赤裸。

她的鞋子、手套、腰布和圍兜，都只是乾了的血，厚厚一層乾了的血，黑黑的，上面群集著嗡嗡作響的黑色蒼蠅。那些蒼蠅叮在她身上，多得像黑色的毛皮。

那個女孩的頭部剃了頭髮，長了疥瘡，只剩下一綹綹雜亂殘髮由她耳後伸出，或圍著她的光頭。她之所以不良於行，是因為她右腳被砍掉了兩根腳趾。

那個圍兜，在她胸前的那一層血，那一層蒼蠅，在醫院急診室裡由醫生用酒精清洗之後，發現在她乳房的皮膚上刻了井字棋，有個不知名的人贏了。

等他們把她的手弄乾淨之後，發現兩手的小指都不見了。其他手指的指甲都拔除掉了，剩下腫脹而變紫的肉。

在那層乾了的血底下，她的皮膚呈青白色。女孩子的頭部像下巴上的一些骨頭，只看見顴骨和鼻梁骨，下顎上方的兩邊太陽穴都深陷成兩個黑洞。

在急診室用簾幕拉起的隔間裡，克拉克太太把身子俯過她女兒病床的鉻鋼欄杆，說道：「寶貝，哦，我的好寶貝……誰把妳弄成這個樣子？」

卡珊黛娜發出笑聲，看著扎在她手臂裡的針頭，通到她靜脈裡的透明塑膠管，她說：「是醫生。」

不是的，克拉克太太說，是誰切了她的手指頭？

卡珊黛娜看著她的母親說：「妳想我會讓別人這樣對我嗎？」她的笑聲停止了，她說：「是我自己做的。」而這是卡珊黛娜最後一次發出笑聲。

克拉克太太說，警方找到了證據，他們在她的陰道，還有她肛門的內壁發現有細得像針一樣的木屑刺在那裡。警方法醫組的人在她胸口和手臂的傷口裡清出了碎玻璃屑。克拉克太太對她女兒說她不可以不說話。

他們需要知道卡珊黛娜所能記得的一切枝微末節。

警方說，不管做這些事的是什麼人，都一定會再綁架另外一名受害者。除非卡珊黛娜能面對她的恐懼，幫助警方，否則攻擊她的人就永遠也抓不到。

卡珊黛娜躺坐在床上，在由窗口照進來的陽光中，背後墊了好幾個枕頭，看著在藍色天空裡來回飛舞的小鳥。

她的手指給白色繃帶包成一大包，她的胸口纏滿了繃帶，她握在手裡的鉛筆只畫著那些飛來飛去的小鳥，一本素描簿架靠在膝蓋前。

克拉克太太說：「卡珊黛娜？寶貝？妳得把所有的事告訴警察。」

如果有用的話，可以請催眠師到醫院來。社工人員也會帶細節齊全的娃娃來用在訪談裡。

卡珊黛娜只看著那些鳥，畫著那些鳥。

克拉克太太說：「卡珊黛娜？」她把手蓋在卡珊黛娜包了白色紗布的手上。

卡珊黛娜看著她母親，說道：「不會再有這種事了。」卡珊黛娜轉回頭去看那些飛鳥，說道：「至少不會再發生在我身上……」

她說：「我是我自己的受害者。」

在外面的停車場上，電視台的新聞工作人員架設起衛星轉播器材，每輛轉播車上都頂著碟形天線，準備把新聞送給棚內的主播。現場的記者手執麥克風，把無線耳機塞進耳朵裡。

三個月來，她們所住的那個鎮上把尋人海報釘在電線桿上。每張海報上都有卡珊黛娜・克拉克的照片：穿著啦啦隊長的制服，搖著一頭金髮。三個月來，警方查問了那所高中的學生。警探查問了在公共汽車站、火車站和機場工作的人。當地的電視台和電台都播出公益廣告，說明她體重一百一十磅，身高五呎六吋，綠色眼睛，長髮及肩。

搜救犬聞了她啦啦隊制服的裙子，追蹤氣味到一個公車站的候車椅。

民兵部隊駕著機動船在車程一日可及範圍內的所有池塘、湖泊和河流裡打撈。

通靈人士打電話來說那個女孩子平安無事。說她和人私奔結婚了，或是說她已經死了，埋了。或是說她給當白奴賣掉了，給私運到外國，住在某個石油大王的後宮裡。或是說她去做了變性手術，不久之後就會以男兒身回家來。或是說那女孩子給困在一座古堡或什麼皇宮裡，和一群陌生人關在一起，所有的人都在自殘。有一個通靈人在一張紙上寫了五個字，送去給克拉克太太，對摺的紙上有顫抖的筆跡，以鉛筆寫著：

作家研習營。

三個月之後，所有綁在汽車天線上的黃絲帶都褪得幾近白色。投降的旗子。沒有人理會那些通靈人士，這一類的人太多了。

每一具警方找到的無名屍體，因為焚燒、腐爛或是傷殘到無法辨識的，都讓克拉克太太屏氣凝神地等到利用牙齒或DNA判定不是卡珊黛娜之後，才鬆了口氣。

到了第三個月，卡珊黛娜．克拉克在牛奶盒上微笑著搖她那頭金髮①，到那時候，已經沒有人再點蠟燭祈禱守夜了，當地銀行所提出的懸賞金成為這個案子裡唯一會引起興趣的部分。

然後——奇蹟發生了——她赤裸著身體在公路邊踽踽而行。

在她的病床上，她的皮膚上有紫色的瘀傷。她的頭髮剃光了。手腕上戴著塑膠環，上面寫著：「C．克拉克」。

郡方的醫事檢驗人員想在她身上採取男性生殖器的細胞——他說那種細胞是長形的，和女性陰部的圓形細胞不一樣。他們想在她身上採取精液。那群警探用真空吸引器在她的頭皮、手部和雙腳上找不是她自己的表皮細胞，他們找到了藍色絲絨、紅色綢緞、黑色毛海的纖維。他們檢查她口腔內部，用小碟子來分析DNA。

警方的心理醫師來坐在她床邊，說卡珊黛娜要說出她所有的痛苦，所有的辛酸，這是件很重要的事。

電視公司和電台的工作人員、報紙和雜誌的記者，坐在停車場上，以她病房的窗子為背景，拍攝他們的報導，有些人退後來拍攝影人員拍攝攝影人員拍攝攝影人員拍攝她病房的窗子。以顯示這

①美國常把失蹤者的照片印在牛奶盒上協尋。

裡成了個馬戲團，好像那才是最後的眞相。

護士送來安眠藥的時候，卡珊黛娜搖頭說不要。她只要一閉上眼睛就睡著了。

因爲卡珊黛娜不肯說話，警方就找上克拉克太太，跟她說他們的調查花掉了多少納稅人的錢。警探們搖著頭，說他們有多生氣，覺得遭到了背叛，他們那樣辛苦，對那個女孩子那樣關心，她卻對自己給家人、社會和政府帶來的痛苦和麻煩毫不在意。她害每個人爲她哭泣，爲她祈禱，每個人都恨那個折磨她的怪物，所有的人都希望把那個人抓起來受審。他們努力偵查，耗盡心力，至少該有這樣的結果吧。該讓他們看到她站在證人席上，一面哭著一面說那怪物怎麼切了她的手指，割了她的胸部，還把木棍插進她的屁眼。

而卡珊黛娜只看著在她床邊站成一排的警探。他們的每一張臉，所有的憎恨和憤怒都集中在她身上，因爲她不肯給他們另外一個標靶。一個貨眞價實的惡魔，一個他們亟需的魔鬼。

地方檢察官威脅說要以妨礙司法的罪名起訴卡珊黛娜。

她的母親，克拉克太太，也在那群對她怒目而視的人裡。

卡珊黛娜微微一笑，對他們說：「你們難道還不明白嗎？你們太執迷於矛盾衝突了。」她說，「這是我的圓滿結局。」她回頭望著窗子，望著飛過的小鳥。她說：「我覺得好極了。」

她還住在醫院裡，要一條養在缸裡的金魚。然後，她靠躺在床上，看著金魚在魚缸裡游來游去。畫著金魚，就像她母親每天晚上看著一個個電視節目。

克拉克太太最後一次去看她的時候，卡珊黛娜只把眼光由金魚缸移開了一下說：「我不再像妳那樣了。」她說：「我不需要吹噓我的痛苦……」

從那以後，泰絲・克拉克再也沒去看她。

1. 2. 3. 4. 5. 6. 7. 8. 9. 10. 11. 12. 13. 14. 15. 16. 17. 18. 19. 20. 21. 22. 23. 24.

19

在她住的化妝室裡，美國小姐正在尖叫。

她在床上，裙子拉了起來，絲襪拉了下去。美國小姐尖叫道：「別讓那個巫婆拿走我的孩子……」

靈視女伯爵跪在床旁邊，用毛巾擦掉美國小姐額頭上的汗水，說道：「不是生孩子，還沒到時候。」

美國小姐又發出尖叫，但不是在說什麼。

在化妝室門外的走廊裡，都可以聞得到血和糞便的味道。這是我們這麼多天來，說不定是這麼多個禮拜以來，第一次有人排便。

那是柯拉・雷諾茲。一隻貓化成了一股臭味，變成了糞便。

「她就在那裡，在等著。」美國小姐說，一面喘著氣。用拳頭敲打著，疼痛使她把兩膝抬到了胸口，抽搐使她側轉了身子，蜷曲在一大堆的床單和毯子之間。

「她在等著這個嬰兒，」美國小姐說。淚水把她的枕頭染成灰黑。

「妳不是生孩子，」靈視女伯爵說，她把一塊布擰乾了，再靠過去把汗擦掉。她說：「我跟妳說個故事。」

她一面擦著美國小姐臉上的汗水，一面說道：「妳知道嗎？瑪麗蓮・夢露小產過兩次？」

一時之間，美國小姐安靜下來，注意聽著。

我們在各人自己的房間裡，把筆挨著紙，也都在聽著，我們的耳朵和錄音機都伸向暖氣的出風口。

在門外的走廊裡，穿著紅十字會護士制服的否定督察叫道：「可以開始燒水了嗎？」

跪在床邊的靈視女伯爵說：「拜託。」

否定督察把頭和白色護士帽伸進門裡，仍然站在走廊上說：「殺手大廚想要知道……什麼時候可以先把胡蘿蔔放下去？」

美國小姐尖叫起來。

靈視女伯爵大聲叫道：「如果這是開玩笑的話，那可一點也不好笑……」

那根不見了的胡蘿蔔，聖無腸說的故事裡的。

殺手大廚由走廊那頭吼道：「別吵了。當然是開玩笑嘛。」他說：「我們這裡根本沒有洋芋或胡蘿蔔……」

短視

一首關於靈視女伯爵的詩

「電子追蹤感應器。」靈視女伯爵說著，
搖了下她的塑膠手環。
這是她最近假釋出獄的
條件之一。

靈視女伯爵在舞台上，她圍在一個
黑色蕾絲圍巾所構成的網裡。
頭上綁了條藍絲絨的頭帶
每隻手指上有不一樣顏色的寶石戒指。
她的頭帶在前面以一顆閃亮的黑寶石夾住
不知是鎬瑪瑙還是黑玉或是嵌絲瑪瑙，
是那種吸進一切光亮卻不反射的寶石。

舞台上，沒有聚光燈，只有一段影片：
已故電影明星的影子，百年前
殘留的電子
由他們身上彈回來。

這些電子穿過賽璐珞的電影膠卷，
使氧化銀產生化學變化
重現出戰車奔馳，羅賓漢和嘉寶。

「雷達，」靈視女伯爵說：「全球定位系統，
X光顯影……」
兩百年前，這些會讓你
當女巫燒死。
一百年前，至少會受到嘲笑，說你是
笨蛋或騙子。
即使是在今天，如果你預測未來
或由某些現象解讀過去
也不是每個人都會認同……
最後你只能以監獄或精神病院爲家。
這個世界永遠會懲罰那些少數
有特殊才能的人
我們其他的人都不認同那是眞的。

在她的假釋審議會上，一名心理學家
說她的罪行是「急性壓力引發精神病」
一種「單一，非典型性之偶發事件」。
一件衝動性的犯行。
永遠，永遠，永遠不會再發生。
祈求好運。
到這時候，她的二十年有期徒刑中
已服刑四年。
她的丈夫已經帶著孩子離她而去。

從今天起的兩百年後，等她所見，
所看、所知的一切
都變得有道理的時候。
到那時，靈視女伯爵會什麼也不是，
只剩一個囚犯編號
一件個案的檔案記錄，
一個女巫的骨灰。

犧牲之必要

靈視女伯爵的故事

克萊兒・艾普頓在一家古董店後面的廁所裡打電話。隔間的門鎖著，她的聲音在牆壁和地板激起回聲。她問她的先生：要拆掉監視錄影器會不會很難？把監視錄影帶偷走呢？她說著，哭了起來。

這是過去一個禮拜裡，克萊兒到這家店來的第三次還是第四次，這是那種你一進門就必須把皮包留在收銀員那裡的店鋪。如果是你的大衣有很深、很大的口袋，那你也必須把大衣放在那裡，還有你的傘，因爲有人會把一些小東西，像梳子、珠寶首飾，或其他的小玩藝扔進傘裡。在那個年紀很大的收銀員旁邊，有一塊用黑色簽字筆寫在灰色硬紙板上的告示，上面寫著：「我們不喜歡你偷我們的東西！」

克萊兒脫下大衣，說道：「我不是小偷。」

那老頭子收銀員上下打量了她一陣，咂著舌頭說：「妳憑什麼要例外？」

他給她留下來的每樣東西半張撲克牌，皮包是紅心A，大衣是梅花九，傘是黑桃三。

收銀員看看她的雙手，她胸前口袋和褲襪的線條，看有沒有什麼藏著偷來的東西而鼓脹的地方。在櫃台後面，還有店裡所有的地方，都掛著小小的告示牌，告訴你不要偷東西。錄影監視器監看著每一條通道和每一個角落。影像投送到一方小螢光幕上，和其他的螢光幕疊在一起，一排小電視監看器，讓那個年老的收銀員能坐在收銀機後面，看得一清二楚。

他可以在黑白畫面上看到她的一舉一動。他隨時會知道克萊兒在什麼地方，會知道每一樣她摸過的東西。

這家店其實像一個古玩商場，好幾個小古玩商集在同一個屋簷下做生意，這個老頭子收銀員是那天唯一上班的人，而克萊兒是他唯一的客人。這家店大得有如一家超級市場，但分割成好多小間，到處都是鐘，發出的聲音如同牆紙一般地滿，到處都是滴答聲。到處都有髒得呈暗橘色的銅獎盃，龜裂蜷曲的皮鞋，雕花玻璃的糖果碟子，長了灰色黴斑的舊書，柳條編成的搖椅和野餐盒子，草編的帽子。

一塊硬紙板的告示用膠帶貼在架子邊上，上面寫著：「看起來很可愛，拿起來很愉快，可是如果你打破了的話，就算你已購買！」

另外一塊告示上則是：「看一下，試一下，打破了，就買下！」

還有一塊告示是：「在這裡打破它……你買了帶回家！」

即使有監視器盯著她，克萊兒還是把這家古董店當做是心理上的可愛動物園①，一間你可以觸摸展覽品的博物館。

照克萊兒的說法，一切映照在鏡子裡的都還在那裡，積存在裡面。凡是映照在一件耶誕裝飾或銀盤裡的，她說她現在還一樣能看見。所有閃亮的東西都是通靈者的相簿或家庭電影，記錄下發生在四周的影像。在古玩店裡，克萊兒可以花一整個下午去撫摸那些物品，像一般人看書般地細讀其中的一切，找尋仍然映照在裡面的過去。

①petting zoo，豢養孩子們可以撫摸的小山羊、小豬等家畜或性情溫馴的動物之園區。

「這是一門科學，」靈視女伯爵說：「叫做靈視記錄。」

克萊兒會告訴你不要選那把有銀柄的切肉刀，因爲她仍然能看到刀子上映照出被謀殺的人尖叫的面孔。她看得到警察手套上當初由死者胸口拔出刀來時所沾到的血。克萊兒看得到黑黑的證物室。然後是一間貼了木頭鑲板的法庭。穿著黑色袍服的法官。在溫熱肥皂水裡清洗的過程，然後是警方的拍賣會。這一切都仍然反映在刀子上。接下來映照出來的是現在的情形，你站在古玩店裡，準備選這把刀買回家去。你只是覺得刀很漂亮，不知道它的過去。

「任何一樣漂亮的東西，」克萊兒會告訴你：「只因爲沒有人要才會拿來賣。」

而一樣漂亮、又擦得那麼亮的老東西，居然沒有人想要，背後一定有很可怕的原因。

在這麼多防盜監視器注視下，克萊兒可以跟你說更多監視的事。

她回去取大衣的時候，把那三張切成一半的撲克牌拿給那老頭子收銀員，紅心A、梅花九和黑桃三。

站在收銀機後面的老頭子說：「妳在找什麼想買的東西嗎？」他把她的皮包由櫃台後面遞了出來，朝那一排小電視點了點頭，證明他一直在看著她摸了每樣東西。

就在這時候，她看到了那個東西，放在老頭子背後一個玻璃櫃子裡，在一個古玩櫃中和一些胡椒罐、鹽瓶子、磁頂針擠在一起，四周還圍滿了廉價的首飾。那是一個裝滿了混濁白色液體的玻璃罐子，在一片模糊之中，有一隻小小的拳頭，長了四根很齊全的手指，碰在玻璃上。

克萊兒指著老頭子的後面，把眼光由他身上轉到那個古玩櫃上，說道：「那是什麼？」

老頭子轉頭看了一眼，他由櫃台後面一個鉤子上拿下一串鑰匙來，走回去將櫃門打開，把手伸進去，越過了那些首飾和頂針，他說：「妳會說那是什麼呢？」

克萊兒說不出來，她只知道那個東西散發出令人難以置信的能量。

那個老頭子把那玻璃罐拿過來給她看的時候，裡面骯髒的白色液體動盪著。蓋子是白色塑膠的，轉得緊緊蓋住罐口，上面封了一條紅白條紋的膠帶。老頭子把一邊手肘撐在克萊兒面前的櫃台上，把那個罐子送到她眼前，他的手腕一轉，把罐子轉得讓她看到一隻黑色的小眼睛由裡面望了出來。一隻眼睛還有一隻小小鼻子的輪廓。

過了一下，那隻眼睛不見了，沉回到混濁之中。

「猜猜看，」老頭子說。他說：「妳永遠也猜不著。」他舉起那個玻璃罐子，讓她看底下的玻璃，壓在玻璃上的是兩半灰色的小屁股。

老頭子說：「妳放棄了？」

他把玻璃罐放在櫃台上，白色塑膠蓋子的頂上，有一張脫落了部分的標籤，上面用黑色油墨印著：「細得—西奈醫院」，在那下面，是以紅墨水寫的一行東西，都模糊了，也許是一行字，也許是一個日期，模糊得看不出來。

克萊兒看著那東西，搖了搖頭。

由玻璃罐的側面，她可以看到映照在上面多年前的事，幾十年前的事：一間四壁是綠色瓷磚的房間，一個女人兩隻光腳分別架在兩邊，身上蓋了塊藍布，兩腿套在腳蹬上，在氧氣面罩上方，克萊兒看到那個女人的白金色頭髮，長長了，根部已經露出一些棕色來。

「這是真的，」老頭子說：「我們用確認過的頭髮比對了DNA，特徵全都相合。」

老頭子說，你現在還可以在網路上買到她的頭髮。那些染成金色的頭髮和修剪的部分。

「照妳們這些燒掉奶罩的女性主義說起來，」老頭子說：「那不是一個嬰兒——只是一些組織，還可能是她的盲腸。」

克萊兒細看那個玻璃罐，層層的影像，她能看到：床邊小几上的一盞燈，一具電話，醫師處方的藥瓶。

「誰的頭髮？」克萊兒問道。

老頭子說：「瑪麗蓮・夢露的。」他說：「如果妳有興趣的話，這可不便宜。」

這是影壇的遺物，老頭子說，一件神聖的遺物。是影壇紀念物裡的聖杯，比《綠野仙蹤》裡的紅寶石鞋子或稱爲「玫瑰花蕾」的雪橇②更了不得。這是瑪麗蓮・夢露在拍《熱情如火》的時候小產的孩子，因爲導演比利・懷德要她穿著高跟鞋在火車站的月台上狂奔，拍了一遍又一遍。

老頭子聳了下肩膀。「是從一個男人那裡弄來的——他還跟我講了她眞正是怎麼死的。」

克萊兒・艾普頓只瞪大了眼睛，望著在那弧曲的玻璃罐邊上所映現的舊日映象。

這是一個紀念品，一件遺物，像聖徒之手似的，在某個義大利的大教堂裡用一個岩水晶的盒子盛裝起來供奉著，或是一綹頭髮，或者是另外一個人，死了。這個小男孩或小女孩，原本說不定能救得了瑪麗蓮・夢露的命。

老頭子說：「所有的東西在網路上都有其金錢價值。」

據把這東西賣給他的那個人說，瑪麗蓮・夢露會遭到謀殺是她自找的。在一九六二年夏天，她在拍攝《有失才有得》的時候給開除了，導演喬治・寇克把她說得很難聽，而電影公司的大老闆也因爲她擅離片廠去給甘迺迪總統唱生日快樂歌而大爲光火。她剛過三十六歲生日。甘迺迪家的人也

②出於奧森・威爾斯名片《大國民》中極受討論的象徵性道具，於一九八二年，由大導演史蒂芬・史匹柏以六萬零五百美元購買收藏。

把她拒之於門外。她老來沒人，別的什麼也沒有。她的演藝生涯也完了，而伊莉莎白・泰勒吸盡了大眾的注意。

「於是她想耍耍小聰明，」老頭子說。

夢露把《生活》雜誌拉攏到她這邊，纏著他們替她弄了篇很大的特稿。她在電影公司以李・蕾蜜克取代她之後，說服狄恩・馬丁辭演《有失才有得》。她還召開了一個小小的會議，在她位於布蘭特塢的家裡舉行，一個非常小的會議，只有每個電影公司的頂尖高層，而那些電影公司都有一部她參與演出的電影。

「像她這樣聰明的女孩子，」老頭子說：「你大概會想到她會在手裡有支槍。有什麼可以保護她自己的東西。」

等所有電影公司的大老闆圍坐在她那張墨西哥的桌子四周之後，夢露喝著香檳，告訴他們說她準備自殺，除非他們把她演的片子還給她，再和她簽一張百萬美元的新合約，否則她就要服藥過量而死。就這麼簡單。

「電影界的人，」他說：「他們可不是這麼容易嚇倒的。」

這些吃人不吐骨頭的傢伙，早已經把她最好的都拿到了。夢露只會越來越老，一般觀眾對她的長相也看膩了，自殺只會讓她每一部在他們片庫裡的電影鍍金。他們告訴她說：小姐，請便。

「把這個玻璃罐賣給我的那個人，」老頭子說：「他是直接由一個在會議現場的大老闆那裡聽來的。」

夢露自己把香檳喝得醉醺醺的，那些電影公司的龍頭坐在椅子上，說是贊成她的計畫，這事想必讓她心都碎了。

「然後，」老頭子說：「她耍了他們一招。」

她說，她要修改她的遺囑。不錯，她的分紅條件很差，可是所有她所拍的舊片，每重新發行一次，她就可以抽成。這些庫存影片，將來都會賣給電視台，而且還會一賣再賣，尤其是如果她自殺的話。這點她知道，他們也知道。

死了，她會永遠是性感女神，一般觀眾會永遠喜愛電影公司所保有的她的形象。那些老電影等於是存在銀行裡的鈔票。除非……

老頭子說：「這就和她最後的遺囑和聲明大有關聯了。」

她要設立一個基金會，瑪麗蓮・夢露基金會。她的全部財產都會轉到基金會裡，而那個基金會則把每一分錢分贈給她所指定的組織：三K黨，美國納粹黨，北美男人／男童相愛協會。

「也許有些組織在當時還不存在，」老頭子說：「可是你大概知道這個意思。」

要是美國的觀眾知道每買一張票去看她的電影，就會有幾分錢，甚至於可能有五分錢，給了納粹……那就沒票房了，也不會有人買電視廣告，那些影片就會變得——一文不值。她的裸照也同樣不值一文，瑪麗蓮・夢露會成為美國的女希特勒。

「她塑造了她的形象，她對那些電影公司大老闆說，她也可以他媽的把那形象給毀了。」老頭子說。

那個玻璃罐放在他們之間的櫃台上。克萊兒把望著罐子的兩眼抬了起來，說：「多少錢？」

老頭子看著他的手錶。他說要不是因為他年紀越來越老，他是根本不想賣的。他想退休，不願意再整天坐在這裡，連眼睛都要揉瞎了。

「多少錢呢？」克萊兒說。她的皮包放在櫃台上，打開來，戴著手套的手伸進去掏出了她的錢包。

老頭子說，「兩萬美元……」

那時候是五點半，這家店六點打烊。

「安眠藥水，」老頭子對她說。那個人就是用安眠藥水把她給殺了的。那個八月天的夜晚，他發現她吃了安眠藥半睡半醒，就把一瓶子倒進她喉嚨裡。當然，在驗屍的時候在她的肝臟裡發現有蒙汗藥，可是每個人都說那是她在墨西哥弄到的，就連給她開藥的醫生也說是墨西哥。連他也說是自殺。

兩萬美元。

克萊兒說：「讓我想想。」她兩眼仍然盯著玻璃罐子裡的混濁白色液體，兩手一撐，退離了櫃台，一面說道：「我需要……」

老頭子打響手指要她的皮包、大衣和傘。如果她要再到店裡去逛的話，這些就由他保管。

克萊兒連撲克牌也沒拿，就把東西由櫃台上遞了過去。

克萊兒．艾普頓，她可以看著一個擦亮的獎盃，看到一個年輕人仍然映照在上面。面帶微笑，閃著汗珠，手裡握著網球拍或高爾夫球桿，她能看見他長胖、結婚、生子。然後獎盃上面沒有了別的，只剩一個棕色硬紙盒的內部。然後獎盃拿了出來，由另外一個年輕人拿著。這個人，就是前一個人的兒子。

但是那個玻璃罐，感覺上就如同一枚等著要爆開的炸彈。一件想要招認的殺人凶器。只要手指碰到，都會感到震顫，像是觸電。像是某種警告。

她在店裡四處遊走，他卻在監視螢光幕上看著她。

在待售的舊太陽眼鏡黑色的鏡片上，她看見一個男人把一個女人摔在地上，用腳將她的兩腿踢開。

在一支金色的口紅外殼上，她能看到一張套在尼龍絲襪裡的臉，兩手扼住床上什麼人的脖子，然後這兩隻手撈起五斗櫃上這支口紅旁邊的零錢、皮夾和鑰匙。只有口紅是證人。

克萊兒．艾普頓和那個老頭子收銀員，只有他們兩個人在這間有帶發黃蕾絲花邊的枕頭，十字繡的擦碗布，犬牙邊的鍋墊，已經變成暗棕色放在銀盤上的髮刷組，撐著架板的鹿頭標本等等物品的陰暗店面裡。

在一把剃刀的鋼製刀刃，鍍鉻的圓柱形沉重把手上，克萊兒看到了她的未來。

就在那裡，豎在調刮鬍膏的杯子和馬毛刷子之間，旁邊是高高的彩色玻璃的教堂窗子，停著一些夜裡飛來的蟲子。

獨自和瑪麗蓮．夢露小產的孩子一起在這家店裡，獨自在這個堆放沒人要的東西的博物館裡。所有的東西都因爲映照出一些可怕的事而污穢不堪。

現在說著這個故事，反鎖在廁所馬桶間裡的克萊兒說她怎麼拿起了剃刀，繼續往前走，走過每一條走道，不停地看著刀刃，看著是不是始終映照出同一個場景。

現在說著這個故事，坐在古董店後面廁所裡的克萊兒說，做一個有天賦的通靈人實在不容易。事實上，克萊兒很難結婚成家。在餐廳裡吃飯的時候，她也許正在靜靜聽著，然後她整個身子會顫抖起來，一隻手飛快地摀住眼睛，頭向後仰，轉開去不看你。她渾身顫抖地由手指縫裡看你。過了一下之後，她嘆了口氣，一手握拳擋在嘴前，咬著指關節，但一言不發地望著你。

你問她怎麼了……

克萊兒會說：「你不會想要知道的，那太可怕了。」

但你若硬逼著她說的話……

克萊兒會說：「一定要答應我。答應我在接下去的三年裡不要接近任何一種車子……」事實上，就連克萊兒也知道自己可能會弄錯，爲了試試自己的能力，她拿起一個擦得很亮的銀菸盒，映照在上面的是她的未來：她拿著那把剃刀。

到了打烊時間，她走到店鋪前面，正好看見那老頭子把門上的牌子由「營業中」翻轉成「休息中」，他把遮住前門窗子的百葉窗拉了下來。古董店的櫥窗裡雜亂地放著蛋杯，絨布的睡袍和床罩，形狀如同穿大蓬裙南方佳麗的香水瓶。壓在玻璃框裡的蝴蝶標本，生鏽的鳥籠，有紅綠玻璃燈罩的鐵路燈籠。絲綢面的摺扇。外面街上的人都看不見店裡的情形。

那老頭子收銀員說：「打定主意了嗎？」那個玻璃罐放回了原位，又鎖進他收銀機旁的玻璃櫃子裡。在一片白色的混濁中，只看得見一隻眼睛和如貝殼般的小耳朵。

在玻璃罐弧曲的側面，映照著扭曲的影像，在那個老頭子說謀殺瑪麗蓮・夢露的故事時，克萊兒看到了別的景象：一個男人把一個小瓶子倒進兩片嘴唇之間。一張臉在枕頭上翻來滾去。那個男人用他的襯衫袖子擦那張嘴。他的兩眼盯著床邊小几。那具電話，那盞燈，還有那個玻璃罐。

在克萊兒所見到的景象中，他的兩手伸向前來，非常巨大，最後把玻璃罐包進黑暗中。

那張映照出來的臉，就是老頭子收銀員，臉上沒有皺紋，一頭棕色頭髮。

那個玻璃罐放在櫃台後面，散發出一波波的能量，力量越來越大。一件神聖的遺物，想要把重要的訊息傳達給她。這是一個鎖在玻璃櫃裡，把故事和事件全都在這裡浪費掉了的時空膠囊。比最好的電視影集還有張力，比最長的紀錄片更眞實，是一件原始的歷史文件。一個眞正的東西，那個孩子坐在那裡，等著克萊兒救他，傾聽這個故事。

希望伸張正義，報仇。

克萊兒在監視錄影機的注視下，舉起那把剃刀。她說：「我要買這個，可是上面沒有標價……」

那個老頭子將身子由櫃台上伸了過來，好仔細看看。

店鋪的櫥窗外，街上空蕩蕩的。監視器的螢光幕上顯示著店內的每條走道，每個角落，空無一人。

在監視器裡，老頭子往後倒下，撞破了他後面的古玩櫃，然後在一片雜亂的碎玻璃和鮮血中滑到地下。那個玻璃罐歪倒，然後落下，然後碎裂。

現在由廁所馬桶間裡打電話的克萊兒・艾普頓告訴她的丈夫：「那是一個娃娃，一個塑膠的娃娃。」

她的皮包、大衣和傘上濺滿了黏黏的紅色。

在電話裡，她說：「你知道這是什麼意思嗎？」

然後她又問毀掉監視錄影機用什麼方法最好。

20

凍瘡男爵夫人靠過來一些，手裡捧著一碗熱氣騰騰的湯，她說：「沒有胡蘿蔔，沒有洋芋。來，喝了吧。」

美國小姐蜷臥在床上，在錄影機的燈光照射下，她說：「不要。」她看著我們其餘的人擠在門口，否定督察也在其中。然後美國小姐把頭轉開，面對著水泥牆壁，說道：「我知道那是什麼……」

凍瘡男爵夫人說：「妳還在流血。」

否定督察把頭伸進房間來說：「妳需要趕快吃點東西，否則妳會死的。」

「那就讓我死了吧。」美國小姐說，她的聲音悶在枕頭裡。

我們全都站在走廊裡，聽著、記著，我們都是證人。

是攝影機後面的攝影機後面的攝影機。

凍瘡男爵夫人端著湯，更挨近了點。在蒸騰的熱氣中，她那殘缺的嘴映照於浮在碗裡那層熱油上，凍瘡男爵夫人說：「可是我們不想要妳死呀。」

美國小姐仍然面對著牆壁說：「什麼時候開始有這種想法的？你們其餘的人，你們只要少一個人來分版權費。」

「我們不希望妳死掉，」無神教士站在門口說：「是因爲我們沒有冰箱。」

美國小姐轉過身來看那碗熱湯。她瞪著我們的臉，我們全都半個身子擠進了她所住的那間化妝室。我們的牙齒在嘴裡，等著。我們的舌頭在口水裡游動。

美國小姐說：「冰箱？」

無神教士握起拳頭來在前額上敲了敲，就像在敲門似地，說道：「裡面有人嗎？」他說：「我們要妳能活到其他的人又餓了的時候。」

她的嬰兒是前菜。美國小姐是主菜，至於甜點，就隨大家去想了。

誹謗伯爵手裡的卡式錄音機準備錄下她下一次尖叫來蓋過她上一次尖叫。八卦偵探的錄影機對準了焦距，準備蓋過到目前爲止所錄下的一切，好抓住我們下一個重點情節。

但是，美國小姐卻問道：事情就是這樣嗎？她的聲音又尖又抖，像小鳥唱歌。是不是就這樣一件可怕的事接著另外一件又另外一件再另外一件——最後我們全都死光？

「不是的，」否定督察說著，把袖子上的貓毛撣掉，她說：「只有我們裡面的幾個。」

美國小姐說她說的不止是這裡，在我們的博物館裡。她的意思是指人生。整個世界就只是人吃人嗎？人類彼此攻擊摧毀對方嗎？

否定督察說：「我知道妳的意思。」

誹謗伯爵把這句話寫在他的記事本上。我們其餘的人都點著頭。

我們的神話。

凍瘡男爵夫人仍然端著那碗湯，看著自己映照在浮油上的面容，說道：「我以前在一家餐廳裡做事，在山裡面。」她把一根湯匙伸進碗裡，再把冒著熱氣的湯匙送到美國小姐面前。

「吃吧，」凍瘡男爵夫人說：「我跟妳說一下我的嘴唇是怎麼不見了的……」

赦免

一首關於凍瘡男爵夫人的詩

「就算上帝不原諒我們，」凍瘡男爵夫人說
「我們還是可以原諒祂。」
我們應該讓自己顯得比上帝還大。

凍瘡男爵夫人在舞台上，她對大家說：
「是牙周病。」
以回應別人盯著看她
殘餘的臉部。

她的嘴唇只剩皮膚的一點皺邊
用唇膏塗紅
她的牙齒，在裡面：
是每一杯咖啡和每一支香菸
在她中年生活中留下的黃色鬼魂。

舞台上，沒有聚光燈，只有一段影片：
閃動掉落的雪花。
沒有兩片小小藍影是一樣形狀或大小。

她其餘的部分裹在百衲鴨絨被裡，
頭髮藏在一頂毛線帽裡，
但還始終覺得
不夠暖。

凍瘡男爵夫人站在舞台中央，說道：
「我們應該原諒上帝……」
把我們造得太矮、太胖、太窮。
我們應爲我們禿頭而原諒上帝。
還有囊腫性纖維化，青少年血癌。
我們應該原諒上帝的冷漠，
原諒他遺棄了我們。
我們，是上帝遺忘了的科展會作品，
丟下來任他發霉。
是上帝的金魚，忘掉了我們，
逼得我們得吃自己拉出來的屎。

她的雙手戴著手套，指著自己的臉
說：「大家……」
大家都以爲她以前美如天仙。
因爲她現在看起來好——醜。
一般人，需要有公平感，想要平衡。
他們假設是癌症使然，是她的錯，
　她應得的報應。
是她自己害自己生的病。

所以她告訴他們，「要用牙線清牙。
天啦，每晚上床之前要清牙。」
每天晚上，男爵夫人原諒其他的人，
她原諒她自己。
也爲那些反正就是發生了的災禍
原諒上帝。

熱泉

凍瘡男爵夫人的故事

「到了二月天的夜晚，」李珞依小姐常說：「每個喝醉了酒的駕駛人都是財神爺。」每一對希望以二度蜜月來挽救婚姻的夫婦。在駕駛座上昏然入睡的人。任何一個由高速公路上轉下來喝一杯的，他們都是李珞依小姐可能說動他們租下一個房間的顧客。說話，也算她的一半生意。讓客人再買一杯酒，然後又來一杯，最後不得不留下來。

當然，有時候你是給困住了。也有的時候，李珞依小姐會告訴你，結果可能一待就是你後半輩子。

「旅棧」的房間，大部分的人都以爲會更好一點。鐵的床架會搖晃，床欄和底板接頭的地方磨損了。插銷和螺絲釘鬆了。在樓上，所有的床墊都凹陷得如丘陵起伏，而枕頭卻是平的，床單倒很乾淨，可是由當地井裡打上來的卻是硬水，只要是在那種水裡洗過的東西，所有的布料都因爲礦物質的影響而感覺像砂紙一樣粗，還有硫磺的味道。

最糟糕的是，你得和別人共用走廊盡頭的浴室，大部分的人出門不會帶著浴袍，這也就是說，即使只是去小便，也得穿好衣服。到了早上，醒來之後，只能在一個白色鑄鐵製成，有四隻獸爪形腳的浴缸裡洗個充滿硫磺臭味的澡。

把這些二月的陌生來客像趕羊似地逼入絕境，是她的賞心樂事。首先，她關掉音樂。甚至在她開始說話的一個鐘點之前，就已經關小了音量，每十分鐘調小一點，一直到葛倫．坎伯①的歌聲消失。等到外面路上的來往車輛都沒有了之後，她把暖氣調小。她一個又一個地拉著繩索開關，關掉窗子上的一個個霓虹燈啤酒廣告。如果壁爐裡生了火，李珞伊小姐會讓柴火燒完。

而在這段時間裡，她都在「趕羊」，問這些人有什麼計畫。在白河的二月，根本沒事可做。也許可以穿雪鞋去看雪。要是你自己帶著雪橇，也許可以滑雪。李珞依小姐讓一些客人提起那件事來。每個人都會提同樣建議的。

要是他們沒提起的話，那她就會提起「熱泉」的事。

她站在十字路口，讓她的聽眾照她故事的地圖去走。首先她讓他們看她好久以前的照片。二十歲那年夏天，剛由學校畢業出來，開露營車沿白河而上，找一份暑假打工的工作。在當年那可是大家夢寐以求的工作：在「旅棧」裡管酒吧。

很難想像李珞依小姐很瘦的樣子。她很苗條，一口白牙，那是在她牙齦往回縮之前的事。那時候不像現在，每顆牙齒的棕色牙根都露了出來，好像播種時植得太密而相互擠出土來的胡蘿蔔一樣。也很難想像她投票給民主黨。甚至於還會喜歡別人。當年的李珞依小姐在嘴唇上還沒有黑黑的毛髮。也很難想像有大學生會排上一個鐘頭的隊來和她上床。

這讓她看來很誠懇，說這樣滑稽又可悲的話來談她自己。

這樣會讓大家注意聽她說話。

如果你現在抱她的話，李珞依小姐說，你只會感到她胸罩上的尖尖鋼絲。

她說，去找「熱泉」就是找一群年輕人聚在一起，爬上白河有斷崖的這一邊。自己帶著啤酒和

①Glen Campbell，美國西部鄉村歌曲著名歌星，二十世紀六〇及七〇年代紅極一時，獲獎無數。

威士忌，找一個熱泉水潭。大部分的水潭的溫度都在華氏一百五十度到兩百度之間，全年如此。在海拔這樣高的地方，水在華氏一百九十八度就煮沸了。即使是在冬天，在一個冰谷的底層，這些水潭都還燙得可以把你活活煮熟。

不對，這裡危險的不是熊，這裡沒有。也看不到狼或郊狼或是山貓。在下游就有，不錯，只是你汽車里程表上跳一次的距離，如果你車子開在公路上，一面聽收音機的話，大約是聽一首歌所走的距離，那裡的汽車旅館晚上都得把他們的垃圾桶用鍊子鎖緊了。在那裡，雪地上滿是爪印。夜晚狼群對著月亮嗥叫的聲音吵得死人。可是在這裡呢，這裡的雪地平整光滑。就連月圓之夜也很安靜。

在「旅棧」再往上游走，你唯一要擔心的就是給燙死。城裡的孩子，由大學休學，會在這裡混個兩年。他們會有辦法傳告後來的人哪些熱泉水潭是安全的，可以在哪裡找得到。什麼地方不能走，那裡只有薄薄一層石灰石或白堊石泉華②。看起來好像岩石，卻會讓你掉進一個藏在底下的熱洞裡煮得熟透。

那些嚇人的故事，也傳了下來。一百年前，有位麗特．班納克夫人由賓州水晶瀑布到這裡來玩。她停下來把眼鏡上的水蒸氣擦掉，風突然轉向，把熱氣吹進她眼睛裡，踩錯一步，她走離了小路，再踩錯一步，她失去了平衡，往後跌倒，坐進滾燙的水裡，她想站起來，猛向前衝，結果臉朝下撲倒在水裡，她發出尖叫，一些不認識的人將她拉了出來。

將她緊急送往鎮上去的警長把「旅棧」裡所有的橄欖油全收走了。那個女人全身塗滿了油，裹

②sinter，礦泉邊緣鹽類沉積而形成的結殼。

在乾淨的床單裡，尖叫了三天之後，死在醫院裡。

最近的則是三年前，一個從懷俄明州平松市來的年輕小夥子，把他的小貨車才剛停好，他的那隻德國牧羊犬就由車裡跳了出來。那隻狗跳到熱泉的正中央，一面慘叫一面用狗爬式游到一半就死了。其他的遊客咬著手指關節，跟那個小夥子說，不要。可是他跳下去了。

他只浮上來一次，燙得兩眼翻白，瞪大了卻什麼也看不見，盲目地翻滾著，沒有人能來得及抓住他，然後他就不見了。

在接下去的那一年裡，他們用網子把他一點一點地撈了起來，就像從游泳池裡撈樹葉和蟲子一樣。也像你由一鍋燉菜裡把浮油弄掉。

在「旅棧」的酒吧裡，李珞依小姐會停下來，讓客人在腦子裡想像一下這個情形。他支離破碎地在滾燙的水裡翻滾了整個夏天，一些細細碎碎的煮成了淺棕色。

李珞依小姐吸著香菸。

然後，好像突然想到了似地，她說：「歐爾森．李德。」然後她大聲地笑了起來。好像這是一件只要她醒著的時候分分秒秒都不會想著的事。李珞依小姐會說：「你們眞應該早點認識歐爾森．李德。」

又大又胖、從不犯罪的大好人歐爾森．李德。

歐爾森以前是「旅棧」的一名廚師。很胖，面色蒼白，嘴唇太厚，因爲充血而發紅，襯在他有如糯米飯般白色的臉上，就像一塊壽司。他盯著那些熱泉看，他整天跪在熱泉旁邊，盯著看那沸騰起泡的棕色泉水，燙得像硫酸。

只要走錯一步，只要在風雪中踩滑了一腳，那些滾燙的水就會把你像歐爾森做菜一樣地煮熟了。

水煮鮭魚、糰子燉雞、水煮蛋。

在「旅棧」的廚房裡，歐爾森常把讚美詩唱得聲音大到你在餐廳裡都聽得見。胖大的歐爾森圍著白圍裙，帶子打著結，深陷進他粗胖的腰裡。坐在酒吧間，在幾近黑暗之中讀他那本聖經。暗紅色的地毯散發著啤酒和香菸的氣味。大家在員工休息室裡吃飯的時候，他會把頭垂在胸口，為他的香腸三明治含糊地禱告。

他最喜歡說的是「交情」。

有天晚上，歐爾森走進儲藏室，發現李珞依小姐在親一個服務員，一個紐約大學藝術系的中輟生，歐爾森・李德告訴他們說，接吻是魔鬼引誘你姦淫的第一步。歐爾森用他那橡皮似的紅嘴唇告訴所有的人說，他要為了婚姻而守身如玉，其實是他沒法獻身。

對歐爾森來說，白河就是他的伊甸園，是他的上帝完美工作的明證。

歐爾森看著那些熱泉，那些會噴水、冒著熱氣的泥潭，就像每個基督徒深愛地獄那種想法一樣，他望著那滾燙的水冒氣噴濺，就像他從下單窗口窺探餐廳裡的女侍一樣。

在他休假的日子，他會帶著聖經穿過樹林，穿過硫磺的煙霧，他會高唱〈奇異恩典〉和〈親近我上帝〉。但是只有第五段或第六段歌詞，讓你聽來奇怪而陌生，會覺得是他編出來的。他走在泉華上，走在像結在河上的冰似的那一層鈣結晶上，歐爾森會離開鋪了木板的步道，跪在噴著水，發著硫磺臭味的深潭邊上，他跪在那裡，大聲地為李珞依小姐和那個服務員禱告。他向他的主，我們萬能的上帝、天堂和大地的造物者禱告。他大聲地細數每個旅館女侍的罪狀。歐爾森的聲音隨著熱氣提高，他為諾娜禱告，因為她把裙子下襬摺得好高，而且會和任何一個肯付二十美元的客人口交。那些全家大小一起來玩的遊客就站在後面，很安全地站在他身後鋪了木板的步道上。歐爾森求主赦免餐廳侍者伊文和里奧的罪，因爲他們兩個每天晚上在男子宿舍裡從事下流的雞姦行爲。歐爾森哭著大聲地說狄威和巴弟在洗碗盤的時候，用一個棕色紙袋吸食強力膠。

歐爾森在他的地獄門口，對著樹林和蒼天高聲控訴，向上帝報告，歐爾森在值過晚班之後，對著天空中燦爛的星辰高聲指控你的罪行，爲了你而祈求上帝的慈悲。

不錯，沒有人喜歡歐爾森．李德。不管年紀大小，沒有人喜歡聽眞話。

他們全都聽說過那個全身搽滿橄欖油的女人。那個跟他的狗煮成一鍋湯的小夥子。而歐爾森特別注意聽這些舊事，兩眼亮得像糖果一樣。這是他最感興趣的證明，再眞實不過，證明你不能在上帝面前隱藏你所做過的事，你沒別的辦法。我們都會清醒地活在地獄裡，卻痛得讓我們希望自己能死掉。我們會永遠受苦，在那個世界上沒有人願意和我們交換的地方。

說到這裡，李珞依小姐會停了下來，再點上一根香菸，再給你倒上一杯生啤酒。

她說，有些故事，你說得越多，就越快把故事說盡。這種故事，戲劇性一下就沒了，每個版本，聽來更加愚蠢而平淡。另外一類的故事，則會把你消耗殆盡。你越說，故事越強化。那一類的故事只會提醒你自己以前、現在、和將來有多愚蠢。

李珞依小姐說：說這些故事，就像自殺。

說到這裡，她會盡量讓故事變得無聊，說什麼熱到華氏一百五十八度的水在一秒鐘裡就會造成三級燙傷。

白河沿岸最典型的熱泉是一個出氣口，下面是一個水潭，四周邊緣都覆蓋著一片礦物結晶，沿著白河的這些熱泉的平均溫度是華氏兩百零五度。

在這麼燙的水裡一秒鐘，脫掉你的襪子就會連帶脫掉你的腳。你兩手煮熟的皮膚會黏在你所碰觸的任何東西上不肯下來，完整得有如一副皮手套。

你的身體會以將體內水分轉往燙傷部位的方式自救，以此來減低熱度。你會冒汗，比嚴重腹瀉更快地脫水，因爲水分流失太多，使你的血壓陡降，使你陷入休克，你的主要器官很快地一個接一個失去作用。

燒燙傷分爲一級、二級、三級和四級。可以是表皮，部分深度，或全深度的燒燙傷。在表皮或是一級燒燙傷的情況，皮膚發紅而沒有起水泡。好比曬傷，還有接下來會有的脫皮現象——那些死了、可以撕下來的皮膚。全深度的三級燒燙傷，就像把蛋糕從烤箱裡取出來的時候，手指關節碰到了烤箱邊上或頂上，結果那裡出現一塊又乾又硬的皮。四級燒燙傷，那就不止是皮膚傷了而已。

醫事檢驗人員會用「九九法則」來決定燒燙傷的程度，頭部是全身皮膚的百分之九。每一條手臂各是百分之九，每條腿是百分之十八。身體的前面和後面，各是百分之十八。再加上頭部是百分之一，總加起來就是百分之百。

只要喝一口這麼燙的水，就會造成喉頭水腫和窒息死亡。你的喉嚨腫大閉塞，使你因此窒息而死。

李珞依小姐這樣娓娓道來眞是饒富詩意。化爲骷髏，蛻皮，低血鉀。這些字眼讓酒吧間所有的人自嘆弗如，遠遜於她。這是她的故事中在面對最壞一刻前的一次小小間歇。

你可以花上一輩子的時間，在你和任何眞實的事物之間砌上一堵以各種事實構成的牆壁。

就是在像這樣一個二月天的晚上，在她大半輩子之前，李珞依小姐和歐爾森，那個廚子，是那天夜裡唯一還留在「旅棧」裡的人。前一天下了三呎深的新雪，鏟雪機還沒清理過來。

和每天晚上一樣，歐爾森．李德用他一隻肸手拿著聖經，走進了雪地裡。當時，他們那裡還要擔心郊狼出沒的問題，也有美洲豹和山貓。歐爾森高唱〈奇異恩典〉走了一哩路，歌詞始終不曾重複。一路走去，白色身影走在白色的雪地上。

十七號公路的兩線道消失在積雪下，「旅棧」的霓虹燈招牌閃著綠色的字，高掛在一根鋼管上，鋼管固定在水泥裡，還有一個用磚砌成的矮矮底座。外面的世界，像每天夜裡一樣，在月光下是黑白兩色，而森林只是延綿一片的松樹形黑影。

年輕而苗條的李珞依小姐從來想都不想歐爾森．李德的事，也根本不知道他離開了多久，等到她聽到狼叫聲時才想了起來。她先前一直在看她的牙齒，手裡拿著一把擦得雪亮的牛油刀，讓她可以看到她的牙齒有多直多白。她已經習慣於歐爾森每晚喊喊叫叫。他的聲音喊著她的名字，接下來是一件罪行，也許是眞的，也或許是想像的，從樹林裡傳來。她抽菸，歐爾森叫道，她跳慢舞。歐爾森為了她而呼喊上帝。

她現在說起這個故事來，會讓你追問其他的部分。她為什麼會困在這裡，她的靈魂在天國與地獄之間。到「旅棧」來的人不會想後半輩子都在這裡的。媽的，李珞依小姐說，就是有些比送了命更慘的事。

有些還比車禍更糟，讓你陷入困境。比車軸斷了還慘。在你年輕的時候，困在一個鳥不生蛋的地方管酒吧，過後半輩子。

在她大半輩子之前，李珞依小姐聽到狼嗥，郊狼號叫，她聽到歐爾森高聲尖叫，不是叫她的名字或什麼罪行，而只是高聲尖叫。她到了餐廳的側門那邊，她走到外面，在積雪上欠過身子去，把頭轉過一邊，側耳傾聽。

她還沒看到歐爾森就先聞到了他的氣味，那是早餐的氣味，煎鹹肉的味道瀰漫在冷空氣中，是鹹肉或豬肉，切得厚厚的，在本身煎出來的熱油裡嗞嗞作響地煎到脆。

每當她故事說到這裡，牆上的電熱器總會打開，就在那一刻，在房間裡冷到冰冷的那一刻。李珞依小姐知道那一刻，可以感受到她嘴唇上的汗毛都豎了起來。她知道什麼時候該停一秒鐘，留下一瞬間的寂靜，然後——轟——一陣暖氣響著由電熱器裡衝了出來。扇葉發出低沉的呻吟，起先在遠處，然後在旁邊響起。李珞依小姐這時一定會讓酒吧間裡暗了下來。電熱器開了，發出低沉呻吟，大家都抬頭去看。他們只能看到自己的身影反映在窗子裡。認不出是自己的臉，像一張滿是黑洞的蒼白假面具往裡面看著他們。嘴巴是一個張開的黑洞。他們自己的眼睛，兩個挨得很近又瞪得很大的黑洞直望進他們身後的夜色。

就停在外面的車子，看來卻像在冷冷的百哩之外。即使那個停車場看來也像是在這樣的黑暗中遠得無法走到。

她找到歐爾森．李德的時候，他的臉仍完好無缺。他的脖子和頭，他最後的百分之十仍然完好無缺。和他身體其餘那些已經脫皮煮熟的部分比起來，甚至可說很美。

他仍然不停地尖叫著，好像天上星辰會在乎似地。歐爾森的殘餘部分沿著白河邊上勉強地走著，腳步踉蹌，雙膝發軟，蹣跚走著，斷裂開來。

歐爾森已經有好些部分不見了。他的兩條腿，自膝蓋以下已經在破裂的冰上碎了一路，一點點地脫落，先是皮膚，然後是骨頭，體內的血已經煮到沒有東西流出來，在他身後只有一道他自己的油，他的體熱在雪裡融開深深的痕跡。

由懷俄明州平松市來的那個小夥子，就是跳下去救狗的那個。人家說大家把他往外拉的時候，他的手臂都斷開了，一節一節地，可是他還活著，他的頭皮在他白色頭骨上剝落，可是他還很清醒。

沸騰的水面上，噴出熱氣，還有因爲那小夥子身體裡的油所發出的亮麗虹彩，他的油浮在水面上。

那個小夥子的狗給煮得只剩一張完整無缺的狗形毛皮大衣，骨頭都已經煮得乾乾淨淨地沉到這個世界的中心去了。那個小夥子最後說的是，「我搞砸了，我沒辦法弄好的，對吧？」

李珞依小姐那天夜裡找到歐爾森．李德的時候就是這樣，只是更慘。

他身後的雪，剛下的新雪圍在他四周，上面有一行行口水的痕跡。

在尖叫的他四周，散在他身後的，李珞依小姐看得到一大堆黃色的眼睛，雪地裡有郊狼踩成冰的爪印。有狼爪的四趾腳印。浮在他四周的是野狗瘦如骷髏的長臉，在牠們呼出的白煙後面喘著，黑色的嘴唇由鼻子兩邊翻上去，尖利的牙齒咬在一起，咬得很緊，扯著歐爾森破了的白褲子，破爛的褲腿裡活活煮爛的肉還發著熱氣。

下一瞬間，那些黃色的眼睛消失了，只剩下歐爾森的殘軀，郊狼後腿踢起的雪片還閃動在空中。

他們兩個在一陣溫熱的鹹肉香味中。歐爾森散發著一陣陣的熱氣，像一顆巨大的烤馬鈴薯深深地沉落在她身邊的積雪中。他的皮膚現在龜裂了，蜷縮而粗糙得有如炸雞，但卻鬆垮而滑溜地包覆在底下的肌肉上，那些肌肉煮熟了，捲曲在裡面熱熱的骨頭上。

他的兩手緊抓住她，抓緊了李珞依小姐的手指。她想拉脫開來，而他的皮膚剝落了。他煮熟的雙手卻不肯鬆開，好像寒冬時你的嘴唇在遊樂場的旗桿上給凍住了一樣。她想要將手拉脫，他的手指裂到見骨，煮熟的骨頭，一點血也沒有的骨頭。而他尖叫著，把李珞依小姐抓得更緊。

他身體重得拖不動，沉在積雪裡。

她給抓住而動彈不得，側門離她不過是雪地裡二十個腳印的距離。門仍然開著，裡面的桌上都擺好了下一餐所需要使用的餐具。李珞依小姐能看見餐廳裡那座像山一般的石頭壁爐，裡面燒著柴火，她能看得到，卻遠得無法感受得到，她兩腳撐地，想拖動歐爾森，可是積雪太深了。

她無法動彈，就停下來，希望他會死掉，向上帝祈禱，求祂在她凍僵之前殺掉歐爾森・李德。那些狼群守在黑暗的樹林邊緣，用牠們黃色的眼睛盯著，松樹的黑影直上黑暗的夜空。在樹梢上面的星星，像一起在淌血。

那天晚上，歐爾森・李德跟她說了一個故事，他自己個人的鬼故事。

在我們死的時候，就是這樣的故事還在我們嘴上。這些故事我們只會告訴陌生人。在半夜裡，在一個隱祕的小房間裡。這些重要的故事，我們多年來一直在腦子裡反覆想過，卻從來不曾說出來過的。這些故事就是鬼魂，把人從陰間帶了回來。只是一下子，回來看一看。每個故事是一個鬼魂，這個故事是歐爾森的鬼。

李珞依小姐把雪含在嘴裡融化，再把水吐進歐爾森肥而紅的嘴唇裡，他的臉是他全身唯一她可以碰觸而不會給黏上的部分。她跪在他旁邊。魔鬼引誘你姦淫的第一步，那個吻，歐爾森一直守身如玉所爲的那一刻。

她這大半輩子以來，始終沒有告訴任何一個人他叫了些什麼。把這些留在心裡是一個沉重的負擔。現在她告訴每一個人，但也不見得讓她好過。

那在白河邊上給煮熟了的可憐傢伙尖叫道：「妳爲什麼這樣做？」

他尖叫道：「我做了什麼？」

「狼呀，」李珞依小姐說著，大聲笑了起來。我們現在沒這些麻煩，這裡不會有，她說。後來都沒有了。

歐爾森的死因叫做肌蛋白中毒症。在嚴重的燒燙傷情況下，受傷的肌肉會散發肌紅蛋白，這種蛋白質湧流進血液裡，會使腎臟無法負荷，因而衰竭，使身體裡充滿毒素。腎衰竭、肌蛋白中毒。李珞依小姐說這些字眼時，簡直像魔術師在變魔術，那些字聽起來有如咒語，有如禱詞。

這樣的死法會耗上一整夜。

第二天早上，鏟雪機終於清除到這裡，司機發現了他們：歐爾森・李德死了，而李珞依小姐睡著了。因爲她整夜嘴裡都有融雪，使她的牙床發白，凍傷了。李德那雙死人的手仍然緊抓住她的手，像一雙暖和的手套護住了她的手指。之後有好幾個禮拜，她每顆牙齒根部四周凍壞了的皮膚逐漸脫落，變軟，變灰，由棕色牙根剝落，最後她的牙齒成了現在這副模樣。最後她沒了嘴唇。

壞死組織剝離。又是一個魔法似的咒語。

李珞依小姐會告訴大家說，現在外面樹林子裡沒有什麼了，沒有什麼壞東西，只有些很悲哀而孤寂的感覺。就是歐爾森・李德仍然不知道他做錯了什麼。不知道他在哪裡。那樣可怕而孤寂，連狼、郊狼都離開了白河上游這頭。

一個駭人的故事就有這個作用，會回應好久以前的恐懼，重現一些早已忘懷的恐怖。一些我們自以爲已經拋在腦後的事物。但是那仍會把我們嚇哭，那是你希望能癒合的傷口。

每天晚上都有他們散在各處，這些既救不活卻又不肯死的孤魂野鬼，你整夜都會聽到他們在外面尖叫，就在白河斷崖的這邊。

二月裡的夜晚，有時還會有熱油的氣味。煎得脆脆的鹹肉。歐爾森・李德兩腿已沒知覺，但還被往後拖著，他尖叫，手指彎曲如爪子摳進雪地裡，被那些咬緊的小小牙齒往後拖回到黑暗中。

21

按照克拉克太太的說法，平均每個人在睡覺的時候每小時會消耗六十五卡的熱量。醒著的時候，每小時消耗七十七卡。慢步行走，你會消耗兩百卡。單是讓自己活著，你每天需要吃一千六百五十卡的熱量。

你的身體只能貯存大約一千二百卡的碳水化合物——大部分是在你的肝裡。單是要活著，你不到一天的時間裡，就會把你貯存的熱量全部用光。在那之後，你燃燒脂肪，然後是肌肉。

到這時候，你的血液裡就充滿了酮。你的血液濃度飆升，呼吸開始急促，流出的汗水有股飛機膠的臭味。

你的肝臟、脾臟和腎臟變小萎縮。你的小腸因爲沒有使用而脹大，充滿了黏液。潰瘍在你的結腸壁上開洞。

你在捱餓的時候，你的肝把肌肉化爲葡萄糖來讓你的腦子存活。餓過頭之後，飢餓引起的疼痛會消失。在那之後，你只會覺得疲倦。你會越來越迷糊，不再注意周遭的世界，也不再注意自己的清潔。

一旦你把身體裡的脂肪燃燒掉百分之七十到百分之九十四，肌肉燃燒掉百分之二十，你就死了。

對大部分的人來說，大約是六十一天。

「我的女兒，卡珊黛娜，」克拉克太太說：「她始終沒有告訴我到底出了什麼事。」

我們對挨餓所知道的那些事情，克拉克太太說：都來自於對北愛爾蘭囚犯絕食抗議所做的觀察研究。

飢餓的時候，你的皮膚有時會變成青白色。有時會轉爲深棕色。挨餓的人有三分之一會浮腫——但只有那些皮膚發青的人才會。

在哥德式吸菸室的牆上，聖無腸一共畫下了四十天的記號。以他的鉛筆畫了四十條線。

我們的故事，我們面對無比殘忍折磨而勇敢求生的眞實人生史詩，呃，版權費現在只要分成十三份，因爲美國小姐已因流血過多而死了。

在爐子由鬼再次修好之後，我們大部分的人已經不去想再把它弄壞了。不過，我們還是沒有洗衣服。有些時候，從開燈到關燈，我們只是躺在所住的後台化妝室裡的床上，每個人跟自己說我們的故事。

如果我們還有力氣的話，就可能會向殺手大廚借把刀來把頭髮挨著頭皮給割掉。這是魏提爾先生加諸我們的又一次羞辱。也是另外一個讓我們事後的照片比事前的照片更可怕的方法，而現在我們的照片大概都已經釘在電線桿上或是印在牛奶盒上了吧。

無神教士折斷了一根椅子腳，把那根木頭硬插進他屁股裡，讓警方可以在那裡發現一些碎木屑。這個好主意，是由克拉克太太的女兒卡珊黛娜那裡來的。

入夜之後，我們聽到腳步聲，門扇開啓的咿呀聲，這裡的鬼的腳步聲。魏提爾先生、遊民夫人、凶悍同志和美國小姐。

自從那個鬼那樣對付野蠻公爵之後，我們都在熄燈後鎖上房門。如果不是兩三個人一起，彼此當人證以確保安全的話，沒人到外面亂走。每個人都隨身帶著一把殺手大廚的刀子。

克拉克太太說，她女兒在回家之後，體重始終沒有增加多少。卡珊黛娜的指甲長回來了，但是她再也沒塗上指甲油。她的頭髮也長回來了，可是卡珊黛娜只洗過梳好，再也沒有上捲子，做頭髮或染髮。她掉了的牙齒當然沒有再長回來。

她穿零號的衣服，沒屁股，沒胸部。只看得到膝蓋、肩膀和像死亡集中營裡的人那樣的顴骨。卡珊黛娜有好多衣服可穿，可是她每天只穿那同樣的兩三件長衫。不戴首飾，不化妝。她幾乎就像沒這個人似的，只要一片壞了的肉就能送了她的命。或者只要將一把安眠藥混進麥片粥裡。如果她會吃的話。

克拉克太太當然帶她去看牙醫，付錢做了一套很好的假牙。還願意付錢讓她植牙去補好缺了的牙齒。還有替萎縮的胸部做隆乳手術。她也研究了神經性厭食症。

克拉克太太騙她說她看起來很漂亮而苗條。卡珊黛娜從來不到室外久到可以讓她的皮膚不那樣蒼白發青。

沒錯，卡珊黛娜只去上學，學校裡沒有人和她說話。每個人都在談她的事，一個個學期過下來，她受折磨的故事越來越恐怖。就連那些老師也讓他們可怕的想像力如天馬行空。附近的街坊鄰居，每個人都攔住克拉克太太，輕拍她的手，說他們有多難過，好像警方發現的是卡珊黛娜的屍體。

所有那些加入行動，和警犬一起搜查過的人，他們不再追問細節。他們已經聽膩了克拉克太太對他們說：「我不知道，我不知道，我不知道……」

卡珊黛娜回到學校去的第一年，成績升高了。她沒有去參加啦啦隊的甄試，她不打籃球，不踢足球。她什麼都不做，就只上課讀書，然後回家。她看天上的飛鳥，她看著她那條金魚游來游去。可是，即使是克拉克太太又是哀求又是威嚇——威脅說要自殘——卡珊黛娜還是不肯戴上假牙。克拉克太太可以拿菸頭燙自己的手臂，她的女兒卻只坐在一邊看著，聞著那股氣味。卡珊黛娜只靜靜地聽著。克拉克太太求她，對她叫罵，拜託卡珊黛娜想辦法弄漂亮點，交點朋友，和心理醫師談談。回去過正常生活，隨便怎麼都好。卡珊黛娜只是靜靜地聽著。

「我的親生女兒，」克拉克太太說：「她對我就像是家裡的一盆盆景。」

一個在高三那年成績全得A等卻不肯參加舞會的機器人，也不約會，沒有女性朋友。像一個高高放在架子上滴答作響的「噩夢之匣」。

「她整天坐在那裡，」克拉克太太說：「就像坐在教堂裡一樣。」

沉默，挺直了背，睜大了眼睛。但是視而不見，從來不肯透露她腦袋裡在想些什麼。卡珊黛娜只看只聽。她不是她母親以前認得的那個女孩子，她成了另外一個人。一尊在龕上俯視一切的雕像。一千年前在歐洲一所大教堂裡刻成的雕像。一尊自己知道是由達文西刻成的雕像，這就是別人眼中的卡珊黛娜。

克拉克太太現在說：「這事把我逼瘋了。」

有時候，就像是和一具機器人，或是一枚炸彈生活在一起。有時候，克拉克太太等著某個邪教宗派或是瘋子打電話來找卡珊黛娜講話，有些晚上，克拉克太太睡覺時會把刀子放在枕頭底下，把臥室的房門鎖上。

沒有人知道這個沉默的女孩子會怎麼樣。她生活中經歷過其他人永遠無法想像的事情。有那麼多她不需要告訴別人的折磨和恐怖，她從此再也不需要什麼戲劇性，或是快樂和痛苦了。

你可以走進房間，打開電視，吃著一袋爆米花，然後才注意到她就坐在你身邊的沙發上。眞的，她就是那樣嚇人。卡珊黛娜就是那樣。

有次吃晚飯的時候，只有她們母女倆坐在廚房裡，克拉克太太問，卡珊黛娜是不是還記得那個「噩夢之匣」？在畫廊的那天晚上和她失蹤的事有任何關聯嗎？

卡珊黛娜說：「那讓我想當一個作家。」

從那以後，克拉克太太再也睡不著覺。她希望女兒快去，去上大學，去當兵，去進修道院，隨便去那裡。走了就好。

然後，有一天，克拉克太太打電話報警說卡珊黛娜失蹤了。

她當然找過了整個房子。克拉克太太知道卡珊黛娜能消失在壁紙裡或沙發的纖維裡，可是她眞的不見了。

每個人車子上還綁著褪色的黃絲帶，那些投降的白旗。卡珊黛娜．克拉克再度消失了。

卡珊黛娜

克拉克太太的另外一個故事

如果說要做一件你討厭的工作有什麼訣竅的話……克拉克太太說，那就是去找一份你更討厭的工作。

在你找到一個更令你害怕的大考驗之後，那些小小的紛紛擾擾就變得有如微風拂過一般。這也正是手上要有個惡魔的另外一個原因。那眞的能使所有的小鬼更……容易忍受。這又是克拉克太太對魏提爾先生理論的另一種延伸。

我們喜歡戲劇性，我們喜歡衝突，我們需要一個魔鬼，否則就由我們創造一個出來。這些事都不壞。只是人類的做法。魚一定得游水，鳥一定得飛。

在她的女兒第二次失蹤之後，克拉克太太將棉布拖把蘸上一桶礦物油，把浴室裡每塊瓷磚之間的縫膠塡滿，這花掉了大半個週末。

她用一塊抹布擦了百葉窗的每條葉片。

所有這些瑣碎的工作，都因爲和那可能打來的電話比較之下而變得可以忍受了。警方可能會打電話來說他們找到了屍體。或者，更糟的是，他們找到了還活著的卡珊黛娜。

那個整天坐著的機器人女孩，畫著在她窗外尖叫的椏鳥，或是看著那條該死的金魚在魚缸裡游來游去。

那個少了腳趾和手指的……陌生人。

克拉克太太不知道的是，警方的確找到了卡珊黛娜。一個由樹林裡出來的幼童軍，什麼也不說，守著一個祕密，就是他所發現的事。他走到樹林裡，沿著一條溪流上到一個溪谷裡。爬過了岩石，後面就是積水的池塘，滿出來的水流下來，再積成一個水潭，這個幼童軍是在找一個大得足夠容得下鱒魚的洞。綠色的苔蘚覆蓋著岩石的周圍，樹木矗立，枝椏交錯，在樹蔭下，卡珊黛娜・克拉克側躺著，兩手交合墊在她蒼白細瘦的臉下，好像睡著了。卡珊黛娜，全身赤裸地躺在那一床又厚又軟的苔蘚上，一株山楂樹的枝葉有如簾幕般垂落在四周。

這個幼童軍把這事告訴了一個大人，那個人打電話給警長。天還沒黑，那一隊刑警就沿著溪水走到了那處溪谷，到天黑的時候，他們都回家了，一群人全不談論他們那天上班時所看到的事情。

他們之中沒有一個人打電話給克拉克太太。她在家裡等著，翻轉了家裡的每一塊床墊，洗刷了二樓的窗子。擦乾淨了護壁踢腳板上緣的灰塵。每件工作在大部分的時間來說都很無趣，但還不能和空等相比。她清理了壁爐，電話永遠放在手邊，以便一響就接起來。

這回第二次失蹤，沒有人再在什麼東西上綁黃絲帶，也沒有人挨家挨戶去搜尋，或是點蠟燭祈禱，也沒有通靈人士打電話來。

甚至於在克拉克太太不斷做著各種清掃工作的時候，連電視台的人也沒來過。

卡珊黛娜在溪谷裡又待了一夜，在溪流的對岸，一道岩石很多的山坡上，從任何一條林地裡給伐木工人走的路搬到這裡來都相當遠。小徑上沒有任何腳印，她赤裸的雙腳看來也很乾淨，似乎應該是讓人抱來的。

到這時候，再以她死後僵直的程度來推斷死亡時間已經來不及了。她的手臂可以彎曲，所以她已經死了有兩天以上，死後僵直的情況已經發生過，也已經消除了。

第一批刑警把一支麥克風掛在如簾幕般的山楂樹上。就像他們會監聽剛下葬的受害死者墳墓一樣。因爲兇手一定會回來。兇手一定會說話，會把這個故事說清楚爲止。

別的故事，會耗盡你的心力。

說給兇手唯一敢冒險得到的聽眾聽，也就是被他殺害的人。

卡珊黛娜躺在她苔蘚的床上，麥克風掛在她上方，連接到一架卡式錄音機，以及一個傳輸器，送到躲在溪谷對面岩石上的一名刑警耳機裡。他離得遠到可以打蚊子而不致洩漏行藏。耳機戴在耳朵上，人坐在地上，旁邊有螞蟻在爬。他所有的時間都在仔細傾聽。

在他的耳機裡，小鳥鳴唱，風吹過。

你再也想不到有多少兇手會回來道再見。他和死者之間曾分享過一些事，兇手會來坐在墳前談以前的事。

每個人都需要一個聽眾。

在刑警的耳機裡，黑蒼蠅嗡嗡飛著，到這裡來把卵產在卡珊黛娜濕潤的眼皮邊上，她那微張的青色嘴唇裡，蒼蠅在她鼻孔和肛門產卵。

克拉克太太在家裡費了好大的力氣，把靠著廚房牆邊的冰箱移開，好用眞空吸塵器把後面清理乾淨。

在那張苔蘚的床上，卡珊黛娜的血都沉積在她身體最低的一側，使得你看得見的部分：她的胸部、雙手和臉，看來有如抹成了白色。她的兩眼睜著，已經被蟲子吸乾。她那頭金髮，她的頭髮又黃又粗地由她腦後散開來，但暗無光澤，和剪下來丟在理髮店地上已死的頭髮一樣。

她的細胞在自我消化，仍然還在試著繼續工作。拚命覓食的結果是裡面的酵素咬穿了細胞壁，每個細胞裡的黃開始漏了出來。卡珊黛娜的皮膚開始鬆垮在底下的肌肉上，皺了起來，使她手上的皮膚看來有如鬆垮的棉布手套。

她的皮膚上布滿數不清的突起，一片細小的刀疤，每個突起都在蠕動，在皮膚與肌肉之間摩擦。每個突起都是一隻黑蒼蠅的幼蟲，吃著那一層薄薄的脂肪，在她皮膚下來去。她整個身體表面，不管是手還是腿，都成了一團團蠕動的硬塊。

在刑警的耳機裡，蒼蠅的嗡嗡聲變成了那些幼蟲在皮膚下一口一口咬食的聲音。

在家裡，克拉克太太坐在離電話只有一步之遙的地方，在有嗆鼻灰塵味的閣樓裡整理耶誕裝飾品，丟掉一些，重新收拾好，在每個盒子貼上標籤。

細菌在卡珊黛娜的肺裡呼吸，細菌在她的肚子裡、嘴裡和鼻子裡，它們不停地分裂繁殖，沒有白血球來阻擋它們。它們吞噬了皮下脂肪和由她損傷的細胞裡漏出來的黃色蛋白質。它們的數目暴增，使她蒼白的肚子脹大到她的兩肩都向後弓起，兩腿分開。卡珊黛娜的肚子鼓得緊緊的，裡面的脹氣使她有如懷了身孕，無數的細菌在進食和繁殖。

她的舌頭腫脹，使得上下顎分開，又從腫得像腳踏車輪胎似的兩唇之間伸了出來。細菌鑽穿了她嘴裡的上顎，進入頭蓋骨裡，那裡正有她柔軟而好吃的腦子在等著。

克拉克太太在家裡把電話從一個房間拿到另一個房間，洗刷牆壁，也洗淨了每盞天花板上電燈泡上黏滿的死蒼蠅。

又過了一天之後，卡珊黛娜的腦子變成一些紅色和棕色的泡沫，由她的耳朵和鼻孔流出來。那些泡沫也會由她坍陷的眼眶中冒出。

麥克風捕捉到這些聲音。想像爆米花悶在微波爐裡爆開的時候，想像身子滑進洗泡泡澡的熱水裡的情形。所有的泡泡一個個破裂的聲音，有如大雨落在水泥地上。冰雹打在汽車車頂上。那是蛆蟲的聲音，現在已經長得粗如米粒了。麥克風傳來一陣又一陣撕裂的聲音，那是皮膚裂開，而卡珊黛娜的肚子扁下去的聲音。

肉食性的甲蟲來了，還有老鼠和鵲鳥。小鳥在林中高唱，各有明亮如彩光的一串音符。一隻啄木鳥歪著頭傾聽藏在一棵樹裡的蟲子，然後啄出個洞來。

皮膚沉落下去，包覆在骨頭上。卡珊黛娜的內臟流了出來，滲進地下，只剩下那層如影子般的皮，她的骨架浸在由她本身所形成的一個爛泥潭裡。

在刑警的耳機裡，聽到老鼠在吃甲蟲。有蛇來吞食扭動的老鼠，所有的一切都希望自己是食物鏈的末端。

克拉克太太在家裡整理她女兒房間書桌抽屜裡的紙張。那些寫在粉紅信箋上的信，以前的舊生日卡，還有，用鉛筆寫的，卡珊黛娜的筆跡抄在一張有格子的活頁筆記本內頁上，一邊還有扯破的那一行孔。上面寫著：

作家研習營：將生活拋開三個月……

她把她女兒養的那條金魚活生生地由馬桶沖掉，然後克拉克太太穿上她冬天的大衣。

那天夜裡，刑警的耳機中響起一個女人的聲音說：「妳去的就是那個地方嗎？這個**作家研習營**，就是他們折磨妳的地方嗎？」

那是克拉克太太的聲音，說道：「我很難過，可是妳應該不要回來的。妳回來之後，完全變了一個人，」她說：「妳不在的時候，我還更愛妳得多……」

今天晚上，克拉克太太在藍絲絨的大廳裡，把她的故事說給我們其餘的人聽，她說：「我給她吃的是安眠藥。」她坐在那道寬大藍色樓梯中間，說道：「我一看到掛在那裡的麥克風，我就逃了。」

那天晚上在溪谷裡，她已經聽到刑警在樹叢裡走動，要趕來逮捕她的聲音。

她從此沒有再回到那間打掃乾淨的房子，所有那些她討厭的工作，全做完了。

克拉克太太除了她的冬天大衣和皮包之外，一無所有。她打了卡珊黛娜親筆記下來的那個電話號碼。她見到魏提爾先生，見到了我們其餘的人。

她的眼光從我們綁了繃帶的手和腳，轉到我們剪得又短又亂的頭髮，再轉到我們凹陷的兩頰。

克拉克太太說：「我根本不是他的……什麼人。我從來沒有愛過魏提爾。」

克拉克太太說：「我只想知道我女兒到底出了什麼事。」

其實，是魏提爾先生殺了她所生下來的那個女孩子。

她說：「我只想要知道爲什麼。」

22

我們找到媒人的時候，他一個人在義大利文藝復興式的休憩廳裡。大部分的日子裡，開了燈之後，他就站在那張黑色的木頭長桌前，拉開拉鍊，手裡拿著那把切肉刀，眼中露出猶豫：切還是不切。

「呃——咳。」他們家傳的聲音。

證明你最害怕的事有一天就那樣消失不見了。不管某些事看起來多可怕，也許明天就沒有了。

媒人現在已經不再請我們其他的人去揮刀了。我們爲什麼要幫他成爲未來的焦點人物？不行，要是他眞那樣想切那一刀的話——讓他自己動手。

那張桌子，每根桌腳都刻成各種不同大小的球，全頂在一起或串成一條直線。那些挨著地面或桌面的球大小像蘋果。每條桌腳中間的那個球則大得像西瓜。四根桌子腳都是一樣油膩膩的黑色。既長又窄得像棺材的桌子像是由一整塊黑蠟刻出來的，既長又平，而且非常髒，因此不會反映出什麼來。

媒人像平常一樣站在那裡，拿好了刀子。頭低垂得下巴抵住了胸口。他兩眼盯著自己那根由打開的褲子拉鍊裡伸出來的老二，就像貓在盯著老鼠洞。

自從那輛巴士把我們送進小弄堂裡以來，這間義大利文藝復興式的休憩廳裡一直是糊著同樣的舊綠色綢子的壁紙。這已經是不知多久以前的事了。綠色綢子看來很濕，滑滑的。每張雕花椅背和底下的踢腳板以及每個綠色牆上裝著燭形電燈泡的支架邊上，都漆著金漆。

牆上有不少縮進去的洞，小小的敞架櫃子或是綠色綢緞的壁龕，裡面立著裸體雕像，肌肉和胸部都大得看起來很胖的樣子。這些雕像比大部分都更高大，站在漆成暗綠色讓你以爲是孔雀石的台座上。有些拿著長矛和盾牌，有些翹著白色石膏的大屁股，兩腳併攏，背的下半部弓曲地站著，不管是肌肉或是屁股，反正在膝蓋以上的部分都滿是髒手印，或是用指甲刮白所留下的痕跡，但都只到一般人伸手能及的地方。只到雕像的腰部。

我們由中國宮廷式的散步場走樓梯上來，由大紅衝到了大綠，而今天媒人又把他的老二掏了出來。

無神教士又喘又咳，一手按在胸口，說道：「他們來了，有人……聽得到他們到了巷子裡，就在外面。」

八卦偵探在他的錄影機後面說：「如果你打算把老二切了的話，現在趕快切。」

媒人一手拿著刀，說道：「什麼？」

可憐的媒人，和他的突眼、大鼻子跟凹陷的兩頰比起來，他的老二看起來大得像座雕像。他是我們之中最後一個全身完整無缺的人。髒得身體都黏在襯衫裡層，他的皮膚繃得緊到他瘦削的手上那些青筋看來就像是裂紋。前額皮膚下也有像蟲似的青筋，脖子上的肌腱抽搐跳動不止。

「有人在外面，」失落環節說。他的嘴巴藏在肥大的鼻頭後面，在他那毛茸茸如陰囊的下巴上方。他說：「他們在用鑽子撬鎖，我們就快成名了。」

哎，我們所有的人——只有媒人沒有疤痕可以展示，除了沒吃東西之外，什麼也沒幹。

在他灰色龜頭四周的桌面，木頭上滿是縱橫交錯的刀痕，練習時每一刀都有個新的角度。被斫過的木頭上濺滿了我們的血，斫碎的木屑和木片彈跳到地上。

我們的耳朵、腳趾和手指餵了貓。柯拉．雷諾茲餵了美國小姐，美國小姐和她的胎兒餵了我們。一條完整的食物鏈。

每個人都搶著當食物鏈的末端。

做攝影機後面的攝影機後面的攝影機。

誹謗伯爵，他舉起一隻手，擺動著還剩下的那三根血淋淋的手指，指甲已經拔掉，不見了，他說：「趕快把刀給我，」他說：「我還有時間再多受點苦。」

殺手大廚跌坐進一張金色的宮廷椅子裡，踢掉了鞋子，抓住襪子的前端，往外拉長，越拉越長，最後由腳上扯脫下來。他看著自己的腳趾，說道：「我先。我剩下的腳趾太多了。」

可憐的媒人站在那裡，把小腹貼緊了黑木桌子的邊上，老二伸著，他說：「別催我。」汗從他額頭的毛孔中冒了出來，他說：「你們這些人都有過受苦的機會，現在輪到我了。」

「那就趕快吧，」殺手大廚說，他打響了剩下的手指，說道：「否則就把刀還我。這可是我的刀呢……」他站在那裡，伸出手來。

誹謗伯爵走到桌子旁邊，把手裡拿著的錄音機伸了出去。那個網眼的小麥克風準備以那一刀砍下去的聲音蓋過之前所錄的東西。誹謗伯爵說：「有點男子氣概。」

他說：「這是你的最後機會。當個男子漢，把那根老二剁了。」

失落環節的襯衫敞開著，他的胸口只有黑毛和樓梯似的肋骨。他說：「等那扇門一打開，我們誰都來不及了。」他說：「所以，趕快。」

媒人看著自己映照在巨大刀鋒裡的影像，把刀往前送給無神教士，說：「幫我？」

無神教士接過刀來，兩手握住刀柄，在空中揮舞了兩下。

媒人嘆了口氣，深呼吸了兩次，把小腹挺貼在桌邊。「不要告訴我什麼時候動手，動手就是了。」媒人說。

無神教士說：「記住了。」他說：「我這樣做只是爲了幫你的忙。」

媒人閉上了眼睛，將兩手抱在頭後，十指交叉。

然後……接著……就是：呃——咳。刀子砍進那張桌子的黑色木頭。桌子跳動一下，發出嚶嚶的聲音，有什麼東西向外飛出，由另外一邊掉了下去。那個東西是粉紅色的，被一股熱騰騰地噴出來的血直推向前，拉開拉鍊的褲襠裡冒出熱氣直冒的鮮血，媒人把手向那不見了的東西伸過去，想要抓住。然後兩膝一軟。

他的兩手抓緊了桌子邊緣，可是手指滑脫了。他的下巴撞在桌面上，兩排牙齒用力地碰在一起。之後，媒人和他的老二都到了桌子底下，兩者都成了灰色的肉塊。

我們可憐的媒人，現在只成了一個我們可以編進故事裡的小角色。我們的新傀儡。他那有關死亡集中營和口交的家族故事，現在是我們的故事了。

失落環節閃身到桌子底下。他站了起來，在他打開的手心裡是那根灰色的切斷的老二，大部分是勃起時會改變大小和形狀的皺縮皮膚，只有在刀切的那頭是一般粉紅色的肉……

「肉！」失落環節說。他嗅了嗅，一次，兩次。他的鼻子抬了起來，鼻孔張開，幾乎貼在肉上。他聳了下肩膀，說道：「我們用那個微波爐弄出來的所有東西都會有爆米花的味道……」

就連失落環節也知道吃一個死人身上切下來的老二，會讓他在每個電視的夜間談話節目中得到額外的曝光機會。只要形容那是什麼滋味就好了。然後他會成爲烤肉醬和番茄醬等產品廣告的代言人。然後他可以出自己編寫的「非常食譜」。上電台的駭人談話節目。然後，他後半輩子都有上不完的日間競賽遊戲節目。

我們的觀眾就是所有站在綠綢壁龕裡的赤裸雕像。

一個受害者，那些少了腳趾或手指來證明他們受苦的人，會得到認同說他很慘。

噴嚏小姐伸出雙手，豎起手掌，攔阻道：「你不可以。」

「看著吧。」失落環節說，然後昂起頭來，嘴巴對著綠色天花板張開著，他把手臂往上伸得直直的，讓那一坨肉落下到他的舌頭上，通過了牙齒，整整一塊地吞了下去。

他又吞嚥了一次，兩眼突了出來。他再吞嚥一次，整張毛茸茸的臉脹了起來，滿面通紅。他兩眼緊閉，在他那一字眉下抖顫，兩手握住喉嚨，淚水由他燒燙的面頰滾落。失落環節抓住自己的喉嚨，無法呼吸，像科學怪人似地往前衝了一步，然後再一步，接著又一步地在房間裡走著。

他驚惶的紅臉像在打呵欠似地張著嘴，他如狼人般的牙齒和嘴唇在說話，但沒有聲音。他跪落在血跡斑斑的綠色地毯上，兩手緊握成拳頭。他跪在那裡，兩手重擊在自己的胃部。他所有的努力——喊叫、擊打、求救——都默無聲息。

在失落環節說了「看著吧！」之後，誹謗伯爵的卡式錄音機沒有錄到新東西。

跪在地上的失落環節倒向一側。他倒在地上，躺在那裡，毫無聲息，兩眼仍然緊閉，兩隻拳頭仍然深埋在下腹。

殺手大廚看看誹謗伯爵，誹謗伯爵看看噴嚏小姐，她吸了下鼻子說：「那些來救我們的人，他們可能可以救他的命……」

無神教士搖了搖頭。

現在在樓下，根本沒有人在巷子裡鑽開門鎖。沒有搜救的人。根本沒有人來救我們。我們謊稱這事是因爲大家對媒人老舉著那把刀覺得煩了。

現在，我們又少了兩個人分錢。我們只剩下十一個人了。

凍瘡男爵夫人走上樓梯，她的裙子束在一起，用兩手提得高高的蹣跚走來。張開她粉紅色滿是疤痕的嘴笑著，然後她看到媒人躺在地上，大部分的衣服都浸滿了血而變黑了。躺在他旁邊的是失落環節，他那張毛茸茸的灰臉上雙眼緊閉，是死後僵直式的緊閉。

凍瘡男爵夫人那張油亮的嘴呆張開來，喘著氣說：「你們這群王八蛋裡哪一個殺了媒人？」

我們沒人殺他，我們對她說，是他自己。在過了這麼久之後，他剁掉了自己的老二。而可憐的失落環節，是因爲想一口吞下那根砍下來的老二而噎死了。

失落環節——食物鏈的最後一個環節。呃，那是說如果你不把克拉克太太說過吃掉她女兒的蛆和細菌算在內的話。

我們已經在盤算這一場戲在廣播裡會是什麼樣子。我們已經在考慮是不是能在電視節目裡說「老二」這兩個字。單是這一場就遠勝過大部分所謂的「眞實故事」，而只有我們看到。爲將來一個電影明星吃另外一個明星切下來的老二而嗆死的戲，做現實生活中的彩排。

你，因爲老二塞在喉嚨裡而噎死。這一場才是會得奧斯卡金像獎的好戲。

只有我們也許還有凍瘡男爵夫人看到。

只不過我們的版本裡會說，是克拉克太太剁掉了那根老二，強迫失落環節整個吞下去。只要大家一致同意該怪在誰身上，眞相實在是太容易得到了。

「別高興得太早，」凍瘡男爵夫人說：「我們需要一個新的惡人。」

惡魔死了——我們需要一個新的惡魔。

凍瘡男爵夫人窸窸窣窣地走到黑木桌前，兩手把深砍進去的刀子拔了出來。她說有人殺了克拉克太太。

「不管那個人是誰，」凍瘡男爵夫人說：「現在都不可能很餓了。」

凶手吃掉了她大半條左腿。她其他的部分還在後台她所住的化妝室裡，是肚子上中刀刺死的。

殺手大廚向誹謗伯爵揮舞著拳頭，說道：「你這個愚蠢、貪心的混蛋。」

誹謗伯爵說：「等一下，」他說：「你們聽……」

我們靜了下來，而你聽得見他肚子裡的聲音。誹謗伯爵的肚子裡正有美國小姐那給煮熟的胎兒的鬼魂在又踢又叫。不可能是他。

可是，克拉克太太——我們那個揮著鞭子、惡毒的女魔王死了。她還剩下的，也不過就是剩菜而已。

我們接下來要做的事是選出新的惡魔。

等我們吃過晚飯之後。

就是在吃晚飯的時候，噴嚏小姐擤了鼻子，又吸又咳地說她眞的、眞的要跟我們說一個故事……

代言人

一首關於噴嚏小姐的詩

「我外婆賺錢，」噴嚏小姐說：「靠的是
說：『我愛你』。」
用無數種方法，幫不會說的人說。

噴嚏小姐在舞台上，她毛衣的袖口
露出
塞在那裡的用過而骯髒的衛生紙
那些衛生紙，黃黃的沾滿了鼻涕。
她的鼻子流著鼻水，因爲鼻水和血而發亮。
兩眼布滿血絲，淚水流下兩頰。

舞台上，沒有聚光燈，只有一段影片：
醫院裡的場景，有醫生和
護理人員
穿著白袍，拿著試管。
忙著想找出特效藥。

一邊吸鼻子一邊咳嗽的噴嚏小姐說：
「在她生前，外婆一直靠替人家說
『生日快樂』來賺錢。」
說「無限同情」。
說「恭喜」和「我們深以你爲榮！」
還有「耶誕快樂」。
用盡各種方式，她的外婆說：
「結婚紀念日快樂」，
「父親節快樂」。
替一家賀卡公司做事。

在擤鼻子和把衛生紙塞回袖子之間，
噴嚏小姐說：
「我外婆的工作是替那些沒話說的人
說話。」
但是每句「生日快樂」，
其實，每張卡片，她都想著噴嚏小姐而寫。

她外婆理想中的祝賀對象。
賀卡架就是她的銀行存戶，她遺留下的
信託基金。
給她的外孫女。
所以，在她死後，噴嚏小姐能來而
找到那正確的「我愛你」。
或「情人節快樂」，來慶祝
遙遠未來中的那一刻。
在她外婆死了好久，好久之後。

「可是，」噴嚏小姐說：「還有一張卡，
一個特別的情況是她沒想到的。」
需要有一張卡片說：我很難過。
求求妳，外婆。
求求妳，原諒我。
我不是有意要殺了妳。

惡靈
噴嚏小姐的故事

對講機響了起來。先是一陣靜電的雜音，然後是一個女人用很大的聲音說：「好消息，女朋友。」從那個網面的小擴音器裡傳來。是雪莉，夜班警衛，她的聲音說道：「看來妳這輩子還很有跟男人上床的機會……」

雪莉說這個禮拜剛進來一個也是一號基根病毒的帶原者。這個新來的「居民」，他目前還沒有出現症狀。更好的是，他有根好大的老二。

雪莉，她算是在這裡最接近於一個密友的人。

你們知道那個因為完全沒有任何免疫力而必須生活在一個大塑膠泡泡裡的男孩子吧？呃，這個地方正好相反。住在這裡，在哥倫比亞島上的人，這些永久性的居民，身上都帶有能殺死整個世界的病菌。病菌，細菌，寄生蟲。

包括我在內。

這是政府機構，屬於海軍經管，他們稱這裡叫「孤兒院」。這是聽雪莉說的。這裡之所以叫做「孤兒院」是因為——如果你在這裡的話——你的家人全都死了。很可能你所有的老師都死了，你所有的老朋友都死了，只要是認識你的人全都死了。是你殺了他們。

你知道政府做事會有點縛手縛腳的。當然，他們可以把這些人殺了——來保護大眾利益——可是這些人是無辜的。所以政府假裝說可以找出治療的方法，把這些人關在這裡，每個禮拜抽他們的血去做試驗。每個禮拜換一次乾淨的床單，每天有三頓中規中矩的飯菜。

他們所尿的每一滴尿，政府都會用臭氧和輻射線消毒。他們所呼出的氣也經過過濾，以紫外線消毒之後，才能再回到外面的世界。住在哥倫比亞島上的居民，不會感冒，從來不會和可能把感冒傳給你的人接觸。除了他們每個人都帶有他們自己獨有的那種具潛在性毀滅世界的病菌之外，他們可算是你所能見到最健康的一群人。

而海軍的任務就是確定你碰不到他們。

大部分我所知道的事都是從雪莉那裡聽來的，她是我的夜班警衛。雪莉說關在這裡也沒什麼好抱怨的。她說外面世界裡的人得整天工作，每天工作，還得不到他們想要的一半。

最近幾天，雪莉要我去訂一套電熱捲髮棒。讓我自己變漂亮點，爲了我未來的夫婿，那個新來的人，那個一號基根病毒帶原者。

在這裡，你可以到電腦上列出一張你想要的東西的清單。只要預算許可，就可以給你。最大的問題是你要來的東西太多。書籍、唱片、電影的DVD。他們都可以送來給你，可是在你碰過之後，那些東西都有了毒。最大的難題是怎麼把那些東西燒成無毒的灰燼。

爲解決這個問題，雪莉會讓你要一些雪莉想要的東西。雪莉喜歡以前的貓王啦、巴弟・荷利①之類的狗屎東西。我會列在清單上，而某東西送到的時候，雪莉就把那些唱片拿走了。不嚕嗦，不麻煩。也不會在我房間裡堆積起有毒的廢物。

海軍方面的人呢，他們說他們不准有詩集。要是有哪個看門狗看到在什麼新聞自由的文件上有

①Buddy Holly，美國搖滾歌星。

《草葉集》②，那就問題大了。所以雪莉用她自己的錢替我買書，而我則以我訂了卻不想要的貓王唱片回饋她。大多數夜裡，雪莉都會用目前的大事來教育我，比方說誰炸了哪個國家，誰又是每個女孩子都想幹他的新男歌星。

而我卻只想知道雪莉不能說的那些事情。那些我已經開始忘記的事——比方說雨落在你皮膚上的感覺如何？或是我從來不知道的事——比方說怎麼舌吻？

我們經由對講機交談。這就是說，你說話的時候要按著一個按鈕，然後放開來聽另外一個人說話。即使是現在，我每次想像雪莉的長相時，只想到床邊牆上那個小小的網面擴音器。

雪莉一直問我，是怎麼到這裡來的？

而我告訴她。那是我爹的好主意。

雪莉一直要我刮腿毛，訂一張日曬床，在固定式的腳踏車上踩個哪裡也到不了的一千哩。雪莉告訴我，她的聲音由網面的擴音器裡說：「妳只有一次初夜。」

我，二十二歲了，還是處女。到今天爲止，看起來很確定我永遠會是一個處女。

可是，我倒也不見得是一個生活白癡。這裡的居民可以看電視，可以上網。當然，你不可以寄發任何訊息。你可以進聊天室，看所有的來往對話，可是你不能參與。你可以看留言板上的意見，可是不能回應。沒錯，政府需要讓你保持是一個國防安全祕密的身分。

雪莉的聲音透過網面的擴音器，她說：「妳老爹怎麼會把妳弄得給關進這裡來的？」

那是我高中畢業那年，我周圍的人開始一個個死掉。他們都和我父母十年前死的情形一模一

②*Leaves of Grass*，美國詩人惠特曼的詩集。

樣。

我高中的英文老師，佛蕾修小姐。有一天手裡拿著我寫的一篇作文，跟全班同學說那寫得有多好，第二天她在室內也戴著太陽眼鏡，說光太刺眼。她咬著學校護士給那些經痛的女生吃的桔子口味阿司匹靈藥片。她沒有講課，而是關了燈，讓全班看一部叫《野戰遊戲》的電影。那部電影甚至不是彩色的。那是視聽教室裡架子上唯一的影片。

那就是大家最後一天看到佛蕾修小姐。

第二天，我認識的學生裡有一半去要那種桔子口味的阿司匹靈藥片。我們沒上英文課，而是到圖書館去自習了一個鐘頭。班上有一半的同學說他們眼睛沒法看清楚書上的字。我在一個書架後面讓一個叫雷蒙的男生親了我的嘴。只要他一直不停地說我漂亮，我就讓他把一隻手伸進我的裙子裡。

第二天，雷蒙沒有來上學。

到了第三天，我外婆進了急診室，說她頭痛得厲害到眼前所見的一切東西邊上都是黑的。她眼睛快瞎了。我沒去學校，坐在醫院的候診室裡，看著一本《國家地理雜誌》，書頁都又皺又軟掉了。我坐在一張塑膠椅子上，周圍全是哭叫的嬰兒和老年人。這時有個男人推著一張輪床進來。他穿著一身白的全罩衫，戴著外科醫生用的紗布口罩。

那個男人的頭髮剪得很短，他隔著口罩叫整個房間裡的人出去。他說，他需要疏散醫院的這一部分。我過去問他我外婆的情形，而那個男人一把抓住了我瘦削的手臂。他戴著乳膠手套。在那些老人和哭哭叫叫的小孩子匆忙地由走廊裡那張輪床旁邊擠出去時，那個男人把我抓著留在候診室裡，問我是不是麗莎．魯蘭，十七歲，目前住在西羽木路三四三八號。

那個男人由輪床上拿來一個裝了藍色衣物的透明塑膠袋，把袋子撕開，裡面是一件藍色的防護衣，全部是塑膠和尼龍製成的，上下前後都有拉鍊。

我又問了一次我外婆的情形。

那個推輪床的男人把那件藍色防護衣抖開，他說把防護衣穿上，我們去加護病房看我外婆，他說，穿上這件防護衣是爲了保護我外婆，他拉著衣服的肩部，讓我好鑽進去。防護衣有好幾層塑膠，每一層都用拉鍊拉上，還有連在衣服上的手套和腳套，上面有一個尖尖的帽兜，前面有一塊透明的塑膠小窗，可以看到外面。大部分外面的拉鍊都拉到背後鎖住，所以你就困在那裡面了。

我一脫掉球鞋，那個男人就用戴了乳膠手套的手把鞋子撿起來，封進一個塑膠袋裡。

在學校裡，謠傳佛蕾修小姐做了腦部斷層掃描，發現長了腦瘤，那個腫瘤有檸檬大小，充滿了像尿一樣的黃色液體。根據謠傳，那個瘤還在繼續長大。

就在我把帽兜拉上之前，推輪床的男人給了我一粒藍色的藥片，說放在舌頭下化掉。

那粒藥片甜甜的，甜到我嘴裡滿是口水而讓我不得不吞下去。

那個男人要我躺在輪床上。他說躺下來，頭枕在那個白紙做的小枕頭上，然後我們就去看我的外婆。

我問道，她不要緊吧？我的外婆，從我八歲開始撫養我長大。她是我母親的母親，在我爹媽去世之後，千里迢迢地來接我。這時候，我已經在輪床上躺好了，那個人推著床由醫院的走廊往前走，經過很多扇打開的門，都看得見所有的床都空了，床單掀開，還看得到病人躺過的痕跡，有些房間裡的電視還在播放音樂或談話的聲音，有些床邊上還放著午餐托盤，上面的番茄湯還在冒著熱氣。

那個男人把輪床推得快到天花板上的一切都變得模糊，快到讓我躺在那裡也不得不閉起眼睛來，否則我會想吐。

醫院裡的廣播不停地說著，「橘色警報，東側，二樓……橘色警報，東側，二樓……」

我還在呑嚥著那藥片甜膩的味道。

那粒小藍色藥片，雪莉說只要兩粒就會過量致死。

等我醒過來的時候，已經到了這裡。在這個可以看見普吉特海峽，有寬銀幕電視的房間裡，有乾淨的、貼了灰色瓷磚的浴室。這個裝在床邊牆上的對講機。一些由我家裡我自己房間裡拿來的衣服和唱片，都放在外面包了塑膠膜的紙盒裡。想必有攝影機在監視我，因爲我一在床上坐起身子，對講機就說：「早安。」

我外婆死了。雷蒙死了。佛蕾修小姐，我的英文老師死了。從那以後，已經過了四個耶誕節，可是那就像我一百年前看過的黑白電視節目重播。

在「孤兒院」裡，你根本不知道時間。根據記錄，我現在是二十二歲。已經夠大得可以喝啤酒了，而我只吻過一個已經死了的男孩子。

一天，兩天，三天，我這輩子就過去了。我甚至沒有從高中畢業。

你身體裡的濾過性病毒會累積到可以將一號基根病毒傳染出去的程度，別以爲你可以請個律師打官司，或是有個專案社工，或是處理人民對政府陳情的官員。你最後就會住在哥倫比亞島上，你可以過得像是在一間連鎖旅館，像拉瑪達客棧或喜來登之類的飯店裡相當不錯的房間裡，但下半輩子都住在裡面。同樣的房間，同樣的景觀，同樣的浴室，送來的餐點，看有線電視播的電影，一床咖啡色的床罩，兩個枕頭，一張咖啡色的躺椅。

這裡關著很多人，這些人只做了一件錯事，他們不該在飛機上坐在某一個陌生人身邊。或是跟一個甚至不曾交談的人一起搭了一長段電梯上樓——然後他們沒有死掉。有太多方式讓你關在這裡過後半輩子。這裡是一個在普吉特海峽中間的小島，屬於華盛頓州，叫哥倫比亞島海軍醫院。

這裡大部分人都是剛滿十七歲或十八歲的時候來的。主治醫師舒瑪契大夫說我們是在小時候受到感染，某種病毒或寄生體，在我們身體裡潛伏了很多年，一旦到了某一個數量或是某個血清濃度，我們周遭的人就會開始死亡。

就是這時候，疾病管制中心會注意到這樣大量的死亡情形，工作小組就來讓你穿上防護衣，把你送到這裡來安度你的餘生。

哥倫比亞島上的居民各自帶了不同的病毒。雪莉說，獨特的致命病毒株，或是致命的寄生體或細菌。所以才會把每個人都隔離開來，這樣才不會彼此殺死了對方。

可是，雪莉說，他們冬天有暖氣，夏天有冷氣，有人替他們燒飯，魚啦、蔬菜啦，或是冰淇淋、總匯三明治，只要是預算以內的，什麼都有。

到了最熱的八月天，雪莉說單是有冷氣，就讓她很慶幸自己在這裡工作了。

雪莉稱這些居民叫「血牛」。每個居民所住的套房裡，會有兩隻長長的橡皮手臂在鏡子下方穿牆而入。那兩條手臂是防彈的長橡皮手套。每過幾天，鏡子後面的燈就會亮起來，照見一個實驗室的技師坐在那裡，那個男的或女的會戴著那副橡皮手套，把手伸進牆裡來抽取血樣，把血樣放進一個小小的密封艙裡，然後由另外一邊安全地取出去。

就是在燈亮起來，你房間裡的鏡子變成一面窗子的時候，你看到那架一直在那裡的攝影機，始終在盯著，在記錄你的一舉一動。

雪莉有一部分工作是放牧那些血牛到外面做做運動。

每隔幾天，工作人員就讓這些血牛穿上防護衣。在衣服裡面，你能聞到的只有撲了粉的乳膠氣味。摘朵花或是躺在草地上，你能感受到的只有乳膠。在封住的帽兜裡，你能聽到的只有自己呼吸的聲音。其他醫院的「居民」，他們輪流丟著一個飛盤。永遠都很準確地知道還有多少分鐘之後，雪莉就會來讓他們回到裡面去。那裡總有拿著長槍的狙擊手，以防萬一有人走進水裡去奔向自由。穿著一件自身有供氧系統的防護衣，你可以在普吉特海峽的底部一路走到西雅圖市中心去。那暗藍色的船底在你頭上很高的水裡來來去去。

你們是不是在想我怎麼逃出來的……

「在水底走了那麼長的路之後，」噴嚏小姐說：「我的鼻竇就再也沒法跟以前一樣了。」她用一邊衣袖往一邊擦了下鼻子。

在哥倫比亞島上，他們所有的人都在醫院的草坪上，把一個飛盤丟來丟去，穿著他們胖大的藍色防護衣，看來有如一群填充動物。從頭到腳，全是藍色。在一層又一層如橡皮似的尼龍和乳膠裡流著汗。跑著接飛盤，所有的時間中，全被框在某個海軍長槍的瞄準器裡。這聽起來一點也不好玩，可是等到了要回到裡面去，再回到你房間裡獨自生活的時候，你卻會想要哭。

其他的「居民」，有個女孩子有對綠色的眼睛，有個男的眼睛是棕色的。穿著防護衣的時候，你只能看到別人的眼睛。那個有棕色眼睛的男孩子，雪莉說他就是另外那個一號基根病毒的帶原者。

那個新來的人有根大老二。她在那雙面鏡裡看到過。

雪莉說，下次我和舒瑪契大夫說話的時候，我要和他談談育種計畫的事，看看我們是不是能生育出對一號基根病毒免疫的下一代。另外一個很可怕的可能狀況是，這個男孩和我有的是不同的病毒株，我們可能只會殺死對方。

或者我們會生一個健康的孩子……而我們的病菌會要了他的命。

「慢慢來，」雪莉說：「別管孩子的事，別管死不死的問題。」她說重要的是能讓我破瓜。

這個男孩和我，我們兩人關在一個房間裡，關在一起。兩個都是未經人事的處子之身。錄影攝影機在鏡子後面，看著，醫院的人希望我們能產出一種政府可以有專利的療法。這些跟製藥公司掛鉤的人。不過，能有特效藥也不是件壞事。

而性愛，也不是件壞事。

雪莉說有時「孤兒院」應該給這些「居民」辦場舞會，可是單是想到那些臃腫的藍色防護衣，彼此抱在一起，隨著熱門音樂在舞池裡搖擺……沒有人想看這種場面。

大部分和舒瑪契大夫見面的時候，我都沒跟這個醫生談什麼。照我看起來，我只有那麼點記憶，而我不想隨便用光。我大部分最好的回憶是如何由邪惡的太空怪物手裡拯救世界，或是駕著快艇逃離性感俄國間諜之手，但是這些並不是真正的回憶。那些都是電影，我忘了做那些事的女孩子是一個電影明星。

在我房間裡有一張裝了框的牌子，上面寫著：「忙碌等於快樂。」

雪莉說每個「居民」的房間裡，都有同樣的這個牌子。每個房間裡的燈泡都是全光譜的燈泡，能發出類似自然的陽光，能使人的皮膚生產維他命D，保持他們的高昂情緒。雪莉說每個房間的正式稱呼是「居民套房」，比方說，我的這間就是「居民套房6B」。在我所有的病歷和記錄上，我的正式身分就是：「居民6B」。

同時還另外進行的一項研究，雪莉說由這裡居民所採集到的資料，也會用來預測人在外太空殖民地上自身具足的獨居環境中如何可以過得更好。

沒錯，有時候，雪莉眞有好多有用的資訊。

「把妳自己想像成，」雪莉說：「是一個太空人，住在離西雅圖西南六哩外一個星球上的拉瑪達客棧裡。」

雪莉，她的聲音在夜晚由對講機裡傳來。她會問我爹的事，問他是怎麼弄到把我關到這裡的。然後雪莉會放掉她那邊的按鈕，等我說話。

我的老頭，他沒有念大學，可是他知道怎麼賺錢。他認識一些傢伙，會等到某一天你出門去度一個禮拜的假時，他們就帶著工人到你家去砍掉一棵兩百年樹齡的黑胡桃木。他們就在你家前院裡砍下樹來，截成一段段的。他們告訴鄰居說是你雇他們來做這件事。等到你回到家裡，你的樹已經砍掉，送到十幾個州以外的某個木材廠裡去了。說不定到那時候已經做成了黑胡桃木家具。

就是這種小聰明會嚇死那些大學畢業生。

我的老頭，他有幾張地圖，他稱之爲他的藏寶圖。

那些藏寶圖，是三〇年代的東西，當時正值經濟大蕭條時期。所謂的紓困計畫，政府雇人到處去清點每個郡裡廢棄的墓園。當時很多這類小墓園都遭到鏟除，或是湮埋而無人記得。那些古老拓荒者的墓地，都是百年前由地圖上消失的城鎮所留下唯一的遺跡。當年繁榮的小鎮瓦解消失。有的是因爲森林大火而化爲灰燼，有的是因爲金礦已經挖空，鐵路支線停駛，所有這些變化所留下來的只有那些小小墓地，長滿雜草和歪倒的舊墓碑。我老頭的藏寶圖就是WPA[3]所印的地圖，上面有那些墓地的位置，每處有多少墳墓，墓碑的狀況如何。

每年暑假不上學的時候，我和我老頭就按圖索驥地去到懷俄明州或蒙大拿州，到沙漠或山裡，那些整個小鎮都消失了的地方。像蒙大拿州的新基根鎮之類的小鎮，剩下的就只有那些墓碑而已。那種東西可是大城市裡的花園造景業會出大價錢來買的。不管是西雅圖或是丹佛，舊金山還是洛杉磯。好多手工雕刻的花崗石天使，或是睡著的狗，或是小小的白色大理石羔羊。有很多人要一些老舊而長了青苔的東西來放在他們嶄新的花園裡，讓那個地方看來很古老，看起來好像他們一直就很有錢。

在新基根鎮，沒有一塊墓碑上還有你看得清楚的字跡。

「刮鬍膏，」我爹對我說：「用刮鬍膏或是粉筆。那些該死的操他媽的墓地怪人。」

他告訴我說那些喜歡研究墓碑的人，爲了要看清楚因爲年代久遠和酸雨而損壞得模糊不清的碑文，會在墓碑面上塗滿刮鬍膏。他們用一塊硬紙板刮掉多餘的部分，留下碑文中白色的刮鬍膏。這樣就讓上面的字跡和日期容易看清和拍照。問題是，刮鬍膏裡含有硬脂酸。那些人留下來的會侵蝕石頭。另外一些搞墓碑的傢伙用粉筆去磨墓碑，把整面都塗滿，使得那些模糊的碑文因爲顏色較深而凸顯出來。這種粉筆灰是熟石膏或石膏，一磨之下，會讓粉筆灰進到墓碑上那些看不見的裂縫和罅隙之中。到下一次下雨的時候……石膏粉會吸飽水分，膨脹到原先的兩倍大。就像古埃及人用木楔去剖開石頭建造金字塔一樣，膨脹的粉筆灰會慢慢地讓墓碑的面完全剝落。

所有這些關於硬脂酸和石膏還有埃及人的金字塔的事，證明我爹不是個白癡。

他告訴我說，這些本意不壞的墓地研究者，結果是毀了他們自稱熱愛的東西。

③Works Progress（或Projects）Administration，公共事業振興署之簡稱，一九三五至一九四三年間，羅斯福總統爲改善美國經濟所設立。

不過，那還是很棒的事，那些和我爹在蒙大拿州山裡那個以前是新基根鎮地方的最後，也是最好的日子。灼熱的陽光烤著那些枯死的草。還有那種要是被你抓住、就會自斷尾巴的棕色蜥蜴。

要是我們能看到那些碑文的話，我們就會發現那個鎮上的人幾乎全在那一個月裡死亡。是產生醫生稱爲基根病毒的第一個群聚所在。迅速致命的腦瘤。

我爹把那一大批天使和羔羊賣給丹佛的一家花園造景店。開車回家的路上，他已經在吃阿司匹靈，而貨車也在公路上開得歪來扭去。他和我媽在外婆還沒趕到之前就都死在醫院裡。

在那之後，生活平靜地過了十年。然後是佛蕾修小姐長了檸檬大的腦瘤。我體內的病毒增加到讓我有了傳染力。

現在，政府不能殺了我，也治不好我。他們能做的只有損害控制和善後。

那個新來的男孩子，有根大老二的那個，他會有和我初來時同樣的感覺：他的家人死了。如果他很受歡迎的話，說不定同學死了一半，每天獨自坐在他的房間裡，他會害怕，但是會對海軍答應他的特效藥滿懷希望。

我可以給他忠告，讓他鎮定下來，幫助他適應在「孤兒院」的生活。

在我這一生裡最後最快樂的那天，我爹開著他的貨車一路從蒙大拿州開到科羅拉多州的丹佛。他在那裡認識一個賣古董花園擺設之類狗屎東西的店。不管是鑄鐵的鹿，或是長著青苔的水泥製小鳥的澡盆。大部分的東西都是偷來的贓物。那個店裡的老闆付的是現金，而且幫忙把那些天使由貨車裡卸下來。老闆有一個孩子。一個小男孩，由店鋪的後門出來，站在巷子裡看他們卸貨。

我在和雪莉透過對講機說話的時候，按下了按鈕，問她那個新來的「居民」……他是不是有一頭鬈曲的紅頭髮和一對棕色的眼睛？

他是不是和我差不多年紀？我要問他是不是由丹佛來的，他已故的父母以前是不是開一家賣花園造景古玩的店？

23

鬼火是我們唯一剩下的營火了。我們最後的機會。那個在舞台正中高高台座上刺眼的燈泡。那個當年讓使用煤氣燈的老戲院不致爆炸的安全閥，或是在新戲院裡永不熄滅的燈火，以趕走那些以劇院爲家的鬼魂。

我們圍著那盞燈坐著，還在這裡的那一圈人，坐在舞台上，從那裡看下去，只能見到演藝廳裡每張座椅的金邊，每個樓座包廂前面彎曲的黃銅欄杆，以及橫在死寂的電燈夜空中如雲的蜘蛛網。

在房間後面黑暗的房間中，媒人和失落環節死在義大利文藝復興式休憩廳裡。在地下室下面的地下室裡，魏提爾先生和凶悍同志以及遊民夫人還有野蠻公爵在那裡爛死。後台的化妝室裡，則是美國小姐和克拉克太太，她們所有的細胞都在彼此消化成流出來的黃色蛋白質。她們腸子裡和肺裡的細菌瘋狂地長大繁殖。

現在只剩下我們十一個人，圍坐在光圈裡。

我們這個只有人的世界。一個沒有人性的世界。

八卦偵探一直偷偷地踮著腳走來走去，把燈泡打爛。靈視女伯爵和否定督察也一樣。

我們每個人都自以爲自己是唯一在幹這些事的人。我們每個人都希望能把我們的世界弄得再暗一點。沒有一個人知道我們全都有同樣的計畫。我們是自己在煩悶無趣上門檻過低的受害者。是我們自己的受害者。也許是我們太飢餓，是某種形式的妄想，但這也就是我們所剩下的一切了。

這個燈泡。這盞鬼火。

這裡有光無熱，所以我們全都圍著雙排扣的厚呢上裝和毛皮大衣和浴袍，我們的頭被堆起來的假髮和大得和門一樣寬的帽子重重地壓著。我們所有的人都準備好了。

等到通往巷子的門一打開，我們就成名了。等到我們聽到開鎖的聲音，然後是鐵捲門拉起來，接著是噼啪噼啪，有人扳動開關的聲音，然後我們就準備好責我們的故事了，我們那死亡集中營裡才有的顴骨準備拍最好的特寫。

我們會說魏提爾先生和克拉克太太怎麼把我們騙到這裡來。他們把我們關在這裡當人質。他們強迫我們寫書、寫詩、寫電影劇本。要是我們不肯，他們就折磨我們。讓我們挨餓。

我們盤腿圍坐在舞台的木頭地板上，我們沒法動那一層層的絲絨和拼花的地毯來保暖。我們用盡氣力對彼此說著我們的故事：克拉克太太怎麼把那還沒生下來的胎兒從美國小姐身體裡硬拉出來，在那個垂死的母親面前烹煮。魏提爾先生怎麼把媒人摔倒在地，剁掉了他的老二。然後魏提爾先生又怎麼用刀刺死了克拉克太太，狼吞虎嚥地吃了她大半條腿，把肚子脹裂了。我們呢，我們練習著說腹膜炎。我們屏氣凝神，練習著鼠蹊部疝氣。我們說切得細如髮絲的洋芋絲。

兩個壞人死了之後，留下我們挨餓。

聖無腸的鉛筆在牆上畫下了好多的記號。那些記號是他唯一的傑作。房東或是房屋仲介或是什麼人應該會來查看。也許會是電力公司的人會因爲未付電費而來斷電。

在寂靜中，撥動開關的聲音會響得如槍聲一般。

一聲輕響讓我們都轉過頭去。金屬和金屬的碰擊聲使我們的頭全都轉動著朝同一個方向望去。

朝向側翼，朝向再過去的通往巷子的門。

一陣連響，然後黑暗爆裂開來。

在這樣亮的光裡，經過在黑暗中待了那麼長久的時間之後，我們眼前能看見的只有黑白兩色，一些刺眼的輪廓讓我們不住眨眼。

光線亮到刺眼，強過任何一種燈泡。

不是通往巷子裡的那扇門。整個舞台籠罩在如陽光般明亮的光線裡。一方結結實實的陽光由頭上某個地方升起，光線強到我們得瞇起眼睛來，將手掌曲起來加以遮擋。這新的一天陽光明亮得把我們的影子長長地投射到身後。我們的影子擠靠在我們身後電影銀幕上棕色的水漬印一起。映在銀幕上的，是我們歪斜的假髮。我們的身子看來如蜘蛛腳般瘦削。凶悍同志大概會說我們什麼都能穿。

那是沒有影片的放映機的燈光，放映機的燈泡把強光投射在我們身上。一盞巨大的聚光燈。亮得像一座燈塔。這道陽光由近乎午夜時分的劇院後牆射了過來。

我們之中還沒有一個人能站得起來，我們只能把頭閃避著望向別處。放映機的光亮得讓鬼火看來有如熄滅了一般。暗得如同夏日的一支生日蠟燭。

「又是我們的鬼在作怪。」凍瘡男爵夫人說。

聖無腸的雙頭連體嬰。

靈視女伯爵的古董店店員。

八卦偵探的那個吸了毒氣又遭搥擊的私家偵探。

噴嚏小姐打了個呵欠，說道：「又是我們故事裡的一場好戲。」

就像那包爆米花。還有修好的爐子。我們的衣服洗淨摺好。所有超乎尋常的事，所有的奇蹟都只是一些特效。

聖無腸轉身對著大自然說：「既然我們是浪漫支線情節的主角……給我來個腳部按摩如何？」

八卦偵探說：「等我們到了外面之後，我要嗑藥嗑上整整一個月……」

無神教士說：「我要放火燒掉每一間我見到的教堂……」

我們每一個人，只是一堆衣服、毛皮和頭髮。

否定督察說：「我要給柯拉・雷諾茲買一塊墓碑……」

在那強光後面，亮得無法正視的遠遠牆上，有回聲傳來：「……墓碑……墓碑……」

我們所有的人，還在想記下最後的話語：誹謗伯爵把卡式錄音機倒轉，重放出那幾個字「墓碑……墓碑……」然後是錄下的回聲，又引發了回聲，是回聲的回聲的回聲。

不斷傳來的回聲，最後有一個聲音從遠處傳來，由太陽背後傳來。說道：「你們是在一個空劇場裡演出。」

這是由墳墓裡來的聲音，和我們故事中凶悍同志死裡復活，蹣跚地走下樓來，討一口她自己的玫瑰紋身來吃的情節一樣。在強光照射之下，沒有人看到我們的鬼魂由演藝廳中央走道一路走向前來。沒有人聽到他由黑色地毯上一路走向舞台來的聲音，沒有人知道在強光中越走越近的到底是什麼。最後那個聲音又說道：「你們是在一個空劇場裡演出……」

是那個老得發抖、才十幾歲的魏提爾先生。我們那個垂死的小流氓，我們滿臉老人斑的小魔鬼。

他走著，一具穿著球鞋的屍體。一副立體聲的耳機掛在他滿是皺紋的脖子上。

「聽聽你們自己說的話，」他說著，搖了搖頭，稀疏的頭髮隨之擺動。他說：「你們忙著把你們的故事講給彼此聽，你們永遠把過去變成故事來強調你們自己是對的。」

保安會修女會稱之爲我們的卸罪文化。

這種事永遠不會改變，他說。他帶到這裡來的另外那群人，也是同樣的結果。大家好愛他們所受的痛苦，沒辦法置之腦後。就和他們說的故事一樣。我們把自己困住了。

有些故事，你說出來，就把那些故事用盡了，另外有些故事……魏提爾指了下我們的皮膚和骨頭。

「說故事是我們消化自身經歷的方法，」魏提爾先生說：「我們就是這樣消化我們的生活，我們的經驗。」

魏提爾先生會說。這個小男孩衰老而死。

以一個鬼魂來說，他看起來還不錯。他那有老人斑的頭皮上，稀疏的頭髮梳得很整齊。他的領結繫在下巴底下，手指甲很乾淨，像一彎彎白色新月。非常像個大人。

「你消化吸收你的生命，化爲故事，」他說：「就像這個戲院好像把人消化了一樣。」他用一隻手指著地毯上的漬印。那些黑色的漬印黏黏的長了黴菌，還像長出了手腳似的分叉。

其他的事情——你不能消化的那些——會讓你中毒。你生命中最壞的部分，那些你不能說的部分，會由你身體裡面爛出來。最後讓你成爲卡珊黛娜在地上的那塊濕濕的影子，沉進你自身黃色蛋白質的爛泥中。

但是那些你能消化的故事，你能說的故事——你可以控制那些過往的時刻。你可以加以修改，加以潤飾，加以主控，爲了你自己的好處去加以使用。

這些是和食物一樣重要的故事。

這些是你可以讓別人或笑或哭，或難過，或害怕的故事。能讓別人和你有同樣的感覺，來幫他們和你自己用盡過往的時刻，一直到那一刻死了，消耗掉了，消化了，吸收了爲止。

這就是我們之所以能承受所有發生的狗屎事情的原因。

魏提爾先生會這樣說。

靈視女伯爵望著魏提爾先生說：「撒旦。」她的話語像蛇在嘶叫。

保安會修女抓緊了聖經說：「魔鬼……」

聽了這話，魏提爾先生只嘆了口氣，說道：「我們眞愛有邪惡的敵人……」

「給你，」殺手大廚說，他丟出一把廚刀，刀子一路響著滑過舞台，停在魏提爾先生那雙黑色的鞋子前。

殺手大廚說：「在那上面印上點你的指紋。等到他們撬開那扇門的時候，你會成爲全美最恨的男人。」

「錯了，」魏提爾先生說：「是最恨的少年犯啦，老兄……」

「你大概認得這把刀。」八卦偵探說。他的錄影機在他身邊，重得讓他扛不起來。

靈視女伯爵的電子手銬不見了。她的手因爲挨餓而又瘦又小，那個手鐲似的東西都滑脫了。她說：「你就是用這把刀砍了我。」

「還割了我的鼻子，」大自然說著把頭向後昂起，讓大家看那道傷疤。遊民夫人的鑽戒在她手指上鬆動得使她只好握著拳頭才不會失落。

魏提爾先生從她割開的鼻子，看到誹謗伯爵紮著染血繃帶的雙手，再看到無神教士原先是耳朵的地方所剩的疤痕。他把兩手拍在一起，只拍了一下，很響，放在胸前，說道：「呃，好消息是……你們三個月的時間到了。」他由褲子前面的口袋裡掏出一把鑰匙，說道：「你們都可以走了。」

那個鎖孔裡還卡著塑膠叉子的薄薄碎片，不可能把鑰匙插進去。

「昨天晚上，」魏提爾先生把鑰匙在空中晃動著說：「你們那個友善的鬼魂已經把鎖孔清乾淨了，我可以向你們保證，鎖打得開。」

我們所有的人，仍然圍坐成一圈，有些人給自己乾了的血黏在舞台地板上。我們的衣服，那些袍子和斗篷和馬褲的料子把我們黏在原地。

魏提爾先生微俯下身來，把手伸向噴嚏小姐，他說：「而紅死病對所有的都一視同仁……」①

她沒有握住他的手，噴嚏小姐說：「我們看到你死了……」

他搖著手指要她握住他的手，說道：「我們現在走吧？」

魏提爾先生說：「你們看到很多人死掉。」

那乾的脆皮火雞讓他的肚子由裡面裂開來。他尖叫著死去。我們用紅絲絨裹住他的屍體，把他抬到了地下室裡。

「並不盡然，」魏提爾先生說。在克拉克太太的協助下，他們玩了詐死的把戲，讓他能看著事態的發展。他只是在一邊看著——那最後的攝影機——即使在克拉克太太用刀刺自己以博取同情——卻不幸做過了頭而死的時候，甚至在否定督察發現屍體而吃掉半條腿的時候。魏提爾先生都只在一邊看著。

①此語引自愛倫・坡〈紅死病的假面舞會〉一文。

否定督察把低垂在胸前的頭抬了起來。她打了個飽嗝，說道：「他說的是眞的。」

魏提爾先生又彎下腰來把他長了老人斑的手伸給噴嚏小姐。他說：「我可以給妳所有妳要的愛。只要妳不在意我們之間年齡的差距。」

她今年二十二歲。他十三歲——下個月滿十四歲。

誹謗伯爵說：「你不能救我們。我們要守在這裡等別人來找到我們。」

我們總是做這種事，魏提爾先生說。就因爲這同樣的理由，我們的孩子的孩子的孩子的孩子還是會一直有戰爭、飢荒和瘟疫。因爲我們太愛自己的痛苦，我們喜愛戲劇化。可是我們永遠、永遠也不會承認這一點。

噴嚏小姐伸出手去握他的手。

大自然說：「別傻了。」她在那一堆破衣服和假髮中說：「他知道妳感染了那個……腦病毒。」

她大笑起來，小銅鈴叮鈴作響，碎肉四處噴濺。她說：「妳怎麼可能相信他眞的愛妳？」

噴嚏小姐的眼光由大自然轉到聖無腸再轉到魏提爾先生的手上。

「如果妳需要有人愛妳的話，」魏提爾先生告訴她說：「妳就沒有選擇的餘地。」

聖無腸說：「他並不愛妳，」聖無腸的臉上只看見牙齒和眼睛，他說：「魏提爾只是想毀掉這個世界。」

魏提爾先生一手伸向噴嚏小姐，另一隻手裡搖著那支鑰匙，說道：「我們走吧？」

如果我們能原諒那些對我們所做的事……

如果我們能原諒我們對彼此所做的事……

如果我們可以把我們所有的故事置諸腦後。不管我們是壞人或是受害者。

只有那樣，我們才可能拯救這個世界。

可是我們依舊坐在這裡，等待救援，我們依然還是受害者，希望在受苦時被人發現。

魏提爾先生搖頭咂舌地說道：「那樣眞那麼糟嗎？做世界上最後的兩個人？」他的手轉過來，包過來，緊緊地握住了噴嚏小姐軟弱無力的手指。魏提爾先生說：「爲什麼這個世界不能像剛開始時一樣地結束呢？」然後他把噴嚏小姐拉得站了起來。

證明

另外一首關於魏提爾先生的詩

「你要怎麼活著？」魏提爾先生問道。
如果你不可能死的話。

魏提爾先生在舞台上，他站得筆直，
兩腿挺立，沒有彎腰駝背。
沒有顫抖。
立體聲的耳機掛在他脖子上，
流瀉出響亮的鼓與貝斯的音樂。
兩隻腳都穿著球鞋，鞋帶散開，一腳
在打著拍子。

舞台上，沒有一段影片，而是一盞聚光燈，
沒有老故事的片段映出將他遮擋。
聚光燈強得消除了他的皺紋，
洗淨了他的老人斑。

看著他，我們都是他擄爲人質的上帝子民，
要逼上帝
現身。
要逼上帝出手。
如果我們受的苦夠多，如果我們死亡……
如果魏提爾能折磨我們，
讓我們挨餓，
也許我們到下輩子還會恨他。
對他恨到我們會回來報仇。

如果我們死得痛苦不堪，詛咒老魏提爾先生，
那他會求我們回來。
回來纏祟他。
讓他證明死後仍有生命
我們的鬼魂，我們的恨意能證明死中之死。

我們的角色，他最後告訴我們：我們
只是到這裡來受苦再受苦，

受苦再受苦。
受苦然後死掉。
來製造出一個鬼魂——而且很快。
以安慰老而垂死的魏提爾先生——在他死前。
這就是他真正的計畫。

他站在我們上面，俯身說道：「如果死亡
只是暫時離開舞台
去換件戲服再回來
演一個新的角色……
那你會慢慢來呢？還是加快速度？
如果每個人生只是一場籃球賽或是
一場有開始與結尾的戲
而那些人繼續新的賽程，
演出新的戲……
在這樣的情況下，你要怎麼過活呢？
魏提爾先生用兩指捏著那支鑰匙說：
「你們可以留在這裡。」
可是等你們死了之後，再回來
只要一下下。

來告訴我，來救我。帶來永恆生命的證明。
來救我們所有的人。
拜託，告訴什麼人。
來給地球上創造出真正的和平。
讓我們全都——
著魔。

報廢

魏提爾先生的故事

這是他們最後一次全家度假，夏娃的爹把他們全趕進車裡，叫大家舒舒舒地坐好。這趟路要走兩個鐘頭，說不定還不止。

他們帶了點心，加乳酪的爆米花，還有一罐罐的汽水和烤肉口味的洋芋片。夏娃的哥哥拉瑞和她坐在後座，還有他們養的波士頓㹴犬雷世奇。她爹在前座扳動鑰匙發動引擎，打開了所有的電動車窗。坐在他旁邊的是夏娃未來的前繼母崔西，她說：「嗨，孩子們，你們聽……」

崔西揮舞著一張政府印發的宣傳小冊子。上面印著：《移民眞好》。她將小冊子打開，把書脊往後扳開，開始大聲念道：「你的血液用血紅素，」她念道：「把氧分子由你的肺部帶給你心臟和腦部的細胞。」

大約六個月以前，每個人都拿到一份由衛生署寄來的這種宣傳小冊子。崔西把腳上的涼鞋脫下來，把腳架在儀表板上，仍然大聲地念著：「血紅素其實**很喜歡**和一氧化碳結合在一起。」她說起話來好像舌頭太大似的，是想聽起來像小女生。崔西念道：「你在呼吸汽車排出的廢氣時，你的血紅素就越來越和一氧化碳結合，而成爲一種叫做羧基血紅素的東西。」

拉瑞正把乳酪爆米花餵給雷世奇吃，弄得在他和夏娃中間的座椅上全是鮮桔色的乳酪粉。

她爹打開收音機，說道：「誰要聽音樂？」他由後照鏡裡看著拉瑞說：「你會讓那隻狗不舒服的。」

「好極了，」拉瑞說著，又餵雷世奇吃了一粒鮮桔色的爆米花。「我最後看見的東西就是車庫的門，而我最後聽到的歌是木匠兄妹唱的。」

可是沒有東西可聽。收音機的廣播已經停了一個禮拜。

可憐的拉瑞，可憐的詭異搖滾樂手拉瑞，一張撲滿白粉的臉上塗抹著黑色的化妝品。手指甲塗成黑色，綹綹長髮染成黑色，和那些眼珠子被鳥啄掉的眞人，嘴唇後翻露出死了的大牙齒的眞正死人，和眞正的死人比起來，拉瑞簡直就是個哭臉的小丑。

可憐的拉瑞，在《新聞週刊》最後那期封面故事刊出之後，在他自己的房間裡待了好幾天。封面的頭條標題用很大的字印著：「死亡正流行！」

這麼多年來，拉瑞和他的樂團穿得像殭屍或吸血鬼，一身黑絲絨，拖著骯髒的屍衣，整夜在墓地裡走來走去，頸上戴著念珠項鍊，披著斗篷，所有這些力氣都白費了。現在就連一般的家庭主婦也要「移民」了。上教堂的老太太在移民，穿西裝的律師也在移民。

最後一期的《時代》雜誌，封面故事是「死亡是新生」。

現在可憐的拉瑞，和夏娃還有他爹跟崔西守在一起，全家人在一輛停在一處市郊兩層樓房子的車庫裡的四門別克車裡一起「移民」。他們全在吸著一氧化碳，和他們狗一起吃乳酪爆米花。

崔西還在念著：「送氧氣的血紅素越來越少之後，你的細胞就開始窒息而死。」

還有幾個頻道在播放電視節目，但是所播出的只有由探測金星的太空人送回來的錄影。

就是那個愚蠢的太空計畫開始了這一切。那個派遣太空人去探測金星的任務。那組人傳回他們拍攝到那個星球表面的錄影。金星的表面看來就是天堂樂園。在那之後，意外的起因不在機件故障或人工疏失。那根本不是意外，那個小組的人決定不打開他們的降落傘。他們太空船的外殼快如彗星地起火燃燒。一陣靜電，然後——結束。

就像二次世界大戰給了我們原子筆，這個太空計畫證明了人類的靈魂是不死的。所有的人稱之爲地球的，只是所有靈魂必須經過的一個處理站。是到某種精粹處理之前的一個步驟。就像煉油廠把原油化爲汽油或柴油一樣。一旦人的靈魂在地球上提煉完成之後，我們會轉世到金星上去。

在這個讓人的靈魂完美的大工廠裡，地球就像是種轉磨機。就跟人用來打磨石頭的那種一樣。所有的靈魂來到這裡，彼此把尖邊銳角打磨掉，我們所有的人，都要由各種各樣的衝突和痛苦打磨光滑，拋光了。這件事一點也不**壞**。這不是受苦，而是**侵蝕作用**。只是精鍊過程中另外一個基本而重要的步驟。

沒錯，這話聽來荒謬，可是有那份由自己故意墜毀的太空船所送回來的錄影資料。

在電視上，他們只播這段錄影。太空船的登陸小艇在軌道上越飛越低，進入覆蓋那個星球的雲層之下時，太空人送回這段影像，人和動物像朋友般生活在一起，每個人都笑得開心到容光煥發。在太空人傳回來的錄影裡，每個人都很年輕，那個星球是伊甸園，整個景觀是森林和海洋，開滿花朵的草原，還有高山。政府當局說，那裡永遠是春天。

傳送之後，太空人拒絕打開降落傘，他們直衝而下，砰，衝進了金星上的花叢和湖水中。留下的只有傳回來的這幾分鐘粒子很粗、畫面模糊的影像，看起來很像科幻電影中服裝模特兒穿著閃亮的袍子。有著長腿和長髮的男人和女人，躺靠著，在大理石的廟宇台階上吃著葡萄。

那是天堂，但那裡有性愛和醇酒，還有上帝全然的許可。

在那個世界上，十誡就是：狂歡、狂歡、狂歡。

「開始會感到頭痛和想吐，」崔西念著她手裡那本政府印行的宣傳小冊子，「其他的症狀包括心跳加速，因爲你的心臟想把氧氣送進你垂死的腦部。」

夏娃的哥哥拉瑞，他始終沒有眞正接受這個永生的概念。拉瑞以前有個樂團，叫做「死亡批發工廠」。還有一個追星的女孩子叫潔西卡，他們兩個常用縫衣針蘸著黑墨水彼此爲對方刺青，他們兩個，拉瑞和潔西卡，都另類得是邊緣的邊緣人。想不到死亡成了主流。只不過不再是自殺了。現在稱之爲「移民」。人死了，腐爛的肉體也不叫屍體。不再這樣稱呼了。那一堆堆發臭的肉體，堆積在每棟大樓的底下，或是毒死而趴在公車候車亭的長椅上的，現在都叫做「行李」，只是丟下來沒帶走的行李。

以前大家一向把除夕夜看做是一條畫在沙上的線，是一種其實並沒有眞正發生的所謂新的開始。現在大家也是這樣看「移民」，但是那得**每一個人**都移民了才行。

現在有了身後還有生命的鐵證。根據政府的統計，已經有多達一百七十六萬零四十二個人類的靈魂獲得自由，狂歡地生活在金星上。其他的人類必須再經歷一長串的生生世世，受盡痛苦，才能精鍊到能移民的地步。

一路行過，最後進入大石拋光機。

然後政府方面想到一個絕妙的好點子：

如果所有的人類同時死亡，那就再沒有子宮存在，也就不會有靈魂到地球來投胎轉世。

如果人類絕滅了，那不管我們優劣程度如何，我們都能移民到金星去。

可是……萬一有一對有生殖力的夫婦留下來了的話，生一個孩子就會召回一個靈魂。因爲這小小的一撮人，整個事情又要從頭來過。

直到兩三天前，你在電視上還能看到移民運動如何對付那些不肯順從的人，你可以看到那些不肯加入運動的落後人士，看到他們由移民協助小隊強迫移民。那個小隊穿著一身白衣服，帶著乾淨的白色機關槍。在所有尖叫聲不斷的村落裡，以地毯式轟炸來將他們送往淬煉過程中的下一步。沒有人會讓一群手持聖經的鄉巴佬把我們困在這裡，在這個骯髒的老地球上，這個已經褪流行了的星球，尤其是我們可以全體盡速前往性靈進化的下一大步的時候。所以把那些鄉巴佬給毒死了來拯救他們，對非洲的野蠻人施放神經毒氣，而中國的游牧民族則吃了原子彈。

我們以前能把氟化物和其他知識教給他們，我們現在也能讓他們接受「移民」的觀念。

哪怕只有一對鄉巴佬夫婦留了下來，你就可能成爲他們骯髒又無知的嬰兒。哪怕只有第三世界裡一個種稻米的小部落沒有移民，你珍貴的靈魂也可能給召回來活著——趕著蒼蠅，在熱得使人汗流浹背的亞洲大太陽底下，吃著混了咖啡色老鼠屎在裡面的腐爛食物。

對，沒錯，這是一場賭博。把所有的人一起送往金星。可是現在既然死亡已經死了，人類其實也不會再有什麼損失。

那正是最後一期的《紐約時報》的頭條標題：「死亡已死！」

《今日美國》則稱之爲「死亡之死」。

死神已經被揭穿了，就像耶誕老人，或是牙仙。

現在生命是唯一選擇……可是現在感覺像一個無邊無際……永恆的……終身的……陷阱。

拉瑞和他那個女朋友本來計畫要逃走，躲起來。現在既然死亡已經成爲了主流，拉瑞和潔西卡就想要以活下去來表示叛逆。他們還要生幾個小孩，他們要幹掉全人類在性靈上的進化。可是潔西卡的父母在她早餐吃的牛奶麥片裡攙進了殺螞蟻的藥。結束。

從那以後，拉瑞每天進城去，在沒人管的藥房裡翻找止痛劑。嗑了藥之後把櫥窗打爛，拉瑞說，對他來說這種啓發就足夠了。他整天都在偷車，開著衝進沒有人的瓷器店，回家來的時候，嗑藥弄得神智不清，渾身都是駕駛座安全氣囊爆開時沾上的白色滑石粉。

拉瑞說在他搬到另一個世界去之前，要先確定這個世界不錯，而且已經玩完了。他的妹妹夏娃對他說，別孩子氣了。她告訴他說潔西卡又不是世界上最後一個詭異搖滾歌手的追星女孩。

而拉瑞只瞪著她，神智不清地以慢動作眨著眼睛，說道：「錯，夏娃，她就是……」

可憐的拉瑞。

所以，當他們的爹叫他們坐進汽車裡的時候，拉瑞只聳了下肩膀就上了車。他坐進後座裡，帶著他們家那隻波士頓㹴犬雷世奇。他也沒繫上安全帶，反正他們又不去哪裡。不是眞正要開車到哪裡去。

這是新世紀在精神上可以解決一切的新觀念，相當於以前的十進位公制，歐洲共同市場，還有小兒麻痺症疫苗……基督教……反射療法……世界語……

而在歷史上來得正是時候。污染，人口過剩，疾病，戰爭，政客貪腐，性變態，謀殺，毒品氾濫……也許那些事也不比以前更爲嚴重，可是現在我們有電視來推波助瀾。隨時會提醒你。一種抱怨的文化。挑剔，抱怨，辱罵……大部分的人都絕不會承認這件事，可是他們從一生下來就抱怨不止。從他們把頭伸進產房裡明亮的燈光中之後，什麼都不對。什麼都不像原先那樣舒服，或是感覺那麼好。

單是爲了讓你那個愚蠢的身體能活下去所花的力氣，單是要找吃的，加以烹煮，還有洗碗，保暖，洗澡，睡覺，走路，排泄和倒長的睫毛，都要花盡心力去應付。

崔西坐在車子裡，換氣孔把煙直吹到她臉上。她繼續念道：「心跳越來越快，兩眼閉上。失去意識，昏迷過去……」

夏娃的爹和崔西，他們在健身院認識之後就開始練雙人健美。他們一起比賽，贏得冠軍，兩人結成連理以資慶祝。他們之所以沒有在幾個月前移民，唯一的原因就是他們仍處於比賽的巔峰狀態。他們從來沒有看起來這麼棒，感覺自己這麼強壯過。讓他們傷心的是發現擁有一具軀體——即使是一具線條優美，肌肉結實，體脂肪只有百分之二的身體——只像騎著一匹驢子，其他的人類都已經乘著噴射機飛過去了，也像是以烽煙傳訊和手機相比。

大部分的日子裡，崔西還是會去踩固定式的腳踏車，一個人在健身院大而空曠的有氧運動教室裡，隨著迪斯可的音樂踩著踏板，朝已經不在的學員喊話，在重量訓練室裡，夏娃的爹在練舉重，但只限於重量訓練機或比較輕的啞鈴，因為附近沒有人在看他。更慘的是，現在沒有人和她爹與崔西比賽了。沒有人看他們擺姿勢，沒有人和他們一較高下。

夏娃的爹常說一個笑話：

要多少個練健美的人才能換一個燈泡？

答案是四個，一個練健美的人裝燈泡，另外三個在一邊看著說：「真的，小子，你看起來好壯啊！」

對她爹和崔西來說，要有好幾百人鼓掌喝采，看他們在台上，擺姿勢炫耀肌肉。可是，你不能否認的是，不管用維他命和膠原蛋白質和矽膠讓身體再怎麼完美，人類肉體已經報廢了。

滑稽的是，夏娃的爹常說的另外一句話是：「要是大家都跳河，你也跳嗎？」

專家們忠告說這是歷史上我們能大量移民的唯一時機。我們需要那個太空計畫來證明還有來生。我們需要大衆傳播媒體把這個證明發送到全世界。我們需要全面毀滅性的武器來確保完全的參與。

如果未來還有新的一代，他們不會知道我們所知道的事，他們沒有我們所有的工具來完成這件事。他們只能過著他們可怕而悲慘的生活，吃老鼠屎，完全不知道我們可以全都快樂地活在金星上。

當然，有很多人主張用核爆的方法去料理那些不肯順從的人，可是單是以飛彈攻擊南太平洋的每個小島，就會使我們的飛彈用完。輻射線也不像你希望的那樣完成移民行動。冬天輻射塵籠罩澳洲，但只爲期兩個月。大雨下來了，大量的魚群死亡，但是氣候和潮水就是有他媽的方法清除了我們下毒的爛攤子。所有這些移民的潛力全部白費，因爲澳洲在前六個月已經全面參與。

我們所有的神經毒氣和致命病毒，我們所有的核子武器和傳統炸彈，全都令人失望。我們甚至離所謂消滅人類還差上十萬八千里。有人藏身洞穴之中，有人騎著駱駝走在廣大而空曠的沙漠裡。任何一個這些愚蠢落後的傢伙都會和人交合，一個精子碰上一個卵子，你的靈魂就給吸了回來，再過無聊的一生，吃飯，睡覺，給太陽曬傷。在地球上，這個傷人的星球，處處衝突的星球。充滿痛苦的星球。

在帶著乾淨白色機關槍的移民協助小隊眼中，第一級優先處理的目標，是年齡在十四歲到三十五歲之間不肯順從參與的女性。其他的女性屬於第二級刺殺目標。所有不肯順從參與的男性則是第三級。如果子彈用完了，那個穿白衣的小組也許會讓那個村子裡的男人和老女人活著，等老來自然移民。

崔西一直擔心她自己是一級優先處理的目標，擔心會在前往健身院的路上遭到機關槍掃射。可是大部分的小隊都在鄉下或山區裡，也就是那些落後而可能有小孩的人會藏身的所在。

那些最愚蠢的人可能完全毀了你在性靈上的進化，這實在太不公平了。

其他的人，好幾百萬的靈魂，已經在狂歡會裡。在那段金星來的錄影中，你可以看到一些有名的人，他們在地球上已經受夠了苦，不必再回來過一生了。你會看到嫁入皇家的影星葛麗絲·凱莉，熱門歌手吉姆·莫理森，前美國第一夫人賈姬·甘迺迪和歌手約翰·藍儂。還有搖滾歌手科特·柯本，這些都是夏娃認得出來的，他們都在那裡，看來永遠年輕而快樂。

在這些已故的名人之間，還有些在地球上已絕種的動物走來走去：旅鴿、鴨嘴獸和巨大的渡渡鳥。

在電視新聞裡，赫赫有名的名人在移民的那一刻歡呼慶祝。如果這些人，電影明星和熱門樂團，可以爲了全人類更大的好處而移民，這些有錢、有才華、有名氣的人，有那麼好條件留在這裡的人。如果他們能移民，那每個人都可以。

在最後一期的《時人》雜誌裡，頭題特稿就是〈名人前往不歸鄉〉。好幾千名穿著光鮮，最漂亮的人，時裝設計家和超級名模，資訊新貴和職業運動員，全部登上瑪麗皇后二號郵輪，向北航行，一路上飲酒跳舞，經過大西洋全速前進，要找一座冰山來撞。

噴射包機直撞向山峰。

遊覽車開下高高的臨海懸崖。

在美國境內，大部分的人都到沃爾瑪超市或力助連鎖藥店去買「遠行包」。第一代的遠行包是把安眠藥放在一個人頭大小的塑膠袋裡，袋口還有一條可以繞在脖子上的拉繩。第二代的是一種櫻桃口味、可以咀嚼的氰化物藥片。有太多人當場就在店中通道上移民——還沒付款就移民了——因此沃爾瑪超市把這種遠行包放在收銀櫃台後面的貨架上，和香菸放在一起。你得先付了錢，他們才會把貨拿給你。每隔兩分鐘，店裡的廣播系統就會請顧客們自重，不要在店內移民……謝謝。

起先，有些人推廣他們所謂的「法式方法」。他們的想法是讓所有的人絕育。先是使用外科手術結紮，但那太花時間了。然後是讓人的生殖器受輻射線照射。不過，到這時候所有的醫生都已經移民了。醫生是第一批走的。醫生，沒錯，正是，死神是他們的敵人，但是沒有了敵人，他們就不知所措了，也心碎了。沒有了醫生，只好由工友來用輻射線照人，而好多人因而灼傷。核能方式失敗。結束。

到這時候，所有又美又酷的人都在豪華的「歡送酒會」中，以攙進氰化物的香檳進行移民。他們手牽手由摩天大樓頂層的酒會現場躍下。那些已經有些厭世的人，所有的電影明星，超級體育健將和搖滾樂團，超級名模和科技億萬富翁，在第一個禮拜過後全都走了。

每一天，夏娃的爹回家來都說他辦公室裡有誰走掉了。附近的街坊鄰居有誰移民了。那很容易看得出來。他們家前面草坪的草會長得太長，他們的郵件和報紙會堆積在門口台階上。窗簾始終沒有拉開，燈從來不亮，而你走過的時候會聞到一陣帶點甜味的氣味，好像有水果或肉類在屋子裡腐爛了。空中滿是嗡嗡叫的黑蒼蠅。

隔壁的房子，傅臨客一家，就是這樣。對街一棟房子也是。

前幾個禮拜，心情很好玩：拉瑞到城裡去，一個人在國民大戲院的舞台上彈他的電吉他。夏娃則把整個購物商場當她的個人更衣室。學校停了課，永遠不會再開課了。

可是他們的爹，你看得出他已經對崔西沒了興趣。他們的爹向來是有了個浪漫的開端之後就冷掉的那種人。平常，這就是他開始偷吃的時候了。他會在他辦公室裡找個新對象。可是現在他卻只盯著電視上那段金星的影片看，非常仔細而專注，鼻子幾乎貼在你可以分辨出那些人的部分。一群群漂亮超級名模似的男女，赤裸裸地堆在一起，或是串成一串在相互口交，舔人家身上的紅酒，或是在不會生育，不會得病，也不會遭到天譴之下交媾。

崔西列出了一張等全家到了那裡之後她想交爲莫逆的名人清單，清單最頂上的一個是泰瑞莎修女。

到現在，就連一天到晚無事忙的媽媽們也都在把孩子們找來，叫著要每個人趕快把下了毒的牛奶喝掉，趕快他媽的到性靈進化的下一步去。現在連生死都成了要匆匆經過的層面，像老師催著孩子們一個年級一個年級讀到畢業——不管他們學到多少或沒學到多少。只是一場求知的賽跑而已。

現在在車子裡，崔西的聲音因爲吸了廢氣而變得低沉粗啞，她念道：「你心臟瓣膜的細胞開始死亡，那兩半，稱之爲心室的，就慢下來，送出去給你身體的血液也越來越少……」

她咳嗽一聲，念道：「沒有了血液，你的腦部停止運作，不到幾分鐘，你就移民了。」崔西把宣傳小冊子合上。結束。

夏娃的爹說：「別了，地球。」

那條波士頓㹴犬雷世奇把乳酪爆米花吐得整個後座上都是。狗的嘔吐物的味道，還有雷世奇又吃回去的聲音，比一氧化碳還糟糕。

拉瑞看看他妹妹。黑色化妝品抹在他兩眼四周，他以慢動作眨著眼睛，說道：「夏娃，帶妳的狗到外面去吐。」

她爹怕萬一她回來的時候全家人已經走了，就告訴她說在廚房檯子上還有一個「遠行包」。他告訴夏娃說不要耽誤太久，他們會在那場大派對中等著她。

夏娃未來的前繼母說：「別把門開著，煙會漏出去，」崔西說：「我想要移民，而不是只腦殘而已。」

「來不及了。」夏娃說著把狗拉出去，帶到後院裡。那裡太陽依然照著。小鳥在築巢，笨得不知道這個星球已經不流行了。蜜蜂在盛開的玫瑰花裡爬著，不知道現實已經報廢了。

廚房裡，水槽旁邊的檯子上，放著遠行包，是一板塑膠封起的氰化藥片。這是一種新的口味。檸檬的。家庭號包裝。印在紙板背後的是一張小小的卡通畫，畫上是一個空空的胃，一個鐘面數著三分鐘，然後你的卡通靈魂會在一個快樂而舒服的世界醒來。在下一個星球。進化了。

夏娃壓了一粒出來。一粒鮮黃色的藥片，上面還印著紅色的笑臉圖案。就算用的是哪一種有毒的紅色染料也沒關係。夏娃把所有的藥片全都取了出來。一共八粒，她拿到廁所裡，丟進馬桶沖了下去。

車子仍在車庫裡發動。夏娃站在一張涼椅上，由窗子裡可以看到裡面的人都垂著頭。她爹，她未來的前繼母，她哥哥。

在後院裡，雷世奇正把鼻子湊到車庫門下方的門縫裡，聞著由裡面傳出來的氣味。夏娃告訴他說，不可以。她叫他回來，離開房子，回到陽光中來。四周靜悄悄的，只有小鳥的叫聲，蜜蜂的嗡嗡聲，後院看來已經很亂，需要剪草了。沒有剪草機、飛機和摩托車的轟然聲響，小鳥的叫聲聽來和以前的車聲一樣響亮。

夏娃躺在草地上之後，撩起了襯衫的下襬，讓陽光照暖了肚子。她閉上眼睛，用一隻手的指尖在肚臍四周畫著圈子。

雷世奇叫了起來，一聲，兩聲。

然後有個聲音說：「嗨。」

有一張臉從隔壁後院的籬笆上伸了出來。金色的頭髮，粉紅色的粉刺，是一個叫亞當的同學。是所有學校關閉之前的同學。亞當抓住木頭籬笆的頂端，把身子抬起來，讓兩肘撐在籬笆上。兩手托著下巴。亞當說：「妳有沒有聽說妳哥哥女朋友的事？」

夏娃閉上了眼睛，說道：「這話聽起來很怪異，可是我眞的很懷念死亡……」

亞當朝旁邊踢起一條腿，把腳鉤在籬笆上，他說：「妳爸媽移民了嗎？」

車庫裡，汽車的引擎發出像咳嗽的聲音，有一個汽缸停了一拍，其中一個心室慢下來了。玻璃窗裡面，車庫的空氣中瀰漫著流動的灰色煙雲。引擎又停了一拍，再靜止下來。裡面沒有一點動靜。夏娃的家人，現在他們只是他們自己留下來的行李了。

夏娃四仰八叉地躺在陽光裡，感到自己的皮膚又緊又紅，她說：「可憐的拉瑞。」一面仍在肚臍四周畫著圈圈。

雷世奇走過去站在籬笆旁邊，抬頭看著亞當先抬起一隻腳，再抬起另一隻腳來跨過頂端，接著跳進院子裡來。亞當彎下腰來拍那隻狗，又搔著那隻狗的下巴底下。亞當說：「妳有沒有告訴他們說我們懷了孩子的事？」

夏娃什麼話也沒說，她沒有睜開眼睛。

亞當說：「要是我們能讓整個人類重新開始的話，我們的爹媽一定嘔死了……」

太陽幾乎已經升到了頭頂上，聽來像車聲的聲音只是吹過附近空地的風聲。

財產已經沒有意義，錢已經沒有用處，地位更是毫無道理。

再過三個月就是夏天了，有一整個世界的罐頭食物可吃。那是說如果移民協助小隊沒有因爲她不順從參與而用機關槍掃射她的話。她可是第一級處理目標啊。結束。

夏娃睜開眼睛，看著藍色地平線近處的白點。那是晨星，金星。「如果我生下這個孩子，」夏娃說：「我希望她會是……崔西。」

24

魏提爾先生帶著噴嚏小姐走向門口。走向外面的世界。他們兩個人，手牽著手。這裡是我們的世界，但沒有了惡魔，我們的狄奧岱提別莊裡沒有可以怪罪的怪物。他將通往巷弄的門抬起了一點點，剛夠讓一線眞正的陽光由巷子裡斜射進來。那明亮的一線，和我們初來乍到時所見到的那一線黑暗正好相反。

噴嚏小姐和卡珊黛娜一樣，是魏提爾先生的新娘。是他想救的那個人。

放映機的燈泡燒掉了，或是因爲燒得太久太熱——總會有些戲劇化的事情發生，總會有些恐怖的事情發生。總會有些令人興奮的事情發生——而發生開關跳脫的情形。

凍瘡男爵夫人在她那堆破布和蕾絲之中睡著了，油亮粉紅色的嘴在說著夢話。誹謗伯爵也一樣，像夢遊似的，在腦子裡將場景倒轉回來。

我們所有的人看起來都在睡覺，或是昏迷不醒，或是半睡半醒，喃喃地說著這不是我們的錯，我們是受害者，這裡的一切都是加害於我們身上的。

只有聖無腸和大自然在來回地竊竊私語。他一直斜眼看著那扇微開的門和那一線照進來的光。

魏提爾先生和噴嚏小姐，他們暗黑的身影隱約地消失在強烈刺眼的陽光中。

我們其他的人，消失在我們的戲服裡，消失在地毯裡，消失在地板裡。

大自然像一張壞了而跳針的唱片似地反覆說道：「攔住他們⋯⋯攔住他們⋯⋯」這可以是一個夠好的圓滿結局。聖無腸說。這兩個年輕的愛人往外走進新的一天明亮的陽光中，他們可以找到人來救這一群人。他們兩個可以既是受害者，又是英雄。

但大自然只低聲地說：「還太早。」他們要再等久一點。他們還年輕，可以等再多死掉幾個人。

大自然和聖無腸，他們會比老魏提爾和生病的噴嚏小姐活得更久。

四下看看我們其餘的人，你可以打賭八卦偵探和殺手大廚撐不過一天。靈視女伯爵穿著織錦緞的胸口已經不再起伏，嘴唇也發青了，就連無神教士，拔掉的眉毛也沒再長回來。

沒錯，他們等得越久，分錢的人就越少。

大自然的銅鈴輕響，畫了紅色花紋的兩手脫掉了聖無腸的一隻鞋子。她的手指按在他腳底最爽的中心點，按住不放，她的手使他兩眼翻白。

不錯，大自然和聖無腸能全部拿下，所有的錢，她說，一面還在按著他那裡。所有的榮耀，所有的憐憫。

他的兩眼翻了上去，像瞎了一樣，白得像兩顆水煮蛋，他的眼睫毛抖動著，最後他把腳抽了回來。聖無腸說：

「吖許揶不係呢羊向道隆亦。」

他的褲腿和襯衫下襬，給血黏在舞台地板上的部分都撕裂了。聖無腸勉強站了起來，說他要出去。

還不要，大自然說。她說話的聲音是咬緊了牙關說出來的。

聖無腸走了一步，一個踉蹌。他兩腿發軟，跌得兩手撐地跪在那裡，他朝那扇打開的門爬了過去。他說：「我怎麼攔得住他們？」

大自然伸出手去，將手指緊抓住他的腳踝，說道：「等一下。」

那一道陽光引著他們到那扇門前，那裡的水泥地感覺很暖和。他們兩個爬著，他們閉起了眼睛，被亮光照得眼花，只摸索著顯得溫暖的地面，用手和膝蓋爬著，一直到找到還有他們指紋留著的門框。他們以嘴唇和眼瞼的皮膚找到了陽光。

在巷弄裡那道窄窄的藍天上，小鳥來回飛舞。小鳥和不是蜘蛛網的雲，在那片不是絲絨也不是油漆的藍色之中。

聖無腸把頭伸出門外，說道：「我知道我們現在在什麼地方。」他瞇起眼睛來看了看，說：「他們還在這裡。」他伸出一隻手指著，一面說道：「噴嚏小姐，等一下……」

大自然的手指緊抓著他的襯衫和褲腰，他繼續爬著，像在游泳一樣，說道：「拜託，停下來。」

他半個身子到了門外，兩手撐著讓自己經過巷弄裡的碎玻璃和垃圾，那些漂亮的垃圾全在午後的陽光裡曬得暖暖的。聖無腸說：「停下來。」

兩個身影蹣跚地走向巷口；那個女孩子比較近，那個老頭子差不多走了一條街那麼遠，他伸起手臂，攔住一輛計程車來停在路邊。

看到這情形，聖無腸叫道：「噴嚏小姐！」

他大叫道：「等一下！」

噴嚏小姐轉過身來看。

然後……然後……然後……呃——咳！

那把地上的刀，那把殺手大廚丟向魏提爾先生的刀，大自然把它帶了來。那把刀由噴嚏小姐的胸口伸了出來，仍然隨著她的心跳在抖動，抖得越來越慢，大自然和聖無腸把她拉回到門裡，回到黑暗中。

那把刀抖得更慢了，他們爬得站了起來，用力將門關上，金屬的滑輪軋軋作響。天空越來越窄，最後小鳥和白雲以及藍天都不見了。

在巷弄裡，魏提爾先生的叫聲越來越近，叫他們住手。

刀子抖得更慢了，大自然說：「我跟妳說過了：還不到時候。」

然後那把刀子不動了。那個不停地咳嗽、擤鼻涕、打噴嚏的小個子，我們從到這裡的第一天就等著看她死掉的人——終於，死了。

我們不過是保留給我們觀眾的那樣拯救了世界，讓大家能活著看我們上電視，讀我們的書，看我們將來會拍成的電影。我們的基本消費群。

聖無腸把門關緊，門鎖由外面打了開來，有人在轉著門把。聖無腸把門鎖鎖上，又由外面打了開來。

聖無腸把鎖鎖上，說：「不行。」而鎖又由外面用鑰匙打了開來。

在黑暗中，在寒冷中，大自然把血黏黏的刀由噴嚏小姐身上抽了出來。大自然把刀刃插進鎖孔裡，扳斷了刀子。

鎖弄壞了，刀子也毀了。可憐的噴嚏小姐，連同她的紅眼睛和流鼻水的鼻子，都只成了我們故事中的小道具。一個人成了物品，好像你割開一個有著蠢名字的破布娃娃，發現裡面是：眞的內臟，眞的肺，一顆跳動的心，鮮血，好多又熱又黏的鮮血。

現在那個故事的版權費又少一個人分了。這個我們受苦的故事。

現在，我們還在這裡，圍在鬼火四周黯淡的光圈裡。

魏提爾先生的聲音，他在鐵門外號叫，他的拳頭在敲打，想要進到裡面來。不想一個人孤獨地死去。

現在我們在等著，在我們的博物館裡重複我們的故事。這是我們永久的彩排。

魏提爾先生如何把我們困在這裡。他讓我們挨餓，折磨我們，殺了我們。

我們複誦這些：我們的神話。

很快地會有一天，隨時會到那一天，外面的世界會來打開那扇門救我們出去。全世界會注意聽著。從那個豔陽天開始，全世界都會愛我們。

「腸」效應

也算後記（或警告）

我第一次朗讀那篇題名「腸子」的短篇小說時，沒有人昏倒。

那是一個禮拜二晚上，在我幾個朋友和我從一九九一年起大家分享我們作品的作家工作坊裡。每個禮拜，我會朗讀一篇我準備收入一本題名《惡搞研習營》的長篇小說裡的短篇故事。我的目的是利用很普通的事物：胡蘿蔔、蠟燭、游泳池、微波爐爆米花、保齡球……等等來製造恐怖。

沒有人昏倒，事實上，我的朋友們都笑了。有時候，整個房間因為震驚和專注而寂靜無聲。沒有人在他們那份複印稿的邊上記些有用的筆記，也沒有人伸手去拿酒杯。

這比前一個禮拜二好多了，那天我那篇叫〈出亡〉的故事害我一個朋友進了浴室。她鎖上門在裡面哭了一個晚上。後來，她的心理醫生還來問我要了份稿子，幫她做心理治療。

沒錯，這個禮拜，我那些作家朋友只大笑，而我告訴他們說〈腸子〉這個三幕式的故事是根據三件眞實軼事所改編的，其中兩件發生在我朋友身上，最後一件則是我為第四本小說做研究工作時，參加一個性愛成癮的勒戒支援團體認識的一個人所出的事。那是三個很滑稽、也漸漸讓人感到不對勁的眞實故事，主題全是自慰方面的實驗出了差錯，錯得可怕，簡直像噩夢一樣。

但是這些故事既滑稽又悲慘到多年來，我每次上飛機，都會默默禱告：「主啊，拜託，別讓這架飛機摔下去，因為我是祢的子民中唯一知道全部三個了不起故事的人……」我默默地商量：「只要讓我做點什麼，能留下所有三個……」

後來我寫了〈腸子〉，是二十幾篇故事之一，和一些詩以及小說的各章交錯穿插在一起，裡面有幾十個真實故事。全都多多少少……讓人心裡發毛。

在我爲長篇小說《日記》巡迴宣傳的時候，我第一次公開朗讀〈腸子〉，那是在奧勒岡州的波特蘭市一家人很多、店名叫做「鮑威爾書城」的書店裡。有一組荷蘭來的電影工作人員在拍紀錄片。店裡大約擠有八百人，是消防安全規定下的最大容量。朗讀〈腸子〉得一氣呵成，你沒有多少時間抬起頭來。不過我每次抬頭，就看到前排聽眾的臉色有點發灰。然後有問答時間，簽書會。結束。

一直到我簽完最後一本書時，一位店員才告訴我說有兩個客人昏倒了，是兩個年輕男子，都是在聽朗讀〈腸子〉時倒在水泥地上，不過現在都沒事了，只是記不得在站著聽朗讀到醒來發現周圍全是人腳之間，究竟怎麼回事。

時序是九月，書店裡又熱又悶，應該沒什麼好擔心的。

第二天晚上，在波德爾一家有冷氣的書店裡，另外一大群聽〈腸子〉的人裡，又有兩個人昏倒，一男一女。

再過一天在西雅圖，午餐時間到一家高科技公司朗讀給公司職員聽，又有兩個男人昏倒，兩個大男人。在聽那個故事的同一時刻，兩個人都猛地倒下，使得鋁製摺椅也倒下來，在大廳中打磨光亮的硬木地板上發出巨響。聽到這個響聲，全公司的人都站了起來，每個人都踮起腳來看是誰倒了下去，想知道他們是不是沒事。朗讀暫停了一下，有人用紙杯裝了水過來，昏倒的人也弄醒了，在他們同意之下，我念完了那個故事，可是現在我們好像有了固定模式。

第二天晚上，在舊金山——即使是先有「不和諧協會」①成員來騷擾朗讀活動，噴了我一身奶油，所有的會員都打扮成耶誕老人的模樣。即使有一名公關照著一個耶誕老人的臉上打了一拳，而我以五十美元賄賂他們再去喝一杯，在所有這些事情之後——又有三個人昏倒。

再過一晚，在柏克萊，一名由《出版家週刊》來的記者注視下，又有三個人昏倒。接下去的第二晚在聖塔克魯茲，有兩個人昏倒。

那個三次都在現場的公關人員說，那些人在我念到「玉米和花生」的時候倒下。是這樣的細節讓坐著的人軟癱下去。首先，他們的手由懷裡滑落，肩膀鬆垮，頭歪向一邊，然後他們身體的重量讓他們跌落在地上或隔壁那個人的懷裡。

根據我在義大利的通譯說，那些站著的人就這樣往下一矮，消失在人群中，在波隆那，一名演員以義大利文朗讀〈腸子〉，大群聽眾中出現好多空洞，都是有人昏倒躺在石板地上。「你可知道，」我的通譯說：「這個可怕的故事是在一間大教堂裡朗讀的嗎？」

在洛杉磯比佛利山圖書館的大會堂裡，一個坐在後面的女子不斷尖叫著要找醫護人員和救護車，哭得厲害到她的紅色罩衫看起來像被血浸透。那只是她的眼淚。而她的丈夫則躺在地上抽搐。在男廁所裡，另外一個聽了一半逃出去的男人，在用冷水潑在自己臉上時昏了過去，在水槽邊上撞破了頭。

在堪薩斯城，也有個男人中途離席，逃到外面去吸點新鮮空氣，結果昏倒，在人行道上摔破了嘴唇。在拉斯維加斯，郡立圖書館裡的兩個大廳擠滿了想聽的人，有個男的在我朗讀途中抽筋。另外一個看閉路電視的房間裡，則有兩個人昏倒。在芝加哥，市立圖書館有兩個廳裡坐滿了聽眾，也

①Cacophony Society，一個由達達主義變化而來，並無嚴密組織的團體，常以活動干擾文化活動，有人視爲文化恐怖分子。

有兩個人在看電視轉播的那個廳裡昏倒。在長達三小時的簽書會結束後，等著和我打招呼的人裡，有一個人臉上還留著乾了的血跡，因爲他把自己的下唇咬成了兩半。在那場他永生難忘的朗讀中，他發作了一次自己都不記得的癲癇。

在那次巡迴活動之前，我只聽到謠傳說有人因爲聽故事而昏倒。大部分發生在狄更斯朗讀《孤雛淚》裡的謀殺場景時。那段扼殺的場面使得穿了緊身馬甲的維多利亞時代女子昏倒在地。最近的例子，則是約翰·厄文②在朗讀他長篇小說《心塵往事》中在廚房桌子上墮胎那一段時，有女性聽眾昏倒

等我巡迴到紐約市時，昏倒的人裡男女數目幾近相等，全都很年輕，約在十八歲到三十歲之間。通常在昏倒的聽眾不支倒地的前一頁時，有人就會大冒冷汗。有幾次，在念到第七頁時，我抬頭看一看，會看到一群群半裸的聽眾脫掉汗濕的毛衣，再脫掉濕透的襯衫。

《花花公子》原先拒絕刊用〈腸子〉那篇小說，有些編輯認爲那太極端了。可是他們負責小說的主編克里斯·納波里塔諾到了紐約邦諾書店聯合廣場店舉行的朗讀會上，看到好幾個半裸的人昏倒——當天晚上，他和我的經紀人過街到W大飯店的酒吧裡簽下了合約。

《出版家週刊》的記者寫了一篇特稿，標題是：「《鬥陣俱樂部》作者不必出拳就將他們擊倒。」

第二天，在哥倫比亞大學，兩名學生昏倒。第二個正坐在我的編輯和他太太的後面，那個年輕人倒在地上，發出野獸般的叫聲，而現場的急救醫護人員忙著不讓他被自己嘔吐出來的穢物嗆到。

②John Irving，美國小說家和編劇家，著名作品有《新罕普夏旅館》、《蓋普眼中的世界》等，而《心塵往事》一書經自行改編爲電影劇本，於一九九九年獲奧斯卡最佳改編劇本金像獎。

救護車以花五百大洋的路程將他送往醫院的時候，我的編輯走到舞台邊上，招手叫我過去，然後說道：「我想你這篇故事造成的損害已經夠大了。不用念完，直接跳到問答部分吧……」

這種情況越來越多，在匹茲堡和蘭辛，麥迪遜和安亞伯，波士頓和邁阿密以及斯波坎，我常在救護車鳴笛來到門外時完成朗讀那則故事。如果那家書店有大型櫥窗的話，那時就會有救護車的紅燈掃過我的臉上。若是那家書店裡有尖角銳邊的硬木書架——即使我警告過聽眾這個故事可能有的影響——有些夜晚最後還是會由店員清洗有人撞破頭而留下的那一攤血跡。

在英國，到里德朗讀時有人昏倒。在倫敦，洗手間裡擠滿了衣著光鮮的人，他們中途逃離現場，躺在冰涼的瓷磚地上，以求從他們聽到的那點東西裡恢復過來。

在劍橋，有個男子發出那樣的呻吟，由椅子上滾落，一位醫生解釋說這種卡在喉嚨裡的聲音總是在昏倒前一瞬間發生。那位醫生說，在你昏倒的時候，你的脖子會軟下來，頭向下落，氣管就憋住而無法呼吸。爲了救你的命，你的身體自動地使你的頭部向前伸，來打開你的喉嚨。他用了很多很花俏的名詞，比如「軟顎」。這種抽動使你頭部向前而恢復呼吸的動作，會使得你沉重得如一大塊肉似的身體跌落到地上。

他說，如果你一直坐著的話，就會窒息。

在義大利，一位名叫馬西莫的演員，以他訓練有素的宏亮嗓音朗讀譯成義大利文的那則故事，聽眾如同遭到槍擊般倒下。數量多到好像是在遊樂場裡的氣槍射擊攤位的標靶。

在米蘭，有個男人醒來，發現周遭全是別人的腳。他站了起來，揮舞著拳頭大聲叫道：「你爲什麼要念這個故事？」

他仍然面色灰白，全身汗濕，想要知道：我的目的只是要當眾羞辱他嗎？讓他在那麼多人面前昏倒……？

總共加起來，有七十三個人在我朗讀〈腸子〉的時候昏倒。我由網際網路上聽說還有別人大聲讀這篇故事，也讓他們的同儕昏倒，所以人數還在增加中。

以一個長達九頁的故事來說，有些晚上要花上三十分鐘朗讀。前半段，常會因爲聽眾哄堂大笑而不得不暫時停下來。到了後半段，你會停下來則是因爲聽眾昏倒了。

很多演員都喜歡在試演時用這個故事來演獨腳戲。

可是我第一次朗讀〈腸子〉的時候，並沒有人昏倒。我的目的只是要寫一些新形式的恐怖小說，一些發生在普通生活中的事，沒有超自然的怪物或魔法。這會是一本你不會想放在床頭的書，是一本好像一扇暗門的書，讓你向下通往某個黑暗的地方。一個當你打開這本書之後，只有你一個人能去的地方。

因爲只有書本才有那樣的力量。

電影，或是音樂，或是電視，都必須有某種節制才能播放給廣大的觀眾和聽眾。其餘的大眾傳播形式製作成本又太高得不能冒險只提供給有限的對象，只有一個人。但是書本……一本書印刷和裝訂都很便宜，一本書就像性愛一樣私密而你情我願，書本需要花時間和力氣去吸收——也給讀者各種中途罷手的機會。事實上，因爲肯花心力去看書的讀者，少到很難把書本稱之爲「大眾傳播媒體」的地步，沒有人眞正在乎書本裡說什麼。幾十年來，也沒人會想到禁掉哪本書。

可是在忽視中帶來的是只有書本才有的自由。如果一個說故事的人決定寫一本小說而不是電影劇本的話，那你就要好好開發利用那種自由。否則，不如去寫電影劇本，去寫電視劇本，那些才能賺大錢。

可是，如果你希望能有去到任何地方，談論任何事情的自由，那就寫書吧。所以我才會寫〈腸子〉，只不過是一篇根據眞實生活軼事寫成的三段式短篇小說。

有人發表文章，說這篇小說是他們所聽過最好笑的一篇。

有人寫文章說那是他們所聽過最悲慘的小說。

而〈腸子〉絕不是《惡搞研習營》這本長篇小說中最陰暗或最滑稽或最讓人心裡發毛的一篇。還有些我根本不敢當眾朗讀呢。

有些地方是只有書本才能到的。

這是書本還有的優勢，所以我才寫作。

謝謝你看我的作品。

有關詩。

有關故事。

惡搞研習營 / 恰克·帕拉尼克Chuck Palahniuk著；
景翔譯.-- 初版. -- 臺北市 : 小異出版 :
大塊文化發行, 2009.01
面； 公分. -- (SM ; 5)
譯自 : Haunted: a novel of stories
ISBN 978-986-84569-3-8(平裝)

874.57 97022809

10550 台北市南京東路四段25號11樓

廣 告 回 信
台灣北區郵政管理局登記證
北台字第10227號

大塊文化出版股份有限公司　收

地址：□□□□□ ＿＿＿＿＿市／縣＿＿＿＿＿鄉／鎮／市／區

＿＿＿＿＿＿＿路／街＿＿＿段＿＿＿巷＿＿＿弄＿＿＿號＿＿＿樓

Trans+

編號：TSM005　書名：惡搞研習營

讀者服務卡

謝謝您購買本書！

如果您願意收到大塊最新書訊及特惠電子報：

- 請直接上大塊網站 locuspublishing.com 加入會員，免去郵寄的麻煩！
- 如果您不方便上網，請填寫下表，亦可不定期收到大塊書訊及特價優惠！
  請郵寄或傳眞 +886-2-2545-3927。
- 如果您已是大塊會員，除了變更會員資料外，即不需回函。
- 讀者服務專線：0800-322220；email: locus@locuspublishing.com

姓名：______________________________ 姓別：□男　□女

出生日期：_____年_____月_____日　聯絡電話：______________

E-mail：______________________________

您所購買的書名：______________________________

從何處得知本書：

1.□書店　2.□網路　3.□大塊電子報　4.□報紙　5.□雜誌
6.□電視　7.□他人推薦　8.□廣播　9.□其他

您對本書的評價：
（請填代號　1.非常滿意　2.滿意　3.普通　4.不滿意　5.非常不滿意）
書名______內容______平面設計______版面編排______紙張質感______

對我們的建議：______________________________

Trans+

Trans+

Trans+

Trans+